La dama de Hawthorne

La dama de Hawthorne

Título original: *An Elegant Façade,* libro 2 de la serie *Hawthorne House*

© 2016 by Kristi Ann Hunter
Originally published in English under the title:
An Elegant Façade
by Bethany House Publishers,
a division of Baker Publishing Group,
Grand Rapids, Michigan, 49516, U.S.A.
All rights reserved

© de la traducción: Eva Pérez Muñoz

© de esta edición: Libros de Seda, S.L.
Paseo de Gracia 118, principal
08008 Barcelona
www.librosdeseda.com
www.facebook.com/librosdeseda
@librosdeseda
info@librosdeseda.com

Diseño de cubierta: Mario Arturo
Maquetación: Rasgo Audaz, Sdad. Coop.
Imagen de la cubierta: © Susan Fox/Arcangel Images

Primera edición: noviembre 2017

Depósito legal: B. 24799-2017
ISBN: 978-84-16973-27-9

Impreso en España – Printed in Spain

Queda rigurosamente prohibida, sin la autorización escrita de los titulares del copyright, bajo las sanciones establecidas por las leyes, la reproducción total o parcial de esta obra por cualquier medio o procedimiento, comprendidos la reprografía y el tratamiento informático, y la distribución de ejemplares mediante alquiler o préstamo públicos. Si necesita fotocopiar o reproducir algún fragmento de esta obra, diríjase al editor o a CEDRO (www.cedro.org).

Kristi Ann Hunter

La dama de Hawthorne

*Para el Dador de dones perfectos,
incluso de aquellos que no entendemos en su momento.*
S‍ANTIAGO, 1:17

*Y para Jacob,
por ser la voz de mi cabeza cuando la necesitaba,
incluso cuando no la quería.*

Nota de la autora

Para los lectores de *Por fin en Marshington Abbey:*

Lo primero que quiero es agradeceros que hayáis decidido continuar conociendo a la familia Hawthorne y compartir sus viajes. En esta novela encontraréis la historia de Georgina que, tal y como nos tiene acostumbrados, se negó a esperar pacientemente su turno. Al comienzo del libro, os daréis cuenta de que las cosas no están tal y como se quedaron en *Por fin en Marshington Abbey*. Esto es porque la historia de Georgina empieza antes de que termine la de Miranda. Espero que os guste esta excepcional oportunidad de ver algunos acontecimientos desde una perspectiva diferente y sabed que no tardaréis mucho en aventuraros en un nuevo territorio.

Si es vuestra primera visita a Hawthorne House, os aseguro que podréis disfrutar de vuestra estancia sin necesidad de ninguna lectura anterior. Eso sí, si lo poco que veis de la historia de Miranda despierta vuestro interés, os invito a leer *Por fin en Marshington Abbey* y a conocer un poco más su periplo.

Y ahora sí, os dejo con *La dama de Hawthorne*.

Prólogo

Hertfordshire, Inglaterra, 1800

Siempre había encontrado fascinante el ritmo que conllevaba la escritura, al menos cuando era otro el que lo estaba haciendo. Sumergir la pluma en el tintero, escribir una línea, volver a sumergir la pluma, escribir otra línea. El sonido de la pluma rasgando el papel rompía el silencio de la noche, únicamente acompañado por la acompasada respiración de *lady* Georgina Hawthorne, que alborotaba los rizos rubios de la muñeca que sostenía contra su pecho.

Se abrazó con más fuerza a la muñeca y asomó la cabeza por el umbral de la puerta. Seguro que su madre era consciente de su presencia. Ella siempre sabía todo lo que pasaba en la casa, incluso que Georgina solía escaparse del cuarto infantil en cuanto la niñera se quedaba dormida.

Aquellas escapadas nocturnas no escondían ninguna maldad. El único momento en que podía encontrar a su madre sola era al caer la tarde, cuando se sentaba en su escritorio a la luz de una vela, rodeada de libros y papeles.

Su progenitora era hermosa, tranquila y poseía todas las virtudes que ella quería tener cuando creciera. Algún día se convertiría en una dama con su propio escritorio y pluma, y escribiría importantes misivas en mitad de la noche. Por supuesto, primero tendría que aprender a sujetar bien la tiza y escribir la letra A. No era lo mismo que pintar con acuarelas. La niñera le había asegurado que solo era cuestión de tiempo y que muy pronto aprendería a escribir con la misma fluidez que su madre y hermana. Al principio, a todo el mundo le costaba.

—Lo verás mejor si te sientas en una silla. —Su madre volvió la cabeza y esbozó una sonrisa, haciéndole señas para que se acercara a ella.

Sus pequeños pies descalzos apenas hicieron ruido sobre el frío suelo de madera mientras se aproximaba al escritorio con la muñeca salpicada de pintura bajo el brazo. Después, trepó a la silla tapizada de azul junto al escritorio y se concentró en el movimiento de la mano de su madre, que había reanudado la escritura.

—¿Qué estás haciendo?

Su madre se detuvo y dejó la pluma a un lado antes de soplar ligeramente la página llena de líneas con garabatos negros.

—Escribir una carta a tu tía. Me llegó una suya esta mañana hablándome de un potro particularmente bueno y yo le estoy contando lo del nuevo abanico que pintaste ayer.

Georgina volvió a mirar al papel pero no entendió cómo era posible que toda esa tinta negra pudiera decirle nada a la tía Elizabeth sobre el abanico verde cubierto de flores púrpuras y doradas.

—¿Por qué?

Su madre se echó a reír y se inclinó para darle un beso en la cabeza.

—Porque, querida, una dama siempre responde la correspondencia sin demora. Sobre todo cuando es de la familia. Es una de las formas que las damas tenemos de demostrar nuestra estima por la otra persona. En cuanto a por qué le estoy hablando de tu abanico, es porque ha sido un esfuerzo increíble para una niña de tan solo cinco años.

—Oh. —Se detuvo a pensar en todas las veces que había visto a su madre sentada sobre ese mismo escritorio, mojando la pluma en

el tintero y escribiendo durante lo que le parecían horas—. Debes de conocer a muchas personas.

Su madre volvió a sonreír mientras doblaba la carta cuidadosamente.

—Querida, cuando eres duquesa parece que todo el mundo quiere conocer tu opinión sobre algo. A algunos les tengo más aprecio que a otros y disfruto intercambiando correspondencia con ellos, pero una dama siempre tiene que ser educada, incluso en sus misivas.

Georgina miró al otro lado del escritorio, hacia la pila de hojas que habían sido dobladas de forma similar. A la izquierda de las cartas vio un gran libro con las tapas de cuero.

—¿Para quién es ese, madre? Debes de tener a esa persona en muy alta estima.

La risa de su progenitora resonó en la estancia mientras agarraba el libro y lo colocaba frente a ella sobre el escritorio.

—Son las cuentas de nuestra propiedad.

Georgina se puso la muñeca bajo la barbilla, ya que el áspero pelo de la muñeca le picaba en la mejilla.

—¿También has escrito cosas sobre mi abanico ahí dentro?

—No, querida. —Ahora la risa de su madre fue más clara y alegre.

La sentó sobre su regazo. Rodeó con el brazo a su hija más pequeña y levantó la tapa del libro, revelando más líneas negras y recuadros con números.

—Ese es el nueve. —Georgina señaló orgullosa un número a la derecha de la página.

—Sí, así es. Eso es lo que le hemos pagado al joven Charles por cargar todas las cajas de carbón esta semana. —El dedo de su madre se movió desde el número hacia una palabra que había en el lado izquierdo de la página—. ¿Lo ves? He puesto su nombre aquí, junto con la cantidad que le hemos pagado.

Georgina frunció el ceño.

—Pero Timothy llenó mi caja de carbón la semana pasada. ¿Ya no trabaja para nosotros?

—Sí, pero Charles tiene una hermana enferma... ¿o era un hermano? —Su madre arrugó la frente pensativa y buscó otro libro, también encuadernado en cuero, en el estante junto al escritorio. En esta ocasión, las tapas eran de un tono marrón claro, aunque con los bordes y el lomo un poco más oscurecidos, dándole el aspecto de haber sido muy usado. A continuación, lo colocó sobre el escritorio y pasó las páginas llenas de palabras escritas a mano con esmero. Tras varias páginas, recorrió con el dedo la última línea escrita a mitad de la hoja.

—Ah, sí, una hermana. Tiene a una hermana enferma y su madre está teniendo bastantes dificultades para vender en la feria las muñecas que hace y cuidar de la pequeña Clara. Así que hemos contratado a Charles durante un tiempo para ayudar a su familia.

Georgina abrió los ojos asombrada.

—¿Y te has enterado de todo eso por un libro? ¿Es un libro mágico? La niñera me leyó un cuento donde salían unas botas mágicas, pero un libro mágico sería mucho más emocionante.

—No, querida, no es un libro mágico, aunque sí es mi pequeño secreto. Algún día, cuando te encargues de llevar tu propia casa y ayudes a tu marido a supervisar a los arrendatarios, necesitarás un libro como este. —Le acercó un poco más el libro, para que pudiera verlo mejor—. En cuanto me entero de algo que tiene que ver con los nuestros lo escribo aquí. Una dama siempre debe saber lo que sucede en su casa. Si falla en ese cometido, afectará a toda su familia. Por eso lo escribo todo.

Georgina deslizó los dedos por una página, recorriendo todas las palabras.

Su madre hizo un gesto de aprobación.

—Todo. Cada arrendatario, cada sirviente, cada vendedor ambulante. De esa forma tu hermano... —Se aclaró la garganta—. Cuando

tu hermano vuelva del internado, su gente tendrá la sensación de que todavía les conoce, que le importan, que está listo para ser el duque.

—Y algún día yo tendré un libro como este.

Su madre asintió.

—Sí, te lo recomiendo.

Georgina dio una palmada al libro de las cuentas de la propiedad y preguntó:

—¿Y también tendré uno de estos?

Los ojos de su madre se empañaron de lágrimas al tiempo que la apretaba con más fuerza con el brazo que le rodeaba los hombros.

—Si Dios quiere, nunca tendrás que llevar las cuentas de ninguna propiedad. Tu padre... —Se le quebró la voz y tardó unos segundos en recomponerse—. Tu padre siempre se encargaba de estos menesteres. Un día tu hermano me relevará de esta carga, pero hasta que no termine sus estudios me toca a mí encargarme de que todo siga funcionando sin problemas. También tengo un libro más pequeño sobre las cuentas de la casa. Ya te hablaré de esa tarea más adelante.

Georgina se fijó en los ojos azules de su madre, todavía húmedos por la emoción, pero también fuertes y serenos mientras miraba a su hija pequeña.

—Cuando sea mayor, quiero ser una duquesa como tú, madre.

Su progenitora esbozó una enorme sonrisa y la estrechó contra su pecho.

—No hay tantos duques disponibles; puede que tengas que conformarte con un conde. Pero no te preocupes. Cuando tengas tu propio libro secreto, todo el mundo creerá que eres la más atenta de las damas. Serás la envidia de la aristocracia. Y ahora dime, ¿dónde está la niñera? ¿Ha vuelto a quedarse dormida mientras te leía un cuento?

Georgina asintió con la cabeza.

—La pobrecita Margery solo tiene un zapato, pero Tommy tiene dos y tiene que ir a Londres. Margery no y se pone muy triste, pero al

menos el hombre que se lleva a Tommy a Londres regala a Margery un par de zapatos para que se consuele con ellos.

Su madre sonrió.

—Al menos podrás decirle dónde lo dejasteis cuando recoja el libro mañana. Y hablando de zapatos, veo que no te los has puesto. Déjame que termine aquí y te llevo arriba.

Georgina esperó a que su madre sellara la última carta con un poco de cera y apagara las velas. Bajo el resplandor de la mortecina luz, el estudio parecía un lugar mágico, como aquellos que salían en las historias que la niñera le contaba todas las noches antes de quedarse dormida. Lo único que faltaba era una de esas muñecas con forma de hada que hacía la madre de Charles y que vendía en la feria. Algún día Georgina sería igual que su madre y tendría su propio estudio.

Solo que su estudio tendría hadas de verdad.

Capítulo 1

Londres, Inglaterra, Primavera de 1813

La perfección, incluso la que solo era aparente, era una proeza casi imposible de lograr. *Lady* Georgina Hawthorne lo sabía de primera mano. Se había pasado los tres últimos años de su vida preparándose a conciencia y planeando hasta el más mínimo detalle, dispuesta a que su primera temporada fuera perfecta o, por lo menos, a convencer a todo el mundo de que lo era.

Mostrar algo menos que la más absoluta excelencia podría llevar a que alguien descubriera la verdad: que no solo era imperfecta, sino que lo era por naturaleza.

Si la brillante creación que tenía frente a ella, envuelta en papel de seda, era una señal de lo que estaba por venir, su arduo trabajo estaba a punto de cosechar unos frutos extraordinarios.

—Es más bonito de lo que imaginaba —murmuró Harriette, su doncella personal y amiga, con un reverente susurro al tiempo que extendía la mano para acariciar la ristra de plumas que sobresalían del borde superior izquierdo de la máscara—. Es usted asombrosa.

Georgina sonrió, incapaz de reprimir el impulso de tocar aquella obra de arte. Aunque había que reconocer al artesano su enorme habilidad a la hora de fabricarla, no sentía modestia alguna en reconocer que ella también había puesto su parte, dándole al hombre dibujos detallados de lo que quería exactamente.

—Si todo lo demás funciona conforme a lo planeado, al final de la temporada estaré casada y bien casada. —Con un suspiro, Georgina colocó la tapa sobre la caja, ocultando la delicada máscara. Por mucho que le gustara quedarse allí mirándola embobada durante tres días seguidos, no podía arriesgarse a estropear la seda blanca o las brillantes plumas del mismo color antes del baile—. ¿Ha llegado ya el vestido?

—Lo trajeron esta mañana. —Harriette se hizo con la caja que contenía la máscara y desapareció dentro del vestidor de Georgina. Instantes después salió con un gran paquete blanco en los brazos—. También es magnífico.

Georgina luchó contra el inicial impulso de entusiasmo que se apoderó de ella e intentó mirar el vestido con ojo crítico. Si necesitaba cambiar algo, ese era el momento. Solo faltaban tres días para el baile. Y aunque se tratara de un baile de máscaras, sería su presentación en sociedad. No podía ser solo perfecto. Tenía que ser excepcional.

Necesitaba estar espectacular en su debut si quería que todo el mundo se olvidara de lo estúpida que había sido al perseguir al marqués de Raebourne el año anterior antes de terminar oficialmente la escuela. Eso era lo que a una le pasaba cuando dejaba que las emociones tomaran el control y la apartaran de su plan. El marqués habría colmado sus expectativas a la perfección, pero el absurdo interés que este demostró por una mujer de escasa relevancia colocó fuera de su alcance a su principal objetivo marital.

Aun así, nunca debería haber permitido dejarse llevar por el pánico y contarle a *lady* Helena Bell secretos de la familia. Tendría que haber sabido que *lady* Helena no sería capaz de usar aquella información para romper el compromiso de la pareja. Fue tremendamente embarazoso, pero Georgina aprendió una importante lección: no podía contar con la ayuda de nadie para llevar a cabo sus planes.

Ese año todo dependería de ella.

Miró a su doncella, que estaba inspeccionando la falda en busca de algún hilo suelto. Sí, de ella y de Harriette. Siempre se podía confiar en la fiel Harriette. De hecho, estaría perdida sin ella.

—Tu hermano está a punto de empezar la escuela, ¿verdad?

La doncella alzó la vista y la miró estrechando sus corrientes ojos castaños sobre su también común y redondeado rostro. Después, se irguió todo lo que su estatura media le permitió y la reprendió con su voz siempre cargada de una extraordinaria inteligencia y tenacidad.

—Ya se ha ocupado de eso. No voy a aceptar ni un solo penique más de su asignación.

Georgina intentó disimular una sonrisa mientras su amiga asentía con gesto decidido antes de volver a prestar atención al vestido.

Aunque nadie en Londres pudiera creérselo, ambas eran amigas. Nadie sobre la faz de la Tierra la conocía mejor que Harriette. Sin la amistad de esa mujer desde su infancia, Georgina nunca habría podido ocultar sus defectos a su perfecta y aristocrática familia. Todos la veían como una mocosa malcriada; una condición que usaba a su favor tan a menudo como le era posible.

—Puedo decir a Griffith que te aumente el sueldo. No dudaría nunca de mi palabra. Seguramente cree que te lo mereces de sobra.

Harriette dispuso el vestido sobre la cama y atravesó la habitación para agarrarle de las manos.

—No se preocupe. Llevo con usted desde que tenía siete años. No voy a irme a ningún lado.

Resultaba difícil creer que Harriette solo tenía veinte años, dos años más que ella. A veces parecía demasiado madura para su edad.

Georgina se mordió el labio.

—Va a funcionar, ¿verdad?

—Deje de hacer eso —ordenó Harriette moviendo un dedo frente a su cara—. Si se muerde los labios terminarán agrietándose.

Georgina se acarició el labio inferior con un dedo.

La doncella asintió antes de continuar.

—Pues claro que va a funcionar. Desde la última temporada, nos hemos leído de cabo a rabo tres veces el *Debrett's Peerage,* el libro más importante de la aristocracia inglesa, y hemos hecho una lista de todos los posibles candidatos. Sabemos quiénes son los solteros que cumplen con sus requisitos. Uno puede llegar a estar a la altura. Cuatro de ellos incluso son duques.

—Teniendo en cuenta que no puedo casarme con mi hermano, creo que son solo tres. —Georgina sostuvo el vestido para el baile contra sí y empezó a girar sobre la habitación, disfrutando de la novedad de tener una prenda de estilo isabelino entre sus manos—. Seguro que Spindlewood acompaña a su nieta está temporada, aunque hace tiempo que dejó de estar de luto; el suficiente como para plantearse volver a pasar por el altar.

—¿No cree que es demasiado mayor? —preguntó la doncella con los ojos abiertos antes de dejarse caer sobre la silla del tocador.

—Claro que sí. Si muriera, sería una viuda demasiado joven con un vínculo bastante endeble con el siguiente duque. Una posición que no conllevaría apenas poder. —Se puso las zapatillas y se miró una última vez en el espejo—. Es una lástima que su nieto sea tan joven. Ni siquiera ha terminado sus estudios.

Harriette ladeó la cabeza.

—Podría esperarle. Seguro que el año que viene hace su aparición oficial en sociedad.

Como si pudiera permitirse el lujo de esperar todo un año a que el nieto del duque demostrara ser tan socialmente competente como el resto de la familia.

Hizo un gesto de negación antes de acercarse al vestidor para guardar la prenda, seguida por los ligeros pasos de Harriette.

—Lo que necesito, Harriette, es que el duque de Marshington

vuelva de donde quiera que esté, buscando la candidata más adecuada para su reaparición en sociedad. Eso me solucionaría la vida. De hecho, si eso sucediera, creería que Dios está cuidando de mí de verdad. —Lo que significaba que no tenía muchas esperanzas de que aquello ocurriera. Tenía la certeza de que Dios estaba en alguna parte, pero estaba convencida de que la había dado de lado hacía mucho tiempo.

—Todavía queda otro duque, un marqués y dos condes en su lista, aunque me gustaría que reconsiderara la posibilidad de tachar al conde de Ashcombe de ella. Su hermana...

—Mi hermana debería haberse casado con él cuando tuvo la oportunidad. —Georgina inspeccionó el bolso de mano que había preparado para el baile, asegurándose de que llevaba todo lo necesario, incluido un par de bailarinas de repuesto y aguja e hilo en caso de tener que hacer algún arreglo urgente al vestido. No permitiría que nada le estropeara la noche—. Ashcombe es popular, rico y muy consciente de la importancia de la reputación. Se queda en la lista.

Harriette permaneció en silencio mientras colocaba en el estante una capa de terciopelo blanco al lado del vestido para el baile del mismo color.

Una punzada de culpa asaltó sus pensamientos. Ashcombe había cortejado a su hermana durante su primera temporada, pero ese año Miranda iba a empezar su cuarta temporada. Había tenido un sinfín de oportunidades para ganarse la mano del hombre. Ahora le tocaba a ella.

Solo había un pequeño detalle que hacía que el conde estuviera en el último puesto de su lista: le parecía soporífero. Pero mejor aburrirse que estar arruinada.

Por enésima vez, deseó que Miranda hubiera encontrado marido el año anterior. La amenaza de que su hermana estuviera a punto de convertirse en una solterona podía suponer un escollo en la incomparable temporada que había planeado. Al fin y al cabo, podían creer que era como ella.

Se llevó la mano al pecho, como si fuera capaz de atravesarlo y controlar el nudo de nervios que se había instalado allí.

—Todo está preparado, *milady*. —Harriette mulló la falda del vestido hasta que las distintas capas de blanco quedaron perfectas.

Los latidos de su corazón se calmaron mientras contemplaba el conjunto que iba a llevar en su presentación en sociedad como adulta. Era el epítome de todo por lo que había estado trabajando con tanto esfuerzo. Entrar del brazo de su hermano, el poderoso duque de Riverton, la convertiría al instante en una de las muchachas más populares de la velada.

El baile de máscaras iba a ser el acontecimiento más importante de su vida.

Estaba en uno de los lugares más feos que había visto en su vida.

Colin McCrae miró por encima de su hombro la desvencijada escalera por la que había subido con tanto cuidado. Desde arriba tenía mucha peor pinta que desde abajo, lo que significaba que tendría que contener la respiración cuando llegara el momento de descender.

Suponiendo que viviera lo suficiente.

Ir a ver a su amigo Ryland sin avisarle no era la mejor idea. Los espías que trabajaban para la Corona solían ser un poco cautelosos a ese respecto. Por suerte, el hombre era de los que miraba primero antes de disparar; una cortesía que seguramente obedecía al hecho de que también era el duque de Marshington. Puede que durante los últimos nueve años hubiera vivido al margen de la sociedad, pero los dieciocho años anteriores los dedicó a aprender a comportarse como un caballero.

Daba la sensación de que en el pasillo de la parte superior de las escaleras alguien había considerado, por lo menos, hacer alguna labor de mantenimiento en la pasada década. En realidad, no era el peor lugar

en el que Colin había ido a ver a Ryland en los cinco años que hacía que se conocían, pero estaba cerca.

Procuró mantener alejado el abrigo de algunas de las sombras de aspecto más lúgubre. Solo porque Ryland hubiera optado por evitar las cosas más refinadas de la vida en aras de la justicia inglesa no significaba que él también tuviera que hacer lo mismo.

Después de dar tres enérgicos golpes en la puerta de madera gris, retrocedió un paso, colocándose de forma que quien quiera que fuera a abrir pudiera verlo.

La puerta se abrió lo suficiente para mostrar la cara y el hombro de Jeffreys, el ayuda de cámara de Ryland, aunque entre sus obligaciones se contaban más bien actividades clandestinas que sacar brillo a los zapatos del duque. Seguramente ese era el único par de estancias de todo el edificio que podía presumir de contar con un sirviente.

Colin sonrió al hombre delgado.

—Por favor, Jeffreys, no me dispares. Le tengo mucho cariño a este abrigo.

Jeffreys se rio y abrió más la puerta, permitiéndole entrar. Estaba convencido de que el ayuda de cámara había escondido tras la espalda alguna pistola antes de ir a abrir.

Otra risa más profunda le llegó desde la habitación de al lado. Colin se dirigió allí y se encontró con Ryland tirado sobre una silla que, siendo muy generoso, podía decirse que estaba tapizada. Más bien se trataba de una serie de hilos que cubrían lo poco que quedaba del cojín.

Ryland señaló el otro asiento que había en la habitación, una sencilla silla de madera que parecía vieja pero lo bastante robusta.

—¿Qué te trae por aquí?

Colin se sentó, cruzó los pies calzados con unas botas altas a la altura de los tobillos y se colocó el sombrero en el regazo.

—¿Te refieres a además de darte la bienvenida por tu regreso a la ciudad?

Su amigo le miró enarcando una ceja con gesto condescendiente, una muestra de la arrogancia aristocrática propia del duque que era, a pesar de que Ryland parecía más un trabajador de un muelle que un miembro de la nobleza.

—Todavía no he regresado oficialmente.

—Mi visita tampoco es oficial.

Ryland trabajaba para el Ministerio de la Guerra. Colin no. Al menos no de forma que nadie pudiera considerar oficial. De vez en cuando había puesto al servicio del ministerio su capacidad de observación y contactos para ayudar en alguna de las misiones. Y aunque siempre procuraba negarse con la suficiente frecuencia como para que el ministerio no se aprovechara de él, nunca rechazaba ninguna petición de Ryland.

Precisamente había sido una de esas peticiones la que le había llevado a ese destartalado edificio.

Ryland se enderezó un poco.

—¿Tienes noticias?

Colin asintió. Recientemente Ryland se había hecho pasar por el ayuda de cámara del duque de Riverton. Riverton estaba al tanto del plan, al fin y al cabo ambos eran amigos desde que comenzaron su educación, y aceptó entablar una serie de correspondencias falsas para atrapar al grupo de espías de Napoleón que operaban desde su propiedad. La contribución de Colin consistió en unas misivas en las que recomendaba aparentes inversiones, entre ellas una mina.

La información que hacía de señuelo, en un primer momento pensada para ser poco más que un relleno de la correspondencia falsa, estaba siendo usada. Y como solo las personas que estaban vendiendo secretos a Francia habían tenido acceso a dicha información, el interés por la mina era, cuanto menos, sospechoso.

Mientras Colin puso al tanto a Ryland de los detalles, Jeffreys se dedicó a sus quehaceres, moviéndose en silencio por la estancia.

Un destello de profunda reflexión cruzó los ojos grises de Ryland. Colin se acomodó en la silla de madera lo mejor que pudo, sabiendo que su amigo podía quedarse contemplando todas las posibles consecuencias de las noticias que le había comunicado durante cinco minutos o cinco horas y que, cuando terminara con sus cavilaciones, querría que él siguiera allí.

—Motivo más que suficiente para que salga de su escondite, excelencia. —Jeffreys sacó un pequeño baúl de debajo de la cama y comenzó a guardar ropa.

Colin se incorporó un poco. La mera curiosidad había dado paso a una auténtica sorpresa. ¿De verdad se estaba planteando Ryland dejar de esconderse? Desde luego era el momento idóneo, con la temporada social a punto de empezar en una semana.

En vez de reprender al otro hombre por interrumpir sus pensamientos, Ryland le lanzó al sirviente una mirada llena de intenciones. Estaba claro que la frase de Jeffreys ocultaba algo que escapaba a su comprensión.

—¿Y ya has decidido dónde debo hacer mi primera aparición?

Solo sus años de experiencia le ayudaron a permanecer en su asiento y mantener la calma. ¿Ryland no solo volvía a Londres sino que también tenía pensando reaparecer en sociedad? ¿Se trataba de una nueva misión? ¿Un nuevo caso que requería que saliera de su escondite? ¿O realmente estaba intentando hacer realidad su deseo de abandonar el espionaje?

Jeffreys se sacó una tarjeta blanca del bolsillo y la arrojó hacia la cama. Ryland la atrapó en el aire, arrugando una de las esquinas.

Colin intentó echar un vistazo a la tarjeta. Parecía una invitación. ¿Quién se la habría mandado? Medio Londres le creía muerto.

—¿Ella asistirá? —preguntó Ryland pasando un dedo por el borde de la tarjeta.

Jeffreys asintió.

—Los criados no paran de hablar de los variados disfraces que han adquirido sus señores y señoras. Esa invitación estaba a nombre de su tía. Price dijo que era una lástima que no la recibiera.

Ryland miró la invitación y sonrió. Sonrió de verdad. El espía hastiado y cansado del mundo estaba sonriendo.

Colin se puso de pie y se inclinó hacia delante para ver la tarjeta, pensando en los gestos y en todo lo que se había dicho desde que llegó. Efectivamente se trataba de una invitación para un baile de disfraces, pero aquel dato palideció cuando la importancia de la declaración de Jeffreys se hizo evidente. Había una muchacha de por medio y, por la cara de Ryland, no estaba relacionada con su trabajo como espía.

Como era un asunto personal y sabía que Ryland no soltaría prenda de forma voluntaria, se volvió hacia el ayuda de cámara.

—¿Así que hay una mujer?

—¿De qué irá disfrazada? —Ryland se golpeó la palma de la mano con la tarjeta, con la esperanza de recibir su respuesta sin permitir que Colin hiciera ninguna pregunta; algo que avivó aún más su curiosidad por saber quién era ella.

—No estamos seguros, pero sabemos que será azul —respondió el ayuda de cámara sin dejar de guardar ropa—. Han visto a su hermana, a su madre y a ella en la modista, encargando vestidos para el acontecimiento. La hermana estaba muy emocionada. La madre no tanto.

—No me sorprende. —Ryland volvió a adoptar ese gesto pensativo. Parecía haber olvidado que Colin continuaba en la habitación—. Los bailes de máscaras no son conocidos precisamente por mantener el sonrojo de la juventud en las mejillas de las jóvenes debutantes. Me extraña que *lady* Blackstone permita que esta sea la primera aparición en público de *lady* Georgina.

Colin nunca había conocido a las damas Hawthorne ni a su madre recién casada en segundas nupcias, *lady* Blackstone, pero sí que había hecho negocios con el hermano mayor, el duque de Riverton,

cuya propiedad había estado vigilando Ryland, haciéndose pasar por un ayuda de cámara.

Aquello iba a terminar mal.

Colin tosió.

—¿*Lady* Georgina Hawthorne?

Aunque no conocía a la joven, sí que había oído hablar de ella. Y lo que había oído la convertía en la última dama que hubiera esperado que despertara el interés de su amigo.

—La anfitriona, *lady* Yensworth, es amiga íntima de *lady* Blackstone. De no ser así, estoy seguro de que no asistirían al baile. —Jeffreys sacó un par de botas destrozadas del fondo del armario—. ¿Nos vamos a quedar con estas?

Ryland enarcó una ceja.

—¿Por qué no?

—Excelencia... —El ayuda de cámara ladeó la cabeza.

Ahora Ryland alzó ambas cejas.

—¿Qué?

—Solo le recuerdo que es usted un duque. No sé mucho sobre la aristocracia, pero sí que no llevan botas como estas.

En circunstancias normales Colin hubiera permanecido en un rincón, contento de poder recabar la mayor información posible de una conversación personal que estaba teniendo lugar en su presencia. Pero en esta ocasión no podía permitirse el lujo de malinterpretar lo que estaba pasando. Simplemente no se lo podía creer.

Se puso de pie y agarró a Ryland por un hombro, incapaz de ocultar el asombro que sentía.

—¿Tienes la intención de cortejar a *lady* Georgina Hawthorne?

Por mucho que quisiera, no podía imaginárselo. Ryland era un caballero por los cuatro costados, pero llevaba demasiado tiempo viviendo entre las sombras como para considerarlo un hombre refinado. Sin duda haría trizas a una delicada flor de la sociedad.

—¿Qué? No. —Ryland cambió de postura en su asiento. Nunca le había visto tan incómodo.

Se volvió y lanzó una mirada inquisitiva a Jeffreys. Era obvio que algo estaba alterando al normalmente imperturbable duque, y como Colin era un buen amigo, no podía esperar a sonsacárselo al otro hombre.

Jeffreys miró las botas y frunció el ceño.

—A la hermana mayor, señor.

—Ah. —Colin se relajó considerablemente y sonrió. No había oído mucho sobre *lady* Miranda, pero sí lo suficiente como para saber que sería mucho más adecuada para un hombre que había pasado los últimos nueve años escondido entre las sombras. Cualquier mujer dispuesta a rechazar un buen número de propuestas de matrimonio tenía que poseer a la fuerza su buena dosis de coraje; algo necesario si el peligro decidía seguir a Ryland hasta su casa.

Ryland fulminó a Jeffreys con la mirada mientras este continuaba recogiendo sus pertenencias por la habitación.

—¿Por qué le cuentas mis secretos al señor McCrae, Jeffreys? ¿No se supone que debes guardarme lealtad?

—Por supuesto, excelencia. Por eso no le he dicho al señor McCrae que lleva suspirando por la joven desde que abandonó su puesto en la casa hace varios meses. —Jeffreys arrojó las destrozadas botas al baúl—. Solo el más indiscreto de los ayudas de cámara revelaría que estuvo usted paseando de un lado a otro por esta estancia, pesando en qué hacer, cuando ella llegó a Londres.

Colin se echó a reír con tantas ganas que tuvo que sentarse de nuevo en la silla y llevarse la mano derecha al costado. Ryland había dejado Riverton antes de Navidad, después de enviar a la panda de traidores, que estaba huyendo, a esconderse en la gran ciudad. Le resultaba de lo más divertido imaginárselo languideciendo por una mujer tanto tiempo.

Su amigo apartó la vista del ayuda de cámara y le lanzó una mirada calculadora.

—¿Supongo que no has recibido una invitación para este baile?

Colin se tragó la risa y asintió. Debería haber sabido que no podría evitar que le arrastraran a cualquier plan que hubieran ideado Ryland y su sirviente. Aunque para ser sinceros, si aquello incluía ver a su amigo en un apuro sentimental, no quería perdérselo.

—Sí que la he recibido. No tenía intención de ir, pero si vas a estar allí tendré que cambiar de planes. La gente no sabrá qué hacer con un cotilleo tan jugoso.

Ryland volvió a golpear la invitación contra su mano.

—Creo que un baile de disfraces nos irá de perlas. Así puedo ayudar a que se haga a la idea de que he vuelto a la capital, pero sin que me reconozca.

Reprimió un gruñido. *Lady* Miranda ya había conocido a Ryland, aunque no como duque, sino como el supuesto sirviente de su hermano (el papel que había desempeñado mientras investigada a los espías franceses en Hertfordshire). Era obvio que la dama ya se había llevado una impresión considerable de Ryland, y era posible que él también de ella, a pesar de su posición como criado. Eso sí, no existía estima suficiente en este mundo que lograra hacer feliz a una mujer a la que habían engañado durante meses.

Ni tampoco le iba a suponer alivio alguno que le dieran a conocer una revelación de tal magnitud.

Por no mencionar el hecho de que Ryland, por lo menos hasta donde él sabía, seguía buscando de forma activa al espía de Napoleón que se le había escapado.

—¿Y la misión?

El duque se encogió de hombros.

—Todas las pistas, menos una, están paradas. Cualquier agente del ministerio puede seguir a Lambert con la misma facilidad que yo.

Colin miró a Jeffreys, que negaba con la cabeza como si estuviera de acuerdo con él en que no había nada que pudiera hacer cambiar de parecer a Ryland. Era evidente que el duque no estaba pensando con claridad.

La vida de Ryland estaba a punto de volverse muy complicada. Y Colin tenía pensado ser testigo de primera mano. A fin de cuentas, contemplar cómo Ryland se las arreglaba para llegar a esa misma conclusión iba a ser demasiado divertido como para perdérselo.

Capítulo 2

—Creo que he apretado demasiado la máscara —comentó Harriette con el ceño fruncido mientras deslizaba un dedo a lo largo de la frente de Georgina, trazando el borde de la máscara blanca llena de joyas.

—Déjala como está. —Georgina alzó una mano para impedir que Harriette aflojara la cinta. Era cierto que los bordes presionaban contra su piel, pero no quería echar por tierra las horas dedicadas a lograr que la máscara enmarcara a la perfección sus ojos y su pelo.

—Muy bien. —Sin dejar de fruncir el ceño, Harriette terminó de colocarle un bucle díscolo.

Georgina movió la cabeza a un lado y a otro, asegurándose de que los estéticos tirabuzones rubios cayeran detrás de la máscara de forma que le taparan las orejas, que no eran exactamente iguales. No quería que esa noche le criticaran el más mínimo detalle. Solo tenía una oportunidad para crear una buena impresión.

A continuación, se levantó y caminó por la habitación para cerciorarse de que el vestido no se le enredara o la hiciera tropezar durante el baile. Se movía fluidamente entre las capas de faldas, aunque le iba a llevar un poco más acostumbrarse al corpiño. La parte delantera armada que caía hasta debajo de la cintura era muy llamativa, pero también bastante restrictiva para una mujer que estaba acostumbrada al corte imperio.

Sintió la rigidez del bordado blanco sobre blanco que decoraba el corpiño cuando tocó las ballenas del mismo y agradeció a Dios no tener que vestirse así a diario.

Luego volvió a mover la cabeza antes de darse la vuelta para comprobar una vez más delante del espejo el efecto de la máscara sobre su rostro. Intentó sonreír, reír e incluso fingió beber. Sí, la máscara no podía tener mejor diseño.

—Esta noche va a ser perfecta, Harriette. Todo va a ir conforme a lo planeado.

La doncella no respondió mientras la ayudaba a ponerse la capa de terciopelo blanco sobre los hombros.

Georgina esbozó la coqueta e inocente sonrisa que llevaba ensayando durante un año e hizo una reverencia a Harriette antes de añadir:

—¿Qué tal estoy?

—Parece un ángel. —La sonrisa de Harriette era sincera, la de ella falsa. Pero ambas eran las únicas que lo sabían. Si en ese momento alguien hubiera visto a la doncella abrazarla, evitando rozar el elaborado peinado, habría pensado que las dos mujeres estaban felices por las posibilidades que ofrecía la velada—. Buena suerte, *milady*.

Georgina le devolvió el abrazo.

—Tengo un plan, querida Harriette. No necesito suerte. —Había usado toda su cuota de suerte el día que conoció a su doncella. Desde entonces, la vida no había considerado pertinente concederle nada más y no parecía que fuera a empezar ahora.

Cuando salió de su dormitorio, el pasillo estaba vacío. Tomó una última y profunda bocanada de aire para infundirse de valor y se dirigió a las escaleras. Sintió un nudo de ansiedad en el estómago que casi le produjo náuseas.

En cuanto apoyó la mano en el pilar de la barandilla y tocó con el pie el último escalón, a los nervios se sumó una embriagadora sensación de expectación. Tres años de entrenamiento y planificación

estaban llegando a buen término. El año anterior se había topado con uno o dos obstáculos en el camino, pero ahora todo estaba en orden. Lo único que tenía que hacer era seguir el plan a pies juntillas y todo Londres caería a sus pies.

Después, solo tendría que preocuparse por mantenerlos en ese estado.

Griffith, el duque de Riverton además de su hermano mayor, fue el primero en recibirla en la parte inferior de la escalera.

—Un ángel vestido de blanco. Qué aspecto tan distinto al que nos tienes acostumbrados.

Georgina inclinó la cabeza hacia un lado, intentando parecer apática ante la sarcástica declaración. Llevaba vistiendo única y exclusivamente de blanco durante los dos últimos años. Era un color que le favorecía sobremanera, le causaba un efecto espectacular y era muy fácil de modificar, de forma que nunca parecía que llevara el mismo vestido dos veces. ¿Era agotador ir siempre del mismo color? Sí, pero también proporcionaba una impresión de elegancia sublime. O por lo menos eso esperaba.

Cuando su hermano le ofreció el brazo, agradeció en silencio haber practicado aquello también. Griffith era alto, corpulento e imponente; una virtud en todo lo referente a los asuntos ducales, pero muy poco práctico cuando una mujer trataba de agarrarse a su brazo de la forma más favorecedora posible, incluso aunque dicha mujer fuera un poco más alta que la media.

Su madre la miró con una pequeña sonrisa, similar a la suya propia.

—No le hagas caso. Estás encantadora.

Lord Blackstone, el conde con el que su madre se había casado hacía dos años, asintió con un murmullo. Miranda esbozó la sonrisa típica de una hermana mayor. A pesar de que llevaba una máscara azul anudada al rostro, no podía disimular el poco entusiasmo que le producía compartir aquella velada con su hermana pequeña. Georgina alzó ligeramente la barbilla y caminó por el vestíbulo.

Cada paso que la acercaba al carruaje lo volvía todo más real. El olor de las rosas que había en la mesa del recibidor era más intenso a medida que se aproximaba a la puerta. El aire nocturno más fresco cuando salió. Incluso el ruido de los vehículos y transeúntes parecía más alegre. Todo era más profundo, más vibrante, como si la magnitud de la noche que estaba por venir dotara al mundo de mayor vitalidad.

Subió al carruaje detrás de Miranda, intentando alejar de su mente cualquier fantasía. Era una noche como cualquier otra. Tenía un plan y, siempre que evitara que la emoción nublara sus pensamientos, como había sucedido el año anterior, llevaría a cabo dicho plan sin alejarse lo más mínimo del camino trazado. Sí, todo saldría de maravilla.

Su madre y lord Blackstone se sentaron frente a ambas hermanas y Griffith se encargó de cerrar la portezuela antes de dirigirse a su propio carruaje. Georgina volvería a casa con su hermano, pero su madre había querido ir con ella. Al fin y al cabo, era el primer baile de su hija pequeña.

Una vez sentada al lado de su hermana mayor, y mientras se alisaba la falda, un hormigueo le recorrió los dedos y brazos. El marcado contraste entre su impoluto vestido blanco y el brillante azul de Miranda hizo que se detuviera unos segundos. ¿Había hecho lo correcto? ¿Su fijación por el blanco la haría parecer inaccesible en vez de una joven única?

—¿Qué tal estoy? —preguntó antes de poder detenerse.

Su madre y lord Blackstone le aseguraron que el vestido le quedaba de maravilla y llevaba un peinado perfecto; Miranda, sin embargo, se limitó a girar el rostro y mirar por la ventana. Georgina la miró con ojos entrecerrados. Ella no tenía la culpa de que su hermana mayor hubiera llegado a su cuarta temporada sin la perspectiva de un matrimonio prometedor a la vista. Había sido demasiado exigente, dando la espalda a más de una proposición perfectamente aceptable.

¿Y si la gente creía que era de la misma opinión que Miranda? ¿La evitarían los caballeros? Los nervios crearon tal tensión en su estómago que pensó que al final tendría que pedir que el carruaje se detuviera.

Tenía que haber algo con lo que pudiera entretenerse mentalmente para no preocuparse por terminar convirtiéndose en una bobalicona apoyada en la pared de un rincón del salón de baile.

—¿De qué vas disfrazada, que no me acuerdo? —preguntó, acariciando la falda de gasa azul de Miranda. Ese color le sentaba estupendamente bien a su hermana. Ambas tenían una complexión muy parecida, pero con la diferencia suficiente para hacer que a Miranda nunca le hubiera quedado bien el blanco. Otra razón por la que Georgina se había decantado por ese color. La gente nunca pensaría que era como su hermana.

—Del cielo —murmuró Miranda.

Su madre la miró confusa.

—Creía que habías dicho que eras un pájaro.

Lord Blackstone se echó a reír.

—A mí me ha dicho que era el océano.

Miranda sonrió.

—En ese caso, supongo que seré una mujer misteriosa.

Su hermana era una necia. ¿Cómo podía dejar tantas cosas al azar? Si no tomaba las riendas de su vida y encauzaba las impresiones que la gente tenía de ella, nunca llegaría a nada. La confianza en una misma era un rasgo admirable, pero no si traía como consecuencia que una mujer perdiera todas las oportunidades que había dejado escapar Miranda.

La insensata de su hermana debería haberse quedado en la ciudad la primavera pasada para asegurarse el futuro. En vez de eso, había dedicado todos sus esfuerzos a la nueva pupila de Griffith, convirtiéndola en una candidata adecuada para el marqués de Raebourne. Si Miranda hubiera actuado conforme se suponía que tenía que hacer, esta noche Georgina hubiera hecho su reverencia sola, el marqués todavía seguiría disponible y todos los planes matrimoniales que tanto le había costado trazar continuarían intactos. Pero Miranda le había fallado y toda la situación se había convertido en un lío enorme que amenazaba con echar por tierra su posible éxito en sociedad antes de que hubiera puesto un pie en su primer baile.

El hormigueo siguió ascendiendo por los brazos hasta llegar a la cabeza, para luego bajar hasta los dedos de los pies. ¿Y si no conseguía dar a la sociedad una primera impresión apropiada? Apretó los puños y dejó de prestar atención al resto de la conversación. A fin de cuentas, una distracción era lo que menos necesitaba en ese momento. Tenía que recordarse quién era antes de salir de aquel carruaje.

Era *lady* Georgina Hawthorne, hermana del duque de Riverton.

Lady Georgina Hawthorne era una dama segura de sí misma.

Lady Georgina Hawthorne conocía todos los posibles trucos de cualquier conversación.

Lady Georgina Hawthorne podía ofrecer cualquier información pertinente sobre quién era considerado alguien dentro de las altas esferas sociales y sabía identificar perfectamente quién no lo era (al menos en lo que a su objetivo se refería).

Una ráfaga de aire fresco atravesó el carruaje, llamando su atención hacia la puerta abierta; una entrada a un mundo de ruido, color y movimiento. Mientras miraba a la gente atravesar la luz de las velas para entrar en la casa, la oscuridad se cernió sobre una esquina de su visión.

Entonces tomó una profunda bocanada de aire y reconoció la verdad, aunque solo para sí.

Lady Georgina Hawthorne estaba asustada.

—¡Qué bonito tono naranja llevas! —Colin falló estrepitosamente al tratar de disimular la sonrisilla que esbozaron sus labios mientras se burlaba del traje de Ryland. El duque de Marshington, hasta hacía nada espía de la Corona y experto en el manejo de cuchillos, iba vestido con un llamativo atuendo que le hacía parecer un cortesano francés del siglo XVIII.

El resultado era mucho mejor de lo que había imaginado cuando le dio la idea a Jeffreys.

Ryland apretó los labios debajo de la máscara mientras se colocaba la cascada de encaje que asomaba de la manga de la casaca de brocado naranja.

—El calzado le da un toque muy apropiado al conjunto. —Golpeó un zapato de tacón con hebilla de Ryland con el suyo propio, mucho más elegante y cómodo.

—Me alegra que te estés divirtiendo tanto. —El bajo murmullo de Ryland ensanchó aún más su sonrisa.

Estaba disfrutando de lo lindo, a pesar de que, desde que había llegado, hacía solo diez minutos, se había limitado a quedarse de pie en un rincón observando. Por primera vez desde que tenía memoria, Colin acudía a un acontecimiento social con el único objetivo de pasar un rato agradable. Era cierto que la mayoría de esas veladas terminaban siendo satisfactorias, pero su diversión provenía de su afán por mejorar sus habilidades empresariales, lo que conllevaba la búsqueda de conexiones ventajosas y algún que otro chisme revelador sobre cómo alguna debutante perseguía a un conde disponible.

Pero esa noche no estaba ahí por negocios. Esa noche iba a cruzarse de brazos y contemplar cómo Ryland intentaba ganarse el corazón de la dama que había llamado su atención.

Aunque nada de aquello sucedería si se quedaban parados toda la noche en aquel rincón con cortinas detrás de la mesa de refrigerios. Observó a su amigo con los ojos entrecerrados. ¿De verdad estaba nervioso? Tal vez necesitaba alguna distracción que apartara de su mente a la mujer que le había robado el corazón para poder centrarse un segundo.

—Sabes lo que dicen de ti, ¿verdad? —Colin apoyó un hombro contra la pared y cruzó los tobillos.

Ryland le miró.

—¿Quiénes?

—Ellos. —Señaló con la cabeza hacia la élite londinense que se congregaba en la estancia—. Uno de sus pasatiempos favoritos es intentar imaginar dónde has estado.

Ryland soltó una especie de gruñido.

—Unos dicen que has estado tanto tiempo fuera a causa de una terrible enfermedad. Otros, que por una deformación en el rostro que tratas de ocultar. —Fingió limpiar una pelusa del hombro de Ryland—. Aunque mi preferida es la teoría que dice que te marchaste para convertirte en corsario. ¿Sabías que tienes a toda una panda de rufianes escondidos en una isla del archipiélago de las Orcadas? Otros dicen que es en el Caribe, pero me gusta más lo de las Orcadas. Es más original.

Ryland volvió a gruñir.

Colin miró a su alrededor en busca de inspiración. Al final alguien los vería y haría que la situación se volviera más incómoda. Entonces la distracción que tanto necesitaba se acercó hacia la zona en donde se servía el ponche. ¿Quién mejor que el hermano de la dama para hacer que Ryland entrara en acción? De acuerdo, no era el hermano mayor, pero había coincidido un par de veces con lord Trent y sabía que el hombre estaría encantado de unirse a la conversación.

Cuando se dirigió hacia la ponchera, Ryland lo miró con cara de pocos amigos, pero le siguió sin hacer preguntas.

—¿Te acuerdas de lord Trent? —Colin hizo un gesto hacia el hombre alto y rubio mientras se servía un vaso de ponche excesivamente aguado.

—Por supuesto —respondió Ryland.

Las cejas de lord Trent se elevaron lo suficiente como para aparecer por encima de la máscara de dominó negro que llevaba. Los ojos verdes recorrieron de arriba abajo el llamativo atuendo de Ryland.

—Desde luego ha escogido usted un conjunto de lo más audaz. Alabo a cualquiera que se atreva a ponerse tal indumentaria, pero soy incapaz de saber quién es. ¿Nos conocemos?

Colin tomó un sorbo de ponche y reprimió una mueca ante el avinagrado sabor.

—Es el duque de Marshington.

Ryland soltó un suspiro.

Colin sonrió de oreja a oreja.

A lord Trent casi se le cayó la mandíbula al suelo.

—¿En serio? Si me lo hubiera dicho otra persona distinta al señor McCrae no me lo hubiera creído, pero me consta que no es dado a este tipo de bromas.

Ryland se sacudió el encaje y mostró el anillo que llevaba en la mano derecha. Toda Inglaterra sabía que Ryland ejercía un férreo control sobre aquel anillo. Su primo, Gregory Montgomery, llevaba intentando reclamar el título desde que él había desaparecido, pero difícilmente se podía declarar a un hombre muerto cuando este continuaba manteniendo correspondencia usando su sello. Era bastante peligroso llevar una joya tan personal en las misiones, pero no se había desprendido de ella desde que heredó el título siendo niño.

Lord Trent esbozó una amplia sonrisa y palmeó el hombro de Ryland.

—Hace una eternidad que no te veía. Desde nuestros días en Eton.

Colin continuó bebiendo mientras ambos hombres se ponían al día y recordaban los viejos tiempos. A sus veintiséis años, era un año más joven que Ryland y dos o tres mayor que lord Trent, por lo que sabía que ambos nobles no tenían que haber coincidido mucho tiempo en el colegio donde estudiaron, aunque la estrecha amistad de Ryland con el hermano mayor de lord Trent seguramente les había permitido interactuar más que otros estudiantes con tanta diferencia de edad.

A pesar de la promesa que se había hecho de disfrutar de la noche sin preocuparse por los negocios, se dio cuenta de que se había puesto a evaluar el salón de baile con ojo crítico. Casi todas las damas iban con disfraz, como la mayoría de los hombres. Unos pocos, incluido él mismo, se habían limitado a incorporar una máscara de dominó a su atuendo de etiqueta normal. Lord Trent se había esforzado un poco más, poniéndose una túnica negra estilo medieval sobre unas calzas ajustadas.

Se fijó en los tres hombres que había en otro rincón. Sin ningún género de dudas estaban hablando de carreras de caballos. El señor Townsend rara vez conversaba sobre otro asunto.

Lady Elizabeth, tan bajita y oronda como siempre, incluso con ese traje de corte griego, bailaba con el señor Burnside; algo que haría a su padre, lord Trotham, muy feliz. Y cuando lord Trotham estaba contento tendía a dejar de estar pendiente de algunas de sus propiedades.

Se recordó a sí mismo contactar con el administrador de Trotham para asegurarse de que el aserradero de Essex estuviera gestionándose de forma adecuada. El resto de las propiedades del vizconde le traían sin cuidado, pero el año anterior se había interesado por el aserradero. Había sido una buena inversión, aunque Trotham llevaba dos años preocupado porque su hijo sentara la cabeza.

Ante la mención al club de boxeo de Gentleman Jack, volvió a prestar atención a los hombres que charlaban frente a él. Lord Trent siempre había sido un atleta excepcional, pero no tenía ni idea de que hubiera entrenado con el legendario púgil. Si la confesión de Ryland a la hermana de lord Trent no iba bien, aquellas habilidades en el cuadrilátero podían causarle un serio problema a su amigo. La copa de ponche no era lo suficientemente amplia como para ocultar la enorme sonrisa que dibujaron sus labios, aunque el olor amargo y el débil sabor bastaron para que mantuviera el control.

Al ver que la conversación empezaba a decaer, abrió la boca para preguntar a lord Trent sobre los planes que tenía para la temporada, pero entonces un remolino de un blanco cegador entró en su campo de visión y las palabras quedaron atrapadas en su garganta.

—Buenas noches. —La voz femenina arrulló sus oídos como las suaves olas que rompían en la playa de una resguardada ensenada. Mientras volvía la vista para ver de dónde provenían no pudo evitar estremecerse de la cabeza a los pies.

El remolino blanco resultó ser la criatura más hermosa que había visto en su vida. Rizos dorados entrelazados con un collar de perlas. La máscara que llevaba le ocultaba la mayor parte del rostro, pero sus encantadores ojos verdes eran perfectamente visibles; unos ojos cuya ligera inclinación en las esquinas hizo que quisiera conocer todos sus secretos.

Bajó lentamente la vista, fijándose en el vestido blanco de estilo isabelino adornado con unas plumas colocadas tan estratégicamente que su portadora parecía estar flotando. Dios no podía haber tenido mejor día cuando creó a un ángel como aquel.

Lord Trent hizo un gesto de asentimiento hacia la joven y después sonrió a alguien que venía detrás de ella.

—Griffith, no te vas a creer con quién me he encontrado.

Los ojos de Colin se movieron de la celestial visión de blanco hasta el inmenso hombre que acababa de colocarse a su lado. El duque de Riverton iba vestido igual que Colin, aunque no por la misma razón. Como la persona que manejaba una buena parte de las inversiones de Riverton, sabía que el duque no tenía que preocuparse por lo que pudiera costarle un traje que solo se pondría una noche. A Colin tampoco le inquietaba el dinero, aunque, después de tantos años, todavía no había logrado dejar atrás el miedo a terminar en la indigencia.

—Qué casaca más espléndida. —Riverton echó un vistazo al atuendo de Ryland y no hizo ningún intento por disimular la divertida sonrisa que esbozaron sus labios—. Me estaba preguntando si harías acto de presencia esta noche.

Ryland se alisó con una mano los volantes de encaje que le caían por el pecho y en ese momento la luz de una vela cercana se reflejó en su anillo, provocando un destello en los volantes.

Al instante, la bellísima dama que se encontraba al lado de lord Trent dejó escapar un jadeo entrecortado mientras abría los ojos asombrada y se mordía el labio inferior. Tenía los ojos clavados en la mano de Ryland. Sin duda había reconocido el sello.

—Te dije que te vería en Londres —repuso Ryland, ajeno a todo lo que le rodeaba.

Colin se llevó la copa de ponche a los labios para disimular la sonrisa que esbozó cuando vio cómo la dama adoptaba una postura que realzaba cada curva y rizo que poseía su cuerpo. Eso sí, no se atrevió a beber ningún sorbo de aquel desagradable brebaje por temor a que se le escapara la carcajada que estaba refrenando con cada fibra de su ser.

Mientras los tres aristócratas conversaban sobre los posibles efectos del regreso de Ryland, no pudo evitar percatarse del estado de agitación en que iba sumiéndose la joven. No dejó de sonreír en ningún momento, pero su mirada se fue acercando a medida que transcurría el tiempo y nadie se molestaba en presentarle a Ryland.

Unos ojos verdes deslumbrantes. Cabello dorado. La mano descansando sobre el brazo del duque de Riverton; un duque soltero al que no estaba prestando la más mínima atención... Tenía que tratarse de *lady* Georgina, la hermana pequeña del duque. Una mujer completamente fuera de su alcance. Y no es que aquello la hiciera mucho más distinguida en aquella estancia. Colin rara vez encontraba una mujer que pudiera considerar su posición social medianamente aceptable.

Aunque tampoco se había topado con una dama tan bella en ningún baile. A pesar de la máscara y de todas aquellas plumas que llevaba, era tan magnífica como decían. Sí, hacía justicia a los rumores que había oído.

Y había oído bastantes. Aquella mujer era prácticamente una leyenda. Nunca había visto a la alta sociedad tan expectante por la presentación de ninguna dama como por la de *lady* Georgina. Teniendo en cuenta que la joven ya tenía a una hermana en los salones de baile, nunca entendió a qué venía tanta fascinación.

Hasta ahora.

Capítulo 3

Colin se esforzó por contener la diversión que le produjo la delicada tos de la dama y la forma como miró después a sus hermanos. Estaba claro que aquella incesante conversación sobre la inesperada asistencia de Ryland tenía como objetivo molestar a *lady* Georgina. Y por lo visto estaba funcionando.

Se apartó unos pasos en busca de un nuevo vaso de ponche. Luego se deslizó por detrás de lord Trent y se dirigió a *lady* Georgina.

—¿Me permite ofrecerle un poco de ponche?

La joven abrió los ojos mientras alzaba la vista desde el vaso hasta su rostro. ¿Estaba intentando recordar quién era? ¿Se estaría preguntando de qué se conocían? De todas las ocasiones que había visitado Hawthorne House para ver a Riverton, nunca se había encontrado con sus hermanas. Solo había visto a *lady* Miranda un par de veces. Y dado que tenía mucho cuidado en mantenerse lo más alejado posible de los chismes locales, era bastante improbable que hubiera oído hablar de él. Dejaría que *lady* Georgina continuara en la inopia. Puede que con eso diera tiempo a Ryland para salir de allí y encontrarse con *lady* Miranda.

Un vistazo al trío de hombres, ahora tratando de ocultar sus propias sonrisas, le dijo que Ryland no estaba por la labor de escabullirse. Colin volvió a señalar el vaso de ponche.

—Sé que es un atrevimiento imperdonable por mi parte, teniendo en cuenta que no nos han presentado, pero no soporto que no se haga caso a una dama.

—Sí, por supuesto. —Tomó el ponche como si no hubiera visto una bebida en su vida—. Gracias.

Riverton dio una palmadita a *lady* Georgina en la mano.

—Perdón, pero ¿se supone que tenemos que hacer presentaciones? Al fin y al cabo, estamos en un baile de disfraces.

Lady Georgina ladeó la cabeza de tal modo que se las arregló para mirar a Riverton sin dejar de sonreír a Ryland. Impresionante.

—No puedo bailar con un caballero que no conozco.

Ahora fue Riverton el que ladeó la cabeza.

—Cierto. Caballeros, permitidme que os presente a mi hermana, *lady* Georgina. Georgina, estos son su excelencia, el duque de Marshington, y el señor Col...

El jadeo de *lady* Georgina interrumpió la presentación de Colin.

—Duque, ¿es usted de verdad? Llevo años oyendo hablar de usted. ¿Qué le ha traído de vuelta a Londres?

Una muchacha descarada, pero encantadora. Por suerte, estaba acostumbrado a ocupar su lugar en los márgenes de la sociedad. No pertenecía a la aristocracia, ni siquiera a la alta burguesía. Lo único que se le daba bien, muy bien para ser sinceros, era hacer dinero. Tenía un olfato excelente para las inversiones, una buena cabeza a la hora de hacer negocios y un toque mágico en las nuevas operaciones en las que se embarcaba. Y esas cualidades le convertían en alguien muy codiciado por aquellas personas que necesitaban una cantidad ingente de dinero para mantener su estilo de vida privilegiado.

Aunque no le hacían popular.

Ryland dejó su copa de ponche y extendió el brazo en busca de la mano de *lady* Georgina.

—¿Me concedería el siguiente baile?

Su amplia experiencia en mantener las emociones bajo control impidió que alzará las cejas asombrado. Ryland había acudido a aquel baile porque estaba interesado en la hermana Hawthorne mayor. ¿Qué hacía sacando a bailar a la pequeña?

Dejó de mirar a Ryland y se centró en la dama de blanco. Más sonrisas y ladeos de cabeza. ¿Practicaría delante de un espejo? Aquella tenía que ser la primera o segunda vez que *lady* Georgina estaba en sociedad. Esa seguridad en sí misma y la forma que tenía de desenvolverse solo se aprendía con la experiencia que proporcionaba el paso del tiempo.

—Con mucho gusto, excelencia.

Instantes después, vio cómo ambos desaparecían entre una multitud de parejas al ritmo de una cuadrilla. Una cuadrilla bastante nueva. ¿Cuándo había tenido tiempo Ryland de aprenderla?

Se encogió de hombros y terminó lo que le quedaba de ponche. Su amigo nunca hacía nada sin un plan de por medio, así que tenía que existir alguna razón por la que había pedido a *lady* Georgina que bailara con él. Y aunque tuviera la certeza de que el plan fuera malo, no había nada que pudiera hacer al respecto.

—Debo disculparme una vez más —dijo Riverton.

Colin hizo un gesto con la mano como si no tuviera importancia.

—No te preocupes. Las mujeres tienden a no hacerme caso en este tipo de eventos, a menos que tengan la desgracia de que las coloquen a mi lado en la cena.

Lord Trent sonrió de oreja a oreja.

—Me he sentado a su lado en la cena y se las has arreglado bastante bien a la hora de usar correctamente los cubiertos y no sorber la sopa.

Colin sonrió, pero no ofreció respuesta alguna. Tampoco hacía falta, los tres hombres conocían perfectamente cómo funcionaba la escala social y el lugar que ocupaba Colin en ella. Que los hermanos Hawthorne escogieran hacer caso omiso de la gran brecha que los

separaba era de gran ayuda, pero uno no podía esperar que el resto de sus pares fuera a hacer lo mismo.

—¿Hace mucho que has venido? —preguntó Riverton a lord Trent.

—Un cuarto de hora como mucho. Apenas he tenido tiempo de echar un vistazo a toda esta aglomeración antes de encontrarme con Ryland y su ridículo aspecto.

Colin volvió a sonreír.

—Ha causado mucho mejor efecto del que me imaginaba.

Riverton parecía impresionado.

—¿Eres el responsable de semejante cursilería?

—Solo de la idea. —Colin negó con la cabeza—. Me temo que la brillante ejecución es obra de Jeffreys.

¿Dónde estaba *lady* Miranda? Colin miró entre la multitud, aunque dudaba que pudiera reconocerla con una máscara. No obstante, en algún lado tendría que estar y Ryland seguramente sabía cómo iba disfrazada, lo que le llevó a preguntarse de nuevo qué pretendía Ryland al bailar con *lady* Georgina. Teniendo en cuenta las obvias intenciones que la muchacha había mostrado hacía escasos instantes, las futuras reuniones familiares iban a ser un tanto incómodas si Ryland se mantenía en su empeño de cortejar a *lady* Miranda.

—¿Vas a quedarte en la ciudad durante la temporada, Colin? —preguntó Riverton, volviéndose hacia la pista de baile.

—No lo sé todavía. Puede que haga un viaje en un mes más o menos para estudiar algunas inversiones en el oeste. —No tenía pensado viajar hasta el final del verano, pero una rara sensación se había apoderado de él conforme se acercaba la temporada. No sabía muy bien qué hacer con esa inquietud. A pesar de que Londres no tenía nada que ver con Glasgow —la portuaria ciudad escocesa en la que había crecido, y de la que había salido corriendo para escapar de su familia hacía cinco

años sin saber muy bien adónde ir— desde el primer momento en que puso los pies en la capital sintió que estaba en casa.

Pero cinco años eran mucho tiempo. Y una parte de él se preguntaba si esa inclinación a dejar Londres tenía algo que ver con el secreto deseo que tenía de volver al norte. De ser así, estaba condenado a llevarse una gran decepción. Había muy pocas probabilidades de que su padre le recibiera con los brazos abiertos, incluso aunque quisiera intentarlo.

—Las carreteras del oeste han mejorado notablemente en los últimos años —comentó Riverton.

Lord Trent asintió.

—Sobre todo si vas en un carruaje con esos nuevos resortes elípticos. Hace unos meses fui en uno de ellos y apenas notas que te estás moviendo.

Colin conocía esos muelles. Había dejado pasar la oportunidad de invertir en ellos, pero estaba pendiente de otras innovaciones que pudieran salir a raíz de ellos. Antes de poder aportar su opinión a la conversación, un movimiento en el rabillo del ojo captó su atención.

Varias madres procuraban que sus hijas se acercaran a la mesa del refrigerio. Debían de haber atisbado los amplios hombros del duque de Riverton y antes de darse cuenta estaban enfrascados en una nueva y educada conversación en la que también se le dejó de lado cortésmente.

Tal vez la fuente de su insaciable inquietud fuera esa invisibilidad constante. Puede que *lady* Georgina fuera la dama más espectacular que había visto en los últimos tiempos, pero no la única a la que le había echado el ojo. La necesidad de sentar cabeza, de casarse y transmitir sus conocimientos y principios a una nueva generación crecía por momentos.

Y no sabía qué hacer al respecto.

Codearse con la flor y nata de la sociedad le resultaba de lo más interesante, pero le desconcertaba saber que ninguna de las jóvenes que

veía con cierta asiduidad le consideraría un candidato aceptable. Recordó los exóticos ojos verdes de *lady* Georgina. Sus hermanos habían dado señales inequívocas de que no les preocupaban lo más mínimo las diferencias sociales. ¿Cabía alguna posibilidad de que ella sintiera lo mismo?

Riverton y lord Trent escogieron a dos damas del círculo que les rodeaba y las acompañaron a la pista de baile. El resto de jóvenes se dispersaron al instante, en absoluto interesadas en atraer la atención de Colin.

Incapaz de abandonar la costumbre, tomó la enrevesada ruta que le dejaba a un lado de la pista de baile. Un lugar donde los caballeros, sumidos en sus copas y seguros de que estaban a salvo entre sus pares, hablaban abiertamente sobre sus asuntos y triunfos. Un trozo de la conversación de aquí y otro poco de la de allá le bastaba para hacerse una idea de lo que sería un éxito y de lo que terminaría en fracaso. Parecía que la plantación del señor Martin por fin estaba empezando a producir. Tendría que hacerle una visita en los próximos días y ver quién se iba a encargar de enviar la mercancía.

—Gracias por el baile, *lady* Georgina.

La voz de Ryland captó su atención y dejó de escuchar la conversación que se mantenía a su espalda. Frunció el ceño mientras le observaba acercarse con *lady* Georgina hasta la columna donde estaba apoyado. No estaba recopilando información para su amigo. No ahí. No se trataba de eso.

—El gusto ha sido mío, duque. —*Lady* Georgina miró a su alrededor y pareció un poco confusa. No era de extrañar. Ni sus hermanos ni su madre (las personas a las que un caballero entregaría a una dama después de bailar con ella) estaban a la vista. Pero reemplazó inmediatamente aquella confusión por una adorable mirada que dirigió al duque—. Me ha encantado bailar con una pareja que se mueve con tanta elegancia.

—¿Conoce a mi amigo, el señor McCrae?

Iba a matar a Ryland. Bueno, no en sentido literal. Ambos se habían salvado el pescuezo en demasiadas ocasiones como para considerar hacerle daño, aunque fuera de broma. Pero sí que se vengaría de él en el futuro.

—No recuerdo haber tenido el placer. —Una pequeña arruga apareció en la parte superior de la máscara de la dama. Seguro que le recordaba de hacía unos momentos. Vio cómo entrecerraba los ojos ligeramente, lo que debilitó la esperanza que tenía de que fuera tan amable como sus hermanos.

—*Milady*. —Colin se inclinó y aceptó la femenina mano que le ofreció Ryland.

Su amigo sonrió.

—Acabo de ver a alguien con quien debo hablar —dijo.

Colin le fulminó con la mirada, aunque la máscara de dominó seguramente disminuyó el impacto de la misma. De todos modos, no tenía muchas posibilidades de intimidar a un hombre con la experiencia de Ryland, a pesar de lo mucho que se merecía una mirada asesina. El muy sinvergüenza acaba de dejarle plantado en un rincón, sosteniendo la mano de la dama que todo el mundo esperaba fuera la sensación de la temporada.

Solo había una cosa aceptable que pudiera hacer.

Ser popular era todo un arte. Por supuesto que necesitabas tener las conexiones adecuadas y ser visto con la gente apropiada, pero se requería mucho más. Si pasabas mucho tiempo con personas menos dignas, tu reputación podía verse afectada, pero si no les dedicabas el tiempo suficiente podían tacharte de ser alguien muy estirado en vez de discreto. Lo importante era encontrar el equilibrio ideal.

Y ahora Georgina tenía frente a sí un enorme acertijo porque, aunque se había estudiado al detalle el *Debrett's Peerage,* no recordaba que apareciera el apellido McCrae por ningún lado. Y tampoco se acordaba de haberlo visto en las columnas de sociedad que había leído minuciosamente durante los últimos tres años.

Refrenó la necesidad de retirar la mano. En realidad, era bastante atractivo; al menos lo que le permitía ver la máscara. Tenía el cabello castaño con un toque rojizo que llevaba peinado hacia atrás. Gracias a la luz de una vela cercana, descubrió que los ojos que la miraban detrás del antifaz eran de color azul claro. Y aunque su sonrisa le pareció un poco tensa, tuvo la impresión de que era un hombre amable; algo difícil de encontrar en un salón de baile de Londres.

Pero nada de eso le importaba mucho. La buena apariencia y un carácter afable solo suponían una ventaja si el hombre también era popular. Que se quedara en un rincón con alguien tan por debajo en la escala social que prácticamente se salía de los límites, hacía que el equilibrio que tanto procuraba se volviera muy precario.

—¿Me concede el honor de este baile? —El hombre señaló con la cabeza hacia la multitud de bailarines.

—El honor es mío. —Georgina esbozó una sonrisa indiferente, aunque amable, y dejó que él la condujera hasta la pista de baile. ¿Qué otra cosa podía hacer? Era obvio que el duque de Marshington, al igual que sus hermanos, tenía en buena estima a ese hombre. No podía permitirse el lujo de ofenderle.

Por desgracia se unieron a uno de los bailes más simples, que a su vez permitía una conversación convenientemente adecuada entre las parejas. ¿Por qué no podía haber bailado con el duque algo como aquello en vez de la extenuante danza que les había tocado, tan apresurada que apenas les permitió dirigirse unas cuantas sonrisas el uno al otro?

—¿Desde cuándo conoce al duque? —preguntó. Ya que se había puesto en aquella tesitura, bien podía intentar sacar el mayor provecho posible.

—¿A cuál de los dos? —El señor McCrae la agarró con firmeza, aunque también con suavidad, cuando unieron las manos para rodear a otra pareja.

—A ambos. —La estrecha relación de ese hombre con sus hermanos era casi tan importante como la que tenía con Marshington.

—Conozco a su hermano desde hace aproximadamente tres años.

Se separaron y dejaron pasar a otra pareja entre ellos. Georgina esperó a que volvieran a juntarse para hablar de nuevo.

—¿Y a Marshington?

—Desde hace más tiempo.

¿Más tiempo? Aquello no la sacaba de dudas. Marshington se había ausentado de la esfera social los últimos nueve años. ¿Qué papel había desempeñado ese hombre durante esa ausencia?

—Qué interesante. ¿Entonces no es usted de Londres?

Se estremeció al ver cómo el señor McCrae esbozaba una media sonrisa. Aunque no lograba discernir de dónde provenía su acento, estaba claro que se había formado lejos de la capital.

—No. Aunque ya llevo mucho tiempo por aquí. Al fin y al cabo, es uno de los mejores lugares para hacer negocios.

Georgina apretó los dientes cuando reconoció uno de los matices de su pronunciación. Escocia. Un hombre de negocios escocés y nada notorio. Gracias a Dios que aquello solo era un baile de disfraces y todavía quedaba mucha noche por delante. Cualquiera que se hubiera dado cuenta de con quién estaba bailando seguramente se habría olvidado al final de la velada. No le quedaba más remedio que continuar con el baile. Por lo menos la orquesta era de las buenas. Se dejó llevar por la música, disfrutando de la danza, aunque no de la compañía.

—Él ya ha elegido.

Georgina parpadeó un par de veces. No podía referirse a...

—¿Quién?

—Ry... quiero decir, Marshington. El objeto de su interés llamó su atención antes de que regresara a Londres. En realidad, ha vuelto precisamente por eso.

Agradeció al cielo que la danza volviera a separarlos por unos instantes. Se mordió el labio para no sonreír como una tonta. Había bromeado con su hermana de que quería lucir lo suficientemente bella como para hacer que el duque de Marshington saliera de su escondite, pero nunca imaginó que lo conseguiría.

Porque el señor McCrae estaba hablando de ella, ¿verdad? Sí, no cabía otra opción. El duque estaba allí, en un baile de disfraces, donde muy pocas debutantes estaban presentándose en sociedad. *Lady* Elizabeth Ferrington también había acudido, pero ya estaba prácticamente comprometida. Además, ella había sido la primera joven con la que el duque había bailado. Su plan estaba funcionando. Iba a conseguir salvarse de la ruina que había estado ocultando desde su infancia.

Aquello era suficiente para que deseara ponerse a alabar a Dios como hacía su hermano.

La emoción por el éxito obtenido hizo que sintiera un poco más generosa con su pareja de baile.

—Los disfraces de esta noche son de lo más interesantes.

Él no se detuvo mientras giraba detrás de ella.

—Sí, aunque me ha resultado difícil distinguir de qué van alguno de ellos.

Georgina intentó contener la admiración que sentía por la forma de bailar del hombre. Se notaba que era un experto bailarín. Su elegancia y fluidez eran evidentes, incluso en los pasos más sencillos. Puede que viviera al margen de la sociedad, pero se le veía muy cómodo a la hora de bailar.

Envidiaba a cualquiera que tuviera ese grado de confianza en sí mismo. ¿Quién era ese hombre al que las imposiciones habituales de

la sociedad no parecían afectar? Ni siquiera se había molestado en llevar un atuendo que encajara con el acontecimiento de la noche.

—¿Y qué se supone que es usted?

—Un intruso. —Se inclinó y le susurró las palabras con una pícara sonrisa.

Georgina tropezó. Aquel maldito hombre la había hecho tropezar. Ella jamás tropezaba. La mano de él salió disparada para agarrarla del codo y que no perdiera el equilibrio.

—¿No..., no le han invitado?

Él se echó a reír. Tenía una risa agradable y profunda. Muchos hombres poseían risas irritantes que perforaban los tímpanos o producían un desagradable hormigueo en la piel. La del señor McCrae era atrayente, encantadora; una risa que hacía que quisiera unirse a la broma, aunque no estuviera segura de haberla entendido del todo.

¿Así era como había conseguido que le incluyeran en las reuniones de la élite londinense? Cualquier atisbo de generosidad que hubiera sentido con anterioridad se desvaneció ante el amargo nudo que se le hizo en la boca del estómago. Era tremendamente injusto que tanta confianza en sí mismo y aplomo se echara a perder en un hombre con el suficiente humor, porte y seguramente intelecto para moverse con facilidad entre la alta sociedad. La sonrisa del señor McCrae mostraba una soltura que ella nunca había conseguido, sin importar lo mucho que hubiera practicado frente al espejo.

—No tema, pequeño ángel, sí que he recibido una invitación formal. Aunque creo que se supone que tengo que bailar con las damas florero, no con la sensación de la temporada.

Aquella conversación estaba yendo demasiado lejos. Echó un vistazo hacia el resto de parejas para ver si alguna de ellas había escuchado lo que acababa de decirle. Nadie los estaba mirando. Volvió a centrarse en el señor McCrae, que ahora ladeaba la cabeza mientras caminada alrededor de la formación, con los ojos abiertos como si estuviera esperando su respuesta.

Por supuesto que no iba a responder. No había nada que pudiera decir. Si estaba de acuerdo con su declaración, se mostraría excesivamente presuntuosa. Pero si se oponía, parecería insegura o alguien que esperaba que la adularan con cumplidos.

—Me gusta especialmente ese disfraz de la reina Isabel de allí. —Era mentira. De hecho, creía que estaba lleno de errores, pero había sido el primer atuendo que llamó su atención. Aunque su propio disfraz rememoraba la moda de aquella época, no pretendía hacerse pasar por la mismísima monarca. Además, si uno iba a disfrazarse de una figura histórica, tenía que hacerlo bien.

—Creo que se aleja bastante de la realidad.

Georgina le miró con ojos entrecerrados. ¿Se había percatado también de los errores? ¿Habría estudiado a conciencia los retratos y pinturas de la época?

Pero antes de que le diera tiempo a seguir preguntándole, él continuó:

—¿Qué piensa usted que se supone que es la joven vestida de azul? Esa, la que está en el borde de la pista de baile.

Volvió su cabeza mientras atravesaban la fila de bailarines. Allí estaba Miranda, prácticamente desesperada buscando con la mirada entre la multitud.

—Es mi hermana.

—¿*Lady* Miranda? —El señor McCrae esbozó una amplia sonrisa—. No la había reconocido. Está encantadora. ¿De qué va disfrazada?

Qué fastidio. Georgina estaba empezando a aborrecer lo bien que le quedaba a su hermana aquel vestido con ese vivo tono azul. Normalmente, a Miranda se la veía muy pálida e insulsa con los colores claros propios de las debutantes. Si su madre le permitía añadir más tonos a su guardarropa podía terminar convirtiéndose en una rival a tener en cuenta.

Cuando llegaron al final de la fila, el señor McCrae enarcó una ceja bajo la máscara.

¿Qué le había preguntado? Ah, sí, el disfraz de Miranda. ¿Qué había dicho ella que era en el carruaje?

—Una mujer misteriosa.

Esa risa intrigante flotó de nuevo en el aire mientras otra pareja pasaba delante de ellos.

—En ese caso le hubiera ido mejor un vestido negro, no azul.

Georgina suspiró para sus adentros. Si a esas alturas Miranda no había tenido la decencia de contraer matrimonio, ¿no podía al menos conservar ese aire modesto que casi la hacía parecer una solterona?

—Creo que eso es parte del misticismo, señor McCrae.

En ese momento la pieza llegó a su fin y él se inclinó. Ella respondió con una reverencia. ¿Podía existir un baile más largo que aquel?

—¿Dónde quiere que la acompañe? Me temo que nuestra ubicación anterior no le haría mucho bien.

—Mi madre se encuentra allí. —Hizo un gesto hacia un grupo de personas con varios caballeros con los que había bailado en su primer acontecimiento en el campo. No tenía ni idea de dónde estaba su madre, pero si conseguía acercarse lo suficiente a esos caballeros, podía llamar la atención de alguno para que la invitaran a bailar. Así podría librarse del señor McCrae, su risa y su admiración por Miranda.

Cuando abandonaban la pista de baile atisbó un familiar brocado naranja por el rabillo del ojo. Provocaría un escándalo si bailaba de nuevo con el duque cuando había pasado tan poco tiempo desde su danza anterior, pero estaba dispuesta a asumir el riesgo si...

No podía ser.

El duque estaba acompañando a Miranda a la pista de baile.

Y el señor McCrae sonreía de oreja a oreja.

Capítulo 4

Georgina tomó una profunda bocanada de aire mientras se dirigía al hueco que había detrás de la ponchera. Por primera vez, desde que había empezado la velada, se permitía el lujo de relajarse un poco. Se suponía que la bebida que sostenía en la mano era limonada, pero sabía a manzanas agrias. Tampoco le importaba mucho. Aunque fueran manzanas agrias se las hubiera bebido. Ser popular estaba muy bien, pero no te proporcionaba mucha ventaja si tenías la boca demasiado seca para hablar. Había bailado con al menos siete hombres de reconocido prestigio, ocho contando a su hermano, lord Trent. Tres de ellos eran solteros muy codiciados. Aquello tenía que bastar para que nadie se acordara de que había tenido como pareja de baile al señor McCrae.

—¿Has bailado ya con alguien interesante?

La abrupta pregunta la sobresaltó hasta el punto de que casi se le cayó el vaso de limonada. Reconoció al instante el tono entusiasta y se volvió con una auténtica sonrisa en los labios hacia la joven que acababa de colocarse a su lado.

—Con varios. De hecho, creo que mi presentación en sociedad está siendo todo un éxito. Creía que tu madre no te dejaría venir.

La muchacha, un poco más baja que ella, apretó las manos cubiertas con unos guantes verdes y se inclinó hacia delante como si fuera a contarle un secreto. Sus apretados rizos castaños enmarcaban la fina máscara negra que no hacía nada por ocultar su identidad. Sin duda se trataba de *lady* Jane, la hija mayor del conde de Prendwick. Abrió su abanico y alzó los ojos azul grisáceo hacia el techo.

—Solo me limité a decirle a mi madre que tú estarías aquí y me dejó venir. Y no te imaginas lo mucho que me alegro, porque así he podido conocerle.

Georgina agradeció llevar la máscara, ya que no pudo evitar poner cara de sorpresa. ¿También había bailado Jane con el duque? Estaba convencida de que Marshington solo había bailado con ella y su hermana antes de abandonar la fiesta. Por lo menos no había vuelto a ver esa horrible casaca naranja.

—¿A quién?

—A él. El hombre de cuya casa me voy a encargar, de cuyos compromisos sociales me voy a ocupar y con cuyo apellido firmaré mis cartas. —Jane abrió los brazos y giró sobre sus talones; un movimiento con el que estuvo a punto de tirar a Georgina, a un sirviente y el recipiente con la limonada al suelo.

Extendió un brazo para detener a Jane y tomar el control de la situación. Aunque se alegraba mucho porque su mejor amiga —además de Harriette— estuviera planeando meterse de lleno en la dicha conyugal, su experiencia pasada con Jane la obligó a mantener su entusiasmo a buen recaudo hasta que conociera un poco más del asunto.

—¿Quién es él?

Jane parpadeó sorprendida antes de alzar el cuello y echar un vistazo al atestado salón.

—¿Quién es quién?

Georgina soltó un suspiro.

—El hombre de cuya casa te vas a encargar y todo lo demás que has dicho antes.

—¡Oh! —Su amiga sonrió y apoyó la cabeza en el nido de plumas que decoraban la manga de Georgina—. No lo sé. Llevaba una máscara.

—¿Cómo que no...? —Apretó los dientes y dio un coscorrón a Jane en la frente, con cuidado de no destrozar el cuidado recogido—. No te puedes casar con alguien que ni siquiera sabes quién es.

—Ya lo sé. Por eso le he invitado a mi casa. —A Jane se la veía tan orgullosa de sí misma que le dio pena traerla de vuelta a la realidad.

—Jane, después de esta noche, varios caballeros se presentarán en tu puerta. —Con suerte no los mismos que llamarían a la de ella, aunque algunos hombres estaban abocados a preferir a *lady* Jane. Además, su amiga prosperaría en cualquier lugar de la escala social donde terminara. Incluso aunque tuviera que conformarse con un segundo hijo destinado al ejército. Le iría bien de cualquier modo.

La perspectiva de no ser capaz de identificar a su misterioso pretendiente no menoscabó la sonrisa de Jane. Todo lo contrario, se hizo más ancha.

—Lo sé. Por eso le he invitado a nuestro salón de los viernes de la próxima semana.

Jane nunca había destacado por su excesiva inteligencia. Por desgracia, era una de las cosas que le gustaban de ella. Si metía la pata delante de ella, Jane no se daría cuenta de que acababa de revelarle un secreto que podría cambiarle la vida. Pero aquel plan era demasiado ridículo, incluso para Jane.

—No puedes invitar a un hombre a nuestro salón de los viernes por la tarde. No es más que una reunión de jóvenes jugando a las cartas que fingen apostar.

Habían empezado a celebrar los salones de los viernes el año anterior, como un grupo de muchachas que todavía no habían sido presentadas, que querían practicar entre ellas sus habilidades sociales. Habían apostado una sola vez, pero sus madres pusieron el grito en el cielo y amenazaron con prohibir aquellas reuniones. La idea era

seguir encontrándose, aunque ahora ya hubieran sido presentadas todas. Jane no podía llevar a un hombre a su santuario.

—Oh, pero lo he hecho precisamente por eso. He decidido que no necesitamos volver a jugar a las cartas si ya nos invitan a fiestas donde se juegan partidas de verdad. —Jane se irguió todo lo alta que era y se alisó la falda verde y azul—. Nos convertiremos en un club de lectura.

¿Un club de lectura? Casi volvió a dejar caer el vaso de limonada. Aquello era mucho peor. Tenía que persuadirla de hacer tamaña tontería. Era de vital importancia que lo hiciera.

—No puedes organizar un club de lectura.

—¿Por qué no? Son muy populares. He oído que incluso *lady* Brattleby ha montado uno.

—¿Un hombre discutiendo con un grupo de damas sobre novelas románticas?

Hasta la misma Jane tenía que darse cuenta de que aquello no funcionaría, ¿verdad?

Al ver a su amiga fruncir el ceño sintió un enorme alivio. Después, se bebió lo que le quedaba de limonada.

Segundos después, Jane se encogió de hombros.

—Pensaré otra cosa y os enviaré una nota —agregó.

Georgina refunfuñó una respuesta. Detestaba la mala costumbre que tenía Jane de enviar notas a personas que luego vería en cuestión de horas. ¿Quién tenía tiempo para hacer eso?

Su amiga dejó de mirarla y clavó la vista en un punto más allá del rincón en el que se encontraban.

—Oh, ¿quién es ese? ¿Crees que podría tratarse de tu hermano Trent?

Miró al hombre que había llamado la atención de Jane. Tenía el cabello castaño así que no podía ser Trent, pero sí que era muy posible que se tratara de lord Eversly, un caballero con el que Jane haría muy bien en bailar. Sobre todo, porque la fascinación de su amiga por un

completo desconocido le producía cierto recelo. Cualquier cosa que la hiciera olvidarse de aquello sería bien recibida.

—Puede que sea él. Si te pones cerca de esa columna de allí seguro que te ve. Así podrás averiguar si es o no mi hermano mientras bailáis.

Jane se apresuró a colocarse donde le había dicho. Era imposible que pasara desapercibida con el llamativo vestido inspirado en un pavo real que llevaba. Seguro que lord Eversly le pediría el próximo baile.

Por su parte, se quedó en aquel rincón hasta que divisó a su siguiente objetivo. El señor Moreland, el hijo más pequeño de una familia muy importante de la capital. Era un candidato muy adecuado con el que bailar y además se le reconocía fácilmente.

Se acercó a la columna más cercana para llamar su atención. Un momento después, cuando ambos accedían a la pista de baile, se fijó en que era el centro de atención de más de uno de los asistentes. Sonrió satisfecha al tiempo que comenzaba la cuadrilla. Aquel sería el baile del que todos hablarían cuando comentaran la elección de sus acompañantes. Y nadie se acordaría del señor McCrae.

Sobre todo, ella.

La oscura parte frontal de su casa de Londres le dio la bienvenida cuando pagó al cochero y pisó la acera. Mientras el vehículo que había contratado se alejaba, vio pasar otro carruaje decorado con pompa y ostentación. Era imposible no darse cuenta de la diferencia que había entre ambos coches y, normalmente, Colin optaba por pasarla por alto. No veía motivo para tener su propio carruaje y caballos. Aunque podía permitírselo sin ningún problema, no merecía la pena gastarse tal cantidad de dinero para un solo hombre que pasaba la mayor parte del tiempo en Londres. En esta ocasión, sin embargo, deseó que nadie hubiera presenciado la llegada a su hogar desde un baile en un coche de alquiler.

El carruaje privado, dorado hasta el punto de rozar la vulgaridad, pasó delante de él. Las carcajadas de los que iban en el interior ascendieron por su columna vertebral, estremeciéndole por completo. Movió los hombros y cambió de peso de un pie a otro, esperando que ese gesto aliviara la inquietud que sentía bajo la piel.

No funcionó.

Estaba acostumbrado a que los bailes le dejaran exhausto y tenso, pero esa noche la fatiga había venido acompañada de un incómodo malestar. En vez de la satisfacción que solía traer cuando venía de ese tipo de acontecimientos, junto con una lista mental de lo que tenía que hacer al día siguiente, ahora su mente bullía con un sinfín de preguntas sobre las que no se había permitido pensar en mucho tiempo, por no decir nunca. Iba a necesitar mucho más que su habitual taza de té nocturna para abstraerse de sus reflexiones internas y poder conciliar el sueño.

La puerta se abrió detrás de él, sacándole de su ensimismamiento.

—Buenas noches, señor. —Taggert, que hacía las veces de su mayordomo y ayuda de cámara, extendió las manos para recoger su sombrero y abrigo—. La cocinera está preparando su bandeja con el té. Se la llevaré en cuanto esté lista.

Colin se pasó una mano por el pelo. Era tarde y el mundo financiero no seguía el horario de la gente de a pie. Al día siguiente tenía que estar despierto y con la mente despejada bien temprano. Lo mejor que podía hacer era irse directamente a la cama.

Pero le era imposible.

—Llévame el té al despacho. Si queda alguna galleta, tráeme unas cuantas.

Taggert hizo un gesto de asentimiento.

—Por supuesto, señor.

Colin se apresuró a subir las escaleras en dirección al estudio. La casa que tenía en la ciudad era pequeña y modesta, aunque le seguía pareciendo una cantidad de espacio absurda para un solo hombre de su posición

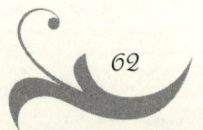

social. El primer año que llegó a Londres, alquiló unas dependencias en el Albany, como muchos otros caballeros en su misma situación, pero confinarse en un par de habitaciones después de haber tenido el mar como patio trasero durante su niñez casi le había llevado al borde la locura. La casa de dos plantas le había proporcionado espacio para moverse, para caminar de un lado a otro y no pasarse todo el tiempo que se quedaba en su hogar encerrado entre las mismas cuatro paredes. Que nunca usara por completo las dos plantas carecía de importancia. Le gustaba saber que estaban allí y que podía disponer de ellas cuando lo deseara.

Además, si iba a casarse, el espacio extra terminaría siendo útil.

Tropezó en el último escalón. Esa noche la idea del matrimonio había rondado por su cabeza en muchas más ocasiones que en los últimos cinco años juntos. ¿Sería esa la razón por la que estaba tan inquieto? No tenía por qué. Muchos hombres no iban a contraer matrimonio ese año y no existía motivo alguno por el que tuviera que avergonzarse por encontrarse entre ellos.

Se aflojó el pañuelo del cuello con dos rápidos tirones. El desaliño solía ser la señal que necesitaba para saber que había tenido un día duro y que necesitaba relajarse. Esa noche ya no habría más invitados ni ningún socio que reclamara su atención. Podría dejar de medir cada una de sus palabras y gestos para asegurarse de que le mostraban frente al mundo como quería que le conocieran.

Su cuerpo normalmente reconocía esa liberación y, tarde o temprano, se dejaba vencer por el sueño. Pero esa noche tenía el efecto contrario, se sentía más impaciente.

¿Cuál era la diferencia? ¿Por qué estaba en su despacho, mirando el montón de cartas que todavía tenía que atender, en vez de descansando sobre su almohada?

Ryland había vuelto a aparecer en sociedad; lo que sin duda había supuesto un cambio en su velada. Quizá que su amigo estuviera intentando cambiar de vida le había afectado más de lo que se imaginaba. Pero

aunque el duque se había marchado tras bailar con *lady* Miranda, él no había retomado su rutina habitual. En su lugar, se había esforzado todo lo posible por disfrutar de la noche; otra importante diferencia.

Incluso había bailado unas cuantas veces, aunque con damas mucho más cercanas a su clase social que la conspiradora *lady* Georgina. Habían recibido sus invitaciones con mucho mejor talante del que pensaba. Así que no era de extrañar que la idea de tener una esposa hubiera estado revoloteando por su cerebro.

Sin embargo, una esposa conllevaba formar una familia y no estaba muy convencido de estar preparado para ello. Sabía todo lo que había que saber de negocios, pero ¿de familias? No era nada bueno en esas lides. Y desde luego la relación que mantenía con la suya no presagiaba ninguna habilidad en ese aspecto.

Les escribía puntualmente cada tres meses, o al menos a su madre y hermana. Ellas siempre le contestaban, oscilando entre ponerle al día con las últimas noticias y suplicarle que volviera a casa; algo que se había planteado en más de una ocasión, pero mantenía una tensa relación con su padre desde hacía años, antes incluso de abandonar Glasgow. Aquella última pelea casi había destruido la reputación de su familia a lo largo y ancho de la ciudad. No podía arriesgarse al daño que su regreso podía ocasionar a su madre y hermana. Bronwyn había debutado ese mismo año y tenía la esperanza de encontrar un marido pronto. Lo último que necesitaba eran los chismorreos que podía traer su regreso.

Suponiendo, por supuesto, que su padre le dejara entrar en la casa. En los últimos cinco años, no se había molestado en escribirle ni una sola línea. Ni siquiera el gerente de la empresa familiar, la naviera Celestial Shipping, le respondió cuando envió una serie de preguntas sobre asuntos de negocios.

Aunque si era honesto consigo mismo, tenía que reconocer que él tampoco había escrito a Jaime McCrae en todos esos años. Por lo menos, nada que hubiera enviado por correo.

El aroma agreste de su té favorito precedió la entrada de Taggert a la estancia, que dejó la bandeja en el borde la mesa para recoger la casaca y el pañuelo de cuello antes de irse. Era un hombre silencioso y eficiente; exactamente lo que Colin solía querer.

Esa noche, sin embargo, hubiera preferido haber contratado a un mayordomo más conversador. Uno de esos sirvientes entrometidos que fingían ser impertérritos pero que terminaban metiendo las narices en la vida de sus jefes. Uno de esos mayordomos que tendían a chismorrear sin parar, que era precisamente lo último que necesitaba un hombre de negocios como Colin.

Pero como no iba a reemplazar a su mayordomo en medio de la noche, no le quedaba más remedio que encontrar distracción en otro lugar. Y el montón de papeles encima de su escritorio parecía su mejor opción.

Después de servirse el té, se dejó caer en la silla. Luego se hizo con el ejemplar del *London Gazette* que había encima de la pila de papeles. Perfecto. Estaba claro que su atípico estado de ánimo se debía a la manera en que se había involucrado personalmente en los acontecimientos de la velada. Necesitaba volver a centrarse en los negocios y entonces todo volvería a la normalidad.

Con la humeante taza de té y un buen mordisco a una galleta de canela, se dispuso a leer el artículo sobre agricultura del periódico. El «regreso del maíz», como lo llamaba el reportaje, solo le había proporcionado buenas noticias en los dos últimos años. El año anterior había podido vivir únicamente de sus inversiones en maíz. Por supuesto, si la guerra llegaba a su fin y Francia y Gran Bretaña volvían a entablar relaciones comerciales, el negocio dejaría de ser tan lucrativo. Aunque estaba más que dispuesto a renunciar a esa entrada de dinero si eso significaba el fin del conflicto.

Terminó de leer los documentos mientras se comía las galletas y bebía una segunda taza de té. Sabía que aquel era el momento adecuado para retirarse a descansar, pero le quedaba por echar un vistazo a

un pequeño fajo de cartas. Quince minutos más y se daría el lujo de empezar la mañana con un escritorio limpio.

La primera de ellas le hizo sonreír de oreja a oreja. William Colgate era el combinado perfecto de negocios y placer. Apenas tenía once años cuando la familia de William dejó Inglaterra en uno de los barcos de Celestial Shipping. En esa época, Colin navegaba a menudo con su padre —al fin y al cabo, nunca era demasiado pronto para aprender el negocio familiar— y ambos forjaron una sólida amistad durante la travesía que continuaron fomentando gracias a una regular correspondencia posterior. De hecho, una de las primeras inversiones que hizo fue en el negocio de jabones en ciernes de William en Nueva York. Una inversión que también le estaba reportando sus frutos a pesar de que tenía que mantener su participación en secreto. Ni siquiera Ryland sabía que mantenía unos lazos tan estrechos con una empresa estadounidense. Después de todo, Francia no era el único país con el que Inglaterra estaba en guerra.

Seguro que William no se esperaba una respuesta en meses. En esos momentos no era tan fácil enviar una carta a América. Aun así, responder a su amigo le daba algo que hacer, así que sacó una hoja de papel en blanco de un cajón del escritorio y seleccionó una pluma con la punta de acero de otro. Sumergió la punta en el tintero y se maravilló, como siempre, de manejar mucho mejor aquel instrumento que una pluma convencional. Sabía que esas nuevas plumas tenían futuro y llevaba un tiempo echándole el ojo al hombre que iba a llevar la iniciativa de darlas a conocer a las masas. Seguro que a la élite no le hacía ninguna gracia, pero los comerciantes de todo el mundo estarían más que contentos.

Dejó atrás su fascinación por la pluma y se esforzó por responder la carta de William. A medida que la tinta iba cubriendo la hoja, se dio cuenta de que se estaba poniendo poético sobre los acontecimientos de la noche y sobre cómo estaba viendo pasar su vida. Pero no estaba creando buena poesía, sino un poema triste, deprimente, confuso; el

tipo de poema que conseguía que hombres adultos abandonaran los recitales de poesía y salones. Como una oda al molde de la parte inferior de un barco.

Arrojó el papel a la chimenea y dejó la carta de William a un lado. Su respuesta podía esperar un par de días. Incluso una semana.

La siguiente misiva del fajo estaba del revés y el familiar sello de tres estrellas en la parte posterior no le sacó sonrisa alguna.

Cada vez se hacía más evidente que tenía que haber pospuesto el asunto de la correspondencia para el día siguiente.

Bueno, podía hacerlo. Podía dejar el fajo tal y como estaba y retirarse a descansar, pero la curiosidad le pudo. ¿Y si algo iba mal en Celestial Shipping? El encargado le había puesto al día hacía tan solo una semana. ¿Por qué le habría escrito tan pronto? Al dar la vuelta a la carta casi se le cae la taza al suelo.

Lo que vio en la parte delantera no era la letra del encargado.

Era la de su padre.

Las emociones se revolvieron en su interior como un mar en plena tempestad mientras recorría con el dedo la caligrafía que llevaba tanto tiempo sin ver y creía haber olvidado. Sabía que solo era producto de su imaginación, pero hubiera jurado que pudo oler la mezcla de agua salada y humo de tabaco que siempre acompañaba a su padre al final del día.

Rompió el sello con tanta agresividad que casi se cortó un dedo con el abrecartas. Lo primero que le vino a la mente fue el adjetivo meticuloso, las líneas de letras eran lo suficientemente rectas como para hacer que un profesor de Cambridge se sintiera orgulloso.

A medida que iba leyendo se sentía más y más confuso. La carta no contenía nada profundo o transcendental. Ninguna noticia de considerables proporciones, ninguna muerte inminente. Ni siquiera un importante revés en la compañía naviera. Solo un par de frases acerca de la empresa, otro tanto sobre el baile de su hermana y un párrafo que se refería a una nueva nave que estaban diseñando. Nada más.

Las noticias sobre el nuevo diseño le emocionaron. Varios de los hombres cuyas inversiones supervisaba habían contratado a Celestial Shipping para el transporte de mercancías. No era necesario que su padre supiera quién había conseguido aquellos clientes, pero le había permitido estar involucrado en la empresa que había despertado su interés por los negocios. Un buque nuevo y más rápido aumentaría su cuota de mercado.

Una parte de su cerebro fue por delante, formulando una serie de preguntas acerca del diseño, sugerencias de materiales e ideas para la bodega de carga, pero antes de plasmarlas sobre el papel, la sospecha se apoderó de él.

Dobló la carta con cuidado y la dejó a un lado del escritorio. ¿Por qué le habría escrito su padre ahora? ¿Se estaría muriendo y no quería decírselo? A pesar de la mala relación que tenían, la idea de que su padre estuviera enfermo le produjo un tirón en el pecho.

Su mente era un hervidero mientras extendía la mano en busca de la Biblia que tenía en el borde la mesa. Abrirla calmó un poco su desasosiego, pero sus pensamientos le impidieron leer con claridad la página que tenía delante. Se quedó mirando la hoja en blanco, preguntando a Dios en silencio cuál era el significado de aquella carta hasta que la luz de la vela se consumió.

Después se quedó allí sentado, sumido en la oscuridad.

Los párpados le pesaban una barbaridad y le pareció más fácil apoyar la cabeza sobre el respaldo de la silla en vez de salir dando tumbos hacia su habitación. Seguro que al día siguiente lo lamentaría, pero estaba demasiado cansado como para preocuparse. Y en medio de ese instante brumoso que uno atraviesa justo antes de quedarse dormido, soñó que estaba de regreso en el baile, danzando toda la noche con aquella elegante criatura vestida de blanco. Eso sí, al menos la *lady* Georgina de sus sueños le sonrió.

Capítulo 5

Georgina cerró los ojos, bloqueando los rayos de sol mientras inhalaba el dulce aroma que emanaba de la enorme taza de té. Tras un trago reconstituyente, cuadró los hombros e hizo un gesto de asentimiento a Harriette.

—Estoy lista.

El sonido de papeles inundó el ambiente a medida que Harriette extendía los periódicos de la mañana sobre el escritorio.

—Todo parece ir conforme a lo planeado. —La doncella la miró esbozando una enorme sonrisa—. No me puedo creer que él estuviera allí.

—Lo sé. —Georgina le devolvió la sonrisa mientras dejaba la taza en el tocador y empezaba a deshacer la larga trenza con la que había dormido. Le encantaban las mañanas. El resto de la casa creía que estaba dormida, que no se despertaría hasta el mediodía, lo que significaba que durante esas horas que pasaba con Harriette era completamente libre.

Con el pelo cayéndole despeinado sobre los hombros, obligó a Harriette a ponerse de pie y giró con la sonriente doncella alrededor de la habitación.

—¡Él estaba allí, Harriette! Ha merecido la pena todo el esfuerzo invertido este último año para conseguir salir en las columnas de sociedad.

Harriette abandonó a trompicones el improvisado vals de Georgina y se agarró al poste de la cama, antes de perder el equilibrio y caer sobre la colcha de encaje.

Georgina giró sobre sus talones una vez más y terminó sentándose en una silla de rayas rosas y blancas, haciendo que la falda de su bata cayera en una cascada de volantes desde el asiento hasta el suelo.

—Y ya que estamos con los periódicos, ¿hay alguna otra cosa importante en ellos?

Harriette volvió a sumergirse en la pila de papeles.

—Varias listas sobre quién ha regresado a la capital y referencias al baile de anoche. En todas las menciones en las que aparece sale bastante bien parada. —Frunció el ceño y alzó la vista—. ¿Quién es lord Canwell?

Georgina dejó de peinarse.

—No lo sé. Deberíamos buscarlo.

Harriette ya se había hecho con el desgastado ejemplar que tenían del *Debrett's Peerage* y comenzó a buscar entre sus páginas mientras ella se recogía el pelo en la coronilla.

—Ah, es un barón.

—No sirve de mucho entonces. Aunque si lo mencionan en las columnas de sociedad deberíamos añadirlo al libro. Quiero saber si tengo que evitarlo o no. —Movió la cabeza hacia un lado y otro, examinando en el espejo el resultado de su trabajo. Era la primera vez que recibiría visitas en casa y tenía que estar perfecta.

Frunció el ceño. Desde luego aquel rizo no era perfecto.

Harriette sumergió la pluma en el tintero y anotó una línea en el libro de cuero que siempre descansaba en el borde del escritorio. Seguro que mantener un registro sobre los movimientos sociales de las personas más pudientes de Inglaterra no era lo que su madre pretendía que hiciera, pero aquel libro era el arma secreta de Georgina y la llave para asegurarse de no hacer nunca nada que pudiera dañar su tan cuidadosamente elaborada reputación.

Después de dejar el libro en su sitio, Harriette se hizo con una carta que descansaba entre la multitud de periódicos.

—*Lady* Jane le ha enviado un mensaje sobre sus reuniones de los viernes.

Georgina abrió los ojos asombrada mientras se colocaba la última horquilla.

—¿Tan pronto? Pero si apenas hablamos anoche sobre su ridícula idea de convertir nuestro salón de los viernes en un club de lectura. Me prometió que pensaría en alguna otra cosa.

—Y lo ha hecho. —La doncella evitó mirarla a los ojos—. Por lo visto tuvo una revelación de camino a casa.

Se fijó en que la nota que sostenía Harriette se movió ligeramente; en ese momento le pareció una vil serpiente en vez de una mera hoja de papel.

—¿Y qué es lo que ha decidido hacer?

—Me temo que algo no mucho mejor. —Harriette extendió el papel como si no quisiera decir las palabras en alto. Notó cómo le temblaba ligeramente la mano antes de volver a doblar la nota y depositarla sobre la mesa.

Georgina no pudo evitar atravesar la habitación y recogerla por sí misma. Pero no la desdobló. Sabía que solo había algo que podía poner a Harriette tan nerviosa.

—¿Quiere que formemos un conjunto musical? Reconozco que el pianoforte no es mi fuerte, pero puedo tocarlo relativamente bien si practico lo suficiente.

—No, tampoco quiere organizar ninguna reunión musical.

Ya se lo temía.

La doncella tomó una profunda bocanada de aire antes de dejar caer a toda prisa la bomba.

—Sigue queriendo organizar un club de lectura.

Georgina no pudo reprimir el gemido que se le escapó de la garganta. Ya era bastante malo cuando en cualquier acontecimiento nocturno la

conversación terminaba girando en torno a libros populares. Pero ¿reunirse con el expreso objetivo de discutir sobre libros? Lo que había estado esperando como un potencial momento brillante de la semana acababa de convertirse en un profundo agujero negro en su agenda social.

—Pero no podemos tener hombres en un club de lectura. Y ella quería explícitamente que asistieran caballeros.

Harriette le quitó el papel de los entumecidos dedos mientras asentía con la cabeza.

—Un club de lectura con salones ocasionales dónde expondréis a los invitados una selección de lecturas y obras de teatro.

El nuevo plan de Jane requería mucha prudencia de su parte. Hasta que no estuviera casada con un caballero rico, con título nobiliario y lo suficientemente adecuado desde el punto de social como para parecer tan excéntrica como le diera la gana, debía tener mucho cuidado con las invitaciones que rechazaba. Si no acudía a las reuniones de Jane, la gente se preguntaría por qué daba la espalda a una de sus amigas de toda la vida.

—Ya sabe que valora mucho su opinión —comentó Harriette en voz baja antes de atravesar la habitación para ayudarla a vestirse.

Miró la nota con el ceño fruncido una última vez. Luego se puso el vestido y se dio la vuelta para que la doncella se lo atara por la espalda. Sí, Jane tenía muy en cuenta su opinión, pero ya había intentado disuadirla sobre lo de organizar un club de lectura. ¿Tenía que seguir desanimándola si aquello era lo que de verdad quería hacer?

La temporada, que cuando no podía participar en ella siempre le había resultado interminable, ahora le parecía tremendamente corta. Fue una sensación que se le instaló en la boca del estómago la noche anterior, de camino a casa, mientras las ruedas del carruaje traqueteaban sobre el asfalto como un reloj que devoraba el tiempo que le quedaba. Cada acontecimiento e invitación contaban, porque las cosas se iban a poner más difíciles a medida que pasaran los días.

Una palpitación en la sien izquierda amenazó con terminar transformándose en un dolor de cabeza, y eso que el día todavía no había comenzado. Giró lentamente sobre sus talones.

—¿Qué tal estoy? —preguntó.

Harriette la miró de arriba abajo con ojo crítico e hizo un gesto de asentimiento a modo de aprobación.

—Perfecta, *milady*.

Georgina se miró al espejo una vez más. Sí, era lo más cerca de la perfección a lo que un humano podía aspirar. No podía atribuirse el mérito de la equilibrada separación de sus ojos, la nariz delicada o la hilera recta de dientes que poseía. Aunque sí de su piel clara, que exponía al sol el tiempo suficiente para parecer sana, pero sin llegar a ponerse morena. Así como el favorecedor corte del vestido y el artístico recogido de rizos dispuesto para ocultar la leve irregularidad de sus orejas. Ahora solo tenía que mantener esa fachada durante unas pocas horas, mientras entretenía a los visitantes que recibiera.

El reloj de la chimenea dio las once. Seguro que su madre estaba entrando por la puerta en ese mismo instante, haciendo gala de la puntualidad que siempre insistía debía tener toda dama que se preciara. Todavía le resultaba raro no vivir bajo el mismo techo que su madre, pero la perpetua y feliz sonrisa que exhibían sus labios desde que se casó con lord Blackstone bien merecía la pena. Que su madre estuviera dispuesta a hacer ese trayecto diario entre las dos casas significaba que ambos todavía disfrutaban de su vida marital. O que sabía que Georgina detestaría tener que renunciar a recibir a sus visitas en la casa de un duque. En cualquiera de los dos casos, su madre tenía que hacer de carabina de sus hijas y había dicho que esa mañana llegaría a las once en punto.

Se dirigió al salón más formal de la casa. Cuando entró en la estancia blanca y dorada evitó dar un vertiginoso salto. Había decorado ella misma la habitación cuando su madre se lo encargó para que aliviara el absoluto aburrimiento que le produjo tener que quedarse en Londres por un tiempo después de la primera temporada de Miranda. Tomó como punto de partida la chimenea. Después de dejar la estancia completamente vacía, se inspiró en el mármol con vetas doradas. Le pareció tan vibrante, tan intocable, que hasta le gustó lo poco práctico que lo encontró. Así que decidió dejarla en tonos blancos y luego ir añadiendo los toques dorados.

Por suerte, la extravagante decoración del salón terminó siendo conocida en todo Londres. Aunque nadie sabía que había coordinado su armario y aquel salón para crear una impresión formidable y duradera en cualquier visita que recibiera.

Y su madre nunca sabría todo el tiempo que habían pasado el año anterior en aquel salón Georgina y Harriette para decidir dónde colocar los sofás blancos con rayas doradas y las sillas doradas de forma que combinaran perfectamente con su guardarropa blanco, su pelo rubio y su tez cremosa. Era el colmo de la vanidad, pero ¿quién se atrevería a acusarla de decorar toda aquella estancia con ese propósito?

Se sentó en uno de los sofás y esperó a que llegara la primera visita. Mientras su madre inspeccionaba hasta el último detalle de su apariencia, Miranda pasó por delante de ella sin dirigirle ni una sola mirada y se sentó en el otro sofá con su costura en la mano.

¿Por qué no se le habría ocurrido traer algo con lo que poder entretenerse entre visita y visita? Un momento, no podía pensar de esa manera. No habría tiempo entre visita y visita. Recibiría demasiadas como para poder descansar.

No podía ser de otro modo.

—Hoy vendrá el duque de Marshington. —No sabía por qué había dicho aquello, pero cuando vio cómo Miranda se pinchaba el dedo con una aguja tuvo que morderse el labio para no sonreír. Lo que sí tuvo claro fue que, si había soltado aquello para reforzar su autoestima o para impresionar a Miranda con su progreso social, había fallado estrepitosamente. No se sentía menos nerviosa y su hermana tampoco parecía impresionada, más bien molesta.

—Era un baile de disfraces, querida. —Su madre le alisó la falda y asintió con la cabeza en señal de aprobación—. En este tipo de eventos siempre hay un par de caballeros que afirman ser el misterioso duque.

Georgina se ajustó la falda que su madre acababa de alisar. Puede que pareciera una maldad por su parte, pero fue incapaz de refrenar la necesidad que tenía de moverse.

—Llevaba el sello en el dedo, madre.

—¿El sello? Supongo que eso cambia las cosas. —Su progenitora se sentó en el sillón adyacente tapizado con brocado dorado y sacó su propio bastidor.

De todas las menudencias que su madre le había enseñado durante los últimos dieciocho años, ¿de verdad no encontró un par de minutos para decirle: «Una dama siempre trae algo con lo que entretenerse mientras espera»?

—¿Has traído algo con lo que entretenerte entre visita y visita esta mañana? —Su madre miró sus manos vacías con el ceño fruncido.

Confianza. La confianza era el accesorio más importante que una mujer podía llevar encima. Conseguía que todo el mundo creyera que Georgina sabía perfectamente lo que estaba haciendo.

—No creo que sea necesario. Varias personas manifestaron su intención de venir a visitarme. Vamos a estar muy ocupadas. Sobre todo, cuando se corra la voz de que el duque de Marshington ha abandonado su exilio por mí.

Miranda resopló.

Su madre miró con gesto furioso a su hermana mayor.

—¿No opinas igual que yo, querida hermana? —Esta vez no se molestó en ocultar su sonrisa. Lo cierto es que ella tampoco estaba muy convencida, pero no había razón para que Miranda se enterara.

Su hermana dejó a un lado la costura.

—«Querida hermana», ¿no se te ha pasado por la cabeza que tal vez quiera venir a visitarme a mí? No eres la única soltera elegible en esta casa.

Por supuesto que era consciente de eso. Miranda había tenido tres años —«tres años»— para quitarse de en medio, pero no lo había hecho. Y ahora ahí estaba ella, teniendo que compartir salón con una hermana que cada vez tenía más posibilidades de convertirse en una solterona.

—Ah, siento mucho haber herido tus sentimientos. No era mi intención —respondió con una sonrisa tonta. Puede que sí lo hubiera sido, aunque jamás lo reconocería—. Pero ¿no crees que si tú fueras el aliciente de su visita habría regresado en algún momento de los últimos tres años?

Si aquello no ayudaba a su hermana a recordar su situación, nada lo haría.

La voz de su madre cortó de raíz su triunfo.

—Georgina, eso ha estado fuera de lugar. Una dama jamás menciona la soltería de otra, sobre todo si lleva un tiempo socializando.

Georgina puso cara de aceptar la reprimenda cuando se encontró con la mirada de su madre. Al menos la amonestación ayudaría a Miranda a recordar que no era la flor más fresca de ese particular ramo.

Después de aquello se limitó a esperar, mordiéndose la lengua para evitar decir nada que su madre desaprobara.

Después de lo que le pareció una eternidad, Gibson llegó para anunciar la primera visita.

El corazón se le cayó a los pies cuando vio al señor Sherbourne en el umbral de la puerta. Moreno, enjuto y poco más que un simple caballero. Ni siquiera era un primogénito. Nunca encajaría en sus planes.

Pero era un hombre bastante agradable. Puede que Miranda quisiera a un hombre normal y corriente. Miró el ramo de claveles que portaba en la mano, sabiendo que su hermana se iba a molestar mucho con ella pero que no podría hacer nada al respecto.

—Las flores son preciosas, señor Sherbourne. ¿Sabía usted que mi hermana adora los claveles?

Mentira. Las flores preferidas de Miranda eran los tulipanes, pero era algo que su hermana podría corregir más adelante, si ambos terminaban encariñándose el uno con la otra.

El señor Sherbourne alzó las cejas y la miró confundido, pero recobró la compostura rápidamente y se volvió hacia Miranda para ofrecerle el ramo.

—Una dama siempre debe recibir un ramo de sus flores favoritas. Por favor, acéptelo, *lady* Miranda.

Miranda tenía el mismo aspecto que en aquella ocasión en la que Georgina decidió que quería aprender a cocinar y sin querer puso sal en las galletas. Su sonrisa parecía un poco amarga.

—Por supuesto. Me honra que se haya acordado de mí.

Georgina se enderezó en su asiento. ¿Podía aquel hombre haber despertado el interés de Miranda? De ser así, su obligación como hermana era procurar que surgiera una relación entre ellos. Que luego también le beneficiara a ella, era algo secundario. Casi.

Si por el contrario se equivocaba, su hermana estaría echando humo por dentro, y eso también le procuraba cierto placer. De una u otra forma saldría ganando. Intentó parecer educadamente atenta, pero evitó cualquier sonrisa o gesto que llamara la atención del señor Sherbourne en su dirección.

El hombre se sentó en el borde de una silla, dudando a qué dama debía mirar. Al final se decantó por Georgina.

—El baile de anoche fue espectacular. Llevaba un vestido angelical, *lady* Georgina, parecía una inspiración divina.

Menos mal que el señor Sherbourne no era una opción aceptable. Si no le quedara más remedio, escucharía aquella insípida sarta de bobadas el resto de su vida, pero desde luego no sería su primera elección.

—*Lady* Miranda sí que estuvo acertada. Su disfraz cambiaba a su antojo.

La confusión volvió a cruzar el rostro del señor Sherbourne antes de dirigir una tímida e incómoda sonrisa a Miranda.

—¿Cómo lo consiguió?

Su hermana la miró antes de contestar. Georgina disimuló un encogimiento de hombros cambiando de posición e intentó parecer de lo más interesada en la respuesta de su hermana. El señor Sherbourne sin duda lo estaba.

Sus siguientes dos comentarios fueron dirigidos a Miranda y cuando se dispuso a marcharse también se despidió directamente de ella.

Georgina estaba bastante orgullosa de sí misma, aunque su hermana no pareció apreciar el gesto. Puede que el señor Sherbourne no fuera lo suficientemente aceptable para ella, pero aquella visita le proporcionó un nuevo objetivo para esa tarde. Seguro que alguno de los caballeros que las visitaran durante las siguientes horas sería del agrado de su hermana, siempre y cuando no fuera un candidato a tener en cuenta. Tenía que reservarse esos para ella sola.

Eso sí, cualquiera que no encajara en su perfil terminaría aumentando su estima por su hermana gracias a su práctica y esfuerzo. Si no conseguía otra cosa, por lo menos el ascenso en popularidad de Miranda impediría que la arrastrara consigo.

Si Miranda no parecía apreciar el resultado, Georgina era lo suficientemente honesta consigo misma como para reconocer que la irritación de su hermana hacía que todo aquello fuera un poco más llevadero.

Para cuando se marchó el tercer caballero, Miranda tenía las orejas ya coloradas detrás de sus rizos rubios. Sí, su hermana estaba completa y absolutamente loca. Y ella no podía hacer nada para evitarlo.

Gibson volvió a aparecer en el salón.

—El conde de Ashcombe, *milady*.

Georgina se sentó un poco más recta. No era en modo alguno un duque, pero sí un hombre joven y con título, cuya familia poseía una gran fortuna. Y lo más importante de todo, alguien respetado tanto por hombres como por mujeres. De hecho, era considerado un muy buen partido.

Su hermana también se enderezó. Entonces la vio ponerse de pie. ¿Qué estaba pasando? Cuando se dirigió a la puerta lateral del salón dispuesta a marcharse, se preocupó todavía más. Todo el mundo conocía la intención que habían tenido ambos de comenzar un cortejo durante la primera temporada de Miranda, pero de eso hacía años. Sin duda, a esas alturas ya se habría desvanecido cualquier animosidad que pudieran sentir.

El conde entró en el salón y le guiñó un ojo. Un gesto de lo más descarado, aunque indicio suficiente de que estaba interesado en ella. Y el interés de un hombre rico, con título y popular, siempre era bienvenido.

Era arrebatadoramente apuesto, de un modo irritante. Llevaba el cabello oscuro perfectamente peinado. El abrigo verde y los pantalones tostados le sentaban como un guante. Juntos serían la pareja más impresionante de la temporada.

Georgina trató de olvidarse del evidente malestar de su hermana y esbozó al señor Ashcombe la tímida sonrisa que había estado ensayando durante horas en el espejo.

—¡Qué amable por su parte haber venido!

Qué Dios le librara de los locos enamorados. Colin bajó una mano y arrancó unas briznas de hierba. Ryland estaba sentado en el banco a su lado, en mitad de Grosvenor Square, gruñendo cada vez que algún caballero entraba en la casa que había al otro lado de la calle en vez de disfrutar de la belleza que ofrecía el parque.

De todas las cosas que podía estar haciendo aquella tarde, contemplar el ir y venir de los visitantes de Hawthorne House estaba justo por debajo de registrar los muelles de cabo a rabo en busca de alguna mercancía perdida y encima de volver a decir al señor Mathers que se negaba a buscar inversores para su descabellado plan de construir un castillo flotante de entretenimiento en el canal de la Mancha. Por los

clavos de Cristo, estaban en guerra. ¿Quién querría navegar en medio de una zona de conflicto para hacer una fiesta?

Un grupo de mujeres salieron de un carruaje que llevaba apiladas tres filas de paquetes en la parte superior. De acuerdo, seguro que aquella aburrida cuadrilla podía encontrar emocionante acudir a una fiesta en medio de una zona de guerra, pero Colin no quería tener nada que ver con semejante idiotez.

En lugar de eso se había visto envuelto en la idiotez un poco más apetecible que estaba teniendo lugar en mitad de Mayfair.

Colin contempló de soslayó cómo Ryland volvía a gruñir una vez más, la tensión en los hombros de su amigo amenazaba con rasgar por las costuras la levita a medida que llevaba puesta. Aunque su vida no corría peligro con esa escapada, estaba claro que tampoco iban a lograr nada. ¿Tenía pensado Ryland quedarse allí sentado toda la tarde?

Lo que se suponía que sería una breve visita al club se había terminado convirtiendo en todo un día de apoyo moral a su amigo. Si bien Ryland había logrado hablar con Miranda la noche anterior, no había llegado a despojarse de la máscara. Así que la dama todavía no sabía que era el ayuda de cámara que había conocido el pasado otoño. Algo que iba a cambiar ese día.

Si en algún momento conseguían entrar en la casa.

De pronto vieron al conde de Ashcombe caminar por la calle con un ramo de rosas rosas en la mano. Segundos después subía las escaleras de entrada con una sonrisa de suficiencia en los labios.

A su lado, Ryland clavó un talón en el suelo.

Colin dobló las briznas de hierba hasta hacer un círculo con ellas y trató de colarlo en una rama cercana, pero terminó rebotando.

—¿Crees que alguno ha venido a verla a ella?

—Solo los más listos —respondió Ryland.

—Entonces, ninguno.

El conciso comentario logró sonsacar una sonrisa a Ryland, que al fin y al cabo era lo que pretendía. Aunque aquella declaración también tenía su parte de verdad. En lo que a las relaciones personales concernía, algunas de las costumbres de la alta sociedad londinense eran completamente ridículas. ¿Por qué nadie las ponía en duda?

Se suponía que había crecido y había comenzado su vida social en Escocia y el mar le había dado otra perspectiva de los protocolos formales. Los escoceses disfrutaban de la pompa y el boato, pero también apreciaban las cosas sencillas. Y cuando uno estaba en la mar, a veces llegar vivo a puerto ya era suficiente celebración.

Tras siete largos minutos —sabía exactamente cuántos porque contó los segundos—, decidió ponerse de pie.

—Esto no es una batalla, amigo mío. O entramos, o nos vamos.

Transcurrieron otros treinta segundos más antes de que vieran al conde salir. Había sido una visita breve.

Sin decir una palabra, Ryland también se puso de pie y cruzó Grosvenor Square. Colin le siguió. ¿Por qué habría accedido a hacer aquello?

Cuando el mayordomo abrió la puerta antes de que tuvieran la oportunidad de llamar, Colin le ofreció su tarjeta con un nudo de resignación en las entrañas. El sirviente no pareció muy impresionado, aunque Colin tampoco se esperaba lo contrario. Era el mayordomo de un duque. Y aunque había visitado aquella casa en más de una ocasión por asuntos de negocios, ahora tenía enfrente a un mayordomo encargado de guarnecer el umbral de una joven y popular dama. Estaría acostumbrado a recibir a la flor y nata de la sociedad. Un simple mortal con antepasados irlandeses y escoceses no iba a alterarle en lo más mínimo.

Ryland rebuscó en sus bolsillos.

Por eso había aceptado sufrir una visita de cortesía aquella tarde. Después de nueve años viviendo entre las sombras, las habilidades sociales de Ryland estaban más que oxidadas y en esa visita se jugaba mucho.

Lo más seguro era que saliera de allí comprometido o inconsciente, dependiendo de cómo fueran las cosas con *lady* Miranda y sus hermanos.

Las mujeres no eran dadas al perdón cuando se enteraban de que las habían engañado y los hombres no solían contener su furia cuando se menoscababa el honor de sus hermanas. Sí, era muy posible que Ryland terminara la tarde en el lado equivocado de un puñetazo, sobre todo si lord Trent estaba en la casa. Riverton era un hombre de tamaño considerable, pero no era conocido por su inclinación a los combates. Lord Trent, sin embargo, había entrenado con Gentleman Jack y era sabido que el hombre solo practicaba con los mejores púgiles del país.

Tras unos segundos, Ryland logró sacar una tarjeta del bolsillo. Con esta tarjeta el mayordomo sí que pareció impresionado; lo que no era de extrañar, ya que incluso los sirvientes conocían el gran misterio que rodeaba al duque de Marshington.

—Si hacen el favor de esperar aquí. —El criado, alto y delgado, les invitó a pasar al recibidor—. Anunciaré su llegada.

Ryland alzó una mano.

—Un momento —dijo en voz baja—. ¿Quiénes están en el salón?

Pobre desgraciado. Estaba muy nervioso. Colin se encogió mentalmente de hombros y se despidió de disfrutar del resto de la tarde. Si algo necesitaba su amigo en ese momento era apoyo moral, así que decidió quedarse. A lo largo de los años, había tenido que superar pruebas mayores en nombre de la amistad.

—*Lady* Blackstone y *lady* Georgina, excelencia —respondió el mayordomo.

Colin estuvo a punto de emitir un gemido de disgusto al recordar que visitar al amor de la vida de su amigo conllevaba pasar tiempo con esa calculadora metomentodo.

Ryland le dio un apretón en el hombro.

—Disfruta de su compañía, amigo mío. Antes tengo que atender unos asuntos con Griffith.

Colin le miró con ojos entrecerrados. No sería capaz. No podía.

Pero Ryland se alejó hacia la parte posterior de la casa antes de que pudiera protestar.

Pues sí que había podido. Apretó los dientes. Normalmente no llevaban la cuenta de quién había ayudado a quién en el pasado, pero esta vez le debía una. Pasar tiempo en un salón con *lady* Georgina iba a ser mucho más atroz que proporcionar refugio de una noche a un informador francés o investigar propiedades y negocios para informar a Ryland de qué contrabandistas tenían más dinero del que deberían.

Al menos, con un poco de suerte aquello jugaría a su favor y bastaría para dejar de oír las constantes quejas de Ryland por la herida de cuchillo que recibió en su nombre. Colin tampoco habría corrido ningún peligro si no hubiera ido al encuentro de su amigo, así que la herida no había sido por su culpa.

Lo que significaba que Ryland acababa de contraer una deuda enorme con él por obligarle a hacer esa visita.

—Por aquí, señor. —El mayordomo se paró en el umbral de un salón, preparado para anunciar su llegada.

Avanzó unos pasos resignado. Marcharse ahora sería el colmo de la grosería. Además, todavía le quedaba la duda de si su amigo podría salir de allí por su propio pie o si uno de los hermanos de Miranda le daría una patada en el trasero.

Colin se detuvo al lado del mayordomo.

—¿Está lord Trent aquí?

El mayordomo se limitó a enarcar una ceja.

«Entendido.» Colin no era lo suficientemente importante como para merecer ese tipo de información. No le quedaba más remedio que suponer que el joven se encontraba allí y podría causar posibles problemas a Ryland. Tal vez terminara siendo un poco desagradable, pero la escena que se desarrollaría en el despacho del duque sería

mucho más interesante que una pequeña charla con una dama que le miraba por encima del hombro.

Cuando el mayordomo anunció su nombre, deseó en silencio que *lady* Blackstone se pareciera más a su hija mayor que a la pequeña. A continuación, entró en el salón.

Muebles blancos, pareces blancas... Todo blanco, con algún que otro toque dorado que rompía la monotonía. Y en el centro de la estancia, sentada como una reina en un trono de rayas blancas y doradas, estaba *lady* Georgina. Vestida, cómo no, de blanco. «¡Por el amor de Dios!»

—Buenas tardes, *milady*. —Hizo una reverencia hacia la mujer que supuso era *lady* Blackstone y que no podía negar que era la madre de *lady* Georgina. Después se volvió e hizo otro tanto con *lady* Georgina—. *Milady*.

Lady Georgina arrugó la nariz como si fuera capaz de oler su baja posición social. Tal vez pudiera. Las muchachas ambiciosas terminaban adquiriendo talentos peculiares.

—Madre, te presento al señor McCrae. Señor McCrae, mi madre, *lady* Blackstone.

Lady Blackstone hizo un gesto para que se sentara enfrente de ella.

—Me temo que no nos conocemos.

—Soy... —«¿Socio? ¿Amigo?»—. Soy un conocido de sus hijos.

—Por supuesto. Un placer conocerle. —La dama asintió con la cabeza, todavía curiosa.

Colin volvió a dirigirse hacia *lady* Georgina.

—Qué alegría volver a verla. —Cuando la vio abrir los ojos reprimió una taimada sonrisa. Puede que la tarde terminara siendo muy amena—. Disfruté mucho de nuestro baile de anoche.

Capítulo 6

Georgina se clavó las uñas en la palma de la mano. ¿Qué pretendía aquel hombre infernal sacando a colación el baile que habían compartido la noche anterior? Su madre ya estaba lo suficientemente intrigada con su simple presencia, si se enteraba de que había aceptado bailar con un hombre de su posición, la curiosidad se apoderaría de ella por completo.

—Igual que yo, por supuesto.

El señor McCrae se sentó en el asiento que su madre le había indicado.

—Hace un tiempo muy agradable esta tarde. He estado disfrutando del aire fresco en Grosvenor Square.

Georgina sonrió, aunque evitó la mirada de su madre. No quería hablar con aquel hombre. ¿Qué le habría poseído para venir a visitarla? No podía esperar que el breve encuentro que compartieron la noche anterior hubiera despertado el más mínimo interés en ella.

—Ha debido de ser muy placentero. —Su madre se apresuró a rescatarla de caer en una desgracia social. Aunque no tenía ni idea de por qué debería importarle. La única importancia del señor McCrae radicaba en su bolsillo. Lo sabía porque había hecho algunas averiguaciones de forma discreta durante el baile.

—Sí, bastante. —El señor McCrae echó un vistazo a la puerta.

¿Estaba... irritado? Sí, esa era la mejor descripción que se le ocurrió al ver su semblante.

El señor McCrae volvió a dirigirse a su madre.

—Me temo que anoche pasé por alto su presencia. ¿Iba disfrazada?

—En realidad no. —Su madre dejó a un lado la costura—. Le pedí a mi modista que rediseñara uno de mis vestidos preferidos de cuando tenía la edad de Georgina.

—La nostalgia trae belleza, cuando el recuerdo es amable. Siento no haberla visto. Seguro que estaba preciosa.

¿Se estaba ruborizando su madre?

—Gracias, señor McCrae. Reconozco que fue una delicia revivir mi juventud, aunque mis parejas de baile han cambiado con los años.

Georgina miró a uno y a otra. ¿Qué estaba pasando allí? ¿Acaso se comportaban como si no estuviera allí?

El señor McCrae se inclinó hacia delante.

—No sé cuándo volveremos a coincidir en un acontecimiento de ese estilo, *lady* Blackstone, pero cuando eso se produzca me sentiría más que honrado si me concediera un baile.

Su madre parecía exultante. ¿Tendría ella el mismo aspecto cuando recibía ese tipo de cumplidos? Debería practicar más delante del espejo.

—Por supuesto, señor McCrae. Aunque no me gustaría apartarle de las damas jóvenes. Yo ya tuve mi momento; dos, para ser más exactos. Y no desearía privar a nadie de ese placer.

—Es un magnífico bailarín. —Georgina se tapó la boca con la mano, aunque intentó disimular la reacción con el maleducado gesto de rascarse la nariz. Algo que nunca hacía en público. Un pecado más que añadir al señor McCrae.

El hombre se echó a reír. Para un observador inocente, como por lo visto era su madre, solo se trataría de una sonrisa humilde. Del tipo que solían esbozar los hombres cuando recibían un halago inesperado y eran incapaces de ocultar su satisfacción.

Pero Georgina sabía perfectamente lo que estaba pasando allí.

Se estaba riendo de ella. Qué hombre más odioso.

Se quedó mirándole. Seguía sonriendo; en las esquinas de sus ojos azules aparecieron unas ligeras arrugas.

—Le agradezco el cumplido, *lady* Georgina. Bailamos a una hora tan temprana que estaba convencido de que no lo recordaría.

Sí, claro que le hubiera gustado olvidarlo. Debería haberse olvidado de todo lo relacionado con él. El señor McCrae no encajaba en su plan.

Y no podía permitirse el lujo de apartarse ni un solo ápice de dicho plan.

—Siempre recuerdo un interludio agradable, señor McCrae. —Trató de morderse la lengua. Su madre se molestaría bastante si terminaba la frase como quería hacer. Pero las palabras decidieron ir por su cuenta y riesgo—. Y también los desagradables.

Su madre contuvo el aliento.

Georgina la miró por el rabillo del ojo.

No, molesta no era la palabra más adecuada para describir a su progenitora en ese momento. Georgina iba a estar recibiendo una eterna reprimenda lo que le quedaba de semana.

Qué hombre más odioso.

—Estoy seguro de que una buena memoria es uno de los mejores activos que puede tener una joven dama. Y también estoy convencido de que no quiere correr el riesgo de tener más recuerdos desagradables —señaló el señor McCrae.

—No.

¿Y ahora qué se traía entre manos?

—Como acabo de decir a su madre, no sé cuándo nuestros caminos volverán a cruzarse desde el punto de vista social, pero siéntase con la absoluta libertad de reclamarme un baile en caso de necesitar una excusa para evitar uno de esos encuentros desagradables.

Le estaba ofreciendo una salida. ¿Cómo se atrevía a hacer algo tan amable cuando estaba decidida a que no le gustara?

—Es un detalle muy generoso por su parte, señor. —Y lo era. Le estaba brindando la oportunidad de rescatarla siempre que ella quisiera. Su madre parecía más calmada. Tal vez evitara una reprimenda—. Espero no tener que tomarle nunca la palabra. Nuestros encuentros solo deberían producirse bajo las mejores circunstancias.

Él se recostó en la silla. Se fijó en que le temblaba una de las comisuras de la boca. ¿Estaba intentando no reírse? Qué canalla. Estaba disfrutando de aquel velado combate de ingenio.

De pronto, oyeron un ruido sordo en la parte trasera de la casa.

—Pero ¿qué diantres? —Su madre se retorció en el asiento para poder mirar la puerta que daba al recibidor—. ¿Gibson?

El mayordomo apareció en el umbral al instante.

—¿Sí, *milady*?

—Vaya a ver a qué se debe ese horrible barullo. Y no admita ninguna visita más hasta que no se solucione el problema. —Cuando se volvió hacia el señor McCrae se la veía preocupada—. Señor McCrae, le pido disculpas por...

Él alzó una mano.

—No le dé mayor importancia, *milady*. He venido con un amigo que tenía que tratar un asunto con su excelencia. Estoy seguro de que lo que hemos oído ha sido una reacción de... eh... sorpresa.

Georgina le miró con ojos entrecerrados. Se estaba riendo. No emergía sonido alguno de su garganta, pero estaba claro que le temblaban los hombros. Había cambiado de posición en la silla para intentar disimularlo, pero era más que evidente que sabía qué había provocado aquel sonido y lo encontraba divertido.

—¿Con quién ha venido? —Georgina se aferró a la información más importante que había revelado.

—¿Mmm? —El señor McCrae dejó de mirar la puerta con una sonrisa todavía tirando de la comisura de sus labios—. Oh, con Ry... con el duque de Marshington.

—¿Con el duque de verdad? —preguntó su madre.

No se le pasó por alto que había empezado a referirse al duque por otro nombre. ¿Cuál era el nombre de pila del duque? No lograba recordarlo, pero estaba dispuesta a apostar cualquier cantidad de dinero a que el señor McCrae había empezado a llamarle por ese nombre.

Si era tan amigo del duque, quizá tendría que reconsiderar su estrategia. Al fin y al cabo, ese hombre podía terminar siéndole de utilidad.

—Sí, *milady* —repuso el señor McCrae—. Ha decidido regresar a Londres este año. Creo que incluso tiene pensado ocupar su cargo en la Cámara de los Lores.

—¡Qué noticia más maravillosa! Griffith estará encantado. Lleva sin ver a Marshington desde el colegio.

El señor McCrae se aclaró la garganta y se removió en su asiento; el primer signo de incomodidad que le había visto desde su llegada.

—Sí, creo que Marshington está deseando retomar esa amistad.

Georgina volvió a entrecerrar los ojos. ¿Qué estaría escondiendo aquel odioso hombre?

Otro sonoro ruido inundó la casa. ¿Un grito? Parecía la voz de Miranda. Frunció el ceño. Todas las señales apuntaban a que tenía una oportunidad de oro para comprometerse con el duque de Marshington. Si Miranda la echaba a perder jamás se lo perdonaría.

Lo siguiente que oyó fue un portazo y unos rápidos pasos cruzando el vestíbulo hasta desvanecerse por la escalera principal.

Su madre se puso de pie, tratando de no parecer preocupada, aunque no lo consiguió.

El señor McCrae también se levantó de la silla, con un semblante mucho más confiado. De hecho, daba la sensación de que se estaba divirtiendo con todo aquello.

—Creo que... regresaré en un momento. —Su madre salió disparada hacia la puerta.

Y su madre nunca corría.

Cuando su progenitora abandonó la estancia, el señor McCrae esbozó una sonrisa de oreja a oreja.

—Usted sabe algo —contempló ella.

—Efectivamente. —Ahora su sonrisa iba dirigida a ella.

Era una lástima que aquellos rasgos tan atractivos se desperdiciaran en un hombre tan odioso. ¿No había otra palabra más para «odioso»? Tendría que preguntárselo a Harriette, porque si iba a seguir interactuando con el señor McCrae necesitaría cada maldito adjetivo que pudiera describirle.

—¿Ha dicho que Marshington tenía que tratar un asunto con mi hermano?

Su sonrisa se ensanchó aún más.

—Sí. Un asunto de índole personal. Poner todo en orden para ocupar el lugar que legítimamente le pertenece.

Su corazón saltó de alegría. ¡Estaba pasando! Todo iba de acuerdo a lo planeado. Para cuando terminara la temporada estaría completamente a salvo. Si el señor McCrae tenía una amistad tan estrecha con el duque, lo mejor que podía hacer era causarle una buena impresión, aunque lo detestara por dentro.

—¿Y cree que tardará mucho? Puedo ordenar que preparen el té.

El señor McCrae negó con la cabeza.

—Dudo que a partir de ahora dure mucho más.

—¿Qué cree que está haciendo ahí? —Georgina tiró de un hilo del borde del cojín del sofá.

—¿Por qué le preocupa?

—Griffith es mi hermano. Me preocupan mucho todos sus asuntos. Somos una familia muy unida, ya me entiende.

Vio cómo enarcaba las cejas.

—Ah, ¿sí? Bueno, si le preocupa estoy seguro de que se lo contará en cuanto tenga ocasión.

Le empezaron a picar las palmas de las manos. El señor McCrae sabía por qué Marshington estaba allí, podía contárselo él mismo. Se notaba que todo aquello le estaba haciendo mucha gracia. Como si supiera exactamente qué eran todos esos sonidos.

—¿Tiene pensado el duque casarse este año? No se me ocurre ningún otro motivo para terminar con su reclusión.

—Ah, ¿no? —preguntó él mirándola directamente a los ojos. Un destello pasó por su semblante, pero fue incapaz de descifrarlo. No le gustó no ser capaz de adivinar lo que estaba pensando—. No, supongo que no se le ocurre. Por suerte para el mundo, *lady* Georgina, el resto de nosotros puede pensar en cosas importantes, además de en acuerdos matrimoniales.

Georgina se quedó sin aliento.

El señor McCrae volvió a sonreír. Qué hombre más odioso y... exasperante.

De pronto, la sonrisa desapareció de su apuesto rostro y se apresuró a atravesar la estancia hasta la puerta.

—¿*Milady*? ¿Se encuentra usted bien?

Georgina se puso de pie. Su madre estaba en el umbral, pálida y con el rostro tenso.

—¿Madre?

Su madre respiró hondo e irguió la espalda.

—El duque de Marshington está en el suelo del estudio de Griffith. Inconsciente.

Colin se echó a reír. No pudo evitarlo. Que hubieran conseguido tumbar a Ryland fue lo mejor que había oído en un montón de tiempo.

No obstante, trató de recomponerse rápidamente y calmó a la frenética *lady* Blackstone, asegurándole que podía llevar a Ryland a su casa sin que nadie los viera. Como era comprensible, la mujer no quería que nadie se enterara de que habían tenido que sacar de casa de su hijo al hasta ahora más conocido par perdido del reino, tal que si de un cadáver se tratara. Y seguro que tampoco veía prudente que el duque continuara en la residencia, teniendo en cuenta el actual modo de pensar de lord Trent.

Tuvieron que hacer unas cuantas maniobras, pero al final se las arreglaron para llevar a Ryland hasta el carruaje que había en un callejón de la parte trasera de la casa. Colin, Riverton y lord Trent intentaron transportar con aire despreocupado el cuerpo envuelto en una manta del duque de Marshington a través del jardín trasero.

Aunque él no pudo parar de reír por la ridícula escena que debían de estar montando.

Cuando se le escapó otra sonrisa, Riverton le miró.

—Es gracioso.

—Sí —convino Colin, sonriendo. Cambió la forma en que estaba agarrando a Ryland. Una década de espionaje había transformado a su amigo en un sólido muro de músculos.

Instantes después, metieron a Ryland en el asiento del carruaje; y solo sufrió dos golpes accidentales en la cabeza. Se encogió de hombros. De todos modos, Ryland ya iba a sufrir un ligero dolor de cabeza. Era lo que tenía que te dejaran fuera de combate y que impactaras de lleno con una chimenea de mármol.

Colin subió al carruaje, pero no cerró inmediatamente la puerta. Era mejor que no dijera nada. No le correspondía. Pero consideraba a Riverton un amigo, así como socio de negocios y detestaba verle con la guardia baja.

—Riverton, Ryland ha hecho de guardar secretos una profesión, pero sigue siendo un caballero. No me cabe duda de que todo esto te va a causar una molestia con tu hermana, pero no con *lady* Miranda.

La mirada de Riverton era dura. Podía ver la fuerza que lo había convertido en un duque formidable. Sabía, tanto por los rumores que circulaban sobre él como por experiencia propia, que Riverton era un hombre justo y bueno, pero incluso hasta el más noble de los hombres podía dejar atrás sus escrúpulos cuando tenía que proteger el honor de su familia.

—¿Qué es lo que sabe, señor McCrae?

Un pequeño empujón en la dirección adecuada era una cosa; otra muy distinta ir esparciendo sus secretos a diestro y siniestro. A fin de cuentas, el conocimiento era poder.

—Más de lo que debería, pero no lo suficiente como para decir nada más, excelencia.

Se quitó el sombrero y se recostó en su asiento, suplicando en silencio para que Riverton no le presionara. Cuando vio que el duque cerraba la puerta y el carruaje se ponía en marcha, respiró aliviado.

¿Por qué habría abierto la boca para intentar ayudar a estas personas? Normalmente se mantenía alejado de los asuntos privados de la gente, pero desde que Ryland había regresado de Londres, Colin no podía dejar de entrometerse. Siempre había tenido la sensación de que Dios quería que cambiara el mundo, que fuera un ejemplo de integridad en los negocios, pero no que quisiera que aquello afectara a la vida de las personas.

Una parte de él se sentía mal por el inminente desengaño que se llevaría *lady* Georgina, aunque no sabía decir por qué le importaba. No era más que una jovencita que necesitaba que la pusieran en su lugar, pero algo le impedía darla por perdida del todo.

La cabeza de Ryland se movió hacia a un lado.

Colin se encorvó y estiró las piernas para apoyar los pies sobre el asiento de enfrente. No quería que el pobre hombre cayera al suelo. Ya había sufrido suficiente por su rey y por su país, por no mencionar que le había salvado la vida cinco años antes. Lo menos que podía hacer era procurar que estuviera lo más cómodo posible hasta dejarlo en su casa.

—*Lady* Georgina —murmuró para sí. Desde luego era todo un enigma. Tenía que reconocer que la admiraba un poco por la manera en que estaba jugando con la sociedad en su provecho. Según el periódico que había leído aquella mañana y la conversación que oyó en el club, todo el mundo pensaba que era una joven espectacular.

Sus manipulaciones la hacían ir un paso por delante. ¿Era una materialista? ¿Estaría desesperada por algo? No lo tenía muy claro. Tal vez fuera eso lo que le intrigaba de ella. Tenía una fortaleza oculta; muy oculta, pero fortaleza, al fin y al cabo.

Se encogió de hombros. Era bastante improbable que él —un mero caballero y además un escocés que se dedicaba a los negocios— fuera el que terminara desentrañando el misterio que ocultaba aquella dama. Nunca sería un buen partido para alguien como ella.

Tampoco era que quisiera.

Aunque tuviera un rostro y cuerpo impresionantes y siempre fuera un placer tenerla sentada enfrente durante una cena o bailar con ella en algún acontecimiento social, no había mucho más aparte de aquello. Y para que una mujer despertara en él el deseo de casarse necesitaba que fuera hermosa por fuera y por dentro. Se negaba a embarcarse en un matrimonio como si solo fuera una transacción comercial más. No, si algún día se casaba sería con una mujer que consiguiera que su vida fuera más plena y quisiera las mismas cosas que él.

Un gemido reverberó a la altura de sus pies, sacándole de su ensimismamiento.

—Esperaba que no recobraras la consciencia hasta que te dejara en casa. —No pudo evitar sonreír al ver el cardenal que empezaba a formarse alrededor del ojo de Ryland. Una prueba inequívoca de que su revelación no había ido como esperaba.

El carruaje se detuvo frente a la casa de Ryland y Colin salió de él a toda prisa para pedir ayuda a Jeffreys y tal vez a Price, el mayordomo. Entre todos conseguirían que el ahora consciente duque llegara a su habitación sin armar mucho alboroto.

Mientras corría a la zona de servidumbre, negó con la cabeza. Iba a estar muy ocupado ayudando a Ryland a llevar una vida normal, con un poco de suerte no tendría tiempo para tener nada que ver con jóvenes bellas e inteligentes de ojos verdes y corazones materialistas.

Capítulo 7

El olor a chocolate se filtró por las capas de plumón y encaje bajo las que se había enterrado Georgina durante la noche. Como siempre, el aroma le provocaba una intensa emoción, seguida de una punzante inquietud. El chocolate de la mañana era su regalo especial. Algo que Harriette solo traía si sabía que iba a tener un día particularmente difícil.

Empujó los cobertores hacia abajo, lo suficiente para ver cómo Harriette abría las cortinas, permitiendo que una ráfaga del sol matutino la cegara.

El sonido de papeles llegó a sus oídos antes de que sus ojos pudieran acostumbrarse a la luz. Soltó un gruñido y volvió a taparse la cabeza con las mantas.

Oyó la voz de Harriette amortiguada debido a los gruesos cobertores que tenía sobre la cabeza, pero no por ello menos inequívoca.

—Quédese en la cama si lo desea. Podemos lidiar con todo este material aunque esté envuelta en ropa de cama.

Sin molestarse en ocultar su gesto contrariado, volvió a destaparse hasta la cintura. La negación no iba a hacer que la mañana o las noticias de Harriette dejaran de existir, así que no tenía sentido permitir que el chocolate se enfriara.

Se incorporó hasta sentarse sobre el colchón y miró al escritorio, esperando encontrarse con la pila habitual de periódicos. Y efectivamente,

ahí estaban, pero también una cesta llena de papeles más pequeños. Notas de índole personal.

—¿Qué es todo eso?

Harriette la ayudó a colocar las almohadas para que estuviera más cómoda y puso sobre su regazo una bandeja que contenía dos humeantes tazas de chocolate y un plato con tostadas y huevos.

¿Dos tazas de chocolate? Aquella cesta debía de ser peor de lo que se imaginaba.

—Su madre quiere que le ayude con las invitaciones.

—¿Qué le ayude en qué? —Bebió un buen sorbo del caliente líquido, esperando que derritiera el gélido temor que se había instalado en sus entrañas.

Harriette evitó su mirada.

—A responderlas.

Otro sorbo más, acompañado de una inhalación profunda de aquel bendito aroma.

—¿Todo eso son invitaciones?

Harriette sacó un grueso fajo de la cesta.

—Esto son las invitaciones. El resto son notas de sus amigas preguntándole qué planes tiene para estos días. Sabíamos que esto sucedería si terminaba siendo tan popular como esperábamos. Las otras muchachas solo quieren o estar cerca de usted o evitarla. En cualquier caso, desean conocer cada uno de sus movimientos, pensamientos y caballeros a los que ha echado el ojo.

Cuando la doncella por fin se decidió a mirarla, Georgina vio tal simpatía en sus ojos que le entraron unas ganas locas de volver a enterrarse bajo las sábanas. Definitivamente aquella era una mañana de dos tazas de chocolate.

—Entonces supongo será mejor que dejemos los periódicos para el final.

Se comió las tostadas y los huevos mientras Harriette leía las invitaciones. Los bailes eran lo más fácil. Los únicos que merecían su

presencia eran aquellos cuyos anfitriones gozaban de mayor prestigio y mejores conexiones. Las reuniones menos relevantes, como cenas y veladas eran un poco más difíciles. ¿Era muy importante la persona que las organizaba? ¿Qué probabilidades había de que acudieran los hombres a los que quería encandilar? ¿Tenían planificada alguna distracción o se improvisaría algún tipo de exhibición o partida?

Georgina no acudía a nada que no estuviera planificado.

Tardaron una hora en revisar todas las invitaciones. Después de eso no pudo soportar continuar en la cama ni un minuto más, así que se destapó por completo, se bajó del colchón y se puso su raída bata blanca cubierta con una multitud de manchas brillantes antes de sentarse sobre el banco acolchado que había bajo su ventana. Su cuaderno de bocetos y el lápiz descansaban bajo uno de los cojines. Se hizo con ellos y empezó a esbozar las primeras líneas del parque que había al otro lado de la calle.

—¿Nos ponemos con las cartas?

Como siempre, hizo caso omiso de la mueca que hizo Harriette.

¿Por qué gastaba la gente tanto papel en ella? Entendía que le mandaran cartas desde Londres hasta Hertfordshire y siempre hacía que Harriette las contestara con la mayor brevedad que la cortesía permitía. Pero no veía razón alguna cuando la misiva venía de unas calles más allá. Simplemente respondía a sus amigas en el siguiente evento en que se encontraran.

Harriette apretó los labios hasta que estos casi desaparecieron a medida que movía los ojos sobre el papel.

—*Lady* Jane ha decidido que, como todavía tiene que escoger qué libro van a leer para el club, su próxima reunión de los viernes será una especie de recital. Quiere ampliar la lista de invitados y que se lean algunos poemas.

—¿Qué? —Georgina dejó caer el cuaderno sobre su regazo. El impacto la había dejado sin fuerza en los brazos. Jane seguía adelante con

sus planes a una velocidad alarmante. Debía de tener mucha fe en que el hombre misterioso fuera a asistir.

Harriette la miró con una emoción muy parecida a la lástima.

—No tiene que ir, *milady*.

Pero sí tenía que hacerlo y ambas lo sabían.

Apoyó la frente en el frío cristal de la ventana.

—Estudiaremos a fondo un poema de alguien que sea muy popular. Es un campo en el que no quiero llamar mucho la atención. Debe ser sencillo e insulso y que el ejemplar sea lo suficientemente pequeño para que quepa en mi bolso de mano.

—No creo que haya mucha poesía disponible en la biblioteca, *milady*. Sus hermanos no leen muchos poemas y *lady* Miranda cree que supone un enorme derroche de imaginación.

—Sí, es muy típico de ella.

Harriette dobló y desdobló la nota.

—Esta tarde podemos pasar por la librería.

El vacilante tono de la doncella era equiparable al de una costurera cuando tenía que decirle a un cliente que había tela suficiente para agrandar la prenda una pulgada o dos. Georgina preferiría ir a cualquier otro sitio antes que a la librería. Incluso un paseo por el mercado de pescado en las horas más calurosas del día le resultaba mucho más apetecible.

—Muy bien, iremos a la librería. Pero nos quedaremos con el primer ejemplar aceptable que veamos.

—Estoy de acuerdo.

Georgina volvió a centrar su atención en el cuaderno de bocetos y añadió personas al dibujo que estaba haciendo, dotándolas de sombreros engalanados con flores y abrigos voluminosos. Le gustaba contemplar a la gente desde su ventana, así podía estudiar sus rostros sin que ellos la vieran. Solo cuando se sentía invisible podía relajarse de verdad. En esa habitación podía fingir que todavía era capaz de aspirar a ser una dama tan refinada como su madre.

Harriette soltó un gruñido.

—*Lady* Sarah también quiere hacer otro.

—¿Hacer otro qué? ¿Otro recital de poesía? Si esto va a ser lo más popular de la temporada tendremos que iniciar una nueva moda de inmediato. —¿Por qué estas jóvenes damas no eran felices tocando el pianoforte o jugando una partida de cartas? ¿A qué venía esa repentina necesidad de exhibir sus dotes con la lectura dramática?

—Tal vez podría organizar su propia reunión. Es la mejor manera de...

Harriette dejó de hablar; lo que hizo que alzara al instante la vista de su cuaderno de bocetos. Unas pequeñas arrugas aparecieron en las comisuras de la boca de la doncella mientras sus ojos recorrían el papel a toda velocidad.

Georgina dejó caer el cuaderno y atravesó la habitación para mirar por encima del hombro de Harriette.

—¿Qué pasa? ¿Algo va mal?

La frustración hizo que curvara los dedos de los pies mientras intentaba que las palabras que había sobre el papel se convirtieran en algo más que un sinuoso y cambiante camino de letras desordenadas. En un momento creyó leer la palabra «banquete» pero tras un parpadeo se transformó en «piquete». Segundos después no era nada y la mitad de las letras simplemente desaparecieron.

Harriette dobló la nota y la dejó en la cesta.

—Es una carta de la señorita Clemens. Llegó ayer, pero no hemos tenido tiempo de leerla hasta ahora.

Georgina frunció el ceño. Lavinia Clemens era una amiga de Hertfordshire. No era nada raro que la escribiera cuando estaba en Londres. ¿A qué venía tanta consternación entonces? Mientras intentaba hacerse con la carta le tembló la mano. Era capaz, después de dedicar una cantidad de tiempo y esfuerzo considerables, de distinguir las palabras que aparecían en el papel, aunque escribir siempre

había estado más allá de su comprensión. No había forma de que pudiera leer aquella carta por sí misma, pero tenía que saber qué era lo que había provocado el semblante severo de Harriette.

La doncella le sujetó la muñeca, deteniéndola en su empeño por asir la carta.

—El señor Dixon ha vuelto a proponerle matrimonio.

—¿No le había rechazado dos veces? —Apoyó las manos en la cintura. Lavinia era un año mayor que ella y su familia estaba un simple peldaño por encima de la alta burguesía venida a menos, pero de niñas habían jugado juntas y disfrutaban mutuamente de su amistad.

—Pues esta vez no le ha rechazado precisamente. —Harriette señaló una de las revistas de la alta sociedad del escritorio—. Le han dedicado una viñeta. Por lo visto el número de caballeros que ayer visitaron Hawthorne House no ha pasado desapercibido.

A Georgina le encantaban las viñetas. Y encima era la primera vez que aparecía en una de ellas y la habían retratado de una manera muy favorecedora, lo que era un buen augurio para su plan y su tan cuidadosamente forjada reputación. Sin embargo, su alegría se vio atenuada por la idea de que su amiga de la infancia tuviera pensado casarse con un hombre que nunca le había interesado de forma especial. Era cierto que ella y Lavinia Clemens habían llevado vidas separadas en los últimos años, pero seguía deseándole lo mejor. Una amistad tan antigua como la suya no desaparecía por tener intereses distintos.

—¿Y por qué ha aceptado al señor Dixon?

Harriette se hizo con la carta lanzando un suspiro y la extendió sobre la mesa.

—Tampoco le ha aceptado exactamente. Su respuesta ha ido más en la línea de «podría ser». Tiene la intención de venir a Londres e ir a ver a su tía. Si esta visita no le reporta nada fructífero, regresará a casa y se casará con el señor Dixon.

Georgina se mordió el labio. Un sinfín de sensaciones se arremolinaron en sus entrañas del mismo modo que las letras lo habían hecho instantes antes. Lavinia no podía permitirse el lujo de quedarse soltera. Y aunque una vida acomodada con el señor Dixon era mejor que nada, había confiado en que se le presentaría otra opción más apetitosa.

Pero ¿Londres? ¿Esperaría Lavinia que la ayudara? Su amiga era la hija de un caballero. Aunque su amistad en el campo era perfectamente aceptable, sobre todo desde que nadie aparte de su familia y unos pocos lugareños sabían que todavía se hablaban, difícilmente se moverían en los mismos círculos de Londres.

Harriette le retiró el pelo de la cara.

—No se preocupe, *milady*. Todo irá bien. He estado leyendo los periódicos y todo está jugando a su favor.

Georgina echó un último vistazo a la carta de su amiga antes de forzar una sonrisa.

—Sí, seguro que tienes razón, Harriette. Me estoy preocupando por nada. Lavinia y yo nos reuniremos para tomar uno o dos tés y después ella se marchará para casarse y todo irá como la seda.

Era mentira y ambas lo sabían. A Lavinia nunca la aceptarían en Londres. Era casi tan defectuosa como Georgina y no había manera de ocultarlo.

Terminaron de leer las notas mientras se vestía para pasar el día. Harriette respondió con una sola línea a todas aquellas personas que eran ineludibles y con un pequeño párrafo a los que vivían fuera de Londres. Después de un rato, por fin, pudieron centrar su atención en las columnas de sociedad de los periódicos.

Todos ellos la mencionaban y todos decían que estaba destinada a ser la sensación de la temporada. Uno de los que tenía menor reputación se hizo eco de que ya había recibido la visita del duque de Marshington. Lo que, por supuesto, era mentira, pues el duque no había pisado más que el estudio de Griffith. Pero el hecho de que

otras personas creyeran que hacían una pareja formidable aumentó su confianza. Por lo menos lo suficiente como para enviar sus preocupaciones al rincón más oscuro de su mente.

Con esa idea en la cabeza, salió disparada del tocador hasta ponerse al lado de la doncella.

—Hoy es el día, Harriette. Lo presiento.

Capítulo 8

A menudo, los momentos más importantes de la vida solo se identifican a posteriori, pero a veces sucede algo que viene anunciando su trascendencia y terribles consecuencias a bombo y platillo.

Como la carta abierta que Colin tenía en el escritorio. Estaba por dejar de leer su correspondencia. ¿Qué estaría sucediendo en Escocia? Porque, desde luego, no era ninguna coincidencia que hubiera recibido aquella carta y la de su padre en un espacio tan corto de tiempo.

Ahora sí que tenía claro por qué Jaime McCrae había decidido escribirle. Seguro que sabía que Alastair Finley, el mejor amigo de Jaime y su rival más fuerte, iba a extender aquella oferta a Colin. Lo que no terminaba de entender era por qué su padre no le había advertido, o no le había pedido que no aceptara, o cualquier otra cosa que tuviera algo que ver con las impactantes palabras que tenía delante.

Alastair era el propietario de la naviera Glasgow Atlantic. Glasgow Atlantic y Celestial estaban enfrentadas en una batalla constante por ser la mayor compañía de transporte de Escocia. Una rivalidad que había ocasionado más de una división en la ciudad cuando los dos amigos se sumían en períodos de contienda que hubieran enorgullecido a los mismísimos *highlanders*. Y si era cierto lo que ponía en la carta que tenía frente a sí, Alastair había encontrado la forma de ganar esa guerra de una vez por todas.

Esa parte de la carta era fácil de entender. Era el resto lo que había dejado a Colin allí sentado, inmerso en un estupefacto silencio. Se había hecho un experto en descifrar mensajes ocultos, en descubrir el verdadero significado detrás de cualquier propuesta de negocios. Normalmente confiaba en su instinto, pero en este caso en concreto prefería haberse equivocado.

Alastair quería que Colin le buscase un heredero. Y si las referencias a Erika, su hija pequeña que aún vivía en casa, eran algún indicio, el hombre quería que él mismo fuera dicho heredero. ¿Por qué si no había dedicado tantas líneas a recordarle la relación tan estrecha que habían tenido ambos antes de que él abandonara Glasgow?

Colin soltó un resoplido. Habían tenido la misma relación que una lapa y el casco de un barco. Erika lo había seguido a todas partes durante el último año que había pasado en su hogar. De niños, no le había importado mucho, pero cuando Erika cumplió los quince, la gente empezó a murmurar. Tanto que a Colin no le quedó más remedio que preguntarle a la muchacha qué pensaba al respecto. La última vez que la vio había ido a verle a los muelles para despedirlo, sabiendo que los padres de ambos estarían furiosos con él. En ese momento fue más que evidente que la joven tenía mucha más confianza en su futuro juntos que él. Por lo visto cinco años no habían bastado para que Alastair se olvidara de la idea.

¿Sabía Erika que su padre básicamente se la estaba ofreciendo en bandeja de plata como incentivo para que volviera a Escocia?

Se frotó la cara con las manos y se puso a pasear de un lado a otro por el estudio. ¿Presuponía demasiado? ¿Permitía que su desasosiego personal distorsionara sus ideas sobre el asunto?

La carta solo decía que Alastair quería una mano derecha para gestionar su empresa durante sus últimos años de vida. Alguien joven, pero con experiencia, de una familia respetable y habituado al transporte de mercancías, a Escocia, a las navieras y a los negocios en general. Confiaba en el buen juicio de Colin y le daba carta blanca para que

contratase al candidato que considerara más adecuado. Desde luego no había muchas personas que cumplieran esos requisitos que no hubieran nacido en el seno de una familia naviera.

Por eso estaba tan convencido de que lo que en realidad quería Alastair era que él mismo ocupase el puesto.

Tomó la carta y la arrojó a una pila de documentos de otras aventuras empresariales condenadas al fracaso. Llevaba cinco años fuera de casa y no fue precisamente un capricho lo que le llevó a abandonar su hogar. Alastair y Jaime prácticamente lo expulsaron de la ciudad, furiosos por su interferencia. Sin duda su padre fue el que más se hizo oír, echándole en cara que sus intentos por salvar el honor de la familia habían conseguido precisamente lo contrario. Que nadie más volvería a ver a Jaime McCrae como un hombre de familia. Alastair añadió más leña al fuego alegando lo avergonzado que se sentía porque hubieran permitido que se uniera a las filas de los hombres cuando era más que evidente que todavía era un crío.

Que Alastair siquiera se planteara la posibilidad de que Colin pudiera regresar y trabajar bajo sus órdenes solo demostraba la mala memoria que tenía el anciano.

Que Colin lo considerara, aunque solo fuera durante un segundo, demostraba que su propia memoria estaba empezando a fallarle.

Necesita tomar un poco de aire.

Sus largas zancadas le habían llevado cinco casas más abajo antes de que se diera cuenta de que había salido a la calle sin abrigo, sombrero o bastón. Cualquiera que le viera se preguntaría por su repentina falta de accesorios adecuados. Entonces sería lo mejor que evitara la bolsa. No necesitaba que nadie con quien estuviera negociando acciones pensara que estaba perdiendo la cabeza. Además, en ese momento tampoco tenía la mente para concentrarse en ningún tipo de transacción.

Una brisa ligera lo despeinó, colocando uno de sus díscolos rizos sobre la frente. Podía regresar. A fin de cuentas, no se había alejado

varias millas, ni tampoco iba a cortarse el pelo. De hecho, todavía podía ver su casa.

Pero no podía volver. Si lo hacía, simplemente se quedaría mirando aquella carta, preguntándose sobre las repercusiones de las diferentes opciones que tenía. Un trazo con la pluma podría cambiar su vida para siempre. Podía establecer las bases para una empresa que rivalizara con la Compañía de las Indias Orientales, suponiendo que Jaime todavía tuviera la intención de dejarle Celestial Shipping. Jaime McCrae podía seguir el ejemplo de Alastair y casar a Bronwyn, la hermana pequeña de Colin, con un hombre que trabajara con él codo con codo sin cuestionar sus prácticas empresariales o la forma como llevaba las finanzas.

Un hombre que no humillara a la familia para demostrar que Jaime se equivocaba.

Aunque no creía que a su hermana le gustara mucho esa perspectiva.

No podía negar que encontraba cierto atractivo en la idea de volver a casa, pero regresar bajo esas condiciones le revolvía el estómago.

Mejor sería que dejara de pensar en todo aquello.

Había salido de casa con un propósito en mente. El viento le hizo echar en falta el sombrero, pero no valía la pena regresar a por él. Necesitaba una distracción. Veinte minutos más tarde, estaba de pie en su club, escuchando las estridentes burlas de una partida de cartas en las que se estaba apostando mucho dinero. Un juego no muy diferente a aquel que le había conducido a la ruptura final con su progenitor.

Evidentemente, el club no era la distracción que buscaba.

¿Dónde podía ir? Ryland todavía sufría un fuerte dolor de cabeza producto del mármol. Sus socios no se preocupaban por su vida personal y por supuesto que no querrían oír hablar de nada que impidiera que les hiciera ganar más dinero en el futuro. Conocía a más espías del Ministerio de la Guerra, pero aparte de por el detalle de que la mayoría de ellos en ese momento se encontraban en Francia, no le servirían de mucho a menos que quisiera sabotear en secreto los recientes planes de Alastair.

Estaba solo. Y ya que estar solo consigo mismo le estaba provocando dolor de cabeza, necesitaba estar solo con otras personas a su alrededor. Personas que no estuvieran a punto de perder la fortuna de su familia en ninguna partida de cartas.

Se dirigió al café más cercano, temblando un poco a medida que las nubes cubrían el sol. Si tiritaba porque el aire fuera más fresco de lo normal, no le cabía la menor duda de que llevaba mucho tiempo viviendo en Londres. Sus amigos escoceses se hubieran reído de él y le habrían tirado al lago más próximo para mostrarle lo que era el frío de verdad, antes de arrastrarle a una taberna.

Si alguno de ellos volviera a hablarle.

Frunció el ceño. ¿Desde cuándo se había vuelto tan sensiblero?

Al entrar por la puerta le recibió el aroma a café y chocolate; un olor que no podría haberle hecho más feliz, salvo añadiéndole un toque a aire del mar.

—¡Vaya! Buenas tardes, señor McCrae.

Colin se volvió y vio a lord Trent sentado en una mesa de un rincón. Le devolvió el saludo y, mirando un segundo hacia arriba, envió una silenciosa oración al cielo. ¿Qué era lo que decía siempre su madre? «Confía siempre en que Dios te dará lo que necesitas, justo cuando lo necesites. Si te lo proporciona demasiado pronto, podrías desperdiciarlo.» Aunque no había tenido muchas ocasiones de interactuar con lord Trent, no pudo evitar percatarse de la frecuencia con la que lo habían hecho durante aquella temporada. Debía de ser el momento propicio a los ojos de Dios.

—¿Le gustaría unirse a nosotros? —preguntó lord Trent, señalando la silla que tenía frente a sí.

Colin tomó asiento, agradecido por la invitación. Esperaba que quien faltaba para completar el «nosotros» fuera tan agradable como lord Trent.

El joven se recostó sobre la silla.

—¿Qué le ha traído por aquí?

—Un poco de aire. Se me estaba empezando a nublar la vista. —No mentía. Antes de abandonar el estudio tenía la vista completamente desenfocada y necesitaba despejarse.

Lord Trent asintió.

—Los números nunca han sido mi punto fuerte. Conseguí terminar mi educación gracias a la Historia y los deportes. Soy lo suficientemente hombre para reconocerlo.

Un camarero dejó dos tazas de café en la mesa y tomó el pedido de Colin para una tercera.

—Recuerdo lo mucho que alardeaba su excelencia de sus marcas durante el último curso.

Lord Trent se rio y se inclinó hacia delante para asir el asa de la taza.

—Griffith todavía está lidiando con la delgada línea que hay entre un padre y un hermano.

Una imagen de su propia hermana cruzó por su mente. ¿Había sido un buen hermano? ¿Alejarse de ella de verdad la estaba ayudando tanto como él creía?

Una voz femenina interrumpió el curso de sus pensamientos mientras captaba por el rabillo de rojo el ya familiar resplandor blanco.

—No te lo vas a creer, pero Jane insiste en que... Oh... ¿Cómo está usted, señor McCrae?

Colin alzó la vista para encontrarse con los ojos de *lady* Georgina. Lord Trent se había puesto de pie para ayudar a su hermana a sentarse en la silla vacía enfrente de la otra taza de café. Intentó rectificar su indecoroso comportamiento levantándose también, pero tenía el pie enganchado alrededor de la pata de la silla y cuando estaba a mitad de camino la joven ya se había sentado.

Soltó un suspiro y volvió a tomar asiento.

—Muy bien, *milady*. ¿Está disfrutando de la temporada?

La joven le miró con ojos entrecerrados.

—Sí, bastante. Aunque solo llevo en Londres unos días.

¿Qué podía responder a eso? Por suerte el camarero regresó con el café, dándole algo que hacer aparte de quedarse mirando a *lady* Georgina, deseando que fuera más dulce, amable y estuviera unos doce puestos más abajo en la escala social.

Lo que implicaba que lo único que le gustaba de *lady* Georgina era su inconmensurable belleza.

Algo que le convertía en un canalla de primera.

Tomó un buen sorbo de café e hizo una mueca de dolor al quemarse la lengua.

—¿Qué decías sobre *lady* Jane? —Lord Trent también bebió de su taza con una ligera sonrisa en los labios, pero no supo si se debía al buen humor en general o porque se había dado cuenta del sorbo excesivamente entusiasta que había dado Colin.

Lady Georgina esbozó una sonrisa a su hermano.

—Sí. Me ha dicho que han visto a lord Howard visitando a *lady* Sarah no hace más de media hora y, si no me equivoco, la noté un poco celosa.

Lord Trent puso cara de confundido. Sin duda se preguntaría por qué iba a importarle que un caballero visitara a una dama que no fuera ninguna de sus hermanas.

El cerebro de Colin, sin embargo, se puso en marcha como la máquina de vapor experimental que había visto en Leeds el año anterior. Si lord Howard había visitado a una joven dama respetable era porque estaba buscando esposa. Lo que significaba que estaba planteándose sentar cabeza y también una señal inequívoca de que estaba dispuesto a prestar más atención a algunas de sus propiedades. Aquello podía implicar algunas obras y mejoras en el aserradero de Norfolk. Y teniendo en cuenta lo cerca que estaba de...

Con un movimiento de cabeza, obligó a su mente a que se dejara de especulaciones y se centrara en las personas que había en la mesa con él.

Necesitaba que su vida girara en torno a algo más que transacciones empresariales y eso solo podía conseguirlo dejando los negocios a un lado.

Lady Georgina miró a su hermano con el ceño fruncido.

—Sinceramente, Trent, lord Howard es un vizconde. Difícilmente dejaría que llamara a mi puerta.

Colin casi se atraganta con el café. ¿De verdad lord Trent había sugerido que su hermana quería recibir las atenciones de lord Howard? Sonrió de oreja a oreja. Incluso él sabía que las aspiraciones de la joven estaban muy por encima de aquello.

Sin embargo, no pudo resistir la tentación de exasperarla un poco.

—Yo la visité.

Dos pares de ojos verdes volaron en su dirección. Un par, riéndose de su aparente desfachatez; el otro, amenazando con clavarle una cucharilla entre ceja y ceja.

Tomó otro sorbo de café, más para disimular que por cualquier otra razón. Estaba demasiado ocupado intentando no soltar una carcajada para pensar en la cantidad de líquido que debía tomar.

—Y no poseo ningún título nobiliario —terminó.

—Sí —replicó *lady* Georgina con los ojos tan entornados que apenas parecían dos rendijas—. Tenemos que decirle a Gibson que sea más exigente.

Las esquinas de los ojos de Trent se arrugaron al instante, ofreciendo a Colin la sensación de seguridad que necesitaba para continuar con ese toque de provocación en sus palabras. Que estuvieran sentados en un rincón y el ruido general que había en el café, ofrecían absoluta privacidad a la conversación y, después de la mañana que había tenido, necesitaba esa pizca de frivolidad. Abrió los ojos, esperando parecer ofendido.

—¿Me negaría la entrada después de permitirme hacerle una visita? Una visita que, si me permite añadir, duró cerca de una hora.

Lord Trent apretó los labios, pero no evitó que escapara de su garganta un sonido parecido a la risa. Era plenamente consciente de

que la mayor parte del tiempo que Colin pasó en su casa fue para velar por el bienestar de Ryland. Lo que *lady* Georgina supiera o no acerca de esa tarde era una incógnita. Tras enterarse de que el duque de Marshington estaba en su casa, alegó sentirse un poco mareada y se fue a su dormitorio, no sin antes pedirle a su madre que la avisaran si Ryland se despertaba.

Lady Georgina colocó las manos sobre su regazo y se sentó un poco más erguida. Su semblante parecía contrito.

—Me temo, señor, que cualquier visita que volviera a hacer a nuestro salón sería una pérdida de tiempo por su parte. Con toda la amabilidad del mundo, debo animarle a concentrar sus esfuerzos en cualquier otro lado.

Colin se mordió la mejilla para refrenar una sonrisa.

—Muy bellas palabras, aunque creo que se está haciendo un flaco favor.

—Le aseguro que sé perfectamente lo que valgo.

—Precisamente por eso. El mero hecho de que me permita la entrada a su salón hace que mi estima suba a los ojos de muchos.

Lord Trent no se molestó en ocultar su fascinación. Miró alternativamente a Colin y a *lady* Georgina.

Toda pretensión de cortesía desapareció del rostro de la joven.

—Le ruego que me indique qué estima es la que desea. Hablaré bien de usted todo lo que quiera si con eso consigo apartarlo cuanto antes de mi lado.

—No busco una estima en particular, solo que me tengan en buena consideración. Aunque que me vean con usted en un café seguro que está ayudando mucho más que una simple visita por la tarde. —Hizo un esfuerzo considerable por permanecer tranquilo, o por lo menos aparentarlo.

Lady Georgina se inclinó hacia delante.

—Pero no hemos quedado con usted aquí a propósito.

Colin también se inclinó, preguntándose si estarían dando la sensación de mantener una conversación íntima con su hermano de carabina. Puede que lo siguiente que hiciera fuera una reflexión en voz alta al respecto.

—Sí, pero ellos no lo saben.

Lady Georgina se puso completamente rígida.

—Trent, nos vamos.

Lord Trent esbozó una enorme sonrisa.

—¿Ahora? Pero si esto se está poniendo de lo más interesante.

—No. —Cuando la joven se puso de pie, tanto su hermano como él hicieron lo mismo.

—Muy bien. —Lord Trent se volvió hacia él—. Señor McCrae, somos miembros del mismo club, ¿verdad?

Colin asintió con cierto temor. ¿Había llevado demasiado lejos aquel intercambio de palabras con *lady* Georgina? Sabía que había rozado peligrosamente varios límites del decoro.

—Tenemos que quedar para jugar una partida de billar en breve. Tengo la impresión de que podríamos llevarnos de maravilla. —El hermano de *lady* Georgina le ofreció la mano con una sonrisa.

La dama, sin embargo, soltó un gruñido.

—Hermanos. No servís para nada.

Colin le devolvió la sonrisa mientras estrechaba la mano del hombre más joven.

—¿Le parece bien pasado mañana por la tarde?

—Espléndido. —Lord Trent ofreció el brazo a su hermana—. Vamos Georgina, tienes una cita a las dos en punto para afilarte las garras.

La sonrisa que esbozó mientras observaba a los hermanos marcharse fue sin duda mucho más amplia de lo que debería, aunque no pudo evitarlo. No se había divertido tanto desde hacía mucho tiempo.

Tal vez sus frecuentes encuentros con *lady* Georgina no fueran tan malos después de todo.

Capítulo 9

La gente está empezando a mirar, *milady*. —El tono tranquilo y servil de Harriette hizo que Georgina fuera más consciente de donde estaban que las propias palabras. Harriette solo cumplía su papel de doncella ideal cuando estaban en público.

La calle estaba abarrotada. Un rápido vistazo a su alrededor reveló que los viandantes comenzaban a darse cuenta de que estaba parada de pie, frente a una librería, sin entrar en ella. ¿Sería posible que fueran capaces de adivinar por qué? A la izquierda del escaparate lleno de coloridas cubiertas de cuero y grandes libros antiguos había una resplandeciente joyería en la que se sentiría mucho más cómoda.

De pronto sintió la necesidad de comprar alguna baratija. ¿Un regalo de cumpleaños? ¿Un nuevo broche? ¿Un mísero alfiler?

—¿Qué te parece si me compro un prendedor? Creo que podría animar un poco más esos dos vestidos de noche que adquirimos.

Harriette enarcó ambas cejas al verla retroceder medio paso y le apretó el hombro.

—No ha salido de su casa para comprar ninguna fruslería. Hemos venido a por un libro.

Sí, aquello era cierto. Había estado posponiendo esa misión a sabiendas de que el esfuerzo la pondría de un humor de mil demonios. El último encuentro con el señor McCrae la había dejado de un talante pésimo, así que en cuanto Trent la dejó en la puerta de su vivienda, había arrastrado a la doncella fuera de casa para salir de compras. Quedaba poco tiempo para que pudiera elegir una lectura adecuada y no había razón alguna para echar a perder dos días de esa semana.

—Puede hacerlo, *milady*. Solo tiene que seguir al pie de la letra lo que hablamos. Entramos, vamos a la sección de poesía, seleccionamos el ejemplar más fino que encontremos. Fingimos examinarlo un poco más en caso de que alguien nos esté mirando, lo compramos y nos vamos. —Harriette le apretó la mano—. No nos llevará más de veinte minutos.

—Buenas tardes.

Georgina se sobresaltó ante el tranquilo saludo, sin pasar por alto la pregunta implícita que conllevaba. ¿Por qué tenía que hacer un día tan bueno? Ya podía haber llovido esa tarde, o al menos amenazar con hacerlo, así no habría tanta gente en la calle. Sonrió a *lady* Sarah y a su madre.

—Buenas tardes. Qué día más estupendo, ¿verdad? Me ha sido imposible desaprovecharlo y hemos salido a hacer algunas compras. Debería haber tomado la dirección del parque en vez de aventurarme por la calle Bond.

Lady Sarah alzó ambas cejas antes de mirar al cielo. Segundos después, una sonrisa borraba su gesto de curiosidad.

—Sí, hace un día magnífico. —Se volvió hacia Georgina—. Solo tenemos que hacer una parada más. Cuando terminemos podemos ir a tomar un helado. El tiempo lo justifica.

—Me parece perfecto. —Le parecía de todo menos perfecto. No obstante, si comerse un trozo de hielo ayudaba a que *lady* Sarah se creyera esa patraña sobre el buen tiempo, aceptaría encantada la invitación—. ¿Quedamos en encontrarnos en Gunter's dentro de una hora?

La aceptación de Sarah puso fin a la conversación y la dejó de nuevo frente a una librería sin una razón aparente.

Por el rabillo del ojo apenas percibió la sonrisa de Harriette.

—Ni una palabra —dijo entre dientes mientras entraba en la librería antes de que alguien volviera a verla y terminara aceptando una invitación para asistir a una carrera de caballos.

El brusco cambio de iluminación la hizo parpadear a medida que se adentraban en la tienda. ¿Dónde estaba la sección de poesía?

—A la izquierda —indicó Harriette en un susurro bajo.

Georgina se dirigió en esa dirección.

Sobre un estante que había a la altura de los ojos, vio un libro con tapas de cuero azul y letras doradas. Se hizo con él y anunció:

—Este. ¿Nos sirve este?

La doncella le dio la vuelta para leer la portada.

—Es poesía, *milady*, pero no tengo ni idea de si es buena o no.

Georgina abrió el libro y pasó varias páginas, mirando las palabras impresas en ellas.

—Alguien creyó que este autor era lo suficientemente bueno como para publicar un libro entero de su poesía. Seguro que encontramos algún poema decente.

Harriette se encogió de hombros, pero ella apretó el libro contra su pecho.

—Esté servirá. Vámonos.

—Pero ¿qué pasa con lo que habíamos hablado? —preguntó Harriette con los ojos muy abiertos y mirando a su alrededor.

—Nadie nos está prestando la más mínima atención. —O por lo menos eso esperaba. Tenía miedo de alzar la vista, llamar la atención de alguien y verse envuelta en una discusión sobre la novela gótica del momento o algo similar—. Hemos encontrado un libro. Nos vamos.

—Como quiera.

Georgina pagó su compra y esperó a que el dependiente se lo envolviera. El olor a libro que le rodeaba, a cuero, papel y tinta... todos ellos le resultaban lo suficientemente extraños de por sí, pero combinados la ponían de mal humor y hacían que se sintiera un poco mareada.

Tras unos segundos, dejó a Harriette esperando a que le dieran el libro y salió disparada a la calle. Estaba claro que iba a tener que hacer algo con ese nuevo interés de Jane por la poesía. Se negaba a pasar por lo mismo cada semana.

La mayor parte de la inquietud de Colin se había calmado después de su interludio con *lady* Georgina y lord Trent, pero la estúpida conversación que se estaba desarrollando en un rincón del salón de *lady* Buckton fue suficiente para volver a poner a prueba su paciencia. Aquella era una velada de naipes y sin saber muy bien cómo, se había visto atrapado en una conversación con dos hombres que estaban aterrorizados y deseosos al mismo tiempo de complacer a la bulliciosa élite de Londres que había en las distintas estancias.

—¿Le han pedido participar en el proyecto Cornwall de Leatham? —preguntó *sir* Robert Verney, intentando, sin lograrlo, parecer lo más relajado posible.

Colin negó con la cabeza, tanto en respuesta a la pregunta como por la incredulidad ante la actitud del otro hombre. La gente como *sir* Robert podía moverse sin ningún problema en un círculo social más bajo y ser la persona más importante de la reunión. Hacerse notar en exceso nunca había ido con sus propósitos, todo lo contrario, se encontraba perfectamente cómodo siendo el hombre más intrascendente de la sala.

La mayor parte del tiempo.

El señor Craven, el tercer hombre de ese lamentable trío del rincón, se echó a reír ante la pregunta de *sir* Robert.

—McCrae no participaría ni aunque le pagaras por ello. Todos sabemos lo que piensa sobre hacer negocios con Leatham.

Colin echó un vistazo a su alrededor para eludir la mirada de sus acompañantes. Leatham seguía usando esclavos en sus minas del norte. Y aunque no era tan ingenuo como para pensar que había eludido por completo esa práctica, sí que hacía todo lo que podía para evitar aventuras empresariales que utilizasen mano de obra sometida a esclavitud.

—Este año he obtenido una buena suma por mi inversión en las minas de Leatham —anunció el señor Craven.

Cómo no. Se puso enfermo. Por suerte aquella era una de las pocas cosas en las que su padre y él estaban de acuerdo. A pesar de las muchas discusiones que habían mantenido sobre cómo llevar la naviera, decidieron desde el principio no transportar esclavos.

—Yo también he ganado una cantidad considerable con Celestial Shipping —dijo él, no queriendo desaprovechar la oportunidad que le brindaba aquella conversación. Le gustaba el señor Craven, al menos cuando no estaban en acontecimientos sociales de esa índole. Tal vez pudiera convencerle para que dejara de invertir en Leatham.

Pero cualquier cosa que tuviera pensado decir se le quedó atascada en la garganta en cuanto volvió a distraerse por el llamativo brillo de una indumentaria totalmente blanca. ¿Por qué siempre se le iba la vista hacia ella? Debería pasar más desapercibida, perdida en ese mar de colores y adornos.

Sus cavilaciones se desvanecieron en cuanto la personificación del narcisismo avanzó directamente hacia él. Y no había nada que pudiera hacer al respecto. Aunque sería entretenido contemplar cómo reaccionaría. ¿Qué haría la gran *lady* Georgina si su objetivo simplemente se iba?

Lo que le llevaba a otra pregunta, ¿por qué sería él su objetivo? Después del intercambio de palabras que mantuvieron en el café lo único que esperaba por su parte era que le rehuyera.

Sir Robert y el señor Craven seguían discutiendo sobre sus lucrativas inversiones, pero aquella conversación no le motivaba lo suficiente como para apartar la mirada de la dama que se aproximaba hacia él, a pesar de que no le faltaban ganas. Atravesaba la multitud cual rayo de luz. Apenas habían pasado unos días desde su presentación en el baile de disfraces y ya la llamaban «el ángel de la temporada», confundiendo su afición a vestirse del color de la pureza con que poseyera una dulzura real.

A Colin le parecía un témpano de hielo y estaría más que feliz si eludía el riesgo de morir por congelación durante el resto de temporada.

Al menos traía detrás de ella a *lady* Miranda. Por lo visto, lo único que tenían en común las dos hermanas era ser hijas del mismo padre y madre. Esperaba que así fuera por el bien de Ryland.

—Siento mucho la interrupción —se disculpó *lady* Georgina con una sonrisa tonta en los labios, como si de verdad quisiera hablar con él y los dos caballeros con los que se encontraba—, pero mi hermana ha insistido en venir aquí. —Sonrió a sus dos acompañantes antes de dirigir la perfectamente cuidada curva de sus labios en su dirección—. Señor McCrae es usted a quien quiere conocer. *Lady* Miranda, el señor Colin McCrae. Creo que a los otros dos caballeros ya los conoces.

Lady Miranda abrió los ojos.

Colin reprimió una sonrisa. Seguro que solo conocía a los «otros dos caballeros» de vista. Aunque poseían un mayor rango en la escala social que él, eran incluso menos populares que su persona y solo los invitaban para redondear el número de invitados o llenar las filas de los hombres menos elegibles.

Su popularidad, o más bien la falta de ella, podrían tener algo que ver con su insistencia por quedarse en los rincones de los salones.

—¿Cómo está, *lady* Miranda? —Colin se mordió la mejilla para no echarse a reír—. Les estaba hablando al señor Craven y a *sir* Robert de una naviera de la que soy inversor. Me temo que es una conversación muy árida.

Lady Georgina le miró con el gesto torcido, molesta sin duda porque hubiera sorteado su plan de avergonzar a su hermana. *Lady* Miranda, por el contrario, le sonrió, agradecida por haber acudido en su ayuda.

Le hubiera gustado que el único y honorable motivo por el que dijo aquello hubiera sido salvar a *lady* Miranda de una potencial situación incómoda, pero el honor de la dama solo había ocupado un distante segundo plano en su mente. No, si era honesto consigo mismo, su propósito principal había sido el de meterse en la piel de la hermana pequeña de la susodicha dama. Tratar de derribar la coraza cuidadosamente construida de la joven era un entretenimiento demasiado jugoso como para pasarlo por alto.

Era cierto que sus acciones hacia *lady* Georgina distaban mucho de ser caritativas, pero ¿acaso se merecía ella su caridad? Prefería reservarla para personas que se encontraban en circunstancias realmente adversas, no para señoritas consentidas que no obtenían la pareja de baile que querían.

Guiñó un ojo a *lady* Miranda, irritando aún más a su hermana.

Lady Miranda sonrió y dijo:

—Me temo que no sé nada de navieras. —En ese momento debió de recordar de otras veladas los nombres de sus acompañantes porque se volvió hacia ellos con una confiada sonrisa en los labios—. Señor Craven, ¿cómo está su hermana? ¿Se casó el año pasado?

El hombre, que se estaba quedando calvo, sonrió de oreja a oreja.

—Sí, efectivamente. Está muy bien. Recibo noticias suyas de vez en cuando. —Tras un brevísimo e incómodo silencio, el señor Craven se volvió hacia su compañero y añadió—: *Sir* Robert, ¿le apetece jugar una partida? Creo que están a punto de empezar una en la biblioteca.

Colin contuvo un suspiro mientras los observaba partir. Debían de estar acostumbrados a que no les hiciesen caso en ese tipo de reuniones si alguien de una posición social superior los intimidaba con tanta facilidad, sobre todo las mujeres.

De todos modos, ¿por qué acudían a ese tipo de eventos si no podían sacar el máximo provecho de las oportunidades que se les presentaban?

Tampoco era que ninguna de aquellas damas ofrecieran muchas oportunidades. La mayoría de ellas no eran potenciales compañeras de una unión matrimonial, pero aquella era una de las cosas que uno tenía que soportar para alcanzar el éxito.

Y Colin necesitaba tener éxito. El éxito traía dinero y el dinero te ofrecía la posibilidad de ayudar a los demás y labrar un futuro seguro para su familia. La mayoría de las veces eso bastaba.

Sonrió a ambas hermanas.

—Supongo que eso me deja al cargo del entretenimiento de dos mujeres encantadoras. ¿Les apetece algún refresco? ¿O prefieren sentarse?

—No, gracias. —La elegante fachada de *lady* Georgina volvía a estar en su lugar. Casi sonaba cortés—. He visto a alguien con quien debo hablar. Si me disculpa.

Cuando la vio volverse y dirigirse hacia la puerta, estuvo a punto de echarse a reír. Debía de tener la capacidad de ver a través de las paredes si había encontrado a alguien con quien tenía que hablar en otra habitación.

Su risa contenida se transformó en una sonrisa demasiado amplia cuando se dirigió a *lady* Miranda.

—¿Usted también necesita hablar con esa persona?

Ella le devolvió la sonrisa.

—Creo que estoy bien donde estoy, gracias.

Colin casi asintió, satisfecho por esa respuesta.

—Me alegra conocerla por fin.

—¿Por fin, señor McCrae?

Se colocó delante del rincón, obligándola a dar la espalda a buena parte de la estancia y a los numerosos invitados que sin duda encontraría más interesantes que él. Puede que no volviera a tener oportunidad de hablar con ella, y si Ryland estaba cometiendo un error, prefería saberlo ahora que después de la boda.

No era que pudiera hacerle cambiar de opinión. Su poder de persuasión no era tan bueno.

—He oído hablar de usted.

—Espero que solo cosas buenas. —No tenía una sonrisa tan perfecta como *lady* Georgina, pero exudaba un aire de autenticidad que la Duquesa de Hielo nunca tendría.

—Por supuesto.

—Mmm... —El escepticismo atravesó su rostro, pero no le desafió—. ¿Ha jugado ya alguna partida de whist esta noche?

—Es una pena, pero no. Me temo que he estado hablando de negocios desde que he llegado. ¿Quiere que busquemos una mesa y nos sentemos? —Se dispuso a ofrecerle el brazo, pero entonces vio una sombra que se cernió sobre la pared que había a su lado. Se volvió para encontrarse con Ryland acercándose a ellos, cruzando la habitación con su sigilo habitual. ¿Qué estaba haciendo allí? Y luciendo, nada más y nada menos, que un soberbio moratón en un ojo. Colin tomó nota mental de no enfrentarse nunca a lord Trent.

Lady Miranda y Ryland intercambiaron unas cuantas frases a modo de saludo; ella con una velada hostilidad y él con su típica y aburrida austeridad con el fin de molestarla aún más.

Si ambos consiguían llegar al altar sería un auténtico milagro.

Sin previo aviso, *lady* Miranda volvió a meter a Colin en la conversación.

—Señor McCrae, ¿puedo presentarle a su excelencia, el duque de Marshington? Su excelencia, le presento al señor McCrae.

Ryland inclinó la cabeza.

—Un placer, señor.

Era evidente que nadie había tenido a bien contar a *lady* Miranda que había sido él el que había acompañado a Ryland a su casa el otro día. Y dado que Ryland no la estaba corrigiendo, él tampoco lo haría. No quería obstaculizar cualquier plan que su amigo tuviera.

—El placer es mío, excelencia.

Después de hacer una reverencia, una nube blanca se unió a la conversación. *lady* Georgina. ¿Cómo no iba a ir a la caza del soltero más codiciado del lugar? Y encima estaba tan absorta en sus maquinaciones que no se dio cuenta de la tensión existente entre dicho soltero y su propia hermana.

Qué vergüenza.

—Querida hermana, me ha parecido que necesitabas que alguien te rescatase. Es imposible que puedas jugar tú sola a las cartas con estos dos elegantes caballeros.

Colin soltó un gruñido, pero sus otros tres interlocutores no le hicieron ningún caso. Iba a tener que jugar a las cartas con un par de tortolitos que echaban chispas y la bruja blanca que quería separarlos para obtener su nefasto propósito.

Resignado a lo inevitable, reclamó a *lady* Miranda como pareja de partida. Podía haberse sentado con la joven intrigante, pero se negaba a ayudarla a ganar nada.

La situación debería haber sido perfecta. La mesa de naipes estaba dispuesta en un lateral del salón, lejos de la mayor parte de las risas estridentes y los murmullos descontentos de las otras mesas. Georgina daba la espalda a la mayoría de los asistentes, que debían de verla como un faro de luz en medio del caos. Estaba sentada frente al duque de Marshington, participando en una partida de cartas que, si se jugaba con cuidado, podía durar casi una hora.

Sí, debería haber sido perfecto.

Si Miranda no estuviera arruinándolo todo. Su huraño ceño indicaba que iba a conseguir que la partida terminara siendo cualquier cosa menos agradable.

Cuando el duque se colocó en la silla frente a ella, relajó su semblante, esbozando una grata medio sonrisa, y bajó ligeramente las pestañas para poder observar a su objetivo a su antojo sin que nadie más se diera cuenta. Donde quiera que se hubiera escondido los últimos nueve años, estaba claro que había sabido cuidar de sí mismo. Su sorprendente regreso le había convertido en la comidilla del lugar. Era atractivo, misterioso, poderoso...

Cuando contrajera matrimonio, nadie osaría enfadar a su esposa.

Era el candidato perfecto para lo que necesitaba. Con hermana irritante o sin ella, tenía que sacar el máximo provecho de aquella oportunidad.

El señor McCrae repartió las cartas con mano firme y con una ligera sonrisa en los labios. Qué hombre más odioso. ¿Por qué siempre tenía la sensación de que se estaba riendo de ella? Como si conociera algún tipo de broma secreta de la que ella fuera la protagonista.

Jugaron las dos primeras manos sumidos en un absoluto silencio, roto únicamente por alguna que otra risotada de alguna mesa cercana o el tintineo de los vasos de cristal cuando los camareros pasaban cerca. Georgina estuvo pensando en varios temas de conversación, pero terminó descartándolos. La elección de un tema adecuado podía ser la clave para obtener un buen partido.

Miranda comenzó la siguiente ronda.

—Está buscando algo, ¿verdad? —preguntó el duque, golpeando la mesa con sus cartas.

—¿Cómo dice? —Su hermana se enderezó en la silla, indignada.

Georgina miró a su alrededor para ver si el estallido de su hermana había llamado la atención de otras mesas. La atención del duque, desde luego, estaba centrada en la hermana Hawthorne mayor, que no era precisamente lo que ella quería. Quería a su hermana. A veces incluso le gustaba. Pero si la negativa de Miranda a casarse había demostrado algo, era que no necesitaba la protección social que le conferiría un matrimonio poderoso.

—Excelencia, se supone que no debe hablar sobre las cartas. —Le ofreció su mejor sonrisa; la que había practicado durante horas y horas frente al espejo. La que conseguía que innumerables hombres se pelearan entre sí por ser los primeros en llegar a la mesa del refrigerio ante la mera mención de que tenía sed.

La que ahora no le sirvió para absolutamente nada.

—Lo siento —se disculpó el duque mientras el señor McCrae dejaba una sota en el montón. Enseguida, el duque sacó un as.

Como el duque había ganado esa mano, Georgina recogió las cartas y las añadió a la pila de las bazas que habían ganado. Ni él ni Miranda parecieron darse cuenta del gesto. Ambos estaban hablando del juego como si fuera cuestión de vida o muerte.

—Como siga así va a romper esa carta —dijo una voz baja en su oído.

Georgina soltó las cartas de inmediato y miró directamente a los ojos azul claro del señor McCrae.

—Por supuesto que no voy a hacer tal cosa.

Se estremeció por lo ridículo de sus palabras. Las arrugas y dobleces de sus cartas daban buena cuenta del rudo tratamiento que les estaba dando.

—¿Acaso el juego no se está desarrollando como quería? —El señor McCrae miró hacia la mesa, donde el duque y Miranda estaban manteniendo una extraña conversación sobre cómo se debía jugar a las cartas. Miranda debería haber sido más lista. Una dama nunca discutía la estrategia de un hombre, y mucho menos en público.

Se volvió hacia el señor McCrae.

—No tengo ni idea de que lo que me está hablando. Mi pareja y yo les vamos ganando dos a uno.

Emitió una risa profunda y baja que pareció atravesarla, erizándole el vello que tenía en la porción de piel descubierta entre los guantes y la manga.

—¿Me permite darle un consejo? Tiene que aprender a analizar el juego completo, no solo las cartas que tiene delante.

Tuvo el incómodo presentimiento de que se estaba refiriendo algo más que el whist. ¿Sabría algo sobre ella? Era imposible que estuviera al tanto de su secreto, pero era un hombre que parecía estar en todas partes, con una tremenda confianza en sí mismo que le abría las puertas donde quiera que fuera, a pesar de su baja posición social. ¿Habría conseguido todo aquello a base de chantajes? Tal vez estaba intentando encontrar algo para poder manipularla, o peor aún, para manipular a Griffith.

Se le tensaron los músculos del cuello y de la espalda, tirando de sus hombros en una posición dolorosamente rígida. Aquello explicaría por qué siempre parecía estar riéndose de ella. Si sabía lo...

El duque dejó una carta sobre la mesa. Una elección bastante insensata, teniendo en cuenta las cartas que habían jugado en la última mano.

Haciendo caso omiso de la tensión de los hombros, o al menos disimulándola lo mejor que pudo, sonrió a su pareja de juego. Le daba igual lo duro que pareciera el señor McCrae; no iba a encontrar nada. Harriette y ella habían tenido mucho cuidado.

—Excelencia, no ha sido una buena elección, pero ha estado tanto tiempo alejado de las reuniones civilizadas que no se lo tendré en cuenta.

Miranda se quedó un buen rato contemplando sus cartas antes de colocar el rey sobre la reina del duque.

Se sintió completamente frustrada. ¿Es que su hermana no sabía nada de los hombres? ¿Tenían dos hermanos y todavía no se había enterado que los varones se mostraban mucho más amables cuando les dejabas ganar? Seguro que a su hermana le parecía perfecto alejar a cada pretendiente que intentaba cortejarla, pero no era la única Hawthorne que quería contraer matrimonio ese año.

Tenía que rectificar el error de su hermana cuanto antes.

—Miranda, es una grosería por tu parte aprovecharte del descuido de su excelencia de esa forma.

Su hermana enarcó las cejas sin apartar la vista del duque y mirándole de una manera desconcertante. Iba a tener que mantener una conversación muy seria con su madre. Miranda estaba perdiendo elegancia cuanto más se acercaba a la soltería.

El señor McCrae tosió, aunque más bien sonó a un barboteo, y recogió las cartas de la mano ganadora. Después la miró mientras juntaba la pequeña pila de cartas.

—Le sienta muy bien el verde.

Estaba chiflado.

—Debería contemplar la posibilidad de comprarse unos anteojos. Voy de blanco.

—Ah, sí, pero los celos han dado un nuevo tono a su tez.

La total desfachatez de ese hombre la llevó al límite.

—¿Y por qué iba a estar celosa?

—Porque ha perdido.

Georgina miró hacia la mesa. Cada pareja tenía un par de montones de cartas a su favor.

—Por ahora parece que vamos empatados.

—Entonces no está usted prestando la atención debida.

Pero sí que lo estaba. Estaba prestando demasiada atención... solo que no quería reconocerlo. Era evidente, incluso para cualquiera que tuviera dos neuronas, que el duque, solo Dios sabía por qué, estaba concentrando en Miranda.

Y que a ella no le estaba dedicando ni un solo pensamiento.

Era el segundo hombre con el que su hermana le había echado a perder cualquier oportunidad que tuviera, incluso aunque no lo hiciera adrede. Oyó su propia voz tensa, cargada de lágrimas sin derramar, mientras intentaba que el juego siguiera adelante. Estaban atrapados en aquella mesa hasta que terminaran la partida.

—Querida hermana, te toca.

—¿Y si no quiero? —susurró Miranda.

—¿A qué te refieres con eso de que no quieres? Has ganado la mano anterior con el rey, Miranda. ¿Quién creías que iba a salir a continuación?

Sintió la urgente necesidad de arrojar las cartas sobre la mesa y levantarse, pero con eso solo conseguiría montar una escena. Necesitaba ser la protagonista del matrimonio de la temporada, no del escándalo del año.

Bueno, el escándalo de la semana. Dejar una partida a medias no obtendría más que un par de días de chismes. Suponiendo que alguien se diera cuenta.

Miranda dejó caer la reina de corazones sobre la mesa.

Aquella era la partida más extraña que había jugado en su vida. ¿Estaba su hermana intentando coquetear con una carta? Todos actuaban como si la baraja escondiera alguna especie de simbología. Decidió sacar el cuatro.

Muy bien, si la única manera de ganarse el corazón del duque era haciéndolo con filosofía, le seguiría el juego.

En cuanto pensara en algo que decir.

El duque colocó el rey sobre la reina de Miranda con suma tranquilidad.

¿También coqueteaba el duque? ¿De verdad estaba disfrutando su hermana con ese juego tan absurdo?

Las mejillas de Miranda se tiñeron de rojo; un tono que conservó mientras continuaron jugando en silencio esa mano.

—Me temo que tendrán que disculparme —dijo de pronto el duque sin dejar de mirar a su hermana. Y sin dar ninguna explicación más, se levantó de la mesa.

Georgina quería ponerse a llorar ahí mismo. Miranda había tenido tres años —¡tres años!— para encontrar un buen partido. ¿Es que solo

podía tener éxito durante su primera y única oportunidad? Porque era su única oportunidad. Solo había pasado una semana desde que había empezado la temporada y ya estaba agotada de tener que ocultar su deficiencia. No sería capaz de hacerlo una segunda temporada.

Mientras el duque se alejaba vio entrar al conde de Ashcombe.

—Milord. —Se puso de pie con calculada gracia. Otra habilidad que había pasado horas perfeccionando y con la que logró llamar la atención del conde de inmediato—. Parece que nos hemos quedado sin un jugador. ¿Le apetece unirse a la partida?

—Por supuesto. Detestaría no acudir en ayuda de las damas Hawthorne. —El conde ocupó el asiento del duque.

Miranda la miró con mala cara, pero a ella no le importó. No tenía la culpa de que el hombre hubiera dejado de cortejar a su hermana durante su primera temporada. No era el mejor partido del país, pero sí popular, rico y poderoso. Si el duque no había dado la talla, lord Ashcombe lo haría.

El señor McCrae los miró a todos, alzando cada vez más las cejas.

Georgina no le hizo el más mínimo caso y repartió las cartas. Esta vez iba a funcionar.

No le quedaba otra.

Capítulo 10

Colin nunca había agradecido tanto perder una partida de cartas en toda su vida. Poco después de que se uniera a la mesa lord Ashcombe, *lady* Miranda alegó tener dolor de cabeza. Y aunque Colin no dudaba de la veracidad de su declaración, tenía la sensación de que dicho dolor era más figurado que literal y que tenía mucho que ver con el caballero que ahora estaba sentado a su izquierda.

Cuando Miranda se marchó, *lady* Wrothington se unió a la partida. Para entonces lo único que quería él era que aquello terminase cuanto antes. Hizo trampas y jugó lo peor que pudo, pero el resto de jugadores parecían dispuestos a alargar la partida todo lo posible.

Cuando por fin acabaron, *lady* Georgina se fue. Colin la observó alejarse e intentó convencerse de que se alegraba de perderla de vista. Pero no funcionó. Tenía la incómoda sensación de que se suponía que tenía que hacer algo, lo que era completamente ridículo.

No le concernía en absoluto. Debería dejar las cosas tal y como estaban.

Se dedicó a deambular por las distintas estancias, participando en alguna que otra conversación superficial, sobre todo para parecer un miembro activo de la velada y no agazaparse en cualquier rincón.

¿Qué posibilidades tenía de que *lady* Georgina quisiera escucharle, incluso aunque tuviera algo que decirle?

Prácticamente ninguna.

Pero ese «prácticamente» dejaba abierta una pequeñísima probabilidad de poder llegar a ella. Se terminó lo que le quedaba de bebida y dejó el vaso sobre la bandeja de un camarero que pasaba por allí, cambiándolo por otro nuevo. Necesitaba algo en lo que ocuparse mientras paseaba por las habitaciones.

¿De verdad pensaba que *lady* Georgina lo escucharía? El último encuentro que habían tenido no podía calificarse nada más que como una escaramuza verbal.

Si Dios quería que interfiriera en las relaciones personales de aquella familia tendría que echarle una mano creando la situación propicia. Él no podía hacer ningún milagro por sí mismo. Si solo jugando a las cartas en la misma mesa había obtenido más de una ceja enarcada por parte de la dama, no podía imaginarse lo que recibiría si iba en su busca para mantener una conversación privada.

Contento de haber dejado el asunto en manos más capaces que las suyas, hizo un esfuerzo por sacar algo de provecho de aquella velada. Escuchó alguno de los chismes que se contaban, habló de negocios y observó a los invitados. Resultaba sorprendente cómo fracasaban muchas aventuras empresariales solo porque las personas involucradas no se llevaban bien. Saber quiénes se soportaban era una parte muy importante de su éxito.

Pero durante todo ese tiempo, cada vez que vio a alguna dama llevando el más mínimo atisbo de blanco, se encontró pensando en *lady* Georgina, hasta que al final miró al techo elevando una plegaria al cielo. No podía soportarlo más. Era evidente que Dios no iba a permitir que se quitara de la cabeza a *lady* Georgina. Se bebió lo que le quedaba de limonada como si fuera un trago de *whisky* y se lanzó a buscar a la dama de blanco.

Que la encontrara instantes después sola, junto a una ventana, fue un auténtico milagro.

Frunció el ceño ante el curso de sus pensamientos. ¿No le había pedido al Señor un milagro?

—¿Cómo va la velada?

Lady Georgina se sobresaltó al oír su voz. Vio cómo movía los ojos a uno y otro lado; no supo muy bien si porque quería cerciorarse de que nadie la viera hablando con alguien de su baja posición social o porque buscaba a alguien que la salvara de aquella conversación.

—Bien. Gracias, señor McCrae.

—Recuerda mi nombre. Qué honor.

—Estoy intentando olvidarlo, pero no hago más que verlo en todas partes.

Hizo un gesto de asentimiento, rezando por encontrar las palabras adecuadas (aunque deseó haber sido menos obstinado en la oración que había elevado hacía unos instantes). Se giró un poco para quedar codo con codo con ella, contemplando la noche a través de la ventana.

—A su hermana no parece agradarle mucho lord Ashcombe. —Hizo una mueca. Aquello había sido bastante contundente.

—Seguramente por eso no se casaron.

¿Era desaprobación lo que impregnó la voz?

—¿Cree que debería haberlo hecho?

—Él es un candidato más que idóneo.

Colin dejó de fingir que estaba mirando por la ventana y se volvió para inclinar el hombro contra el cristal y poder verle mejor la cara.

—Pero a ella no le gusta.

Ella abrió su abanico, una extraordinaria pieza con dibujos de rosas y enredaderas, y lo agitó en el aire con un ligero movimiento de muñeca, logrando la brisa justa para que no le echara a perder el peinado.

—¿Y eso qué tiene ver?

Colin abrió la boca, pero volvió a cerrarla inmediatamente después. Aunque era cierto que los matrimonios concertados todavía eran muy comunes, en los últimos años cada vez había visto más matrimonios por amor. Una tendencia a la que daba la bienvenida con los brazos abiertos, sobre todo teniendo en cuenta la tensa atmósfera que existía entre sus propios padres.

—Es su hermana.

—Sí, lo es.

¿Qué esperaba? ¿Que se abriera a él y le confiara sus más oscuros secretos?

—¿Me permite ofrecerle un consejo?

—¿Puedo detenerle?

—Podría marcharse.

—Y usted podría seguirme. Parece que estamos destinados a encontrarnos, señor McCrae, y creo que ambos sabemos que usted no cumplirá mis expectativas. Si esta conversación sirve para mantenerle alejado de mí, me gustaría terminarla cuanto antes. —Movió el abanico con más ímpetu, haciendo que los rizos que le enmarcaban la cara bailaran su propia danza.

Colin se cruzó de brazos y sonrió.

—Admiro su honestidad.

—Y yo detesto su persistencia.

—Me parece bien. —Colin ordenó sus pensamientos antes de meterse de lleno en el asunto. Nunca se mostraba tan abierto en público. Era conocido por su honestidad, pero nunca se metía en la vida privada de las personas—. Tiene que colocar a su familia por encima de sus intereses maritales.

Lady Georgina enarcó ambas cejas.

—¿Eso es todo? ¿Y dónde está su familia? Me atrevo a aventurar que está bastante lejos de su hogar. No existen muchas personas que se hayan criado en Inglaterra y que hablen con un acento como el suyo.

—Sí, estoy lejos de casa. —Y mucho más de su familia—. Por eso sé perfectamente lo que sucede cuando alguien antepone su propio provecho sobre su familia.

—No sabe nada sobre mí o mi familia.

—Sé que desde que el duque regresó a Londres lo tiene en su punto de mira.

Ella alzó la barbilla y lo miró a través de las pestañas. Si no la hubiera conocido mejor, hubiera creído que estaba coqueteando con él. El abanico se movió a un ritmo menos frenético.

—Esta temporada lo he visto a usted tan a menudo como al duque. Más si cabe. Podría pensarse que está celoso, señor McCrae.

—Y también podría pensarse que está desesperada, *lady* Georgina.

La joven abrió los ojos como platos. El abanico se detuvo por completo. ¿Habría dado en el clavo? ¿Por qué estaría la hija de un duque desesperada? Todavía le quedaban varios años por delante antes de que la gente empezara a murmurar.

La vio cerrar el abanico de golpe y guardarlo en su bolso de mano.

—Apenas conoce a mi familia. ¿Por qué le importa?

Aquello no era del todo cierto. Había hecho un buen número de negocios con su hermano mayor. Aunque ella no tenía por qué saberlo.

—Considéreme un romántico que se preocupa.

—¿Romántico? ¿Acaso desea verme casada por amor?

Estaba claro que a *lady* Georgina lo que más le importaba era la posición social. A él, por su parte, no podía importarle menos si aquella embaucadora terminaba cargando con un anciano aristócrata con predilección por los juegos de azar que menoscabaran sus arcas. Pero Ryland era uno de sus mejores amigos y Miranda le estaba empezando a caer bien muy rápido.

—¿Cree en el amor?

Ella soltó un resoplido.

—En absoluto.

—Entonces no tengo nada que opinar en lo que a usted concierne. Pero detestaría ver cómo pisotea el corazón de su hermana ya que ella sí que parece ser de las que buscan el amor.

Lady Georgina entrecerró los ojos.

—¿Qué le hace pensar que Miranda está enamorada de lord Ashcombe?

¿De verdad era tan tonta?

—Nada. Está enamorada de alguien completamente diferente.

—¿Qué le hace tan experto en estas lides?

Colin echó un vistazo por toda la habitación, mirando a las parejas que parecían más enamoradas.

—La observación.

—¿Y le basta solo con una noche?

—Me basta solo con un momento. Las mujeres enamoradas miran de una forma determinada al objeto de sus afectos.

Lady Georgina también se volvió para contemplar la estancia. ¿Se estaría fijando en las mismas parejas que él?

—¿Con cara de bobas y languideciendo?

—No. De forma homicida. Ya sabe, el amor y el odio son dos caras de la misma moneda. —Colin sonrió mientras sacaba una moneda del bolsillo y la lanzaba al aire—. Nunca se sabe de qué lado caerá.

Recogió la moneda y la colocó en el dorso de la mano, aunque casi se le cayó cuando se dio cuenta de que aquella descripción podría encajar con *lady* Georgina y él mismo. No, no había una cara opuesta al desdén que sentía por aquella dama. Imposible. Porque eso solo le traería frustración y sufrimiento. Sin duda *lady* Georgina era la excepción emocional que confirmaba la regla. Uno no necesitaba un corazón para estar enfadado.

Volvió a meterse la moneda en el bolsillo y retomó su intención inicial: hacer entrar en razón a la hermana obstinada de *lady* Miranda.

—Supongo que lo suyo con lord Ashcombe terminó fatal. No sea usted la que haga que le vaya mal esta vez.

Lady Georgina lo miró confundida.

—Creo que hasta aquí hemos llegado.

—Como desee. —Colin hizo una inclinación de cabeza con la esperanza de, por lo menos, haber dicho lo suficiente para hacerla recapacitar.

Fue el recorrido en carruaje más largo de su vida, pero Georgina logró mantener controlada su ira hasta que llegaron a casa. Bueno, la mayor parte. Tal vez reprochó un par de veces en voz alta las habilidades sociales de su hermana, aunque comparado a cómo se había sentido durante toda la velada, fue una reprimenda de lo más suave. En cuanto entró por la puerta, se precipitó hasta la seguridad de su dormitorio. Al ver que Harriette le había dejado una taza de té caliente sobre el tocador, soltó un suspiro.

Se dejó caer en la silla y rodeó la taza con las manos. El calor del primer sorbo fluyó a través de su cuerpo, trayéndole una intensa sensación de calma.

Tomó unas cuantas respiraciones profundas mientras Harriette empezaba a quitarle las horquillas del peinado que había tardado casi una hora en elaborar.

—Ella lo va a arruinar todo, Harriette.

La doncella la miró a través del espejo confundida, varias arrugas aparecieron en la tirante frente por el pulcro recogido hacia atrás que llevaba.

—¿Quién?

Volvió a suspirar y tomó otro sorbo de té.

—Mi hermana. Está decidida a destrozarme la vida.

—Oh. —La confusión de Harriette se hizo más patente mientras le desataba el vestido—. No creo que su hermana quiera arruinarle nada, *milady*.

—¿No? —Georgina se frotó la cara—. Tendré suerte si el duque de Marshington vuelve a hablarme. ¿Cómo se supone que voy a convencer al hombre de que quiere casarse conmigo si mi hermana no hace más que comportarse como una cabeza hueca ante su mera presencia?

Harriette se detuvo.

—¿*Lady* Miranda?

—Sí, es increíble, ya lo sé. —Se mordió el labio hasta que vio la mirada de desaprobación de Harriette en el espejo. Cierto. Aquello haría que se le cortaran los labios y tuvieran un aspecto reseco—. Puede que el duque no se haya dado cuenta. Lleva ausente nueve años.

Harriette hizo unos cuantos sonidos reconfortantes mientras la ayudaba a cambiarse de ropa.

Georgina se sacó el pelo del cuello del camisón.

—No habría vuelto a Londres si no estuviera buscando una esposa.

Más sonidos alentadores.

¿Estaba Harriette siendo condescendiente con ella? Miró con ojos entrecerrados al espejo y volvió a sentarse.

—Lo único que tengo que hacer es demostrarle que soy la mejor candidata.

La doncella comenzó a hacerle una trenza.

—Ha hecho un esfuerzo considerable para convertirse en la mejor debutante de la temporada. No creo que tenga que preocuparse por llamar la atención de un buen partido.

Georgina se puso de pie y empezó a pasear de un lado a otro de la habitación.

—Quiero el mejor partido, no solo un buen partido. Si quiero protegerme, necesito ser la envidia de todos.

Se volvió para quedarse frente a la doncella, que la miraba con sus ojos oscuros y comprensivos. Detestaba la nota de pánico que impregnaba su voz, pero todo estaba resultando un poco más difícil de lo que se había imaginado.

—Tengo que mostrarme intachable hasta el final de la temporada, Harriette. Si se enteran... Un día descubrirán que no soy capaz de

hacer las cosas que se esperan de una dama, y si en ese momento no estoy casada, mi vida habrá terminado. Nadie me querrá.

La doncella permaneció callada, aunque la urgió con un gesto para que volviera a sentarse y así continuar con la trenza que su arrebato había interrumpido.

Dejó caer los hombros, tanto por cansancio como por el alivio que sentía de, al menos en aquella habitación, no tener que seguir fingiendo.

—Si fuera un año mayor, Harriette. Sé que si me hubiera presentado en sociedad la temporada pasada habría conseguido casarme con el marqués.

Harriette le tiró del pelo con un poco más de fuerza de la necesaria. No pudo evitarlo y soltó un chillido de sorpresa.

—Lord Raebourne se enamoró. No habría podido hacer nada para convencerlo de que se casara con usted.

Georgina giró un poco la cara para que Harriette no pudiera ver su gesto contrariado. Cuando tuvo la trenza hecha, se levantó y comenzó el proceso de sacudir su vestido de noche y examinarlo detenidamente por si había algún roto o descosido.

—Eso es algo que nunca sabremos.

Harriette le quitó el vestido con gentileza.

—Sí lo sabemos. Incluso usted tiene que reconocer que *lady* Raebourne es una mujer encantadora. Siempre ha sido muy amable con usted, a pesar de todos los intentos que hizo por arruinarle el compromiso.

Aunque fuera cierto, jamás lo admitiría en voz alta.

—¿Quiere practicar su poema para la reunión de *lady* Jane? —La doncella señaló el tocador, donde yacía un delgado libro que parecía estar burlándose de ella con su sola presencia.

El cuero azul de las tapas llamaba mucho la atención y a lo largo del día había deseado lanzar esa cosa por la ventana en más de una ocasión.

Extendió el brazo todo lo posible y abrió el libro por la página señalada. A esa distancia las palabras parecían un río de sangre negra

circulando por la hoja. Le llevaba un buen rato, pero en las páginas impresas al final podía distinguir algunas palabras usando varias técnicas bastante engorrosas que Harriette y ella habían inventado, pero siempre terminaba con dolor de cabeza.

Hacía mucho tiempo que había renunciado a rezar en busca de alivio. Teniendo en cuenta que Dios era el que le había otorgado aquella maldición, no tenía muchas esperanzas en que se lo solucionara.

En cuanto entrecerró los ojos, intentando reconocer las palabras que ya había memorizado, sintió un pinchazo de dolor justo detrás del ojo izquierdo.

—Esta noche no, Harriette. Estoy demasiado cansada.

Cansada, pero también inquieta. Sacó su bata del armario, encontrando el consuelo que necesitaba en las motas y rayas de colores que manchaban la seda blanca. Se abrochó el cinturón y arrojó el cuaderno de bocetos encima del tocador, dentro del círculo de luz que proyectaba la vela.

Harriette recogió el calzado y vestido de Georgina, pero se quedó de pie donde estaba, mordiéndose el labio.

Georgina la miró con los ojos entornados. Llevaban doce años juntas, engañando al mundo, perpetuando la mentira de que podía hacer lo que cualquier otra dama de buena crianza podía hacer. Estaban cerca de conseguir su objetivo. No existía nadie en quien confiara más o a quien conociera mejor.

Y sabía que aquel gesto de morderse el labio solo podía significar algo peor que el recital de poesía de *lady* Jane.

—Si sigues haciendo eso se te van a agrietar los labios, Harriette. —Fingió no estar preparándose para el inminente golpe de gracia que sabía iba a recibir, con la esperanza de que aquella tranquilidad ayudara a la doncella a vocalizar el problema.

—Se trata de su madre, *milady*.

Dejó de mirar su caja de pinturas al pastel al instante y alzó ambas cejas confundida. ¿Su madre? Llevaba años ingeniándoselas con su madre. Era increíble lo poco que la gente podía esperar de ti cuando te dedicabas a cultivar un aire de arrogante desdén por todo lo que te rodeaba.

Harriette cambió de posición.

—Quiere que le ayude con las invitaciones.

—Ya lo sé. Nos hemos ocupado de eso todas las mañanas. —Volvió a centrarse en la caja de pinturas y pasó los dedos sobre los suaves colores. Al final se decidió por un marrón medio y lo deslizó sobre el papel, atenuándolo un poco ante el intenso toque de color.

—No, no se refiere a esas, sino a las de su baile. Quiere que le ayude a escribir las direcciones.

Se disponía a cambiar el marrón por una cera de color rojo pero aquellas palabras la detuvieron al instante.

—¿Cuándo?

Harriette se encogió de hombros.

—Su baile no se celebrará hasta dentro de siete semanas. Supongo que todavía tiene unas semanas para prepararlo todo.

—Entonces las escribiremos antes. La sorprenderé con mi iniciativa. —Su tono acerado se suavizó por las líneas rojas entremezclándose con los trazos marrones.

Harriette simplemente asintió. Seguramente ya tenía urdido un plan para hacerse con las invitaciones. Georgina tendría que encargarse de su aseo matutino durante algunos días para que la doncella tuviera tiempo de escribir las direcciones. Nada que no hubieran hecho antes.

Difuminó los colores con los dedos, haciendo una mueca al notar la aceitosa sensación sobre la piel.

—Hay que asegurarse de que tenemos una lista completa de los invitados. —Taladró a Harriette con la mirada—. No puedo permitirme el lujo de que a última hora me pida que añada a alguien más.

—Si eso sucede, ya sabrá cómo salir de esa.

—Cierto. —Se había hecho una experta en eludir ese tipo de situaciones. A veces se trataba de algo que quería hacer de verdad, pero si no mantenía ese aire de narcisista aburrimiento, podían descubrirla.

Harriette hizo un gesto de asentimiento y desapareció dentro del vestidor.

Georgina bajó la vista hacia su dibujo, esperando ver el rostro del duque, el hombre que había decidido sería el candidato perfecto para ejercer de salvador social. Incluso era una alianza mucho mejor que la que habría obtenido con el marqués.

Pero en vez de encontrarse con los deslumbrantes ojos grisáceos y cabello oscuro de su gracia, vio los rizos caoba y los risueños ojos azules del señor McCrae.

Soltó un furioso gruñido y arrugó la hoja antes de arrojarla sobre la chimenea sin encender. Aquel hombre dificultaba su concentración. Era insoportable.

Se acercó hacia el palanganero y se lavó los restos de cera de las manos. Los colores impregnaron el agua, girando y mezclándose los unos con los otros como parejas de baile antes de transformarse en agua turbia. Así era su vida ahora. Un hermoso plan ideado a la perfección con un sinfín de piezas móviles... que podía venirse abajo en un instante.

Dormir. Necesitaba dormir. Todo parecía mejor después de un sueño reparador.

Tiró la bata manchada sobre una silla cercana y se metió en la cama.

Entonces se dedicó a mirar el techo mientras revivía cada humillante momento que había pasado desde que conoció a ese maldito escocés.

Era dolorosamente evidente que iba a tener que añadir una nueva espiral a su vida, porque si algo tenía claro era que debía evitar otro encuentro con el señor Colin McCrae.

Capítulo 11

Colin percibió una extraña emoción en sus extremidades mientras paseaba por la calle St. James de camino a su club. El corazón le latía un poco más deprisa. Una sensación parecida a la picazón, aunque sin ser exactamente lo mismo, recorrió todo su cuerpo por debajo de la piel. Cuando vio las puertas de entrada a Boodle's casi se puso a correr.

Así que se detuvo al instante y se quedó allí parado, en medio de la calle, permitiendo que el sol de la tarde le bañara. Se negaba a meterse de lleno en una situación con esa gran incógnita rondándole por la cabeza. Sobre todo, cuando la incógnita era él mismo.

Aunque la sensación no le era del todo desconocida, sí que había pasado mucho tiempo desde que la había experimentado por última vez.

Expectación.

Estaba entusiasmado por atravesar aquellas puertas. A pesar de que sus quehaceres diarios le hacían pasarse por el club no menos de tres veces por semana y con frecuencia hasta seis, esperaba la visita de ese día con una anticipación que no había tenido en mucho tiempo. Hoy no tenía nada más importante que hacer que jugar al billar con lord Trent.

Y se estaba comportando como una debutante esperando la visita de un caballero. ¿Acaso se había centrado tanto en los negocios y en cumplir con su agenda que había dejado de lado el puro divertimento?

Sí. Sí que lo había hecho.

Negó con la cabeza mientras accedía al edificio. Aunque desde que Ryland había regresado, había pasado con él mucho tiempo, sus visitas siempre habían tenido un propósito. Habían ido a Hawthorne House para intentar averiguar la agenda social de *lady* Miranda, o habían estado tratando de atar el cabo suelto que quedaba en la última misión de Ryland. Se suponía que su amigo estaba fuera del caso, pero nunca se le había dado bien dejar las cosas a medias. Y él, en teoría, ni siquiera formaba parte del caso, ya que no trabajaba para el Ministerio de la Guerra. Pero al ministerio le interesaban más los resultados que el hecho de que alguien formara parte «oficial» de sus filas.

De hecho, así era como había conseguido las recomendaciones necesarias para unirse a ese club. Aunque prevalecían los socios con mentalidad empresarial, un club como Boodle's todavía estaba fuera del alcance de un hombre de su posición social. Sin embargo, a los hombres del Ministerio de la Guerra les gustaba cómo funciona su mente y quisieron proporcionarle el acceso a suficientes personas como para que pudiera conectar datos o hechos que ellos pudieran pasar por alto. Si luego Colin además obtenía algún beneficio por esa información, pues que así fuera. De hecho, estaba invirtiendo el dinero de más de un agente de la Corona: cuando estos se retiraran y colgaran sus capas y pistolas, podrían vivir decentemente.

Pero hoy no tenía que recabar información o acudir a ninguna reunión clandestina. Hoy iba a hacer algo que llevaba mucho tiempo perdiéndose. Se iba a divertir. Iba a acudir a un encuentro sin que hubiera nada en riesgo o con una segunda intención. Algo nuevo para él.

Cuando entró en el salón trasero, lord Trent ya estaba colocando las bolas.

—¿Ha visto? El libro de apuestas ya está lleno para toda la temporada. —Lord Trent deslizó el taco entre los dedos y dispersó las bolas a lo largo del fieltro.

—Es más divertido apostar al principio. Esperar hasta que las parejas sean más que evidentes no presenta el mismo desafío. —Colin apretó los dientes para no sonreír ante la destreza de su contrincante. No tendría que contenerse para guardar las apariencias. El día iba mejorando por momentos.

Después de eso, se fueron turnando. Aquella tarde el club estaba tranquilo. De hecho, eran los únicos que ocupaban las mesas de billar, por lo que disfrutaron del sencillo placer de oír las bolas chocar unas con otras antes de caer en los bolsillos.

Cada uno llevaba ganada una partida y estaban preparando la tercera cuando lord Trent volvió a hablar.

—¿Sabe de lo que me acabo de dar cuenta?

Colin enarcó una ceja mientras colocaba el taco.

Lord Trent apoyó una cadera contra la mesa.

—Que no tengo que ir a ningún sitio esta tarde. No tengo que escoltar a ninguna de mis hermanas.

En cuanto golpeó las bolas y estas rodaron sobre la mesa, lord Trent volvió a hablar.

—¿Tiene alguna hermana, señor McCrae?

No le sorprendió que su contrincante hubiera escogido el tema sobre el que menos le apetecía hablar. Los Hawthorne eran una familia conocida por su lealtad. Nunca entenderían que un hombre pudiera considerar la idea de jugarse el sustento y el futuro y bienestar de sus hijos.

—Tengo una hermana.

—¿Está casada?

—No. —Al menos que él supiera—. Aunque la han presentado en sociedad este año. —Y él no estaba allí para protegerla. Eligió su objetivo con cuidado, pero impulsó el taco con demasiada fuerza y envió la bola a toda velocidad hacia los amortiguadores. Tendría que haber estado allí para asegurarse de que la cortejaba el hombre adecuado. Sin embargo, el escándalo le obligó a abandonar la ciudad; un escándalo que todavía acechaba en la memoria colectiva y que saltaría a la palestra en cuanto pusiera un pie en su hogar. Si regresaba, echaría por tierra cualquier oportunidad que tuviera su hermana de casarse con un buen partido.

—¿Por qué no la trae a Londres? Estoy seguro de que a mi madre le encantaría presentarla en la capital. —Lord Trent metió dos bolas en los bolsillos de un solo golpe.

Sonrió solo de imaginarse el caos que traería aquello.

—A mi padre no le gusta Londres.

Por decirlo de alguna manera suave. Oh, a su padre sí que le gustaban los muelles, aunque estuvieran abarrotados hasta decir basta. Era la ciudad en sí a la que no tenía mucho aprecio. El ajetreo y bullicio en el que Colin había prosperado los últimos cinco años, eran los que causaban las quejas e improperios del viejo escocés, y le volvían un desquiciado durante al menos una semana después de cada visita.

Lord Trent se apoyó sobre el taco, pensando durante un momento en lo que Colin acababa de decir. ¿Estaría intentando averiguar la razón por la que se había ido a vivir a la capital? Fuera lo que fuese en lo que pensara, no lo expresó en voz alta. Simplemente asintió y regresó al juego.

En ese momento lord Howard entró a trompicones en la sala de juegos, vestido con su arrugado traje de noche. ¿Todavía no había regresado a casa? Pero si ya hacía unas cuantas horas que habían pasado del mediodía...

Lord Trent rodeó la mesa y se colocó a su lado.

—Su nombre sale en el libro de apuestas al menos tres veces. Cuesta creer que haya mujeres que quieran casarse con él, ¿verdad?

Colin se encogió de hombros.

—La mayoría de las veces tiene mejor aspecto. Ahora es evidente que no está en su mejor momento. —Aunque su familia poseía dinero,

lord Howard no tenía ni un penique a su nombre. En breve alguna mujer se daría de bruces con la dura realidad cuando lo descubriera.

—Gracias a Dios ninguna de mis hermanas le ha echado el ojo. No creo que tuviera estómago para tenerle cerca muy a menudo. —Lord Trent metió la última bola y ganó la partida.

Colin miró su taco contrariado. Durante esa ronda apenas había metido alguna bola.

A continuación, ambos pidieron algo de beber y se sentaron en dos sillas de cuero burdeos cerca de una de las ventanas de la planta superior.

—¿Y qué me dice de usted?

Colin le miró sorprendido.

—¿De mí?

—¿Tiene intención de casarse pronto?

Se encogió de hombros y decidió beber un buen trago de brandi para ganar tiempo.

—No me desagrada la idea, pero todavía no tengo tiempo para eso. —Rezó en silencio porque aquella respuesta fuera suficiente para satisfacer la curiosidad de lord Trent y porque este no sintiera la necesidad de sacar a colación sus perspectivas matrimoniales delante de sus hermanas.

El otro hombre asintió, mostrando su aparente acuerdo con su opinión sobre el matrimonio.

—Aunque no estaría mal que una de mis hermanas se hubiera casado ya. Tener a ambas solteras es agotador.

Ahora fue él el que no pudo estar más de acuerdo.

En aras de conseguir que su vida volviera a la normalidad, Colin dejó el club y fue dando un paseo por la calle St. James en dirección a la mansión de Ryland en Pall Mall. No sabía muy bien si era debido al estado tan sosegado en que se encontraba después de haber pasado esas horas de divertimento en vez de pensando en los negocios, pero iba convencido de que Ryland ya estaría preparado para hablar de una segunda fase más razonable y directa de su cortejo a *lady* Miranda.

Por mucho que su amigo estuviera esforzándose por ganarse los afectos de la dama, empezaba a sospechar que Ryland tenía que superar algo más que una simple mentira sobre su identidad. Lo que significaba que estaba a punto de presenciar otro despliegue de campaña.

Lo que era casi tan entretenido como las batallas de ingenio que se traía con la más joven de las hermanas Hawthorne.

¿Por qué había pensado en eso?

Aquello era otra prueba más de por qué necesitaba que Ryland se casara lo antes posible. Así dejaría de pensar en los asuntos privados de otra persona. Estaba empezando a involucrarse demasiado.

El mayordomo abrió la puerta de Ryland, reemplazando el bloqueo de la madera con su más que considerable cuerpo. Seguro que su rostro agrietado y el prácticamente inexistente cuello atemorizaban a casi todos los que se atrevían a visitar a su amigo.

Aunque muy pocos sabían que aquel gigante era un antiguo contrabandista que estaba intentando sacar adelante a un gatito, y que lo tenía en la cocina para poder alimentarlo con leche cada pocas horas.

Entregó el sombrero al mayordomo y suplicó en silencio que el plan de Ryland fuera lo suficientemente descabellado como para tener entretenida la mente las siguientes horas, o un par de días a ser posible. Cualquier cosa le vendría bien con tal de dejar de pensar en *lady* Georgina. Tal vez no podía quitársela de la cabeza porque acababa de estar con su hermano. Al fin y al cabo, todos los miembros de la familia tenían un notorio parecido.

—Buenas tardes, Price. ¿Está dentro?

—Por supuesto, señor McCrae.

El hombre recogió su abrigo y le guio por el vestíbulo en dirección al estudio de Ryland.

—El señor McCrae quiere verlo, señor.

Colin le dio una palmada en el hombro y le rodeó para entrar en la estancia.

—Price, si quieres ser un buen mayordomo, debes empezar a llamarlo «excelencia» y no «señor».

Price sonrió mientras salía. Un gesto que le otorgaba un aire más juvenil.

—Creo que ese es el menor de mis problemas, señor McCrae.

Colin lo miró de la cabeza a los pies, deteniéndose en los músculos que se marcaban sobre la parte superior del uniforme, el pañuelo que intentaba delimitar el poco cuello que tenía y la pálida cicatriz que lo caracterizaba.

—Puede que tengas razón.

Price cerró la puerta mientras Colin se dejaba caer en uno de los sillones orejeros de estilo Chippendale emplazados delante de la chimenea, apagada en ese momento.

Ryland estaba sentado detrás de un escritorio lleno de libros de contabilidad. Intentó discernir su estado de ánimo, pero salvo por el decolorado cardenal que tenía alrededor del ojo, su rostro no mostraba expresión alguna.

Colin estiró las piernas y las cruzó a la altura de los tobillos, cubiertos por las botas de montar. Iba a tener que espolearle un poco.

—No esperaba verte anoche en la velada de naipes.

Ryland se encogió de hombros mientras rodeaba el escritorio para sentarse en el otro sillón.

—No soportaba seguir más tiempo escondido en mi dormitorio.

Parecía tranquilo. Demasiado tranquilo. Del tipo de calma que indicaba que tenía un plan del que estaba más que convencido.

Sus súplicas no habían caído en saco roto. Su amigo normalmente era un maestro en el arte de la estrategia; todo aquel asunto con *lady*

Miranda le había apartado del buen camino. Resultaba bastante entretenido. Pero era más divertido todavía ponerle un poco más nervioso. Así que redirigió la conversación tanto para prolongar su agonía como para burlarse de él.

—¿Está contenta tu tía por tu regreso a casa?

—No mucho. Creo que esta mañana ha cocido los huevos con solo mirarlos.

—¿Y tu primo?

Ryland se encogió de hombros, se notaba que no estaba muy interesado en hablar del señor Montgomery.

Un pequeño reguero de sudor empezó a caerle por el cuello. Aquello ya no le parecía tan divertido; ahora estaba un tanto ansioso por conocer el plan. Si hablar de su tía y de su primo, a los que Ryland detestaba, no le habían distraído, eso solo podía significar una cosa. El plan requería la intervención de Colin. Aquello le pasaba por ser un espectador ocioso.

—¿Has descubierto algo más acerca de las pesquisas sobre la inversión en la mina? —preguntó Ryland.

Sintió un profundo alivio en su interior. No tenía nada que ver con *lady* Miranda, sino con la falsa inversión que le había proporcionado a Ryland para que usara en uno de sus casos de espionaje.

Frunció el ceño.

—Creía que te habías retirado de la misión. Me dijiste que habías entregado a otro agente toda la información que tenías.

Ryland apoyó la cabeza en el respaldo del sillón.

—No me gusta dejar las cosas a medias.

El silencio se prolongó.

—Se supone que debes seguir con tu vida —replicó Colin por fin.

Entendía la insoportable quemazón que podía apoderarse de uno cuando dejaba las cosas inacabadas, pero el duque estaba en pleno cortejo a una dama que vivía el epítome de una vida normal. Si Ryland seguía interesándose por sus antiguos asuntos, ¿no arrastraría también a *lady* Miranda? ¿Cuánto tiempo podría mantener ambas facetas de su vida completamente separadas?

Decidió poner al tanto a su amigo de todo lo que sabía acerca de la inversión falsa. No era mucho, pero si con eso ayudaba a que Ryland cerrara el caso y dejara el mundo del espionaje, habría valido la pena.

Al final no pudo soportarlo más. Tenía que saber si las cosas iban tan mal con *lady* Miranda como parecía.

—¿Cómo va tu último proyecto?

—Supongo que te refieres al cortejo de *lady* Miranda.

La última vez que los había visto juntos más bien se parecía a la «persecución» de *lady* Miranda, pero supuso que «cortejo» era la palabra más adecuada.

—Ajá. A menos que hayas decidido que la hermana menor te atrae más después de todo.

La mera broma de que alguien con un mínimo de inteligencia prefiriera a *lady* Georgina antes que a *lady* Miranda le dejó un regusto amargo en la boca.

Ryland esbozó una media sonrisa.

—En absoluto. ¿Te interesa la hermana más joven?

—¿Estás loco? Solo con mirarla es evidente que lo único que le importa son los vestidos y oropeles. Antes cortejaría a tu sirvienta.

—Jess es bastante atractiva. Le gusta leer a Shakespeare.

—A lo mejor la invito a dar un paseo en carruaje —se rio Colin.

Había días en que la idea de dejarlo todo, casarse con una sencilla doncella e irse a vivir al campo le resultaba de lo más apetecible.

Lástima que la vida ociosa seguramente terminaría aburriéndole en cuestión de días.

Ryland se inclinó hacia delante y colocó los codos sobre las rodillas.

—Me preguntaba si podrías invitar a Miranda.

La carcajada se quedó atascada en su garganta hasta el punto de que casi se ahoga.

—¿Cómo dices?

—Anoche no revelaste que nos conocemos. —Su amigo enarcó una ceja, retándole a que se atreviera a contradecir lo mucho que estaba disfrutando con toda aquella intriga.

—La costumbre, ya sabes. Nunca he sabido qué te traías entre manos en las raras ocasiones en las que coincidía contigo en público. Anoche me pareció más seguro fingir que no te conocía. —Ahora fue él el que se inclinó hacia delante, imitando la postura del duque. No iba a permitir que Ryland le involucrara en cualquiera que fuera su plan. Bajo ninguna circunstancia.

Maldición. Estaba muy interesado en saber de qué se trataba.

—Por favor, no me digas que quieres que espíe a esa mujer —concluyó.

—Sí.

Pero ¿en qué diantres estaba pensando Ryland? Apretó los labios.

—Me niego a interrogar a una dama para saber si te ha perdonado o no. Además, tal y como has dicho, no sabe que nos conocemos.

Ryland se examinó las uñas.

—Podrías preguntarle por la partida de cartas.

Se levantó al instante del sillón y empezó a caminar de un lado a otro de la habitación.

—¿Quieres que vaya a casa de esa mujer, que la invite a dar un paseo en carruaje y después proceda a hacerle pasar un bochorno a fin de extraerle la información necesaria para que tú traces un plan de ataque?

—Sí.

—No. Esto es un cortejo, no una invasión militar. —Además, si iba a Hawthorne House tendría que ver a doña Princesa de Hielo a la que solo le importaba subir peldaños en la escala social. «No, gracias.»

—Uno siempre tiene que tener en cuenta todos los factores a la hora de elaborar un plan de acción. La información es poder y yo voy

a necesitar de toda la que pueda disponer para convencerla. Se está comportando con una tozudez muy femenina en todo esto.

Colin resopló.

—¿Cómo se atreve? —Miró a Ryland, burlón—. Búscate a otro lacayo. Yo no pienso hacerlo. —Esta vez lo decía en serio. No se involucraría en ese plan.

No más de lo que ya lo estaba.

Ambos se miraron a los ojos. Transcurrieron unos segundos en donde lo único que pudo oírse fue el tictac del reloj que había en la repisa de la chimenea.

—Esto va más allá de un mero espionaje, ¿verdad?

Ryland frunció el ceño.

—Puede que, durante mi investigación, obtuviera alguno de sus documentos personales.

Colin esperó. En su interior ya había capitulado y sabía que iba a hacer lo que Ryland le pidiera, pero se negaba a admitirlo todavía. El único poder de negociación que tenía en ese momento era su aquiescencia, y como su amigo acababa de decir, la información era poder.

—Le escribí —murmuró Ryland—. Como duque.

—¿Mientras te hacías pasar por ayuda de cámara?

Ryland asintió.

Colin silbó por lo bajo. Estaba claro que la dama habría sufrido una importante decepción que no olvidaría fácilmente. Ryland se merecía sudar sangre para recuperarla.

—Esta semana has conseguido un buen ejemplar en la subasta de caballos de Tattersall. —Ryland le miró con cara de pocos amigos—. No puedes quedarte con el caballo.

Colin respondió con una sonrisa de oreja a oreja.

Capítulo 12

Georgina tiró de un hilo de su falda antes de extender la tela sobre el sofá blanco y dorado. Esbozó una sonrisa mientras lord Andrew hacía una reverencia y se despedía de ellas. Solo era el heredero de un vizcondado, así que no era un candidato a tener en cuenta, pero era apuesto y la sociedad le tenía mucha estima. Además, siempre era importante contar con un buen elenco de parejas de baile.

De lo contrario, podría terminar bailando de nuevo con el señor McCrae.

—*Milady*, el señor McCrae.

¿Acaso lo había conjurado para que apareciera de la nada? Abrió los ojos asombrada, mirando al mayordomo en busca de alguna señal que le dijera que estaba mintiendo o formando parte de una broma retorcida. Que Gibson nunca hubiera hecho nada que no mostrara más que seriedad y competencia en su trabajo no significada nada. Podía estar mintiendo ahora mismo.

—Es un hombre espantoso —dijo entre dientes—. No quiero verlo, madre.

Gibson se aclaró la garganta.

—Solicita ver a *lady* Miranda, *milady*.

—Oh. —Se volvió hacia su hermana, que parecía tan atónita como ella.

Segundos después, el semblante de Miranda cambió y adoptó un aire de suficiencia que no se le pasó por alto. ¿Creería que estaba celosa porque aquel hombre hubiera ido a verla a ella? Como si deseara estar un solo segundo en su compañía.

—Gracias, Gibson. Por favor, hazlo pasar —dijo Miranda ahora con tono alegre.

El mayordomo hizo una reverencia y regresó al vestíbulo. El señor McCrae apareció al cabo de un instante.

A una parte de ella no le quedó más remedio que reconocer que aquel hombre ofrecía una imagen impresionante cuando entraba en el salón. Vestía de forma impecable. Se notaba que su atuendo lo había hecho una mano experta y con mucho cuidado. Las líneas de su pañuelo estaban lo suficientemente marcadas como para cortar a alguien.

Tal vez incluso a sí mismo.

Así estaría demasiado ocupado curándose las heridas como para impedir que los planes de Georgina llegaran a buen puerto.

Hizo una reverencia a su madre.

—Buenas tardes, *milady*.

—Buenas tardes, señor McCrae. No sabía que volveríamos a verlo tan pronto.

Apretó los labios al ver la cálida sonrisa de su madre. ¿De verdad quería que aquel hombre formara parte de su familia? Que Miranda se quedara soltera era mil veces mejor a que se casara con aquel patán.

Un patán que no le hizo ni caso.

¿Qué se traía entre manos? ¿No le había venido a decir la noche anterior que se apartara del duque, insinuándole que Miranda sentía algo por él?

—*Lady* Miranda, sé que es muy arrogante por mi parte, pero ¿le apetece dar un paseo en tílburi?

—Sí. —Su hermana se levantó de un salto del diván—. Sí, me encantaría.

Todo lo contrario a lo que haría una mujer enamorada. La tensión que ni siquiera sabía que había sentido pareció abandonarla por completo. El duque estaba libre después de todo.

Contempló cómo su hermana descansaba la mano en el brazo del señor McCrae y le sonreía mientras él se la cubría con la suya.

Entonces su estómago volvió a contraerse.

Ahora que tenía a *lady* Miranda dentro del tílburi, Colin no tenía muy claro qué hacer con ella. Estaba convencido de que Ryland quería que fingiera cortejarla, pero seguramente tendría que relacionarse con aquella mujer los años venideros, así que no necesitaba ese tipo de historia a sus espaldas.

—Disfruté mucho de nuestro encuentro de anoche. Hacía años que no jugaba una partida de whist tan interesante. —No desde la velada en la que su padre había perdido una cuarta parte de la naviera de la familia.

Lady Miranda se ruborizó y apartó la mirada.

—Confieso que yo tampoco.

Detestaba traer a colación esa absurda partida de cartas. Para la mayoría de la gente, la conversación que Ryland y *lady* Miranda habían mantenido durante la partida habría sido de lo más extraña, pero Colin conocía demasiado bien la situación y fue plenamente consciente de todo lo que se dijeron entre líneas.

Aunque *lady* Miranda no lo sabía.

Se dio cuenta de que, mientras bajaban por la calle, varias personas miraron en su dirección con curiosidad. ¿En qué estarían pensando? Colin nunca llevaba a pasear a ninguna mujer. Que ahora lo hiciera podría ocasionar que creyeran que era algo importante. Si la gente empezaba a analizarle y a pensar que de verdad tenía la intención de

cortejar a *lady* Miranda, tal vez alguno de sus clientes y socios comenzara a mostrarse cauteloso en su presencia. No debería haber aceptado formar parte de aquello. Por muy amigo que fuera Ryland.

—*Lady* Miranda, ¿puedo serle franco?

—Por... Por supuesto.

Colin cambió de postura en su asiento.

—Los dos sabemos que anoche había algo más en juego que una partida de cartas, y también sabemos que nunca podré competir con un duque en cuanto a relevancia social.

Estaba desempeñando el papel que le correspondía en el plan de Ryland, pero no había otra forma de mantener aquella conversación que no empeorara las cosas con el duque. Aunque no debería haber aceptado participar en aquello, ahora estaba ahí y tenía que sacarle el mejor provecho.

—Señor McCrae, le aseguro que le tengo por un caballero de lo más interesante.

Colin tuvo la sensación de que Dios no estaba precisamente contento con el comportamiento que estaba teniendo en ese momento. ¿Por qué estaba haciendo aquello? La noche anterior había sido evidente que *lady* Miranda tenía fuertes sentimientos hacia el duque. ¿No debería haberle bastado a Ryland para dar el siguiente paso?

Una risa nerviosa amenazó con escapar de su garganta. Tosió en un esfuerzo por mantenerla bajo control, pero no pudo evitar que se le marcara aún más el acento.

—Me alegro de oírlo. Pero me interesa más saber si el duque también le resulta un caballero interesante. Como he dicho, no puedo competir con él.

El sonido de un resoplido de absoluto rechazo le sorprendió. Estaba más molesta con Ryland de lo que se imaginaba. No era de extrañar que su amigo estuviera pasando por un mal momento.

Con el asunto del duque en el aire, nada pudo detener la incómoda conversación que siguió. No pudo ocultar el hecho de que conocía a Ryland, aunque intentó evitar cualquier indicación que mostrara lo estrecha que era su relación.

Quedó más que patente que las emociones de *lady* Miranda hacia su amigo eran bastante significativas. Sí, sus sentimientos venían envueltos en una considerable cantidad de ira, pero era obvio que se preocupaba por él. Fue una conversación de lo más esclarecedora, aunque también un poco torpe.

¿Por qué no podían ser así sus encuentros con *lady* Georgina? Francos, honestos, valientes.

Se removió en su asiento. ¿Por qué le importaba ahora cómo actuaba *lady* Georgina? Como si su irritante personalidad y su obsesión por la posición social fueran lo único que le impedía cortejarla.

De pronto, todo aquello pareció superarle. Londres. La sociedad. Incluso el extraño cortejo de Ryland y *lady* Miranda. Iba a hacer lo que había prometido y luego se desentendería por completo de aquello.

—*Lady* Miranda, el caso es que estaba pensando en investigar varias inversiones fuera de Londres. —La idea en ciernes le parecía brillante. Normalmente reservaba sus viajes para cuando la mayoría de sus inversores habían regresado al país, pero tal vez ese año debería proceder de diferente manera—. Sé que estoy siendo muy atrevido, pero necesito saber si debería retrasar el viaje.

Detestaría perderse la boda de Ryland.

—Señor McCrae, yo...

—Llámeme Colin. Es lo mínimo que puedo ofrecerle teniendo en cuenta la conversación tan íntima que acabo de comenzar.

Lady Miranda tragó saliva.

—Colin, no sé qué decir. Apenas hace un día que le conozco.

Se quedó observándola, viendo cómo debatía mentalmente. ¿Debería desplegar las velas y hacer una carrera hasta la orilla? Por mucho que

odiara que Ryland le hubiera convencido para hacer aquello, también comprendía la necesidad de su amigo de saber que al final del todo aquel esfuerzo obtendría su recompensa. Y si bien ya estaba pidiendo a Dios que le perdonara, algo bueno tendría que venir de aquello. Sí, era una lógica que fallaba en la base, pero en su interior quería creer que sería así.

—Hay algo entre el duque y usted, ¿verdad? Es una dama hermosa, pero tengo la sensación de que no debería perder el tiempo cortejándola. ¿Me equivoco?

No pudo evitar tener la sensación de que una parte de él estaba diciendo aquellas palabras a su hermana. Aunque él no quería tener ningún tipo de relación con *lady* Georgina, ¿verdad?

—Lo siento, Colin, pero creo que tal vez tenga razón.

Aquella victoria hizo que se sintiera eufórico en nombre de su amigo, aunque una porción de su alma se dobló de dolor. No tenía sentido.

—No estoy segura de lo que sucederá con el duque —prosiguió ella—, pero me debo la oportunidad de averiguarlo. —Sus labios esbozaron una triste sonrisa.

Ahora que había decidido terminar con toda esa situación, se sintió un poco más generoso con la incómoda dama que tenía a su lado.

—Lo entiendo. ¿Le parece que disfrutemos del sol mientras la llevo de vuelta a casa?

—Sería maravilloso, sí.

Sí, él también se concedería ese capricho de disfrutar del paseo y dejaría de lado cualquier pensamiento sobre motivaciones y persecución de objetivos. Se sumieron en un cómodo silencio, roto por algún que otro comentario u observación. Sin embargo, cuando se detuvo delante de la casa de ella, la realidad lo golpeó sin piedad.

Se dio cuenta de que aquella tarde había puesto en peligro su reputación por Ryland. O al menos había abandonado temporalmente la invisibilidad con la que le gustaba desenvolverse en sociedad.

Ryland tendría su información y, con un poco esfuerzo, al amor de su vida.

Pero ¿qué obtendría él a cambio?

Se apeó del vehículo y acompañó a Miranda hacia la puerta. El desasosiego que empezaba a resultarle demasiado familiar descendió por su estómago hasta llegar a los pies. Miró el tílburi, preguntándose por qué nunca se había molestado en tener su propio carruaje, cochero y caballos. ¿No sería aquella una señal de que estaba sentando cabeza? ¿Echando raíces? Qué extraño que precisamente fuera lo que le otorgaba una mayor movilidad.

—Es un tílburi estupendo, ¿verdad?

Miranda asintió con una ligera sonrisa.

—Lo es. Ojalá que su amigo se lo preste de nuevo cuando encuentre a una dama a la que quiera llevar a pasear.

No era probable que aquello sucediera a corto plazo, aunque se comprara su propio medio de transporte. Las miradas que habían recibido durante su paseo demostraron que iba a tener que estar muy seguro antes de cortejar tan abiertamente a una dama. Aquello le hizo sentirse viejo y cansado. Y no quería sentirse así.

Sí, Ryland iba a obtener la información que él había logrado con tanto esfuerzo, pero lo había hecho de forma deshonesta.

Al menos podía enmendar eso último.

La sonrisa que se dibujó su rostro le resultó familiar, divertida. Mostraba más su yo interior de lo que había hecho en mucho tiempo. Era la sonrisa del joven que una vez se reía con sus amigos y pensaba en un futuro sin riesgos.

—Creo que me lo quedaré. Es lo menos que puede hacer Ryland después de haberme puesto en la tesitura de enfurecer a una dama tan hermosa como usted.

La puerta que había detrás de *lady* Miranda se abrió al mismo tiempo que esta abría la boca hasta que casi se le cayó la mandíbula al suelo.

Colin siguió hablando mientras le hacía una reverencia y bajaba los cuatro escalones hasta la calle.

—Dígaselo en el baile de esta noche en mi nombre, ¿quiere? Que voy a quedarme el caballo y el tílburi. Lo entenderá.

Se quitó el sombrero para despedirse. *Lady* Miranda apretó los dientes con fuerza y se dio la vuelta para entrar en casa.

Se rio por lo bajo mientras se volvía de nuevo hacia el tílburi. El sonido de la puerta al abrirse de nuevo llamó su atención una vez más. Seguro que *lady* Miranda había pensado en una réplica adecuada.

Pero no era *lady* Miranda la que bajaba las escaleras.

Capítulo 13

Colin hizo un gesto de asentimiento a lord Ashcombe mientras este descendía por las escaleras.

—Buenos días, milord.

Ashcombe miró en dirección al tílburi con una mueca en los labios que probablemente estaba destinada a ser algo parecido a una sonrisa.

—Señor McCrae, no sabía que tenía un gusto tan exquisito en lo referente a los caballos.

Colin acarició los cuartos traseros del semental.

—Los caballos son una inversión como cualquier otra. Es importante obtener un buen rendimiento de ellos.

Ashcombe echó un vistazo a la casa antes de volver a centrarse en él.

—Uno puede conjeturar qué clase de recompensa espera obtener.

—No todo el mundo tiene los mismos objetivos en la vida. —Cinco años trabajando con aristócratas, más otros veinte años viviendo con alguien tan testarudo como su padre, le habían proporcionado la habilidad necesaria para que la repugnancia y tensión que le había provocado aquel comentario no se reflejaran en su tono de voz. Incluso se las arregló para esbozar una sonrisa natural.

—En el pasado ha sabido aconsejarme muy bien, señor McCrae. Permítame que le devuelva ahora el favor. —Ashcombe se puso los guantes, dando la sensación de que estaba perfectamente cómodo con aquella conversación.

Colin, sin embargo, se estaba poniendo cada vez más nervioso. Si aquel hombre insultaba a *lady* Miranda... Bueno, no sabía lo que haría. En realidad, nada. Informar a Ryland sería una estrategia mucho más vengativa.

Ashcombe señaló con la cabeza hacia Hawthorne House e hizo un gesto de asentimiento.

—La dama no merece el esfuerzo. Es usted un hombre de negocios, como yo. Si su esposa no es un activo para sus transacciones, será la cruz que hunda su patrimonio. *Lady* Miranda es demasiado variable. Será mejor que busque en otro lado.

Ashcombe se quitó el sombrero a modo de despedida y se marchó caminando por la calle.

Colin negó con la cabeza mientras daba una última palmada al caballo en el cuello. Decidió que no diría nada por el momento. Con un poco de suerte, la presencia de Ashcombe en Hawthorne House se debía a que *lady* Georgina había cambiado de objetivo. Estaba claro que ella y lord Ashcombe estaban hechos el uno para el otro.

Los pasos airados de Miranda resonaron a través del vestíbulo y las escaleras. Por mucho que Georgina quisiera que su hermana se casara, estaba contenta porque su paseo con el señor McCrae se hubiera torcido de ese modo. Si la obligaban a recibir con los brazos abiertos a aquel hombre en su familia, se casaría con Napoleón para tenerlo lo más lejos posible.

Bueno, quizá no con Napoleón, pero sí con alguien que se le llevara muy, muy lejos, para no tener que ver la cara del señor McCrae y así poder refrenar la tentación que tenía de romperle un vaso en la cabeza cada vez estaba delante de él.

Por suerte, el interés inicial de Miranda por aquel hombre parecía haber disminuido y las cosas con lord Ashcombe estaban yendo la mar de bien. Odiaba tener que invertir tanto tiempo en su plan alternativo, pero sus primeras elecciones no habían dado los frutos esperados y era muy fácil meter en cintura al conde. Si quería tenerlo comiendo de su mano, solo necesitaba fingir un poco de interés en su ganado.

Se acercó a la ventana para echar un vistazo a través de la cortina. Justo en ese momento, lord Ashcombe se alejaba caminando de Hawthorne House. El señor McCrae, sin embargo, permanecía de pie frente la puerta de su casa. No sabía de lo que habían hablado ambos, pero sí que aquella conversación había arrancado una sonrisa a aquel hombre odioso; una sonrisa que llenó de calidez su apuesto rostro y que logró que su estómago diera un salto y se pusiera a bailar un vals con su corazón.

«No. No. No.» Nadie iba a provocar en ella esas sensaciones ridículas de las que siempre estaban hablando sus amigas. Y menos un hombre que ni siquiera estaba en su lista de posibles candidatos. No era reacia al amor, sabía que existía, pero no iba a permitir que una emoción que embotaba tanto la razón le nublara el juicio. Colin McCrae no era más que una cara bonita y un conversador perspicaz. En otras circunstancias, tal vez consideraría el beneficio de aquellas cualidades.

Pero las circunstancias eran las que eran y lo convertían en un mero incordio. Y en una distracción. Debería estar pensando en lord Ashcombe, no admirando lo bien que le quedaba aquel abrigo al señor McCrae.

Además, ¿qué hacía todavía frente a su casa?

Volvió a fijarse en su cara y se quedó petrificada. La estaba mirando directamente y la medio sonrisa que lucían sus labios hacía unos instantes ahora se había transformado en una sonrisa en toda regla.

Se alejó de la ventana sin pensárselo dos veces. Las cortinas de encaje blanco se agitaron por el brusco movimiento.

«Ashcombe.» Tenía que centrar todos sus esfuerzos en Ashcombe y conseguir que le propusiera matrimonio lo antes posible.

No podía esperar mucho más tiempo.

El jueves por la mañana, Georgina se sintió un poco culpable por la alegría que le produjo ver la nariz enrojecida de su amiga Jane. Sus esfuerzos por asegurarse la atención de lord Ashcombe durante los últimos tres días habían tenido menos éxito de lo que esperaba. Pero ahora que Jane estaba demasiado indispuesta como para ejercer de anfitriona en su reunión, tenía vía libre para asistir a la ópera con su madre y hermana; una ópera a la que tenía entendido que Ashcombe también acudiría. El potencial beneficio que aquello le reportaría se añadió a la culpabilidad que sentía, por lo que resultó más fácil mantener un semblante y un tono de voz contritos.

—Qué mala suerte que te hayas resfriado tan al principio de la temporada. Vas a tener que cancelar tu recital de poemas.

Jane se sorbió la nariz y se hundió entre los cojines del sofá familiar.

—Lo sé. Mientras estamos hablando, mi madre está enviando invitaciones con la nueva cita. Tampoco podemos celebrarlo el próximo viernes porque mi padre tiene programada una cena de suma importancia.

Terminó la frase sonándose la nariz de una forma absolutamente espantosa.

—Entonces tendrás que aplazarlo hasta dentro de dos semanas. —Intentó no parecer indignada por la enfermedad de su amiga, pero ¿qué diantres estaba haciendo allí? La nota que Jane le había enviado decía que quería verla urgentemente. Conociendo a Jane, «urgentemente» podía significar tanto que le estaba costando elegir un nuevo papel de pared para el salón como que la doncella le había chamuscado un tirabuzón. Al final se trataba de un fuerte resfriado en plena temporada, con la consiguiente y maravillosa noticia de que Georgina no tendría que recitar un poema al día siguiente por la noche.

Que además se fuera a retrasar dos semanas más era todavía mejor. Jane era famosa por olvidar el nombre de su gato en un lapso de quince días. Con un poco de ayuda por su parte, conseguiría que no se acordara de lo del recital.

—No —dijo Jane con voz áspera—. Mi madre lo ha pospuesto para el próximo miércoles. Al principio pensé que era una tontería, pero me he dado cuenta de que es una idea brillante. Como el Parlamento no se reúne ese día, podrán asistir más hombres.

Georgina esperó que su fingida emoción fuera lo suficientemente convincente. Que lo celebrara un miércoles era prefecto. Ahora sería un evento especial y sus reuniones de los viernes podrían volver a la normalidad. Después de que Jane se recuperara, por supuesto.

Jane movió una mano en el aire.

—Aunque no te he pedido que vinieras por eso.

¿Existían más noticias «urgentes» además del aplazamiento del proyecto estrella de Jane? Georgina no podía imaginarse nada que no fuera el monotema del que su amiga llevaba hablando las dos últimas semanas.

—Me ha escrito —susurró Jane entusiasmada antes de sacar un trozo de papel de la bandeja que había en la mesa de al lado—. Mira.

Ahora sí que permitió que la aversión por aquel trozo de papel se reflejara claramente en su rostro. Cualquier día normal no habría querido tocar ese papel; mucho menos hoy, con el riesgo de contagio.

—Si no te importa, prefiero no acercarme mucho.

Jane frunció el ceño y volvió a sonarse.

—Oh, entiendo. —Sus ojos, brillantes por la fiebre, se iluminaron todavía más por la emoción—. Es de él.

—¿De quién? —Estaba al tanto de todos los chismes, de cada cúmulo de información, pero no tenía ni idea de quién podía estar causando tal exaltación en la vida de su amiga.

—«Él». El hombre de la máscara. Te dije que iba a casarme con él.

Una respuesta que solo sirvió para que se hiciera más preguntas.

—¿Descubriste quién era?

—Bueno, no. —Jane pareció un poco avergonzada mientras bajaba la vista hacia la nota—. Pero menciona nuestra conversación en el baile y que está deseando acudir a mi recital de poesía. Lo que significa, a pesar de tus reticencias, que es un candidato adecuado, puesto que ha recibido una invitación.

Georgina estaba convencida de que habían invitado a todos los hombres solteros emparentados con títulos nobiliarios superiores a la baronía.

—¿Te ha escrito una nota, pero no la ha firmado?

Daba la impresión de que ese hombre no tenía mucho más a su favor que una posición posiblemente respetable. ¿No debería Jane exigir algo más?

Una persistente vocecilla en su cabeza trató de señalarle que ella tampoco exigía más que eso para sí misma, así pues, ¿por qué habría de hacerlo Jane?

Georgina se removió con incomodidad en su asiento. Por fortuna, a Jane le sobrevino un ataque de tos en ese preciso momento, haciendo que el repentino desasosiego de su amiga le pasara desapercibido.

Después de tomar un buen sorbo de té, Jane agitó la nota en el aire.

—Ha firmado con una simple H. ¿No te parece romántico? Está manteniendo el misterio un poco más.

¿Romántico? ¿Hablaba en serio? Farfulló, intentando encontrar las palabras apropiadas. Aquello no era romántico, era alarmante. Ese hombre podía ser cualquiera.

—¿Crees que debería responderle?

Georgina soltó un suspiro.

—No sabrías a qué dirección enviarla.

Jane también suspiró.

—Cierto.

—¿Y no te ha llamado la atención ningún otro caballero? —Ella podía recomendarle unos cuantos. Como hija de un conde, Jane era un partido bastante respetable y podría permitirse el lujo de ser selectiva a la hora de elegir marido. La estupidez, para bien o para mal, no era un gran lastre en lo que al matrimonio se refería. Jane no tenía ninguna deficiencia que ocultar a un potencial pretendiente.

Su amiga frunció el ceño.

—El señor Givendale ha venido a visitarme un par de veces. Ya sabes que ocupa el segundo puesto en la línea sucesoria a un vizcondado, y teniendo en cuenta la naturaleza enfermiza de su hermano es muy probable que termine heredándolo todo. Pero solo me ha traído rosas.

Georgina la miró confundida.

—¿Y qué problema tienen las rosas?

—¡Son previsibles, Georgina! —Jane se dejó caer sobre el brazo del sofá—. ¿Qué tienen de romántico las rosas?

Estaba claro que aquel resfriado estaba afectando a la mente de su amiga.

—Creo que deberías descansar, Jane. Podemos volver a hablar de este asunto cuando te sientas mejor.

Jane bostezó y se estiró sobre los cojines.

—Quiero algo romántico, Georgina, como en las novelas.

Otra razón más para no leer.

—Ya lo sé.

—Como bien dices siempre, Georgina —murmuró Jane—. El matrimonio no se puede dejar al azar. Tengo que asegurarme de que suceda.

Luchando contra una sensación de culpa aún más intensa que antes, permaneció allí sentada hasta que Jane se quedó dormida. Su amiga estaba siguiendo, a su manera, el ejemplo de Georgina a la hora de encontrar marido. El problema era que, lo que tenía mucho sentido cuando Harriette y ella lo hablaban, en boca de Jane no sonaba bien.

Al menos la exigencia de romance de su amiga, no era tan fría como sus requisitos de popularidad y posición social.

Por primera vez, Georgina se preguntó si de verdad estaba haciendo lo correcto.

※ ※ ※

Colin entró en la cocina de la casa de Ryland con la misma naturalidad como si estuviera en su casa. La cocinera alzó la cabeza y le señaló con un cuchillo. Un gesto amenazador que no concordaba con el brillo divertido de sus ojos y la sonrisa que esbozaron sus labios.

—¿No tiene otra cosa mejor que hacer que colarse en mi cocina, señor McCrae?

—¿En qué otro sitio podría conseguir las mejores galletas de Londres? —Le guiñó un ojo y robó una galleta espolvoreada con azúcar que había en una bandeja antes de salir disparado hacia la escalera de servidumbre que llevaba a la parte principal de la casa.

Price le estaba esperando arriba, con los brazos cruzados sobre el enorme pecho.

—¿No le ha enviado un mensaje?

—Sí. —En un movimiento que empezaba a convertirse en una costumbre para ambos, giró hacia la derecha para abrirse paso a través del mayordomo—. Uno muy críptico que decía: «Mantente alejado». Obviamente, lo entendí como que tenía que venir de inmediato.

Price soltó un suspiro.

—Está en el salón de baile.

¿En el salón de baile? ¿Qué demonios estaba haciendo Ryland allí? Asintió y fue hacia la escalera principal.

—Oh, señor McCrae —le llamó Price.

Colin se volvió.

—¿Me permite su sombrero y su abrigo?

Tras pasarle las prendas al mayordomo, subió las escaleras de dos en dos. ¿Qué podía haber alterado tanto a Ryland como para sentir la necesidad de pedirle que se mantuviera alejado? ¿Habría decidido *lady* Miranda que no podía perdonarle?

En cuanto llegó a la entrada del salón se quedó inmóvil; su preocupación ascendió a un nivel estratosférico.

Ryland estaba de pie, a varios metros de distancia de cuatro muñecos de paja a tamaño natural, lanzando cuchillos a diversas partes de los mismos. Cuando terminaba de arrojarlos todos, los recogía y volvía a empezar.

—Ya que has venido hasta aquí podrías entrar —dijo después de vaciar sus manos una vez más.

Colin accedió al salón mientras Ryland recogía los cuchillos.

—Creía que las cosas estaban yendo mejor.

La última semana había permanecido deliberadamente al margen de todo lo relacionado con las hermanas Hawthorne, pero su amistad con Ryland y Trent le habían mantenido al tanto de algunos detalles. Lo último que había oído sobre *lady* Miranda era que no solo estaba a punto de perdonarle sino de admitir que también le amaba. ¿Cuándo se había ido todo al garete?

Ryland lanzó un cuchillo al aire con especial fuerza que se hundió hasta la empuñadura en el pecho del muñeco de mayor altura.

—La quiero demasiado como para dejar que la maten —espetó su amigo antes de taladrarle con la mirada—. Y se supone que tú tampoco deberías estar aquí.

—Envié un barco de contrabandistas a Francia para que tuvieras comida con la que sobornar a los aldeanos. Después de eso, colarme en tu casa a través de tu cocina es una tarea de críos. —Colin se cruzó de brazos.

Ryland soltó un resoplido irónico.

—Era tu propio barco y me hiciste ir en bote hasta la orilla de la ensenada. —Se encogió de hombros—. La misión fue de mal en peor. Sabía que íbamos tras él y nos amenazó.

Se quedó esperando. Ryland había sido espía durante nueve años. Había arriesgado su vida más veces de las que Colin podía contar. Tenía que haber algo más detrás de todo aquello.

—La ha amenazado.

El aire escapó de sus pulmones. Eso era lo que más se había temido cuando Ryland se negó a dejar el caso.

—¿Está fuera de peligro?

—Debería estarlo. Siempre y cuando me mantenga alejado de ella. Hace tres días que no la he visto. Si sigo así, puede que nuestro hombre crea que no es tan importante para mí después de todo.

Sí, pero *lady* Miranda también podría llegar a la misma conclusión. Ahora entendía lo de los cuchillos.

—¿Sabes quién es?

—Tengo mis sospechas, pero hasta que no le atrapemos no puedo hacer nada.

Colin cambió de peso de un pie a otro mientras Ryland lanzada tres cuchillos más en una rápida sucesión.

—¿En qué puedo ayudarte?

Ryland suspiró y se pasó una mano por la frente.

—En nada. Tengo a un hombre controlando la propiedad de un sospechoso. En cuanto regrese, sabré algo más. Hasta entonces, mantente alejado. Nuestra estrecha relación no es pública y notoria. Cuanto menos potenciales objetivos tenga este maníaco, mejor.

Capítulo 14

Las dudas de Georgina continuaron al día siguiente. El tiempo la mantuvo de mal humor y los cielos se abrieron para verter un diluvio por toda la ciudad de Londres.

No podía permitirse el lujo de reconsiderar su postura. Ashcombe no estaba cayendo de rodillas a sus pies, pero sí mostraba más interés que el resto de candidatos de su lista. Y aunque no se creyera que el duque anduviera detrás de su hermana, tampoco pensaba que estuviera interesado en ella. Excepto por el baile que compartieron en la velada de disfraces, el duque prácticamente no le había hecho caso. Además, al principio de la temporada cometió el error de no animar a ningún otro caballero, para centrarse exclusivamente en Marshington. Ahora, cualquier intención marital que tuvieran dichos caballeros iba dirigida a otras damas.

Una sensación de pánico se enroscó en los dedos de los pies, enviando una oleada de inquietud hasta sus hombros. Se dirigió al porche acristalado, donde había colocado sus pinturas aquella mañana. Lo único que necesitaba eran unas cuantas pinceladas de color para que todo volviera a tener sentido. O por lo menos que las cosas salieran como ella quería.

El lienzo la estaba esperando, intacto, virgen; una superficie perfecta para crear cualquier cosa que deseara. Si fuera así de fácil en la vida real... Pero la vida tenía más de un pintor y los dibujos parecían cambiar más rápido de lo que ella podía adaptarse.

Abrió uno de los cajones de su estuche de pintura y sacó la paleta y pinceles. Los colores se mezclaron mientras manipulaba las pinturas con menos prudencia de lo normal. Los marrones y grises mancharon los bordes de los tonos más vivos, invadiendo los espacios los unos de los otros. Tendría que seleccionar la pintura que quería usar con cuidado.

Lo mismo que a su futuro marido.

Sabía que no tenía mucha elección, pero era posible que el conde no se adaptara a sus necesidades. Aquella era una de las razones por las que en un primer momento lo situó en las posiciones inferiores de su lista de posibles candidatos.

Era rico, apuesto y muchas damas buscaban su atención. Pero una vez que estuvieran casados, ¿seguiría manteniendo esa posición privilegiada para siempre? Si su popularidad estaba unida a su condición de soltero, ¿se desvanecería al casarse? Y de ser así, ¿qué le pasaría a ella?

Que al menos estaría en una situación mejor que una lamentable solterona, eso era.

Tampoco podía permitirse el lujo de tener en cuenta que el conde no siempre era un hombre muy agradable.

Movió el pincel sobre un montón de pintura rosa.

La telopea del jardín era la musa perfecta para su estado de ánimo actual. Jamás había visto una flor tan fea en su vida. ¿Qué habría poseído al jardinero para sembrar tal esperpento?

Los tonos brillantes se extendieron por el lienzo. Los trazos eran un poco más duros de los que la planta pedía, pero en ese momento no se sentía con ganas de hacer nada con suavidad.

Se sentía desesperada.

—No te cases con Ashcombe.

En un primer momento pensó que aquellas palabras estranguladas y apenas audibles habían salido de su propia mente, así que continuó moviendo el pincel. A menudo mantenía conversaciones consigo misma.

Cuando uno escondía un secreto tan importante como el suyo, las posibilidades de compartir una conversación sincera eran limitadas.

Pero entonces se dio cuenta de que la interrupción venía por parte de Miranda, que parecía haber ido al porche con el expreso propósito de dispensarle un consejo de hermanas.

Continuó pintando.

—¿Por qué no? Es un pretendiente muy loable. Por supuesto que preferiría a un marqués, a un duque o incluso a uno de esos príncipes extranjeros, pero parecen estar fuera de la ciudad en este momento. Si tengo que conformarme con un conde, que sea rico y popular.

—Pero es un hombre espantoso.

Oír que su hermana expresaba en voz alta la misma preocupación que había tenido hacía unos instantes avivó el pánico anterior. Casarse con el conde era una buena idea. Tenía que serlo.

Ahora sí dejó de pintar y se volvió hacia su hermana, taladrándola con la mirada.

—¿Porque no te quiso? Hay cientos de motivos por los que tal vez no pidió tu...

Miranda se acercó más a ella.

—Lo hizo.

—No, no lo hizo.

Tragó saliva. No era posible. Si lord Ashcombe le había propuesto matrimonio a Miranda y esta le rechazó, entonces ella era su segunda opción. Ya era bastante malo aceptar a un hombre que había sido rechazado, pero que encima lo hubiera rechazado su propia hermana...

Miranda se sentó en el taburete que había a su lado.

—Sí, lo hizo. Habló con Griffith para acordar los detalles.

Georgina se volvió hacia el lienzo, pero no aplicó ningún color. Puede que las cosas no hubieran progresado hasta donde Miranda creía. Al fin y al cabo, ella misma no se había enterado y había estado pendiente de todos los rumores de los últimos tres años.

—¿Y qué pasó? Es evidente que no te casaste con él.

—Él quería... —Miranda tragó saliva. Estaba claro que cualquier cosa que fuera a decir no le estaba resultando fácil.

¿Debería tomarle la mano? ¿Hacer uno de esos ruidos reconfortantes que Harriette solía usar con ella? Nunca se le había dado bien consolar a la gente.

Miranda respiró hondo y se recompuso.

—Quería tierras —continuó—. Esa fue su condición. Si no se incluía en la dote la propiedad de nuestra abuela paterna, retiraría su proposición.

Así que nunca le había propuesto matrimonio a Miranda en sentido estricto. Empezó a mezclar un poco más de pintura. Sinceramente, si con una pequeña parcela podía comprar su aceptación permanente en la sociedad, pagaría el precio con mucho gusto.

Por lo visto Miranda todavía no había terminado.

—Yo no le preocupaba en absoluto. Lo único que le importaba era lo que podía a sacarle a Griffith mediante nuestro enlace.

Aquellas palabras atravesaron su corazón, llegando a un lugar en el que rara vez se permitía mirar. No le importaba que su futuro marido no se preocupara por ella. No podía importarle.

Movió el pincel con suavidad por el lienzo. Sentía tal asfixia en la garganta que su voz sonó en un susurro.

—Seguro que se preocupaba por ti, aunque solo fuera un poco. Estaba dispuesto a casarse contigo.

—Estaba dispuesto a casarse para codearse con los contactos de Griffith. —Miranda se humedeció los labios—. Y ahora sigue dispuesto a hacerlo con tal de conseguirlos.

Y Miranda no quería que ella se convirtiera en un peón como tantas otras jóvenes.

Como si Miranda pudiera entender su problema.

«No lo entiende porque nunca se lo has contado.»

La nueva voz en su cabeza la sobresaltó, pero logró disimular su nerviosismo cambiando de pincel. Aunque lo hizo con tal furia que se asombró de no haber tirado el estuche entero al suelo.

¿Por qué diantres la voz de la razón de su cabeza sonaba ahora como la voz del señor McCrae? Que le hubiera dado un único y buen consejo no le daba derecho a instalarse en su mente.

Atacó el lienzo como si estuviera loca.

—Fuera.

Miranda hizo una mueca y se marchó.

Ese «fuera» no iba para su hermana, pero tampoco la llamó para que volviera. La verdad era que su plan estaba empezando a perder un poco de su atractivo ahora que estaba metida de lleno en él. Casarse por amor era una tradición familiar.

Su madre lo había logrado en dos ocasiones, siendo la primera sorprendida cuando abandonó su condición de viuda hacía año y medio. Miranda se negaba a conformarse con alguien que no la quisiera por ser ella misma. Un requisito un tanto absurdo, pero no tenía por qué renunciar a sus ideales. Al fin y al cabo, su hermana no era defectuosa desde su nacimiento.

«Ni tú tampoco.»

El pincel se le escapó de la mano y rebotó en el lienzo antes de caer al suelo. ¿Cómo había entrado aquel hombre en su cabeza? ¿Qué le llevaba a pensar que precisamente él la apoyaría más que nadie? Si ni siquiera conocía su secreto.

Recogió el pincel y miró el lienzo con el ceño fruncido. Una pronunciada raya verde atravesaba la flor a medio terminar. Otro proyecto que se tornaba en fracaso por la intervención del señor McCrae.

Aquello estaba empezando a ser un poco ridículo.

Colin tenía el cuello rígido por pasar la noche sentado en una silla, con mucho cuidado de no arrugar demasiado su ropa. Se había ido cuando Ryland se lo pidió, pero solo se había alejado la poca distancia que separaba la casa del duque de su club. Su hogar estaba a veinte minutos de trayecto y, si su amigo le necesitaba, quería llegar cuanto antes.

La llegada de lord Trent le supuso una grata distracción. Sobre todo cuando la lluvia comenzó a caer torrencialmente.

Como al final no dejó de llover y ninguno de los dos tenía compromisos ineludibles, ambos decidieron quedarse. Ahora estaban cerca de la medianoche y en breve volvería a estar cómodamente sentado en otra silla del club.

Metió la bola número seis en el bolsillo después de un satisfactorio golpe de taco y sonrió al ver el gesto de lord Trent. Habían quedado con frecuencia para jugar al billar y esas partidas en las que no estaba sometido a ningún tipo de presión se estaban convirtiendo en sus momentos favoritos del día, incluso cuando no estaba intentando olvidar que su mejor amigo andaba detrás de un criminal.

Lord Trent era un hombre sencillo y Colin apreciaba bastante tener un amigo que no arriesgara su vida cada dos por tres y al que no le interesara su buen olfato a la hora de invertir.

—Señor McCrae, creo que nos ha estado engañando a todos. En el club siempre se ha rumoreado que sus habilidades en el billar solo están un poco por encima de la mediocridad. —Lord Trent se apoyó en el taco y enarcó ambas cejas.

Colin reprimió una carcajada. Con el siguiente golpe no tuvo tanta suerte y la bola rebotó en los bordes de la mesa.

—¿Los miembros del club hablan de mi destreza en el billar?

Lord Trent impulsó el taco con una sonrisa de oreja a oreja.

—No. Bueno, no muy a menudo. Solo fue un comentario ocasional. —Su golpe conectó con las bolas adecuadas y envió una roja directamente al bolsillo—. Seguramente porque *sir* Humphry rara vez gana.

—Tal vez ese día estaba preocupado.

—O tal vez ese día estaba intentando calcular la potencial rentabilidad de la lámpara de arco que ha inventado.

Colin no pudo contener la sonrisa que esbozaron sus labios, aunque fue consciente de que tenía que parecer un tanto presuntuoso.

—Ya conocía la potencial rentabilidad de su lámpara de arco. ¿Por qué si no habría invertido en una mina de potasa?

El silbido bajo de lord Trent acompañó la entrada en el bolsillo de otra bola.

—Quizá deberíamos hablar de negocios en vez de jugar al billar.

—Solo si quiere que nos expulsen del club.

El siguiente disparo de lord Trent envió la bola directamente al bolsillo.

—No es que tenga mucho que invertir. He dejado la mayor parte de mis fondos en las manos de Griffith.

—Entonces le estará yendo bien. —Colin rodeó la mesa, buscando la mejor jugada.

—¿Cómo lo sabe?

—Porque su excelencia y yo no jugamos al billar. —Colin alineó su tiro y logró meter dos bolas más.

Lord Trent se rio.

—¿Cuánto tiempo hace que no juegan al billar juntos?

—Más de tres años. Más que suficiente para saber que su dinero está en buenas manos.

—Cierto. Pero puede que haya llegado el momento de madurar y empezar a administrarlo por mi cuenta. —Lord Trent apoyó la cadera contra la mesa—. Me ha dado una finca. Bueno, en realidad me la vendió, pero ambos sabemos que el precio fue irrisorio.

—Y también el usufructo de una casa en Londres, ¿verdad? —Había mantenido la boca cerrada sobre ambas transacciones, incluso cuando sabía que Riverton podría haber obtenido más ganancias.

—Cierto. —Lord Trent se inclinó sobre la mesa, pero no movió el taco—. Así que, señor McCrae, si fuera a tomar el control de mis activos financieros, ¿qué cree que debería hacer primero?

Colin se apoyó en la mesa y se cruzó de brazos. A pesar de que el club estaba tranquilo por la tormenta, tenía que escoger las palabras con cuidado. Uno nunca sabía si en ese momento podían estar escuchándoles los oídos equivocados. Además, a pesar de las recomendaciones que había obtenido para entrar en el club gracias a sus contactos con el Ministerio de la Guerra, le expulsarían de inmediato si infringía las normas.

En ese instante se acercó un sirviente con una sola nota sobre una bandeja de plata, evitando que hablara.

—Discúlpeme, milord. Ha llegado este mensaje para usted.

Lord Trent levantó el papel doblado y mal sellado con cara de asombro. Quienquiera que lo hubiera enviado lo había hecho con mucha prisa.

Lo que normalmente significaba malas noticias.

Nada más leer el mensaje, lord Trent se puso pálido y la nota se le cayó al suelo, llamando la atención del puñado de hombres que había esparcidos en el otro extremo de la estancia.

Colin se agachó a recoger la nota y la apretó contra la mano de lord Trent.

—Termine la partida.

Lord Trent le miró con ojos vidriosos y confundidos.

—¿Qué?

—Termine la partida. Sea lo que sea lo que diga el mensaje es privado. Y a menos que quiera que todo el mundo empiece a meter las narices en sus asuntos, se guardará la nota en el bolsillo y terminará la partida. —Se aseguró de mantener un tono de voz bajo pero firme, para romper la neblina que parecía estar embotando los pensamientos de lord Trent.

Mientras echaba un vistazo alrededor de la mesa, los ojos de lord Trent se aclararon y enderezó la postura.

—¿No le tocaba a usted?

Colin le dio una palmada mental en el hombro. Estaba disimulando muy bien.

—No importa. Tire usted.

—Muy bien. —El hermano del duque se inclinó sobre la mesa e impulsó el taco, haciendo que las bolas chocaran entre sí sin dirección aparente.

—Tengo que irme.

—Por supuesto, pero hagámoslo como Dios manda.

Él también estaba intentando mantener la compostura, pero logró meter dos bolas antes de olvidarse deliberadamente de dar a lord Trent el último disparo. Que aquella nota tan urgente fuera para lord Trent y no para él indicaba que seguramente venía de parte de Riverton.

Lo que significaba que puede que *lady* Miranda se hubiera visto involucrada en algún incidente, a pesar de las precauciones que había tomado Ryland para mantenerla a salvo.

Continuaron jugando sin respetar los turnos y a los pocos minutos la última bola se metió en el bolsillo, despejando por completo la mesa.

—Vaya, ha ganado —dijo Colin lo suficientemente alto como para que le oyeran los caballeros que había alrededor, pero no tanto como para llamar la atención—. Entonces le debo lo apostado. ¿Lo quiere ahora?

Lord Trent esbozó una sonrisa un poco más rígida de lo normal, pero sus ojos reflejaron autentica gratitud.

—Por supuesto. No quiero darle la oportunidad de arrepentirse. Pediré que nos consigan un carruaje.

Colin se sintió un poco mal por el lacayo que tendría que salir a la calle en medio de toda esa lluvia para buscarles un vehículo. Rezó porque no se tratara de ninguna emergencia y lord Trent pudiera dejarle en casa primero. Encontrar dos carruajes con ese aguacero sería una tarea imposible.

Y la idea de caminar bajo la lluvia torrencial no le apetecía mucho. Odiaba mojarse. Una completa ironía viniendo de alguien que se había criado al lado del mar y pasado su infancia jugando en el interior de un barco. Tal vez fuera porque que uno se mojara dentro de un barco no auguraba nada bueno.

Cuando subieron al carruaje se sacudieron el agua de los abrigos.

—A Hawthorne House —ordenó lord Trent al cochero. En cuanto se cerró la puerta se volvió hacia él y dijo—: Miranda ha desaparecido.

A Colin se le encogió el corazón. Sus temores se habían hecho realidad. ¿Y el resto de la familia? Lord Trent estaba a salvo, eso era evidente, pero ¿y *lady* Georgina?

—¿Desaparecido?

Lord Trent asintió y se sacó la nota del bolsillo.

—Griffith dice que recibió un mensaje del mayordomo de Ryland diciendo que Miranda estaba en problemas y que iban a Marshington Abbey.

Aquello no pintaba bien. Un momento, ¿Marshington Abbey? ¿El malhechor había llevado a *lady* Miranda a la casa donde Ryland había pasado su infancia? Ese canalla debía de estar loco. Y un hombre loco era peligroso.

Cuando el carruaje llegó a Hawthorne House, lord Trent abrió la portezuela y se apeó antes de que se hubiera detenido del todo.

Tras una breve conversación con el mayordomo volvió a subir al vehículo.

—Ya se ha ido.

Colin consideró sugerirle que esperaran en la casa a que llegaran nuevas noticias, pero si él estuviera en el lugar del otro hombre daría un puñetazo a cualquiera que le propusiera tamaña idea. Y lord Trent era un púgil experimentado.

—Raebourne —indicó en su lugar.

Lord Trent se pasó una mano por el pelo antes de golpear con el puño el acolchado del asiento.

—¿Qué?

—Lord Raebourne. Es un amigo de la familia, ¿verdad? Es alguien de confianza y seguro que tiene un carruaje y caballos disponibles.

—Perfecto. —Lord Trent sacó la cabeza por la ventana de la portezuela y dio al cochero la nueva dirección.

De pronto lord Trent se vio empujado por un borrón blanco y cayó en su asiento con un gruñido.

—Yo también voy. —*Lady* Georgina se bajó la capucha de la capa y se estiró para cerrar la puerta. A continuación, y mientras el vehículo se ponía en marcha, se sentó junto al lord Trent.

Colin no sabía si sentirse aliviado porque estuviera a salvo o montar en cólera porque acababa de meterse de lleno en una situación potencialmente peligrosa. Lo más probable era que su hermano insistiera en que regresara a casa.

Lord Trent la miró, pero no detuvo el carruaje.

Antes de darse cuenta estaban llamando a la puerta de Raebourne. Colin arrojó una moneda al conductor. El tiempo y la discreción eran elementos claves en una situación como aquella. No necesitaban que ningún empleado estuviera pendiente, oyendo más de lo que debiera.

El mayordomo abrió la puerta con ojos somnolientos y un bostezo.

Lord Trent pasó junto a él, llamando a gritos a Anthony. *Lady* Georgina fue detrás de él, con su capa ondulando como si de una nube se tratara, empapada de gotas de lluvia.

Colin hizo una mueca y los siguió dentro de la casa. Se fijó en que el mayordomo ahora estaba totalmente despierto, dispuesto a sacarlos de la casa, aunque fuera de la oreja.

Lord Raebourne apareció, atándose el cinto de la bata. Llevaba el cabello castaño oscuro despeinado y parpadeó un par de veces, como si todavía no estuviera listo para entrar en el mundo de los conscientes.

—¿Qué demonios está pasando aquí?

Lord Trent subió las escaleras a toda prisa.

—Necesito tu carruaje.

La mujer de lord Raebourne se asomó detrás de él, más despierta que su marido.

—¿Qué sucede?

—Se trata de Miranda. Puede que esté en peligro. Tengo que ir a Kent.

Era el tipo de declaración que rompía el último atisbo de somnolencia del cerebro. Lord Raebourne se transformó al instante en el aristócrata que era delante de sus ojos.

—Hughson, ten listo el carruaje. Y despierta a la cocinera para que prepare una cesta. —Hizo un gesto de asentimiento hacia lord Trent y Colin—. Esperad en el salón. Me vestiré enseguida.

Mientras aguardaban a que el marqués se cambiara, Colin intentó descansar un poco. Podía irse a casa. Seguramente era lo que debía hacer. Una cosa era insistir en ayudar a Ryland, pero aquello era un asunto de familia y él no formaba parte de ella. Salvo que quizá lord Trent necesitara a alguien que le echara un ojo. Si en ese momento Ryland estaba a medio camino de Kent, lo último que necesitaba era que los hermanos de Miranda se interpusieran en su camino. No podía detener a Riverton, pero tal vez podía encerrar a lord Trent, y al parecer también a lord Raebourne.

Aquello podía convertirse en un auténtico circo.

Lady Georgina estaba sentada en una silla al otro lado de la estancia. Le dio la sensación de que todavía no se había percatado de su presencia. ¿Cabía alguna posibilidad de convencerla para que se quedara con *lady* Raebourne? No iba a conseguir nada con aquella escapada. De hecho, tenía muchas opciones de perder su reputación, dependiendo de cuál fuera el resultado.

Se la veía serena, excepto por la forma en que se estaba mordiendo el labio inferior. ¿Debería acercarse a ella? ¿Decirle algo?

En esas circunstancias, poco podía hacer por lord Trent, pero si *lady* Georgina estaba preocupada, podía consolarla, asegurarle que Ryland protegería a Miranda.

¿Sabía ella la verdad sobre Ryland? Los otros hermanos estaban al tanto, aunque no le sorprendería que se hubiera enterado de algo.

—No.

—Sí.

Lord y *lady* Raebourne irrumpieron en la habitación, vestidos con trajes de viaje, aunque el redingote de ella estaba mal abrochado.

—No. —Lord Raebourne se plantó frente a su esposa con los brazos en jarras.

—No puedes detenerme. —*Lady* Raebourne se cruzó de brazos. La insolente postura resultaba un poco hilarante en un cuerpo tan pequeño.

Pero Colin fue lo suficientemente sensato como para no reírse.

Lord Raebourne se inclinó para poder mirar a los ojos a su esposa.

—¿Qué te hace pensar que no puedo mantenerte encerrada en esta casa?

—Porque James no te llevará a ningún sitio si yo se lo digo.

El marqués se frotó la cara con una mano.

—Creía que habíamos acordado que no volverías a manipular a la servidumbre.

—Esto es demasiado importante.

—Es demasiado peligroso.

La dama resopló.

—No voy a dejar a Miranda en manos de un grupo de hombres aterrados.

Colin se opuso mentalmente a aquello. Por lo menos él no lo estaba. Preocupado, sí. Consciente de la importancia del uso eficiente del tiempo, también. Pero ¿aterrado? En absoluto.

Lord Raebourne expresó en voz alta los pensamientos de Colin.

—No estamos aterrados, sino preocupados. Y tenemos a Georgina.

Lady Raebourne enarcó ambas cejas, claramente reacia a señalar que *lady* Georgina podía no ser la presencia femenina que más tranquilizara a *lady* Miranda.

—Voy a ir.

Lord Trent se interpuso entre ellos.

—¿Podemos marcharnos de una vez?

Instantes después iban a toda prisa por la carretera de Kent. Resultaba un tanto molesto que cinco personas fueran apretadas en un mismo carruaje, pero nadie se prestó voluntario para quedarse a atrás. También fue imposible que los tres hombres ocuparan un asiento, dejando el otro para que las damas fueran más cómodas.

Como era el menos corpulento de los tres, le tocó ir sentado en el lado de las damas, pegado a *lady* Georgina y tratando de mantener un semblante que no mostrara la atracción física que sentía por ella y lo mucho que le disgustaba en lo personal. Así que al final decidió mirar por la ventana, deseando sucumbir al sueño, pero sabiendo que no se dormiría a menos que dejara sus preocupaciones en manos del Señor.

Todavía seguía despierto cuando los primeros rayos del sol coronaron el horizonte.

Capítulo 15

El carruaje de Raebourne era nuevo, con nuevos y avanzados resortes y equipado con un conjunto de caballos de primera calidad que iban a la velocidad que solo una situación de pánico podía inducir. Uno de los mozos del marqués se adelantó para asegurarse de que un relevo de caballos estuviera listo en la posada donde se detendrían. Con aquel carruaje más rápido y los caballos recién cambiados, lograron alcanzar a Riverton en otra posada que quedaba a un par de horas de su destino.

Como sabía que los aristócratas no atenderían a razones, Colin habló a solas con los dos cocheros y les convenció para que se aproximaran a Marshington Abbey con cautela. Si Ryland tenía un plan en ciernes, no necesitaba que nadie cometiera ningún error de peso y se lo arruinara.

Esperando que *lady* Georgina se trasladara al carruaje de su hermano, regresó al vehículo de Raebourne, solo para encontrarse compartiendo asiento con la dama que pretendía eludir. Por lo visto había sido lord Trent el que optó por ganar más espacio y se cambió al coche de Riverton. Colin ni siquiera se pudo conceder el capricho de pedir a *lady* Raebourne que compartiera asiento con *lady* Georgina. El matrimonio que tenía en frente estaba demasiado absorto en su conversación como para notar que tenían compañía, y mucho menos para fijarse en que el otro asiento no estaba ocupado como dictaban las normas de etiqueta.

El marqués estaba intentando convencer a su esposa de que se quedara en al carruaje cuando llegaran a Marshington Abbey. Aunque por la expresión rebelde de la dama, aquello no iba a suceder. Se volvió hacia *lady* Georgina para darles un poco de privacidad. En ese momento su mente se quedó en blanco. ¿De qué podía hablar con aquella mujer?

—Está amaneciendo.

De acuerdo, no había sido la idea más brillante para empezar una conversación.

Lady Georgina se apoyó contra la ventana y abrió los ojos de par en par mientras una miríada de colores se extendía por el cielo.

—Es bonito. Me gusta cómo los rojos y los naranjas se mezclan entre sí. Es como si el cielo nocturno fuera una especie de cortina que se abre para dejar pasar el sol. Me gustaría haber traído mis pinturas. No tenemos amaneceres así en Londres.

Colin abrió la boca, pero volvió a cerrarla inmediatamente después, tratando de asimilar lo que acababa de oír. Se aferró a la parte más tangible de su revelación.

—¿Usted pinta?

Ella asintió.

—Todos mis abanicos y la mayoría de las pantallas de la chimenea de casa. También el borde del chal morado de *lady* Jane.

Había visto las pantallas en una de sus visitas a Riverton. Eran obras de arte exquisitas, llenas de color y detalles.

—Le gusta el color.

No era una pregunta, pero *lady* Georgina le respondió de todos modos.

—¿Por qué no iba a gustarme?

—Pero su capa de viaje es blanca.

Se quedó mirándole durante un buen rato, como si estuviera pensando si aquel comentario inaudito merecía una respuesta.

—Todo lo que tengo es blanco.

Colin se volvió en el asiento y se acomodó en el rincón.

—Ya me he dado cuenta. ¿Por qué?

Lady Georgina parecía lo suficientemente molesta para hacer caso omiso de su pregunta, pero al final se encogió de hombros.

—Para que se note.

Colin iba a empezar a mofarse de su falta de respuesta, pero entonces se dio cuenta de la verdad de esa declaración. Aunque el blanco podía encontrarse en el guardarropa de toda joven, nunca era el único color que llevaban. Sin embargo, todo Londres sabía que *lady* Georgina solo vestía de ese color.

En realidad, era bastante ingenioso.

—¿Por qué ha venido? —Ya que parecía estar de humor para explicarse, aunque fuera vagamente, decidió no desperdiciar esa oportunidad.

—Mi hermana corre peligro, señor McCrae. Sea lo que fuere lo que piense de mí, nunca le he dado razón alguna para que dude de mi preocupación por Miranda. —Alzó la nariz y volvió el rostro para mirar por la ventana.

Colin se echó a reír.

—¿Ah, no? Ni siquiera cuando intentó atraer la atención del hombre del que está enamorada.

Cuando por fin llegó la ansiada respuesta de Georgina, la vio muy tranquila.

—Los sentimientos de Miranda todavía están por determinar.

En ese momento se percató de que el carruaje estaba accediendo al largo camino de entrada de Marshington Abbey. Esbozó una amplia sonrisa. ¿Qué haría la pobre cuando no pudiera seguir engañándose a sí misma?

—Presiento que muy pronto veremos lo contrario.

El patio delantero de Marshington Abbey estaba sumido en un completo caos. Estaba claro que allí había pasado algo. Prácticamente se quedó sin aliento mientras esperaba a que al vehículo se detuviera. Sabía que las cosas no siempre salían bien, por muchos planes trazados y protectores obstinados que hubiera en ellos.

Jeffreys, el espía retirado y actual ayuda de cámara de Ryland, y Price, antiguo contrabandista convertido en mayordomo, estaban supervisando a un ejército de aldeanos golpeando alfombras y limpiando diversos artículos de la casa. El hecho de que ninguno pareciera preocupado en lo más mínimo alivió considerablemente la angustia que le constreñía el pecho. Si algo malo hubiera pasado, el semblante de los hombres sería lo bastante sombrío como para bloquear la luz del sol.

Price se acercó en cuanto Colin y Riverton se apearon de sus respectivos carruajes.

—Buenos días, excelencia. No esperaba verle, señor McCrae.

—Siempre estoy en el momento exacto y en el lugar indicado.

Price sonrió de oreja a oreja.

—Es la historia de su vida.

Colin no pudo hacer otra cosa que asentir. Definitivamente, Dios había guiado sus pasos a lo largo de los años.

Lady Raebourne bajó a toda prisa del carruaje, arrebatando su capa de la mano de su marido.

—Soy *lady* Raebourne, ¿y usted es...?

—Price, *milady*. —Los ojos del mayordomo se abrieron de par en par cuando vio a la menuda dama.

Colin se mordió la mejilla para no sonreír. No conocía mucho a *lady* Raebourne, pero las formas de aquella mujer la hacían parecer mucho más formidable de lo que realmente era. Resultaba bastante gracioso.

Lady Raebourne miró al mayordomo con una dulce sonrisa, completamente ajena a sus formas intimidatorias.

—Buenos días, Price. ¿Está Miranda a salvo?

Price asintió, mirando alternativamente a Colin y a Riverton para luego volver a centrarse en *lady* Raebourne y en su marido, que estaba detrás de ella con aspecto enfadado.

—Sí, todo está bajo control. Ya hemos llevado al señor Montgomery al magistrado. Ry... su excelencia y *lady* Miranda están en el salón.

Colin frunció el ceño. ¿El señor Montgomery? ¿El primo de Ryland era el presunto cerebro criminal que andaban buscando? No tenía mucho sentido, aunque sí ofrecía una mejor explicación al asunto de la localización, puesto que Gregory Montgomery también se había criado en aquella casa.

Trent y Riverton ya estaban a medio camino de la vivienda cuando Colin dejó a un lado sus cavilaciones. Los Raebourne iban justo detrás de los hermanos, todavía discutiendo sobre si la dama debía esperar o no en el carruaje.

¿Dónde estaba *lady* Georgina?

Se volvió y se la encontró a la entrada del carruaje, mordiéndose el labio. A pesar de las vehementes palabras que había dicho en el trayecto, sabía que no mantenía la mejor de las relaciones con *lady* Miranda. ¿Estaba más preocupada por su hermana o por tener que reconocer finalmente que Ryland no estaba disponible?

Sin decir ni una palabra, la ayudó a apearse del carruaje. En cuanto bajó, cuadró los hombros y prácticamente salió corriendo detrás de sus hermanos. Colin la siguió a un ritmo más lento, agradeciendo el ajetreo que estaba teniendo lugar en el patio, mientras los aldeanos ponían a ventilar las alfombras y la ropa de cama y limpiaban los muebles. Marshington Abbey llevaba vacía más de una década y de pronto albergaba a un buen número de visitas que seguro querrían pasar allí la noche.

Todo apuntaba a que Ryland y *lady* Miranda ya estarían comprometidos. Y si no, lo estarían al final del día.

Después de todos los altibajos, la pareja por fin sería feliz, o al menos estaría en camino de serlo.

Algo que también molestaría a *lady* Georgina.

Esbozó una sonrisa mientras entraba en la casa.

Lo último que esperaba ver al entrar era a *lady* Georgina preocupándose de verdad por su hermana.

Estaba sentada al lado de Miranda, con la falda recogida a un lado y la capa de viaje cayendo por la espalda, deslizándose hasta el suelo como si fuera un lago. Nunca antes la había visto tan despreocupada por su aspecto.

No fingía, ni esbozaba ninguna sonrisa o pose calculada. Estaba completamente concentrada, acariciando el cabello de su hermana para tranquilizarla. Nunca la había visto de ese modo. Parecía... auténtica. Accesible. Aquella era Georgina en estado puro, sin ningún artificio, y Colin no sabía cómo tomárselo.

Entonces se dio cuenta de que, solo cuando creía que nadie se estaba fijando en ella, miró a Ryland con un brillo de tristeza en los ojos.

¿De verdad habría sentido algo por él? Hubiera jurado que Ryland solo le interesaba por su posición social e influencia. ¿Se habría equivocado? La idea de que *lady* Georgina estuviera realmente enamorada de Ryland no le sentó muy bien. Sintió algo parecido a los celos. Qué tontería, ¿verdad?

Intentó distraerse llevándose a Ryland a un lado.

—¿Qué ha pasado?

Su amigo movió la cabeza, pero no le quitó ojo a *lady* Miranda.

—Ayer atrapamos a nuestro espía, pero esto era algo mucho más mundano. Mi primo quería el título y creyó que si me atraía hasta aquí lo heredaría de una forma u otra. Y Miranda era el cebo.

Colin hizo una mueca de desagrado. Era algo tan antiguo como el tiempo y uno de los problemas con los que las familias aristócratas tenían que lidiar a diario, aunque por fortuna los celos no solían terminar en asesinato.

—¿Y esto cómo te afecta?

Ryland enarcó una ceja y le lanzó una mirada interrogante.

—Me afecta en que voy a casarme.

Colin se rio por lo bajo mientras el duque iba al otro lado de la habitación. Le gustaba ver a Ryland feliz. Parecía como si su amigo se hubiera deshecho de un halo de oscuridad que ni siquiera él se había dado cuenta que existiera. Se apoyó contra la pared y decidió hacer lo que mejor se le daba. Observar.

Los hombres estaban hablando, bromeando, disfrutando de su mutua compañía ahora que el peligro había pasado. Las mujeres se unieron a ellos. *Lady* Georgina se alisó la falda y se enderezó antes de alzar una mano para arreglarse un poco el recogido.

La risa y el amor fluían con tanta naturalidad y abundancia como el té, pero Colin permaneció al margen, esperando y preguntándose si alguna vez volvería a ver a su familia de ese modo.

—Harriette, si alguna vez me oyes decir que estoy enamorada, te doy permiso para que me golpees en la cabeza con un orinal. —Georgina se tiró en la cama, cansada de haber pasado la mayor parte de las últimas veinticuatro horas metida en un carruaje. Tras estar menos de tres horas en Marshington Abbey, regresaron a Londres. Al fin y al cabo, había que proteger las diferentes reputaciones.

Harriette se movía afanosamente por el dormitorio, colocando toallas sobre la pantalla de la chimenea y sacando ropa del vestidor.

—¿Qué pasa con el amor? Siempre me ha parecido una emoción encantadora.

—El amor ha echado por tierra, no uno, sino dos de mis perfectos planes. —Georgina se incorporó para sentarse—. Durante casi dos años tuve acceso exclusivo al marqués de Raebourne mientras estuvo en el campo y visitaba a Griffith. Cuando llegó el momento de buscar esposa, le hubiera resultado tan fácil elegirme... Pero no, tuvo que enamorarse de alguien que no tiene la más mínima idea de lo que significa ser y comportarse como una marquesa.

Harriette le lanzó una mirada cargada de pragmatismo. Georgina alzó la barbilla y la desafió a que le dijera que todavía no la habían presentado en sociedad cuando Anthony escogió esposa. Pero la doncella se limitó a negar con la cabeza y volvió a centrarse en el vestidor.

Georgina recogió los cordones de sus botas de cuero blanco.

—Y si un duque de pronto decidiera salir de su escondite, lo más lógico es que eligiera a la mujer más popular de la temporada para casarse, ¿verdad? Harriette, te digo que el amor provoca que la gente haga cosas que no tienen ningún sentido.

Harriette se fijó en lo sucio que estaba su calzado y frunció el ceño.

—Tal vez esa es la razón por la que su madre sigue permitiendo que se compre este calzado tan poco práctico.

Un golpe en la puerta evitó que tuviera que responder a aquello. El amor dentro de una familia era bueno y sano. Amaba a su familia. Pero aquello no impedía que pudiera hacer planes lógicos y llevarlos a cabo. Si el resto de personas pudieran cooperar con dichos planes, tal vez pudiera terminar la temporada con su dignidad y reputación intactas.

Mientras Harriette se disponía a llenar la bañera, se puso a pensar en sus opciones. Ahora que el duque estaba definitivamente fuera de su alcance, ¿qué le quedaba?

Lord Ashcombe. Aunque tenía que reconocer que saber que había hecho algo más que una simple visita a su hermana hacía que la situación se tornara un poco más incómoda.

Y todavía le quedaba la duda de cómo reaccionaría cuando descubriera su secreto.

No era tan tonta como para pensar que podría ocultar su deficiencia a su marido con la misma facilidad que al resto de su familia. Ashcombe no revelaría nada por orgullo, pero era conocido por ser implacable en los negocios. ¿Cómo lidiaría con el hecho de haberse casado con una mujer que carecía de la habilidad necesaria para administrar su casa?

—El agua está lista, *milady*.

Georgina se hundió en la bañera, agradecida. Viajar siempre la dejaba exhausta, y jamás se había desplazado tan rápido ni en circunstancias tan duras como en esta ocasión. Debían de haber usado todos los caballos de repuesto disponibles entre Londres y Kent para viajar a la velocidad a la que lo hicieron.

—¿Tengo que salir a algún sitio esta noche, Harriette?

—El recital de poesía de *lady* Jane que cambiaron de fecha es esta noche. ¿Quiere usar su reciente viaje para enviar sus excusas y no asistir?

Soltó un gemido y se hundió todavía más en la bañera de forma que solo quedó la cabeza por encima del agua.

—No, no hace falta que nadie se entere de la pequeña aventura de Miranda. Esta noche, lo que menos necesito es un escándalo.

Harriette asintió y empezó a preparar la ropa que usaría para la velada.

Georgina volvió a gemir a medida que el agua caliente llegaba a sus doloridos músculos.

—Quizá pueda tener la deferencia de permitir que las otras damas exhiban sus habilidades por encima de mí. —Inclinó la barbilla hacia abajo y abrió los ojos—. Al fin y al cabo, la modestia es una virtud.

Harriette esbozó una sonrisa mientras colocaba una silla cerca de la bañera, se sentaba y abría su grueso cuaderno de secretos. Nunca

dejaba de sorprenderle que escribir no fuera una tarea aborrecible para otras personas.

—Veamos, *lady* Jane estará presente, por supuesto. —Harriette pasó las páginas al principio del cuaderno—. La semana pasada dijo que bailó con lord Howard en dos ocasiones y que pasó una cantidad inoportuna de tiempo hablando con él en un rincón.

Georgina hizo una mueca.

—Sí. Según ella es un hombre muy romántico. ¡Puf! Seguro que su hombre misterioso es una opción mucho mejor. ¿Se ha relacionado *lady* Jane con algún otro caballero de forma significativa?

—No. —Harriette pasó más páginas—. Aunque tanto ella como otras damas han intentado hablar con usted sobre lord Trent. —La doncella alzó la vista confundida—. ¿Y no sobre su excelencia?

Georgina negó con la cabeza.

—No. Aunque a todas las damas del reino les encantaría llamar la atención de Griffith, tiene fama de ser bastante inaccesible. Si quiere casarse, primero debería tener más vida social.

—Puede que esté esperando a enamorarse.

—¡Refrena esa lengua! —Georgina no pudo evitar sonreír. Se suponía que, en el fondo, quería que sus hermanos encontraran el amor. Parece que a ellos les importaba mucho ese aspecto, sobre todo a Miranda. No obstante, también podían permitirse el lujo de rechazar aquella emoción sin sentido—. ¿Quién más asistirá?

El sonido de las páginas pasando inundó la estancia. ¿Qué pensaría la gente si supieran de la existencia de ese cuaderno? Seguro que más de uno realizaría sus mayores esfuerzos por echarle un vistazo. Harriette y ella llevaban acumulando cotilleos y noticias varias desde hacía tres años.

No había mucho que no supiera, socialmente hablando.

—¿Qué me dices de Ashcombe? ¿Ha habido alguien a quien se haya tomado un poco más en serio desde Miranda? —Estaba casi segura de

que la respuesta sería un no rotundo; una de las razones que le habían llevado a pensar que nunca había tenido intención de sentar cabeza. Si Miranda tenía razón, era su apego a lo que Griffith podía ofrecerle lo que se había mantenido firme los últimos años.

—No. —La voz de la doncella se fue apagando, sin duda sorprendida de que no supieran más sobre el hombre—. Aquí hay muy poco sobre Ashcombe que nos pueda resultar de utilidad. Unos cuantos retazos de información, pero nada importante.

«¿Y ese cuaderno dice algo sobre mí?»

La voz de su cabeza que imitaba al señor McCrae la sorprendió sentada en la bañera, por lo que salpicó un poco de agua en el suelo.

—¿*Milady*? —Harriette dejó el cuaderno y empezó a levantarse.

Georgina volvió a recostarse y alcanzó la pastilla de jabón perfumado. ¿Cómo se las había arreglado aquel hombre para meterse en su cabeza? Sí, había pasado algunas horas con él, pero ahora no lo tenía cerca, así que debería ser capaz de obviar su existencia.

Miró cómo Harriette volvía a abrir el cuaderno en el regazo. ¿Sabría algo la doncella sobre el señor McCrae de lo que ella no tuviera conocimiento? La única forma de averiguarlo era preguntándoselo. Nunca antes había tenido tantas ganas de ocultarle algo a Harriette.

—Harriette, ¿tenemos algo apuntado sobre el señor McCrae? —Se enjabonó la piel, intentando parecer despreocupada.

—¿El señor McCrae? —La doncella enarcó ambas cejas mientras miraba diferentes páginas del cuaderno—. No recuerdo nada de él. ¿Está en la lista?

—¡No! —Se volvió al instante para mirar a Harriette a la cara; un movimiento que hizo que el agua volviera a desbordarse—. Desde luego que no está en la lista.

Harriette la miró como si estuviera pensando cómo formular la siguiente pregunta. No sabía exactamente lo que iba a preguntarle, pero sí que no quería responderle. Así que empezó a secarse sin dilación.

—¿Por qué no volvemos a ponernos con el poema? Queda poco para que me vaya.

Mientras Harriette recuperaba el fino libro de poemas, se secó ella misma con el paño de lino para que aquella cosa no se mojara con el agua del baño, ahora fría.

—He cambiado de idea. Recitaremos una obra de teatro —le comunicó *lady* Jane dando saltitos, sin percatarse, gracias a Dios, de lo enferma que se puso al ver sus tirabuzones rebotando.

Evidentemente se negaba a reconocer que lo que de verdad le había causado aquel malestar era lo que Jane acababa de decirle.

—¿Una obra de teatro? —Entregó su abrigo a la sirvienta que esperaba pacientemente, pero mantuvo consigo el bolso de mano. El peso adicional del pequeño poemario dentro del retículo era un lastre constante en su brazo que no podía ignorar.

—Sí, ¿no es maravilloso? —Jane enganchó su brazo en el de ella—. Sé que dije poesía, pero una obra de teatro es mucho mejor, ¿verdad?

—No —respondió entre dientes. Intentó mantener a raya el pánico que se iba apoderando de ella. No podía recitar ninguna obra de teatro; no cuando se había preparado un poema.

La sonrisa de Jane se desvaneció al instante.

—¿No piensas que sea una buena idea? ¿Por qué no?

—Porque.... —¿Por qué no? Tenía que haber una buena razón para no leer ninguna obra de teatro. Algo que fuera lo suficientemente convincente para una mujer que solo tenía en mente el matrimonio, ya que Jane no pensaba en mucho más—. Porque con un poema serás el centro de atención. Si recitamos una obra de teatro, alguien podría quitarte protagonismo.

—Oh. —Jane volvió a esbozar una sonrisa—. Tienes razón. Es mejor no arriesgarse.

Georgina relajó los hombros. Crisis superada.

—Buenas noches, *lady* Georgina.

La tensión trepó de nuevo por su espalda. ¿De verdad era el señor McCrae o solo se estaba volviendo a imaginar su voz? Se dio la vuelta para encontrárselo con un aspecto impúdicamente fresco, teniendo en cuenta que había sufrido en sus carnes el mismo incómodo viaje que ella. Rezó para parecer tan descansada como él.

—Buenas noches. Señor McGrue, ¿verdad?

Le vio sonreír, como si su intento infantil de mantener las distancias con él le divirtiera más que molestarle. Cómo despreciaba esa atractiva sonrisa.

—Casi. ¿También recitará algo esta noche?

—Por supuesto que sí. —Jane le apretó el brazo—. Lo hace increíblemente bien. Aunque no he podido convencerla de que recite más de un poema, así que asegúrese de no perdérselo.

—Estoy seguro de que su lectura será igual de cautivadora, *lady* Jane. Me abstendré de abandonar el salón durante toda la velada para no perderme ni una sola actuación.

Jane soltó una risita tonta mientras el señor McCrae le hacía una reverencia antes de dirigirse a la mesa de refrigerio dispuesta a lo largo de una pared del salón.

—¿Qué está haciendo aquí? —susurró Georgina.

—¿El señor McCrae? —Jane abrió los ojos—. Mi padre insistió. Dijo que era la única forma que tenía de hablar con él sobre unas minas de estaño.

Volvió a relajarse. Si le habían invitado por asuntos de negocios, no permanecería mucho tiempo en el salón.

Capítulo 16

Los recitales de poesía solían ser tremendamente aburridos y la pesadilla de cualquier caballero. Y aquel no iba a ser menos. Sin embargo, Colin no se lo hubiera perdido por nada del mundo. Ni siquiera una explosión hubiera podido levantarlo de la silla en la que estaba sentado en la parte trasera del salón. En primer lugar, porque, si se iba, lord Prendwick le acorralaría para hablar de esa espantosa inversión química que quería hacer. Colin no quería tener nada que ver con aquello, pero tampoco le apetecía dañar la relación que mantenía con los que sí querían hacerlo. Según sus cálculos, si conseguía evitarlos durante una semana más, se olvidarían y se centrarían en otro asunto.

Y, en segundo lugar, y más importante, porque sentía curiosidad por saber qué poema había escogido para recitar *lady* Georgina.

Hizo una mueca al observar a la joven mirar el libro que tenía en la mano con ojos entrecerrados. Estaba claro que necesitaba gafas, pero seguro que se negaba a que la vieran en público con ellas. ¿No se daba cuenta que los ojos arrugados y trabarse en alguna palabra que no veía bien llamaba mucho más la atención que unas simples gafas?

Después de un rato, *lady* Georgina por fin se levantó, aunque no se la veía muy entusiasmada. Después de la joven anterior, que más que recitar había tartamudeado, cualquier cosa supondría una mejora cualitativa.

—Vagaba solitario como una nube —empezó—, que flota en lo alto sobre valles y colinas...

Colin se enderezó en su asiento. Las otras jóvenes habían elegido cursilerías románticas sin sentido sobre amantes condenados y apuestos pretendientes. Y aunque era muy probable que aquel poema terminara discurriendo en el mismo sentido, el primer verso le atravesó como una daga.

Era realmente increíble. Recitaba de forma clara, sin necesidad de tener la vista pegada al libro, e incluso logró introducir cierta inflexión y emoción en sus palabras. ¿Por qué una oradora tan consumada como ella solo iba a recitar un poema? *Lady* Jane, que también era buena, aunque no tanto como *lady* Georgina, ya había leído dos poemas.

Cuando empezó con el segundo verso se dio cuenta de que era un poema sobre flores.

Y también se percató de que no lo estaba leyendo, a pesar de que tenía el libro abierto en sus manos. Había memorizado el poema. Sin duda era una actuación impecable, pero ¿para qué tomarse la molestia?

—Porque a menudo, tendido en mi diván, pensativo o con ánimo cansado...

Esbozó una amplia sonrisa al imaginarse a *lady* Georgina sobre un diván, meditando sobre los misterios de la vida. No encajaba con la joven serena y refinada con la que tanto había coincidido últimamente.

Cuando llegó al último verso, sin embargo, vislumbró una sospechosa humedad en sus ojos y no tuvo muy claro si solo se trataba de puro teatro.

—Y, entonces, mi corazón se llena de placer y baila con los narcisos.

Los aplausos resonaron en la estancia mientras ella cerraba el libro y hacía una reverencia. Fueron un poco más rápidos y entusiastas que la ovación por cortesía que recibieron algunas otras jóvenes. En ese momento no le cupo la menor duda de que durante los próximos días Hawthorne House se llenaría de narcisos de muchos caballeros convencidos de que estaban siendo los más inteligentes con aquel gesto. Y

seguro que William Wordsworth también vendía unos cuantos ejemplares más de su compendio de poemas.

Cuando el recital llegó a su fin, los asistentes empezaron a charlar entre sí. Aunque sabía que debía abandonar aquel salón y dejar que los demás desplegaran sus habilidades en el arte del cortejo, no pudo marcharse sin hablar con ella. Se estaba obsesionando con eso de ver si podía tambalear, aunque solo fuera un poco, la fachada de glamur tras la que *lady* Georgina se parapetaba.

—Bien hecho.

Empezó a oír su voz antes de que se girara por completo hacia él.

—Gracias.

Esperó a que a su lengua se le ocurriera algún comentario ingenioso que hacer a continuación, pero se quedó callado. En realidad, había estado impresionante. Y el resplandor por el triunfo obtenido la hacía todavía más bella de lo habitual. Sin nada que objetar, se quedó simplemente mirándola con admiración.

—Esperaba que nos deleitara con un segundo poema.

—Es usted muy amable, señor McCrae.

Tosió ligeramente para despejar la repentina tensión que sintió en la garganta.

—¿Es uno de sus poemas preferidos? Parece conocerlo muy bien.

La leve sonrisa que ella le regaló le pareció más suave, más real que cualquiera que hubiera visto en sus labios con anterioridad.

—Me gusta la idea de bailar en un campo de flores.

—¿Sola? —¿Estaba coqueteando con ella?

Un tenue rubor tiñó el borde de sus altos pómulos.

—A veces.

¿También coqueteaba ella? Se la veía tan aturdida como él mismo. Parecía que las pullas y ácidas observaciones a las que estaban acostumbrados se habían desvanecido como por arte de magia. Después de verla con *lady* Miranda en Marshington Abbey, ya no creía que fuera

tan maquinadora y calculadora como pensó en un primer momento. Ahora era una persona real. Humana. Hermosa.

Y que por lo visto estaba a punto de concluir su conversación.

Lady Georgina esbozó una amplia sonrisa, extendió el brazo hacia un caballero que estaba detrás de él y le rodeó para continuar recibiendo elogios.

Colin suspiró aliviado cuando la oyó sonreír con afectación a sus espaldas ante la avalancha de cumplidos. Aquel momento había sido solo eso, un momento. La dama no había encontrado ninguna razón para usar sus tretas en su contra y la admiración que él había demostrado por su oratoria había sido sincera. Eso era todo.

Pasó el resto de la velada repartiendo vagos cumplidos al resto de las jóvenes y hablando de negocios de vez en cuando con algunos de los padres a los que habían arrastrado al evento. Si evitó deliberadamente volver a coincidir con cierta dama vestida de blanco, nadie pareció darse cuenta.

—Menuda cantidad de narcisos.

Georgina levantó la vista del lienzo para encontrarse con Miranda, de pie en el umbral de la puerta, con la boca abierta ante la escena que tenía lugar en el salón de la planta de arriba. Durante toda la mañana no habían dejado de llegar ramos de brillantes flores amarillas. Había tardado un tiempo, pero había conseguido colocarlos todos sobre la mesa, un sofá y el suelo de modo que pareciera una cascada. Y ahora los estaba pintando. El efecto era bastante bonito.

Miranda entró en la estancia y tocó con el dedo el borde de una de las flores.

—¿Para qué son?

—Las estoy pintando. —Se sintió un poco avergonzada cuando el semblante de Miranda pasó de la fascinación a la irritación—. Anoche leí un poema sobre narcisos en casa de Jane.

Miranda enarcó ambas cejas.

—¿Saliste anoche? Yo caí rendida en la cama y no me he despertado hasta las diez de la mañana.

Georgina se encogió de hombros.

—Bueno, yo no pasé la noche anterior escapando de un loco para terminar comprometida. —Esperó la dolorosa punzada que creía que vendría al recordar que el duque de Marshington ya no sería su salvación. Pero no llegó. Todo lo contrario, sintió algo sospechosamente parecido a la felicidad por su hermana.

Un vistazo a la sonrisa de Miranda bastó para confirmarle lo que ya sabía. Sí, estaba encantada de que Miranda hubiera encontrado el amor que tanto ansiada.

Además, la unión de su familia con otro poderoso duque no perjudicaría en nada a su posición.

—¿Cuándo será la boda? —Volvió a centrarse en el lienzo. Llevaba años evitando mantener una conversación trascendental con Miranda por temor a que esta descubriera su defecto. Pero ahora que su hermana estaba a punto de marcharse, lamentó los momentos perdidos. Tal vez pudiera pasar las próximas semanas fortaleciendo su deteriorada relación.

—El sábado.

Se le cayó el pincel de los dedos.

—¿El sábado? Pero... eso es pasado mañana.

Miranda hizo un gesto de asentimiento.

—Ryland tiene una licencia especial desde hace casi una semana. Vamos a casarnos y a mudarnos a Marshington Abbey para empezar a poner las cosas en orden.

—Pero... es demasiado pronto. —Georgina dejó la paleta antes de que esta se cayera también al suelo. La caída del pincel solo le había estropeado el caballete. No tendría tanta suerte por segunda vez.

—Ya lo sé. Pero así es mejor. Ahora tendrás el salón de visitas para ti sola. Ya no te molestarán los pocos caballeros que vengan a visitarme.

—Yo... creo que te echaré de menos. —Fue difícil saber a quién le sorprendió más esa declaración, si a Miranda o a ella, pero en cuanto salió por su boca supo que era verdad. Daba igual lo que hubiera sucedido entre ellas los últimos años, Georgina sabía que Miranda estaría allí siempre que la necesitara.

Tal vez incluso aunque conociera la verdad sobre su secreto.

¿De verdad podía decírselo? ¿Sería capaz de encontrar las palabras? Nunca se lo había dicho a nadie. Solo lo sabía Harriette.

Miranda se sentó en el sofá más cercano a la silla en la que estaba ella. Se la veía un poco vacilante.

—Esta tarde, mamá y yo hemos ido de visita a casa de *lady* Yensworth.

—Sin duda es la que más rápido difundirá la noticia sobre tu boda. —Asintió Georgina.

—Sí, eso es lo que imaginábamos. —Miranda echó un vistazo a la habitación y después se inclinó hacia delante entusiasmada—. ¡Ah! Y después paramos a tomar un café de camino a casa y, ¿a que no adivinas con quién nos encontramos?

—¿Con quién? —Ella también se inclinó hacia delante.

—Con la señorita Lavinia Clemens. ¿Te acuerdas de ella?

Parpadeó un par de veces. Se había olvidado de que Lavinia vendría a la capital. Con todo lo que había sucedido, a Harriette y ella se les pasó responder a su carta. Tampoco es que Lavinia fuera a sorprenderse. Georgina a menudo omitía responder el correo.

—Me escribió hace un tiempo, dijo que iba a venir a Londres a visitar a su tía.

Miranda alzó ambas cejas.

—No sabía que leías tu correspondencia. Siempre creí que la tirabas directamente a la chimenea.

Supuso que se merecía aquel comentario. Al fin y al cabo, se ajustaba perfectamente a la imagen que con tanto esfuerzo había cultivado de sí misma. De nuevo, la necesidad de contarle la verdad hizo

que le picara la lengua. Al final, sin embargo, decidió sacrificar a Lavinia en el altar de la vergüenza.

—Lavinia ha recibido una propuesta de matrimonio del señor Dixon.

—¿En serio? Supongo que podría irle peor.

—También podría irle mejor. —Se recostó en el respaldo de la silla y procedió a desempeñar el poderoso papel de la reina de los cotilleos—. Ha venido a Londres para ver si puede conseguirlo. Por supuesto que nadie espera que termine con un partido con título, pero Lavinia es bastante guapa.

Miranda abrió los ojos.

—¿Todavía...? —Agitó la mano delante de su boca.

—¿Todavía qué? —¿Qué podía estar tratando de sugerir su hermana con la mano? Era como si estuviera tocando un violín imaginario. Lavinia tenía muy buenas cualidades, pero la musicalidad no era una de ellas.

—¿Todavía tartamudea? —preguntó Miranda en apenas un susurro—. Cuando habla, ¿sigue haciendo eso con las «m» y las «p»?

—Creo que sí. —Empezó a recoger sus pinturas. Sí, Lavinia tartamudeaba, pero había hecho un estupendo trabajo para disimularlo. Gracias a lo cual, se había ganado la reputación de ser extremadamente silenciosa, pero seguramente el resto de sus virtudes eclipsarían aquel pequeño inconveniente—. ¿Crees que importará? Es decir, puede hacer de todo. Y está claro que no es ninguna estúpida. He sido testigo de cómo hacía sumas mentales más rápido que una modista.

Miranda sonrió.

—Sí, tiene buena cabeza para los números. ¿Y la viste en la partida de caza del año pasado? Su caballo saltó esa valla y ella ni se inmutó. Yo ni siquiera me atreví a intentarlo.

—No me acuerdo. —Georgina había estado ocupada intentando no parecer demasiado entusiasmada con la partida de caza como

para enterarse de mucho más. Montar a caballo no era su actividad favorita, pero no la aborrecía tanto como había hecho creer a la gente. A veces, era agotador parecer tan distante—. Lo que sí recuerdo es a Trent trepando por los setos mientras jugaba a la gallinita ciega con los niños.

Durante los diez minutos siguientes estuvieron riéndose de las experiencias de aquel día, pero no consiguió olvidar la cara de Miranda cuando le preguntó por la tartamudez de Lavinia.

—Miranda, ¿de verdad crees que la forma de hablar de Lavinia puede perjudicarla a la hora de conseguir un marido?

Miranda meditó la respuesta.

—¿Tú no?

—No debería. —Quizá fuera porque la conocía desde niña, pero el problema en el habla de la joven nunca le había supuesto ningún problema. Lavinia podía aportar una gran cantidad de beneficios al matrimonio, ¿verdad? ¿No debería contar también eso? Sinceramente, nunca se había parado a pensar mucho en las perspectivas de matrimonio de otras personas, salvo que afectaran a la suyas propias. ¿Qué decía eso de ella? Sí, se estaba acercando a su objetivo, pero aquel rasgo de su carácter no era en absoluto atractivo.

Miranda soltó un suspiro.

—Sé que no debería ser así, pero la mayoría de los caballeros de Londres quieren una esposa que esté a su altura en la sociedad.

Miró a su hermana, esperando, deseando ver algo que le dijera que Miranda realmente no se creía aquello. Que no pensaba que la incapacidad de Lavinia para hablar perfectamente la hiciera menos digna.

Pero no lo encontró.

Vio desagrado ante la verdad de la observación. Vio dolor porque las perspectivas de Lavinia no fueran a llegar a buen puerto. Pero también vio aceptación del hecho de que aquello limitaba el potencial de Lavinia.

Si Miranda opinaba eso sobre Lavinia, ¿qué pensaría si Georgina le reconocía que no solo no aportaría nada valioso al matrimonio, sino que podría ocasionar más problemas a su marido? El tartamudeo de Lavinia era un inconveniente, pero podía hacer todo lo que se suponía que una esposa tenía que hacer.

Georgina no.

Recogió el pincel y volvió a pintar sobre el lienzo.

—Creo que Lavinia es una muchacha encantadora y que cualquier hombre sería afortunado de tenerla como esposa.

—No tenía ni idea de que fuerais tan amigas. —Miranda se levantó, sin duda triste porque aquella conversación hubiera terminado como otras muchas antes. A Georgina también le dio mucha lástima. Pero no sabía qué otra cosa podía hacer.

Miranda fue hacia la puerta.

—Te dejo con tus narcisos.

Georgina se quedó mirando una de las flores del lienzo. Puede que Lavinia tuviera mucho que ofrecer, pero su tartamudeo la había mantenido al margen de la comunidad, donde había desarrollado unas habilidades sociales, cuanto menos, mediocres. Y aunque no estaba preparada para arriesgar su reputación para mejorar las posibilidades de Lavinia, seguro que había algo que podía hacer para que por lo menos tuviera un futuro más prometedor.

Así tal vez Miranda cambiaría de opinión.

Hasta entonces, sin embargo, refrenaría cualquier impulso de confesar su secreto.

El domingo trajo una mañana soleada llena de cantos de pájaros.

Georgina, en cambio, se despertó enfadada con el mundo y desesperada por encontrar de una vez lo que necesitaba. Miranda no les acompañaría en la mesa del desayuno ni en el banco familiar de la capilla Grosvenor. Se había casado el día anterior, escapando con suma elegancia de la soltería y dejando atrás el tratamiento de «*lady*» para ganarse el de «su excelencia».

Algo que ella jamás podría reclamar porque esa temporada no había ningún otro duque que hubiera mostrado interés en contraer nupcias. El recordatorio de que sus planes se estaban desmoronando sin remedio le dejó un regusto amargo en la boca.

Tampoco ayudó mucho que una cara desconocida le entregara la bandeja del desayuno. El aroma a chocolate terminó por ponerle los nervios de punta. Harriette no estaba. Y, por si fuera poco, le había enviado chocolate.

—¿Quién eres? —espetó, sin importarte que, en teoría, debería haber sabido su identidad. Al fin y al cabo, la muchacha trabajaba en la casa y seguramente era una de las doncellas.

—Margery, *milady*. —Se fijó en los mechones de rizos morenos que sobresalían de un lado de la cofia y que se movían mientras la temblorosa sirvienta intentaba hacer una torpe reverencia, todavía sosteniendo la bandeja.

Su ceño se hizo aún más pronunciado.

—¿Dónde está Harriette?

La doncella llevó la bandeja hasta su cama. Normalmente Georgina la colocaba sobre el tocador para ir desayunando mientras se peinaba. Pero aquella mañana eso no sería posible. Que la niña mimada de la casa se arreglara ella sola el pelo sería la comidilla de las dependencias de los sirvientes. Así que se limitó a desarroparse y a sentarse sobre el colchón. Hasta que supiera qué estaba pasando, no le quedaba más remedio que rebajarse a las expectativas de Margery.

En cuanto se vio libre de cargas, la sirvienta hizo otra reverencia bastante más elegante, aunque no menos trémula.

—Me temo que Harriette no se encuentra bien esta mañana.

El sorbo de chocolate que acababa de beber se convirtió en pánico mientras se deslizaba por su garganta.

—¿Que no se encuentra bien?

—Sí, *milady*. Se ha caído por las escaleras esta mañana y la han tenido que llevar de vuelta a su cama.

Un segundo sorbo no aminoró el temor que se estaba apoderando de ella, pero hizo todo lo posible para que la doncella no lo notara. Y teniendo en cuenta la expresión de alivio que cruzó por el rostro de la doncella, sus esfuerzos habían surtido efecto. La muchacha se dio la vuelta y se encaminó hacia el vestidor con los rizos balanceándose de una forma que le crispó los nervios. Harriette nunca iba tan despeinada.

En cuanto Margery desapareció en el vestidor, removió el chocolate, pero la mano le temblaba tanto que dejó con cuidado la taza a un lado y cruzó las manos sobre la colcha. Después, se obligó respirar profundamente por la nariz mientras se imaginaba cómo el terror abandonaba su cuerpo por los dedos de los pies, para poder tomar el control total de sus emociones (o al menos parecer tranquila por fuera).

—¿Ha ido alguien a por un médico?

No era la primera vez en los últimos diez años que Harriette caía enferma, pero sí la primera en la que se encontraba lo suficientemente indispuesta como para quedarse en la cama. ¿Se habría hecho mucho daño? Harriette sabía lo mucho que la necesitaba, así que siempre hacía lo que podía para estar disponible para ella. Si se había quedado en su habitación, la cosa tenía que ser bastante grave.

Margery la miró confundida a medida que salía del vestidor con la ropa que Georgina se pondría ese día.

—No, *milady*. No hacía más que decir que estaba perfectamente. No fue hasta que casi volvió a caerse por las escaleras por segunda vez cuando la señora Brantley la amenazó con atarla a la cama si no se iba a descansar.

Mientras compartía aquella información, vio cómo el rubor se abría paso por las mejillas de la muchacha. Probablemente era la conversación más larga que había mantenido jamás con un miembro de la familia.

¿Y ahora qué? Quería, necesitaba, ir a ver y cuidar de su amiga, pero tenía una reputación que mantener, incluso entre el personal de la casa. No podía dar a nadie ningún motivo que hiciera sospechar de su estrecha relación con Harriette.

—Por favor, encárgate de que busquen a un médico de inmediato. No creo que tú ni cualquier otra doncella puedan peinarme correctamente. Quiero a Harriette de vuelta lo antes posible. —Volvió la cabeza y centró toda su atención en la tostada para que Margery no viera la mueca que hizo por la declaración tan insensible que acababa de salir por su boca. El frufrú de la falda de la sirvienta al salir de su dormitorio fue la única respuesta que obtuvo.

Aunque tenía que reconocer que sus palabras escondían cierta verdad. Era un auténtico incoveniente tener que esperar sentada mientras Margery la peinaba, cuando sabía que ella misma podía hacerlo en la mitad de tiempo. Llevaba realizándose los peinados más elaborados desde que tenía catorce años. Y ahora, además, sin Harriette para que le leyera los periódicos y la correspondencia, empezaría el día completamente desinformada.

Menos mal que era domingo y toda la familia iría a misa. Así no tendría que pasar mucho tiempo con su doncella temporal. Aunque podía prescindir de la parte de acudir a la iglesia. Después de la boda del día anterior tenía menos ganas de lo normal de alabar a Dios.

Como si el matrimonio no fuera ya de por sí una tortura, encima la boda había sido un absoluto suplicio. Georgina había estado al lado de su hermana, frente al señor McCrae. Sabía que los dos hombres eran amigos, pero no se imaginaba que tenían una relación tan estrecha como para que el duque escogiera a un simple caballero como su acompañante en la boda.

Y por supuesto, hasta ayer también había sido la única de su familia que no estaba al tanto de las actividades clandestinas del duque mientras estuvo ausente. Tal vez al final le había venido bien no casarse con él. No hubiera podido mantener su secreto a salvo de un experimentado espía.

Dio un mordisco a la tostada, intentando infundir cierto entusiasmo a la idea de convertirse en *lady* Ashcombe.

La doncella regresó al dormitorio y ordenó un par de zapatillas de baile.

Georgina la miró enarcando ambas cejas. ¿De verdad había vuelto al vestidor en vez de atender a su petición?

—¿Margery? ¿Y el médico?

La joven volvió a ruborizarse.

—¿Ahora, *milady*?

—Sí. Ahora. —Puso cara de pocos amigos, haciendo que la doncella abandonara a toda prisa la habitación, con mucho menos sigilo que antes.

No tardarían mucho en enviar a algún lacayo en busca del médico, de modo que cambió el vestido y el calzado que Margery había seleccionado por otros zapatos que le gustaban más. Iba a resultarle difícil permitir que alguien más la vistiera cuando estaba acostumbrada a hacerlo por sí misma. Excepto abrocharse. Ni siquiera ella era lo suficientemente ágil para hacerlo.

Cuando Margery volvió, Georgina estaba sentada en la misma posición que cuando se había ido. Dio un sorbo a su chocolate sin ocultar la sonrisa que le produjo la estupefacción con que la joven miró su nuevo atuendo. La vio deslizar un dedo por el encaje. Seguro que estaba intentando convencerse de que no se había vuelto loca por pensar que había dejado un vestido adornado con lazos instantes antes.

Que siguiera con la duda. Así no estaría tan pendiente de ella. Pasar un domingo sin Harriette no sería el fin, aunque estaba convencida de

que mantenerse en constante alerta la dejaría agotada. Lo único que podía hacer era rezar para que su amiga no se hubiera hecho mucho daño y estuviera mejor el lunes.

No lo estaba.

Para cuando Margery le llevó su bandeja con el desayuno el lunes por la mañana, Georgina estaba a punto de comerse sus pinturas. Su estómago llevaba dos horas quejándose amargamente, e incluso consideró la idea de arriesgarse y beber un trago de la jarra de agua que había al lado del palanganero. Todo el mundo de la casa estaba convencido de que solía dormir hasta pasadas las diez, y que por lo tanto no tenía que estar lista antes de esa hora.

Solo Harriette y ella sabían que normalmente estaba despierta y a medio vestir a las ocho.

Margery había ganado un poco de confianza durante la noche. Por los menos no le temblaban las manos mientras le preparaba el vestido. Tampoco le lanzaba miradas furtivas cada dos por tres, como si buscara su aprobación hasta para respirar.

Incluso le sonrió cuando le aseguró que el médico había pasado por allí esa misma mañana.

—Ha dicho que la pierna no está rota, aunque el dolor hizo que Harriette estuviera despierta toda la noche y cubierta de sudor por la mañana. Le ha recetado láudano hasta que baje la hinchazón. Estará andando en unos días.

Georgina esperó hasta que Margery le dio la espalda antes de llenarse la boca con todo el pan tostado que pudo. ¿Unos días? ¿Cómo se las arreglaría?

Capítulo 17

Colin pasó la página del libro y se hundió más en el sillón de cuero del club. Hacía media hora que debería haber ido a casa para cambiarse de ropa para la noche, pero por primera vez en su vida no le apetecía relacionarse con la élite social de Londres. Tampoco estaba muy por la labor de ponerse a hablar de negocios; por eso había decidido pasar la tarde en el club, donde solo oía chismes y bromas acerca de caballos, perros de caza y alguna que otra disputa familiar.

Esa era una de las razones por las que pagaba la cuantiosa cuota anual. El club era un refugio para un hombre como él. Un lugar en el que no se permitía hacer ningún tipo de transacción comercial.

Puede que se quedara allí toda la noche. Tenía en las manos un libro medianamente decente y, si se aburría, siempre podía jugar al billar.

Sonrió complacido mientras pasaba otra página.

—Disculpe, señor McCrae, ha llegado un mensaje para usted.

Colin miró al portero que extendía en su dirección una bandeja de plata con un trozo de papel doblado. No le quedaba otra que aceptar la nota, pero sí que tuvo una pequeña duda antes de retirarla de la bandeja.

—Gracias.

Rompió el sello no sin cierta inquietud. Se podían contar con los dedos de la mano las veces que le habían enviado un mensaje al club, y siempre se había tratado de algo serio y de parte de alguien que trabajaba para el Ministerio de la Guerra.

En esta ocasión, sin embargo, la nota venía de Trent, que le preguntaba si podía pasarse por Hawthorne House aquella tarde. En cuanto se dio cuenta de que ni el rey ni el país le necesitaban con urgencia sintió cómo se deshacía el nudo que tenía en el estómago, aunque todavía mantuvo un notable recelo. El mensaje era más impreciso que críptico, pero tras cinco años relacionándose con el Ministerio, siempre se esperaba lo peor. ¿Estaría alguien enfermo? ¿Le pasaba algo a *lady* Georgina? En teoría Ryland y Miranda deberían estar instalados en Marshington Abbey, pero ¿y si algo había ido mal?

Hawthorne House no estaba tan cerca del club, pero la distancia era lo suficientemente corta como para ir a pie en circunstancias normales. Sin embargo, como no tenía ni idea de para qué requerían su presencia, decidió pedir un carruaje.

En cuanto llegó a Hawthorne House, el mayordomo le abrió la puerta. Todavía no parecía muy contento de verle, aunque el ligero ceño con el que le había dado la bienvenida cuando fue a visitar a las damas había desaparecido. No debía de tratarse de ninguna emergencia si el sirviente le recibía de ese modo.

—Buenas tardes, señor. Lord Trent dijo que tal vez se uniría a ellos. ¿Me permite su sombrero y abrigo?

Colin le dio sus pertenencias mientras la preocupación daba paso a la curiosidad. ¿Unirse a ellos? ¿Quién más estaría?

En ese momento Trent apareció en el vestíbulo y esbozó una amplia sonrisa al verle.

—Has venido. Bien. —Se detuvo y le miró de arriba abajo—. Creo que debería haber sido un poco más específico. No se trata de nada importante. Georgina ha decidido quedarse en casa esta noche, así que

Griffith ha invitado a varios caballeros para cenar y jugar una partida de cartas. Sin mujeres alrededor. ¿No te parece un plan estupendo?

Pues sí se lo parecía. Siempre y cuando no esperaran que se pusiera a hablar de negocios toda la noche. Aun así, manifestó con auténtico pesar:

—Me temo que no voy vestido para la cena.

Trent señaló las escaleras.

—Todavía sigo teniendo ropa aquí, aunque está un poco pasada de moda. La de Griffith te quedaría demasiado grande.

Aquello era quedarse corto. Griffith tenía el tamaño de una embarcación. Puede que la ropa de Trent le colgara un poco, pero podía llevarla sin problemas. Y si se ataba el pañuelo a la última moda, nadie se fijaría en el estilo de la levita. Esbozó una sonrisa que igualó a la de Trent.

—¿Dónde está tu dormitorio?

—Arriba a la izquierda. Es la cuarta puerta a la derecha. ¿Te acompaño?

Colin se rio al ver que Trent se dirigía hacia el salón de donde provenían risas masculinas. Debía de estar cansado de escoltar a sus hermanas por toda la ciudad.

—No, puedo encontrarla yo solo.

—Ven con nosotros cuando estés listo. Creo que la cena no se servirá hasta dentro de una hora. —Trent se despidió con un gesto de la mano y entró en el salón.

Colin subió las escaleras y accedió al corredor que había a la izquierda. Pero antes de poder seguir, vio cómo una puerta se abría de par en par y por ella salía a toda prisa una mujer angustiada.

—Lo siento, señor —dijo ella, limpiándose las lágrimas con las mangas—. ¿Puedo ayudarle en algo?

Un gesto de negación con la cabeza fue todo lo que necesitó la joven para salir corriendo de allí. Miró a través de la puerta abierta que había a

escasos metros de distancia. Solo una persona en esa casa podía tratar a una sirvienta de tal modo que abandonara la habitación llorando.

Colin no sentía nada más que respeto por Riverton y también estaba empezando a admirar a Trent. Que alguien como Georgina se hubiera criado entre esos hombres era algo que lo asombraba. ¿Acaso no veía en lo que se estaba convirtiendo? ¿Tampoco se daba cuenta su familia?

¿Por qué nadie hacía nada? Tal vez la daban por perdida. Una semana antes, él mismo hubiera estado de acuerdo con esa teoría, pero después había visto la determinación que mostró a la hora de rescatar a su hermana y cómo la consoló. Esa no era la forma de actuar de alguien que no podía cambiar. Dios podía hacer maravillas con un poco de buena voluntad. Tal vez un pequeño empujón podría enviarla de nuevo por el sendero correcto.

En cualquier caso, había que hacer algo antes de que aterrorizara a todo el servicio.

Tres zancadas le sirvieron para alcanzar el umbral de la puerta que la doncella había dejado abierta. Echó un vistazo al interior y vio una cama llena de volantes y encajes rosas y verdes.

Tenía que tratarse de su dormitorio.

El calor ascendió por su cuello, así que se obligó a apartar la mirada de la cama. Había esperado encontrarse con una sala de estar o algo similar. Por muy nobles que fueran sus intenciones, no podía entrar en su dormitorio. Para su sorpresa, se vio invadido por una sensación de decepción y fracaso. No sabía por qué le molestaba tanto, pero no le parecía bien que una familia tan cortés como los Hawthorne tuviera un cactus espinoso de ese calibre.

Aunque no pudiera entrar, tampoco era capaz de quedarse de brazos cruzados. Y a pesar de que a primera vista todo parecía normal, tuvo el presentimiento de que algo de lo que estaba viendo era un poco raro.

El dormitorio era un derroche de color. Además de los distintos tonos rosas y verdes con los que estaba decorada, todas las paredes tenían cuadros muy vívidos y unos cuantos más apoyados en el caballete que había cerca de la ventana. Todos ellos iban firmados con una intrincada G en la esquina inferior. Había admirado sus pantallas de la chimenea, pero aquellas pinturas eran auténticas obras maestras. ¿Nadie se había dado cuenta de la excepcional pintora que era?

Y en medio de todo aquel color, como si se tratara de un faro iluminando la estancia con su luz blanca, estaba Georgina.

Estaba sentada sobre un escritorio de madera clara, inclinada sobre un papel que giraba cada pocos segundos. Torcía una y otra vez la cabeza para mirar hacia los lados mientras recorría el dedo por la superficie.

¿Qué diantres estaba haciendo?

La oyó gruñir (un gruñido de verdad, como el que soltaría un perro en un callejón) y después arrojó el papel sobre el escritorio.

Un pensamiento empezó a formarse en su mente; algo demasiado increíble como para transformarse en palabras lógicas. No era posible. No en una familia tan cariñosa y acomodada como aquella. Por muy indulgentes que hubieran sido, tenían que haber dado a Georgina una educación, ¿verdad?

La vio sacar otro trozo de papel y sumergir la pluma en el tintero. Después, cuadró los hombros como si se tratara de un soldado dispuesto para entrar en combate y colocó la pluma sobre el papel.

Sus movimientos eran lentos. Excesivamente lentos.

Tras lo que no pudieron ser más de dos palabras, dejó caer la pluma sobre el escritorio y arrugó el papel hasta formar una bola antes de lanzarlo contra la chimenea. Sin embargo, erró su tiro y la bola se arrastró por el suelo hasta llegar a sus pies, lo que le permitió tener una visión de la escritura más descuidada e ilegible que había contemplado desde que le pidió a un grupo de marineros analfabetos que firmaran un contrato. No, aquello era aún peor.

Dejó que todo el peso de su cuerpo se apoyara contra el umbral, dando gracias por la solidez del mismo. No podía pasar por alto la evidencia que tenía ante sus ojos.

Lady Georgina Hawthorne no podía leer. Y según el papel arrugado que tenía justo debajo, tampoco escribir.

Un sinfín de pensamientos se arremolinó en su mente, cada uno tratando de llamar su atención como si fueran niños intentando que les pasaras una pelota. ¿Debería dar media vuelta e irse? ¿Quedarse? ¿Aquel conocimiento cambiaba en algo las cosas? Ella seguía siendo una repugnante materialista.

Miró por encima de su hombro, como si fuera capaz de ver a Trent y a Riverton a través del suelo y las paredes. ¿Lo sabrían?

Había demasiadas preguntas en el aire como para que irrumpiera en aquella habitación desempeñando el papel de vengador de la sirvienta para cuestionar el tratamiento que *lady* Georgina daba al resto de la humanidad. Decidió dejarla con su lucha contra el papel y regresó al pasillo, rezando para que se le presentara la oportunidad de abordar el asunto con Riverton. ¿Qué otra cosa podía hacer?

Su lugar en aquella familia todavía no estaba lo suficientemente asentado como para manejar un secreto de esa magnitud.

Pero entonces un sollozo ahogado envió un escalofrío a lo largo de su columna vertebral y se quedó petrificado.

No podía hacerlo. No podía dejarla. No en esas condiciones.

Imaginarse a la altiva *lady* Georgina sumida en un mar de lágrimas le confundía sobremanera. Saber que precisamente era eso lo que estaba pasando hizo que su cerebro dejara de funcionar y se guiara solo por el instinto.

Y el instinto le dijo que su deber era ayudar a una mujer que estaba llorando. Por lo visto, ahora sí que tenía una razón de peso para entrar en su habitación.

Soltó un suspiro, suplicó en silencio para que Dios se apiadara de él y cruzó el umbral de la puerta.

Georgina se limpió los ojos con un pañuelo. Detener las lágrimas siempre la dejaba con la cara roja e hinchada, así que sabía que no debía intentarlo. Cuando el llanto llegaba, era preferible dejarlo fluir, limpiar el estropicio y seguir adelante como si nunca hubiera pasado. La mayoría de las veces incluso se sentía mucho mejor después.

No, no había nada malo en llorar, siempre que uno se permitiera ese momento de debilidad en privado. ¿Cuántas veces había llorado sobre el hombro de Harriette, desesperada porque no sabía si sería capaz de sobrellevar su defecto?

Eso sí, aunque había empapado el hombro de su amiga en innumerables ocasiones, no había llorado frente a nadie más desde que era pequeña. No desde que conoció a Harriette y las dos trazaron un plan destinado a engañar a todo el mundo para que creyeran que Georgina era tan brillante como cualquier otra joven aristócrata.

Sin embargo, a una edad tan temprana ninguna de las dos fue consciente de todo a lo que Harriette tendría que renunciar. El sacrificio había sido enorme, ¿y dónde habían llegado? Harriette trabajaba como doncella, tenía un tobillo hinchado y la mente embotada por el láudano, mientras que ella estaba ahí sentada, en medio de una posible situación catastrófica, pero sin saber exactamente cuál era el problema y mucho menos la forma de solucionarlo.

Había ido a ver a Harriette, pero no consiguió que saliera del estupor inducido por el láudano. Incluso cuando logró que su amiga abriera los ojos, pensaba que Georgina tenía doce años y que estaban conspirando para engañar a su institutriz haciéndole creer que ella había sido la que había escrito aquel trabajo sobre la historia de Grecia.

Georgina recordaba aquel trabajo. Harriette había disfrutado escribiéndolo y le contó con exacerbado entusiasmo todo lo que había aprendido. Cuando llegó el momento de entregar los escritos, su amiga ni siquiera se inmutó mientras colocaba el inútil e ilegible texto de Georgina en manos de la institutriz con el nombre de «Harriette» garabateado en la parte superior. Ni tampoco se alteró en lo más mínimo cuando la institutriz la llamó estúpida o cuando se quejó amargamente por tener que enseñar a una simple y desgraciada aldeana ante la insistencia de la propia Georgina.

Harriette incluso sonrió cuando aquella mujer se puso a leer el trabajo pulcramente escrito con el nombre de Georgina y alabó la caligrafía, la rectitud de las líneas y la elección del tema.

Y ahora todo aquello podía caer en saco roto. Todos los insultos recibidos en su nombre, todo el encubrimiento. ¿Qué iba a hacer? Porque en ese momento solo se le presentaban dos opciones: continuar con la fachada que con tanto esfuerzo había construido Harriette, o derrumbarla ante la posibilidad de que Jane se hubiera metido de verdad en un problema.

¿Y si el mensaje urgente de Jane no era más que otra de sus «espléndidas» ideas para sus reuniones de los viernes? La desesperación volvió a llenarle los ojos de lágrimas.

Se sentía un poco culpable por hacer que Margery saliera de su habitación llorando, pero ¿qué otra cosa podía hacer? Las lágrimas se habían agolpado en sus ojos, amenazando con desbordarse en cualquier momento y no podía permitir que la doncella las viera. No confiaba en Margery tanto como en Harriette.

Buscó una zona seca del pañuelo para enjugar esa nueva tanda de lágrimas. ¿Qué iba a hacer sin Harriette?

—¿Puedo ayudarla en algo?

Sujetó el pañuelo con más fuerza. Aquella voz con ligero acento escocés la atravesó por completo, poniendo todo su cuerpo en alerta, incluso los

dedos de los pies, que se curvaron tensos dentro de su calzado. En ese momento no se sentía con el ánimo suficiente para lidiar con aquel hombre.

Si es que era real, ya que últimamente a su conciencia le había dado por adoptar esa voz a menudo.

—¿*Lady* Georgina?

Se volvió sobre su silla y se sorprendió al encontrárselo con el brazo extendido, ofreciéndole un pañuelo limpio con semblante preocupado. Se preguntó si no iba hacer leña del árbol caído. Soltar alguna pulla sobre su inteligencia o falta de ambición. Entrecerró los ojos, intentando encontrar en su expresión alguna señal que le dijera qué estaba pensando. ¿Habría llegado justo cuando la oyó llorar, o llevaba el tiempo suficiente para ver su batalla con la carta?

Decidió aceptar el pañuelo que le ofrecía, ya que el que tenía en la mano no era más que un trozo empapado e inservible de tela.

—Gracias.

Le vio mover los pies y mirar a su alrededor mientras se secaba los ojos con más delicadeza que cuando pensaba que estaba sola. No necesitaba impresionar al señor McCrae, pero tenía algunos hábitos tan profundamente arraigados en su interior que era imposible no actuar conforme a ellos.

—¿Puedo ayudarla en algo? —repitió él.

—Ya me ha proporcionado un pañuelo limpio, que es del deber de todo caballero cuando una dama está llorando, ¿verdad? —Seguro que el señor McCrae le había ofrecido su ayuda solo porque la había visto llorando, ¿verdad? Nunca podría volver a mirar a Harriette a la cara si finalmente era ese hombre el que echaba por tierra todos sus planes.

—Sí, por supuesto. —Se fijó en cómo miraba el escritorio y la carta que con tanto esfuerzo había estado intentando leer hacía unos instantes. Después, sus ojos se deslizaron hasta la pluma y a su cara antes de regresar de nuevo a la carta.

Los ojos se le secaron al instante.

En realidad, se le secó todo el cuerpo. Sintió como si su corazón solo bombeara fragmentos de vidrio a través de sus venas, desgarrándola desde dentro hacia fuera.

Él lo sabía.

¿Qué iba a hacer ahora? Y lo que era aún más importante, ¿qué haría «él»? El señor McCrae nunca había ocultado el desagrado que le provocaba su búsqueda de marido. Si quería, podía hacer que todo por lo que había trabajado no sirviera para nada. Nadie querría una esposa que no podía llevar las cuentas de su hogar, responder a la correspondencia o incluso aceptar una invitación por si sola.

Su visión se llenó de pequeños puntos negros, recordándole que tenía que respirar, aun cuando le resultara doloroso.

El señor McCrae volvió a echar otro vistazo a su alrededor, se frotó la nuca y soltó un suspiro. Luego enganchó un pie en la pata de una silla que tenía cerca y tiró de ella. La silla chirrió por el suelo, volviendo a poner los nervios de Georgina a flor de piel.

A continuación, se sentó tan cerca de ella que sus rodillas casi se rozaron.

Contempló su rostro, buscando cualquier evidencia que indicara qué se proponía. Porque lo que menos se esperaba era que terminara sentándose a su lado, la verdad.

Entonces agarró la carta, se aclaró la garganta y se retorció un poco, como si estuviera buscando una posición mejor; un gesto que le dijo que debía de sentirse desconcertado, pues sabía de primera mano que aquella silla era bastante cómoda.

Debía de estar tan confundido como ella, aunque Georgina se las arregló para mantener la compostura y no moverse lo más mínimo. Al menos en ese aspecto ella había salido victoriosa.

—«Mi querida, Georgina» —leyó él.

El calor ascendió por su devastado pecho hasta inundar de rubor sus mejillas. Iba a leerle la carta.

—«Cómo te vas a reír cuando te enteres de lo que he hecho. (Me encanta esa línea, ¿a ti no?) Siempre me has dicho que tenemos que convertirnos en unas expertas intrigantes si queremos conseguir los mejores maridos posibles.» —El señor McCrae le lanzó una mirada mordaz.

Por extraño que pareciera, encontró aquella condescendencia reconfortante. Al menos le parecía mucho más normal que el ofrecimiento de ayuda.

Él volvió a aclararse la garganta y continuó.

—«Bueno, lo he hecho. Lo he hecho de verdad y esta noche nos vamos a Gretna Green.»

—¿Qué? —espetaron ambos al mismo tiempo.

Los ojos de él fueron directos a la parte inferior de la carta para descubrir la identidad de quien la había escrito.

Georgina sabía que la remitente era *lady* Jane, pero necesitaba conocer urgentemente quién era la otra mitad del «nos». Rezó porque no fuera lord Howard. Si había un Dios en el cielo, sin duda protegería a Jane de ese canalla.

Incapaz de esperar a que el señor McCrae siguiera leyendo, le arrancó la nota de la mano y buscó desesperadamente en ella, esperando encontrar un nombre entre todas esas letras arremolinadas.

Pero no pudo. Cuanto más lo intentaba, más parecían cambiar y moverse entre sí, hasta el punto de que ya no estuvo segura de dónde estaba buscando. Sabía que al final la palabra desaparecería por completo y ella se quedaría parpadeando y con la vista desenfocada.

Volvió a darle la carta al señor McCrae, que todavía la miraba estupefacto.

—¿De quién se trata? —le preguntó.

Él señaló el inicio de la carta.

—De *lady* Jane Mulberry.

—Ya sé que es *lady* Jane, me refiero al hombre.

—Oh, claro. Pues... —Movió los ojos por el papel. Sintió la bilis de los celos subiémdole por la garganta por la facilidad con la que él podía encontrar la información que deseaba.

—Parece que su misterioso H. —Su atractivo rostro se contrajo lleno de confusión.

Georgina se quejó por lo bajo y se puso de pie para ponerse a caminar de un lado a otro de la habitación.

—¿Pone cuándo se iban a marchar?

Él volvió a mirar la carta.

—A las ocho. Su padre cree que va a asistir a una fiesta en Hampstead Heath. Así, cuando se entere de la verdad, estarán a muchos kilómetros de distancia.

Se fijó en el reloj al instante, agradeciendo que las letras fueran lo único que parecía girar cuando las miraba. Eran cerca de las nueve.

Se limpió las mejillas con el pañuelo para librarse de cualquier resto de lágrimas.

—Vamos.

Puede que el señor McCrae estuviera demasiado atónito como para seguirla de inmediato, pero la alcanzaría pronto. La curiosidad bastaría por sí sola para que fuera detrás de ella, así que salió de la habitación sin mirar atrás.

Ya se preocuparía más tarde de las consecuencias que acarrearía que él supiera su secreto. Solo pensarlo hacía que se le acelerara la respiración y en ese momento necesitaba todas sus facultades en pleno funcionamiento. Ahora simplemente intentaría estar agradecida porque se hubiera enterado cuando lo hizo y le mantendría demasiado ocupado como para que se detuviera a pensar en lo que había descubierto.

En cuanto Jane estuviera sana y salva en su casa, entonces se dejaría llevar por el pánico.

Tenía que haber alguna forma de lograr que Jane regresara a su casa. Llevaba un tiempo sospechando que el misterioso caballero de su amiga no era otro que lord Howard. El hombre se había pasado todo el recital con una sonrisa tonta en los labios y no había dejado de perseguir a Jane en cada uno de los bailes que se habían celebrado durante las dos últimas semanas. Y aunque tuviera toda la intención de sentar cabeza, era un auténtico bellaco que no dudaría en aprovecharse de Jane si creía que podía obtener algo de ella.

Lo que tampoco era tan difícil ya que estaba convencida de que a Jane le parecía muy romántico eso de fugarse a Gretna Green.

El carillón del enorme reloj que había en el vestíbulo de la planta baja resonó en las escaleras dando las nueve. Todavía estaban a tiempo de salvar a su amiga, pero iban demasiado justos.

Capítulo 18

Colin salió corriendo tras Georgina, con aquella absurda carta en el puño. ¿En serio se contaban las mujeres ese tipo de cosas por escrito? ¿Descubriendo cuáles eran sus planes para que se los pudieran arruinar las unas a las otras? Y encima *lady* Jane esperaba que *lady* Georgina estuviera feliz por ella.

Menos mal que no lo estaba. En cuanto la vio caminar por el pasillo con los hombros erguidos supo que no estaba disfrutando precisamente de la buena suerte de su amiga. *Lady* Georgina parecía tan decidida que casi se olvidó de lo rota y abatida que la había visto antes. Casi.

—Tú. —Oyó cómo llamaba la atención de un lacayo que llevaba un jarro de agua por el pasillo en dirección a los dormitorios—. Asegúrate de que el carruaje de viaje esté listo con nuestros caballos más rápidos y resistentes. El que va sin escudo.

Siguió caminando antes de que al sirviente le diera tiempo a balbucear un «sí, *milady*».

Colin aceleró el paso para ir a la par. ¿Cómo podía moverse tan rápido? Prácticamente iba corriendo, pero uno nunca lo diría al ver su elegante porte deslizándose por las escaleras. El dobladillo de su vestido apenas se agitó.

Una doncella que llevaba unas cuantas velas se hizo a un lado en cuanto la vio bajando los últimos escalones.

—Prepárame una bolsa de viaje.

—¿Yo, *milady*?

—Sí, tú. O Margery si cree que puede hacerlo ahora mismo. Una bolsa pequeña. Con prendas sencillas que pueda ponerme yo misma.

Colin se apiadó de la aterrorizada doncella y le quitó las velas.

—Que Dios le bendiga —susurró la muchacha antes de alejarse corriendo por la parte trasera de la casa. Si iba tan rápido para encontrar a Margery, solo podía desearle la mejor de las suertes. Supuso que Margery era la doncella que vio salir llorando de los aposentos de *lady* Georgina. No le hubiera sorprendido que estuviera escondida en el rincón más recóndito de la casa, lamiéndose sus heridas.

Dejó las velas en una mesa cercana y salió disparado a través del vestíbulo para alcanzar a la figura de Georgina, que se ya se iba alejando, pero se detuvo en seco en cuanto la vio pararse frente a las mismas puertas por las que había desaparecido Trent cuando llegó a Hawthorne House. No iría a contárselo a toda esa gente, ¿verdad? La reputación de Jane quedaría totalmente comprometida.

Lady Georgina asomó la cabeza al salón.

—¿Griffith?

Colin parpadeó, sorprendido. Había usado un tono meloso y bobalicón. ¿Dónde estaba el general que había ordenado a los sirvientes que se prepararan para la batalla de hacía solo unos segundos? Ahora tenía delante a una mujer de suaves maneras que sabía que era bienvenida y cuál era su posición. Ninguno de los presentes en aquel salón se imaginaría que estaba pasando nada malo.

—Hermano, ¿puedo hablar un momento contigo?

—Georgina, tenemos invitados. —La voz de Riverton era una mezcla de exasperación y condescendencia a partes iguales.

Lo supo al instante. Georgina quería que su hermano la viera como una niña, que la tratara como si fuera incompetente. ¿Cuántas veces

se había salido con la suya porque su familia simplemente pensaba que no quería o no podía hacer algo?

En su pecho floreció algo que jamás creyó que llegaría a sentir por aquella joven: respeto. Ninguno de los espías que conocía, ni siquiera Ryland, podía modificar su carácter tan rápido como aquella dama. De pronto, se dio cuenta de que Georgina le impresionaba por algo más que su apariencia. Era desconcertante.

Riverton salió al pasillo, cerrando la puerta tras él. La mirada indulgente que lanzó a su hermana era ahora una combinación de amor y crispación.

Georgina le agarró de las manos.

—Tienes que salir ahora mismo. Tienes que salvarla.

La preocupación sustituyó a la irritación en los ojos del duque.

—¿Qué sucede?

—Jane se ha escapado. Tienes que detenerla, Griffith, y traerla contigo de vuelta a casa antes de que se arruine la vida.

Los ojos de Riverton adquirieron un brillo especial. Colin había contemplado esa mirada en más de una ocasión, mientras el duque meditaba sobre algún posible negocio. No le cupo la menor duda de que en ese momento estaba sopesando todas las posibles complicaciones.

—¿Cuándo? ¿Con quién? ¿Adónde se dirige? ¿Va a caballo o en carruaje?

Colin hizo una mueca de disgusto. No había terminado de leerle la carta a Georgina, de modo que ella no iba a saber responder a dichas preguntas. Aunque no llegaba a entender por qué, ni incluso cómo se las había arreglado para esconder ese secreto a su familia, aquel no era el mejor momento para sacarlo a la luz. No había tiempo que perder.

¿Debería dar un paso al frente? ¿Contar lo que sabía?

Pero antes de poder tomar una decisión, *lady* Georgina se puso a llorar, le quitó la carta de la mano y la empujó contra el pecho de su hermano.

—Aquí —sollozó ella—. Todo lo que sé... —Un poco de hipo—... está aquí.

Colin la aplaudió mentalmente. Si alguna vez decidía abandonar la alta sociedad, podía ganarse la vida encima de un escenario.

En ese momento, Trent también salió al pasillo.

—¿Qué está pasando?

—*Lady* Jane ha cometido un error colosal. —Riverton agitó la carta en el aire—. Ahora mismo iría a buscar a su padre, pero ya llevan una hora de camino.

—Por no hablar de que su padre es malísimo montando a caballo y que no tiene carruaje propio. —Trent hizo una mueca mientras leía a toda prisa la carta.

—¿Quién es su «misterioso H»? —Griffith parecía disgustado por el enigmático nombre.

Lady Georgina respondió entre hipos:

—Lord Howard. Han sido inseparables estas últimas semanas.

Volvió a mirar a la joven, que se sonaba delicadamente la nariz con un pañuelo. Sabía que debía centrarse en el problema que se traían entre manos, pero solo podía pensar en la fascinante revelación que había descubierto sobre *lady* Georgina. ¿Cómo había llegado a la edad adulta sin aprender a leer? ¿Y por qué?

Riverton dobló la carta, usando el pulgar y el dedo para marcar aún más el pliegue.

—Tengo que ir a por ella.

—¿Y dejar que los mayores chismosos de Londres se pregunten por qué te marchaste sin más? —Trent volvió a hacerse con la carta—. No, iré yo. Nadie me echará en falta.

Georgina apretó el pañuelo con una mano hasta que los nudillos se le pusieron blancos.

—Tenemos que darnos prisa. A esta hora podría estar a mitad de camino de Escocia.

Riverton hizo un gesto de negación.

—Apenas se habrá alejado unos pocos kilómetros. Y eso suponiendo que saliera a la hora que dijo que lo haría.

El destello que emitieron los ojos de *lady* Georgina hubiera podido hacer un agujero en el pecho de Riverton si de verdad se creía lo que había dicho. Colin se apoyó contra la pared, contemplando el intercambio de la familia con creciente interés.

Lady Georgina soltó otro sollozo.

—Da igual, tenemos que salir de inmediato.

Trent abrió los ojos como platos.

—¿Cómo que tenemos? Iré mucho más deprisa sin ti.

—¿Y qué harás cuando la encuentres? ¿Cómo la llevarás de vuelta a su casa? —apuntó ella con los brazos en jarras.

Trent frunció el ceño y se dio por vencido.

El lacayo que Georgina había mandado para avisar de que preparan el carruaje entró en el vestíbulo, intentando no parecer demasiado curioso sobre el asunto, aunque no lo consiguió.

—*Milady*...

—Charles, asegúrate de que tengan listo el carruaje de viaje. El que no lleva el escudo —ordenó Riverton.

El sirviente miró a la hermana y al hermano alarmado y confundido a la vez. Colin se apretó el puño contra la boca, con la esperanza de que la presión de los dientes contra los labios mantendría a raya la carcajada que amenazaba con salir de su garganta.

Georgina enarcó una ceja.

—Ahora mismo, milord. —El lacayo se escabulló a toda prisa.

Colin negó con la cabeza. Cuando había entrado por la puerta de aquella casa, hacía tan solo una hora, habría jurado que Georgina estaba bajo la influencia de su hermano. Ahora, tenía muy claro que en esa familia ella controlaba su propio destino, a pesar de padecer lo que para muchos sería un defecto.

¿Significaba aquello que se había equivocado en todas las otras cosas que habían pensado de esa dama?

Trent se tocó el pañuelo de cuello.

—Me cambiaré de levita y de pañuelo. Todo lo demás pasará desapercibido, pero no queremos que parezca que estamos saliendo de la ciudad a toda prisa.

—Prepararé una pequeña bolsa. —*Lady* Georgina siguió a Trent hasta las escaleras.

Riverton echó un vistazo hacia el salón, sin duda temiendo los rostros curiosos que se encontraría a su regreso.

—¿Qué les vas a decir? —preguntó.

Riverton abrió los ojos con semblante serio. Después se encogió de hombros.

—Nada.

¿Cómo sería poder entrar en una habitación sin tener que dar explicaciones a nadie?

—Debe de ser agradable ser un duque.

—Tiene sus momentos. —Riverton se alisó la levita y agarró el pomo de la puerta del salón mientras Georgina bajaba corriendo las escaleras.

Riverton clavó la vista en la bolsa que llevaba su hermana y alzó ambas cejas, pero no dijo nada y regresó al salón.

Colin se planteó entrar también, aunque solo fuera para presenciar cómo un grupo de caballeros trataba de sonsacar a un duque información como matronas de la alta sociedad. Desde luego su presencia no haría más que añadir más leña a la especulación. Pero por muy divertido que fuera, no necesitaba que su nombre se viera envuelto en ningún cotilleo. Si la gente hablaba «de» él, menos posibilidades tendría de que quisieran hablar «con» él.

—¿Estás listo? —preguntó *lady* Georgina.

Colin miró alrededor del vestíbulo vacío. Por lo visto se estaba refiriendo a él.

—¿Listo para qué?

Ella puso los ojos en blanco.

—Para venir.

Trent se unió a ellos. Llevaba una levita de color tostado en lugar de la negra que usaba por la noche.

—¿Quieres que Colin nos acompañe?

Su sorpresa fue mayor que la de Trent. ¿Por qué demonios tenía que ir? No era de la familia y apenas había intercambiado unas breves palabras con *lady* Jane en un par de ocasiones.

Georgina fue hacia la puerta. La fuerza con la que apretaba el asa de su bolsa de viaje fue la única señal externa de la angustia que debía de estar sintiendo por dentro.

—Si recibes algún golpe mientras rescatas a *lady* Jane de las garras de lord Howard, necesitaremos que el señor McCrae nos acompañe a casa. Es cierto que no sería la situación ideal, así que intenta que no te dejen fuera de combate.

Le gustaba creer que tenía una idea aproximaba de cómo pensaba el sector más dócil de la sociedad, pero estaba empezando a pensar que no las entendía en absoluto. Si la mente de todas las féminas funcionaba como la de *lady* Georgina, era una maravilla que cualquier hombre pudiera mantener una conversación razonable con una mujer.

Trent cruzó el umbral de la puerta con un encogimiento de hombros.

—¿Quieres unirte a nosotros en esta pequeña aventura? Al menos me proporcionarás una agradable compañía.

Trent la taladró con la mirada mientras tomaban asiento en el carruaje. Seguro que estaba furioso con ella por el golpe bajo que acababa de darle. Su hermano estaba muy orgulloso de su destreza como púgil y lord Howard no era precisamente conocido por estar en buena forma. Pero lo cierto era que necesitaba al señor McCrae en ese viaje. Le gustase o no, ahora conocía su secreto y hasta ese momento no había mostrado ninguna intención de delatarla.

Recordar que alguien más sabía la verdad hizo que el corazón le latiera con más fuerza. Apretó los dientes y envió lo más lejos que pudo sus temores. Con su hermano en el carruaje no podía arriesgarse a iniciar una conversación sobre ese asunto con el señor McCrae. A menos que él se lo contara a Trent, tendría que esperar a que se le presentara una oportunidad mejor.

Detestaba haberlo llevado con ellos, pero quería tenerlo vigilado y saber qué planeaba hacer con esa nueva información que tenía de ella. Además, con Harriette sin poder viajar, también lo necesitaba en caso de que se encontraran con alguna nota de Jane o cualquier otra misiva importante. Se sentía muy incómoda teniendo que confiar en aquel hombre insufrible, pero era preferible a tener que confesarle a alguien más su secreto.

Se dio cuenta de que, en vez de salir directamente de Londres, el cochero cruzó la plaza y se metió más en la zona de Mayfair.

—¿Dónde vamos? Esto no es North Road. —Georgina se apartó de la ventana mientras el cochero conducía por la calle St. James. Si la veían en aquella parte de la ciudad su reputación se vería seriamente comprometida.

—Tengo que recoger algo —respondió el señor McCrae, mirando por la ventana, sentado en el extremo de su asiento.

El carruaje torció en Pall Mall y el señor McCrae saltó antes de que el vehículo se detuviera del todo. Intentó ver dónde estaban, pero no podía arriesgarse a mostrar su rostro por la ventana. El carruaje no tenía ningún sello distintivo. No había necesidad de que nadie se preguntara por qué la familia del duque viajaba en un vehículo sin escudo.

Antes de que pudiera cambiar de postura para obtener una mejor visión de la ventana, el señor McCrae estaba de regreso. El carruaje

volvió a ponerse en movimiento mientras él cerraba la puerta. En su mano llevaba un pequeño zurrón de cuero. Una larga correa colgaba de él casi hasta tocar el suelo.

—¿Qué es eso? —preguntaron Trent y ella al mismo tiempo. Estiraron los cuellos para ver el zurrón mientras el señor McCrae se acomodaba en su asiento.

—Espero que no tenga que decíroslo. —Colocó el zurrón entre su cadera y la pared, cubriéndolo con su abrigo como si esperara que sus compañeros de viaje no se acordaran de que estaba allí.

Lo que era absurdo, pero nadie volvió a mencionar el asunto mientras salían de la ciudad.

Al cabo de un rato Trent empezó a hablar de deportes; algo que le vino fenomenal. Cualquier cosa con tal de que mantuviera a los hombres entretenidos. No tenía ni la más remota idea de cómo sacar de ese atolladero a Jane. Aunque odiara admitirlo, su misión allí no consistía en nada más que soportar el viaje, sin servir de mucha ayuda hasta que encontraran a la insensata de su amiga.

—Estamos a una hora de Londres. —Trent corrió la cortina a un lado para contemplar cómo los árboles pasaban rápidamente delante de sus ojos—. Deberíamos empezar a mirar dentro de las posadas. Tendrán que detenerse en algún lugar para cambiar los caballos o cenar algo. Puede que ni siquiera hayan llegado muy lejos, pensando que cualquiera que fuera detrás de ellos pasaría de largo.

El camino hacia Gretna Green estaba repleto de posadas y los hombres discutieron durante un buen rato en cuáles deberían parar, ya que tardarían demasiado si pasaban por todas.

También hablaron sobre quién debería entrar y preguntar por lord Howard. No podían mencionar a Jane o arruinarían su reputación, con independencia de si la encontraban o no esa noche.

Al final, Georgina se quedó en el carruaje con un lacayo haciendo guardia en la puerta mientras su hermano y el señor McCrae iban de posada en posada. Habían decidido que levantarían menos sospechas si daban la sensación de que tenían pensado reunirse allí con lord Howard. El ardid sin embargo requería que invirtieran un poco más de tiempo del que a ella le hubiera gustado. Era un poco aterrador esperar sola dentro del carruaje.

Después de salir de la cuarta posada, los hombres regresaron al vehículo con aspecto sombrío.

—¿Y si no han venido por este camino? —Trent se inclinó hacia delante para apoyar los codos sobre las rodillas—. Jane creía que iban a Gretna Green, pero ¿y si no han ido allí?

El señor McCrae se encogió de hombros.

—Hay otros caminos que llevan a Escocia. Pueden contraer matrimonio en cualquier ciudad pasada la frontera.

Suponiendo que lord Howard tuviera la intención de llevarla a Escocia. Los hombres intercambiaron una mirada, sin expresar en voz alta aquella preocupación, pero Georgina supo exactamente lo que estaban pensando. Dejó caer los hombros. Aquello era el fin.

—Podrían estar en cualquier lugar, ¿verdad?

Trent asintió. De pronto se le veía agotado y derrotado.

—Y eso suponiendo que se hayan dirigido al norte. Howard es lo suficientemente rastrero para llevarla hacia el oeste el tiempo suficiente como para comprometer su reputación y así obligar a que el padre de Jane le ofrezca más dinero con tal de que el escándalo no salga a la luz.

El carruaje se sumió en un intenso silencio que solo se rompió cuando el señor McCrae tamborileó con los dedos sobre su rodilla. Era un hábito un tanto zafio, pero agradeció que pareciera más pensativo que angustiado.

De pronto lo vio parar y acercarse un poco más a la ventana para mirar fuera.

—¿A cuánto estamos de Elstree?

Trent también miró por la ventana.

—A unos ocho kilómetros más o menos. Pero eso es hacia Londres. Ya paramos allí, en el Flying Pig, ¿te acuerdas?

Colin negó con la cabeza.

—El abuelo paterno de Howard posee una casa en Elstree. No me puedo creer que me olvidara de ese dato. No sé con cuánta frecuencia suele ir Howard allí, pero seguro que el personal de servicio no cuestionaría su derecho a usarla, ¿verdad?

Georgina soltó un suspiro. Qué típico de los hombres.

—El señor Fleckmire falleció hace unos años. Lo más probable es que cualquier casa que tuviera ahora esté en otras manos.

El señor McCrae hizo un gesto de negación con una sonrisa en los labios.

—No, no murió, aunque sí que estaba bastante molesto con la elección de marido que hicieron sus hijas y los esfuerzos de su mujer para que acabara en una cárcel de deudores, así que tuvieron que dejar el país.

Trent se estaba riendo mientras sacaba la cabeza por la ventana y ordenaba al cochero que diera media vuelta y volviera a Elstree.

—¿Y dónde fueron? —preguntó en cuanto el vehículo volvió a ponerse en marcha.

El señor McCrae dio rienda suelta a su sonrisa. Mientras veía cómo se le iluminaba todo el rostro, a Georgina también le entraron unas ganas enormes de sonreír.

—A Canadá. Su esposa sigue amenazando con mudarse a la India y decir que ha enviudado. Él la deja redecorar la casa mientras se ausenta para cazar algún oso y las cosas se calman durante un tiempo.

—¿Y usted cómo sabe todo eso? —Se odió a sí misma por preguntarlo, pero necesitaba saciar su curiosidad.

—Gestiono sus acciones en la bolsa. Le está yendo bastante bien.

¿Había alguien cuya situación financiera no conociera este hombre? Ahora entendía todas las conexiones que tenía. Con ese conocimiento podía arruinarlos a todos.

—¿Dónde está Canadá?

Él ladeó la cabeza, pensativo.

—Creo que en el norte de América, solo que es más fría y más francesa.

—Parece un lugar salvaje. —Georgina se estremeció. Se ajustó la falda para cubrirse mejor las piernas. Tanta entrada y salida había hecho que el carruaje se quedara un poco bajo de temperatura. Y en ese momento se ponía a temblar solo de pensar en el frío.

Trent frunció el ceño.

—Pero si está en Canadá, ¿no estará la casa cerrada?

El señor McCrae volvió a negar con la cabeza.

—El señor Fleckmire la mantiene abierta para que puedan usarla sus nietos. Dice que se merecen un lugar al que poder ir para alejarse de sus padres.

—Parece el sitio perfecto al que acudiría Howard.

Georgina miró por la ventana para disimular su inquietud. Si la pareja había decidido pasar la noche en una casa privada, podría ser demasiado tarde para Jane. La encantadora pero alocada Jane llevaba años siendo su mejor amiga en Londres, desde que la otra muchacha había estado a un metro de dos caballeros que terminaron llegando a las manos en Regents Park.

Miró al señor McCrae y se lo encontró observándola. Desde que le leyó la carta, no había dejado de estar pendiente de ella. ¿En qué estaría fijándose? Iban a tener que hablar en cuanto tuvieran oportunidad; esperaba salir del paso sin hacer el ridículo. El pánico volvió a asomar la cabeza, amenazando con apoderarse de ella por completo. ¿Qué haría él ahora que conocía su secreto?

Pero no podría hacer nada si estaba ocupado defendiéndose.

—Y díganos, señor McCrae, ¿de dónde es usted?

Vio cómo enarcaba ambas cejas y torcía los labios divertido.

—De Glasgow. Y creo, señorita, que si vamos a convertir en un hábito eso de ir juntos en un carruaje a toda velocidad en medio de la noche, podría empezar a llamarme Colin.

No quería llamarle Colin. Ya sabía demasiado de ella. Reconocer que su relación era algo más que circunstancial podía colocarla en una posición muy precaria. Hasta incluso podía empezar a gustarle ese hombre.

—No sería apropiado, señor McCrae.

—Oh, basta ya, Georgina. —Trent empujó el pie dentro de la bota—. El hombre ha salido corriendo detrás de tu amiga sin protestar lo más mínimo. Lo menos que puedes hacer es llamarlo por su nombre de pila.

La mueca que hizo aquel hombre odioso se parecía demasiado a una sonrisa.

—Muy bien. Solo cuando estemos solos puede llamarme Georgina y yo le llamaré... —Tragó saliva y alzó la mirada hasta encontrarse con sus ojos. Él ya no se reía—... Colin.

Sus ojos no se despegaron de ella mientras asentía.

—Georgina.

Sintió un estremecimiento en su interior que bajó por su cuerpo hasta llegar a los dedos de los pies. Y ahora no tenía nada que ver con el pánico y sí mucho con... Bueno, no estaba segura, pero sí era bastante placentero. ¿Estaba pronunciando su nombre con un acento más marcado de lo normal a propósito? No era la primera vez que lo oía de sus labios. Lo único que había cambiado es que ya no decía el «*lady*» delante. Pero le sonó tan íntimo...

—Muy bien. —La voz jovial de Trent rompió el hechizo—. Y ahora que todos somos amigos y tenemos un destino en mente, ¿qué podemos hacer mientras continuamos nuestro camino con la esperanza de no toparnos con ningún asaltante?

Capítulo 19

Colin solo había estado en aquella casa en una ocasión, y no mucho después de instalarse en Londres. No obstante, estaba bastante seguro de que se trataba de esa; a menos que hubiera muchas viviendas por la zona con gárgolas medievales flanqueando la entrada. Aquellas bestias horribles eran muy difíciles de olvidar.

El camino de entrada delantero estaba rodeado de árboles, separando la mansión del resto de terrenos de la propiedad. Dejaron el carruaje a un lado de la verja, en un bosque; no sabía si de árboles frutales o de nogales, pero no le importó. En esa ubicación no lo vería nadie que pasara por la carretera ni por el camino de entrada a la propiedad. Sí, tenían que cubrir bastante distancia a pie, pero era preferible eso a entrar con el estruendo del carruaje y anunciar su presencia. Al fin y al cabo, no tenían ni idea de la situación que se encontrarían cuando llegaran.

Colin saltó al suelo y se pasó la correa del zurrón de cuero que llevaba por encima de la cabeza para llevarlo colgado, cruzado sobre el pecho. Esperaba no necesitarlo, pero era mejor ir preparado.

Trent iba justo detrás de él, sosteniendo uno de los faroles del carruaje en alto. No le sorprendió oír un tercer golpe sordo que indicaba que Georgina también se había bajado del vehículo.

—¿Qué haces? —gruñó Trent.

La joven lo miró con ojos entrecerrados.

—Voy con vosotros.

—No, te quedas en el carruaje.

—¿Sabes lo horrible que es estar esperando ahí dentro mientras vosotros os dedicáis a ir de posada en posada? ¡Y eso que solo tardasteis cinco minutos en cada una de ellas! —La voz de Georgina ahora era bastante más fuerte que un mero susurro.

—Tengo una idea mejor —se quejó Colin—. ¿Por qué no nos quedamos aquí, discutiendo hasta que llamemos la atención?

Trent frunció el ceño.

—Vayamos pues.

Refrenó el impulso de enviar a los dos hermanos de vuelta al carruaje. ¿No sabían que se suponía que tenían que aproximarse a la casa con el mayor sigilo posible, no gruñendo como cerdos en busca de trufas? Los llevó por el camino principal, imaginándose que el silencio que ofrecía andar por un sendero en condiciones era mucho mejor que el riesgo a que los vieran.

Gracias a Dios, para cuando estaban cerca de la casa, los hermanos Hawthorne ya habían aprendido el arte de andar sin hacer ruido.

Georgina contuvo el aliento mientras se aproximaban al edificio. No había muchas señales de vida, pero al menos un dormitorio del extremo norte de la casa estaba iluminado. Alguien estaba dentro. No se atrevían a entrar por la puerta principal ni tampoco por las cocinas, pues podían estar ocupadas. Solo había una puerta accesible en el oscuro extremo sur, pero estaba cerrada.

Colin soltó un suspiro y abrió el zurrón que llevaba.

—Acerca el farol para que pueda ver.

Trent hizo lo que le pedía, de modo que el zurrón se iluminó un poco y Georgina pudo echar un breve vistazo a su contenido, pero solo vio diversos utensilios de cuero y metal. Un momento, ¿eso era un cuchillo?

Colin sacó un aro de hierro con varias llaves de aspecto extraño. Después se hizo con el farol e inspeccionó la puerta.

Georgina lanzó a su hermano una mirada cargada de curiosidad, pero este se limitó a encogerse de hombros.

Oyó el tintineo de las llaves, unos gruñidos y finalmente el revelador sonido que hace una cerradura al abrirse.

Miró a Colin con ambas cejas enarcadas. ¿El hombre que siempre parecía creerse mejor que el resto sabía cómo abrir una cerradura?

—Tiene usted talentos ocultos, señor McCrae.

—Empiezo a pensar que no soy el único —repuso él, imitando su expresión condescendiente mientras empujaba la puerta para abrirla.

Estaban dentro.

Colin metió el aro con las llaves en el zurrón y accedió al interior. Trent y ella le siguieron. Era difícil saber exactamente en qué habitación estaban, ya que todos los muebles estaban cubiertos con sábanas. Colin apagó el farol y lo dejó fuera antes de volver a cerrar la puerta.

—Vamos a ver qué nos encontramos.

No tuvieron que buscar mucho. El salón estaba al otro lado del vestíbulo y allí estaban sentados lord Howard y una Jane que no dejaba de reírse como una tonta.

Georgina quería estrangularla con sus propias manos.

—¿Te gusta el pudin, querida? —Lord Howard se inclinó hacia su amiga y le acarició la mejilla con un dedo.

—Está delicioso —respondió Jane entre más risitas.

Nunca volvería a gastarle una broma a su amiga.

—¿Por qué no te retiras ya? Voy a echar un vistazo a la casa. Mañana saldremos al alba. —Lord Howard ayudó a Jane a levantarse y la acercó hacía él para darle un breve abrazo—. Estoy deseando casarme contigo, mi vida.

Jane envolvió los brazos alrededor del cuello de lord Howard y le besó.

Una ardiente sensación ascendió por su garganta. Se iba a poner enferma. Cerró los ojos con fuerza y rezó porque aquella imagen desapareciera de su mente. ¿Qué podía haber visto Jane en aquel hombre? Tal vez debería haberse quedado en el carruaje.

—Te han preparado una habitación. Arriba, a la derecha.

En cuanto la voz de lord Howard le indicó que aquel beso por fin había terminado, abrió los ojos.

Vio a Jane asintiendo con la cabeza y riéndose otro poco más, antes de apartarse del hombre y acariciarle el pecho con la mano. ¿De verdad se sentía atraída por él? Tenía un aspecto lo suficientemente pulcro, pero sus maneras dejaban mucho que desear. Por lo visto su amiga no requería que su futuro marido tuviera tantas cualidades como ella.

«¿Como que posea un importante título nobiliario y dinero bastante para silenciar a las masas?»

Estuvo a punto de soltar un gruñido. Incluso teniendo al hombre de carne y hueso a su lado, seguía oyendo su voz en la cabeza. Qué injusticia más grande.

Colin hizo un gesto a Trent y a ella para que se colocaran en la zona más oscura mientras la pareja abandonaba el salón. Georgina no era la única que quería ponerle la mano encima a esa inconsciente cuanto antes y salir corriendo de allí, pero toda precaución era poca si querían evitar a lord Howard. A fin de cuentas, habían invadido una propiedad privada. Y aunque no tuviera dos dedos de frente, era evidente que Jane estaba allí por voluntad propia.

Lord Howard observó con ojos entrecerrados cómo Jane cruzaba el vestíbulo en dirección a las escaleras. Incluso se relamió los labios antes de volver al salón y cerrar la puerta.

Volvió a sentir ese nauseabundo ardor en la garganta.

En cuanto ese hombre espantoso desapareció de su vista, Colin colocó a Georgina a su espalda y fue hacia las escaleras. Trent ocupó la retaguardia de aquel alegre trío.

No tardaron mucho en encontrar el dormitorio donde habían instalado a Jane. Era la única habitación en la que se filtraba luz por debajo de la puerta.

—Tú irás primero. —Colin la empujó delante de la puerta.

Ella frunció el ceño.

—¿Por qué yo?

Trent se quejó por lo bajo.

—Por si está... desnuda.

No les faltaba razón. En silencio, asomó la cabeza por la puerta y vio a Jane dando vueltas en el centro de la habitación, completamente vestida. Así que entró sin pensárselo dos veces, tirando de Colin y su hermano.

Colin no sabía muy bien cómo sentirse por el hecho de haber irrumpido de esa forma en casa ajena, pero la mirada de estupefacción que les lanzó *lady* Jane bien mereció la pena. Vio la bata de un hombre, presumiblemente de lord Howard, tirada sobre el extremo de la cama, así como varios objetos personales dispersos sobre el escritorio. Estaba claro que no era una habitación de invitados y *lady* Jane parecía absolutamente desconcertada.

—¿Georgina? —*Lady* Jane en realidad sonrió cuando tomó la mano de su amiga—. ¿Has venido para ver cómo me caso?

—No —espetó Georgina entre dientes—. He venido para llevarte a casa. Pero ¿qué tontería es esta?

Los ojos de *lady* Jane se suavizaron mientras miraba al horizonte.

—Lord Howard dice que el amor verdadero no espera a cosas tan mundanas como que se lean las amonestaciones. Que eso es para las personas menos apasionadas que nosotros.

Colin soltó un gruñido. No creía que *lady* Jane y lord Howard estuvieran hablando del mismo tipo de pasión.

—Jane, tu reputación quedará completamente arruinada si sigues con esto. —Georgina intentó llevar a su amiga hacia la puerta—. Vamos a casa y hablemos sobre el asunto.

—Oh, no. Ya sé lo que te preocupa. —Jane volvió a sonreír. ¿Se habría dado cuenta de que Trent y él estaban en la misma habitación? ¿Podía ser tan obtusa?—. John ha prometido que me mantendrá pura hasta que pronunciemos nuestros votos.

Colin no pudo contenerse por más tiempo.

—¿Por eso la ha instalado en su dormitorio para pasar la noche?

—Bueno, yo... —*Lady* Jane volvió a mirar a su alrededor. Su expresión pasó de la confusión, al dolor y finalmente al horror, a medida que se fue dando cuenta de dónde estaba—. Seguro que ha sido un error.

Trent negó con la cabeza.

—Error o no, no quieres hacer esto.

Lady Jane les regaló otra mirada ensoñadora. ¿Esa muchacha había tenido alguna vez los pies en la tierra?

—Pero es amor.

Colin se aclaró la garganta.

—Va a ser maravilloso, ¿verdad? Usted y... John... uniéndose a su familia en Navidad, visitando sus respectivos hogares durante la temporada. Su padre enseñando a sus nietos cómo.... cómo... silbar, ¿verdad?

¿Acaso Colin McCrae se había vuelto loco? Se suponía que estaban allí para convencer a Jane de que se fuera con ellos, no para animarla a que se casara con el canalla que estaba en la planta baja. ¿Y qué era eso de silbar? ¿Quién se imaginaba a sus hijos silbando?

—¡Oh, sí! —Jane juntó sus manos—. Cada Navidad, mi familia baila alrededor de la chimenea. Es el único momento en que mi madre deja que mi padre silbe, para que todos podamos bailar y nadie tenga que tocar el pianoforte.

Colin asintió con entusiasmo.

—¡Claro que sí! ¿Y cree que su padre va a recibirlos con los brazos abiertos si no le concede la oportunidad de llevarla hasta al altar? Estará muy dolido.

¿Dolido? El conde iba a estar furioso, no dolido. Georgina se llevó una mano a los ojos, derrotada. ¿Por qué habría insistido en que Colin los acompañara?

El suave pero angustioso gemido de Jane la trajo de vuelta a la realidad. Alzó la vista y se encontró a su amiga tocándose el corazón con manos temblorosas.

—Dios mío, Georgina, ¿qué he hecho?

Por lo visto Colin McCrae era un genio.

—Todavía nada. Y así es como vas a seguir. —Georgina cruzó la habitación—. Salgamos de aquí.

De pronto oyeron unas fuertes pisadas en el pasillo. El almibarado discurso que Colin había soltado había durado demasiado y lord Howard estaba a punto de entrar. Miró a Trent y le hizo un gesto en dirección a *lady* Jane. A continuación, cada uno de ellos tomó a una mujer del brazo y se metieron por dos puertas que se encontraban en lados opuestos del dormitorio.

Colin empujó a Georgina al interior y cerró detrás de sí de la forma más silenciosa que pudo. Después se dio la vuelta y se encontró rodeado de estantes y percheros llenos de ropa. ¿Habían terminado en un vestidor? ¿Todas esas prendas eran de lord Howard? De ser así el

hombre estaba haciendo algo más que visitar esa casa de vez en cuando. ¿Viviría allí? Aquello explicaría todo el tiempo que pasaba en el club. Todo el mundo sabía que lord Howard estaba bajo de fondos, pero nunca se imaginó que su situación fuera tan precaria como para vivir del patrimonio de su abuelo.

Aunque en ese momento lo que menos le preocupaba era dónde vivía o dejaba de vivir Howard. Lo importante era que estaba atrapado con Georgina en una habitación con una sola puerta, una sola ventana y ningún arma a mano. Con un poco de suerte Trent y *lady* Jane se habrían escabullido a otra habitación y ahora irían de camino a las escaleras.

De un momento a otro, lord Howard se daría cuenta de que su presa había escapado y saldría tras ella. Esperaba que no necesitara cambiarse de ropa para tal labor.

Georgina estaba a medio metro de distancia, con las manos entrelazadas y sin moverse ni un ápice. Ni siquiera estaba seguro de que respirara. Para una mujer a la que le gustaba tenerlo todo controlado, hasta la combinación perfecta de parejas de baile, esa situación tenía que resultarle intolerable.

La luz de la luna que se filtraba a través de la ventana fue suficiente para distinguir la forma descomunal de un diván enorme al otro lado del vestidor. Llevó a Georgina hasta allí, hizo que se agachara y la colocó detrás del mueble.

—Si entra, quédese aquí.

—¿Y Jane? ¿Qué vamos a hacer? —preguntó en un susurro tan bajo que Colin tuvo que inclinarse para oírla hasta que le rozó el cabello con la nariz. Olía a limones.

—Está con Trent —murmuró—. No se preocupe. La sacaré de aquí.

Georgina se sentó en el suelo y cruzó los brazos sobre el pecho.

—Gracias.

Estar arrodillado detrás de un diván en el vestidor de un hombre que podía ser o no ser peligroso, no ayudó a que se sintiera merecedor de ningún agradecimiento. Georgina necesitaba estar preparada para la posibilidad de que aquello no fuera tan seguro como a él le gustaría.

—Ya me lo agradecerá cuando consiga llevarla a casa con la reputación intacta.

La oyó suspirar.

—Aunque deseo con todas mis fuerzas que eso suceda, quiero agradecerle el que lo intente. Incluso aunque no lo logremos.

Colin enarcó una ceja, si bien dudaba de que ella pudiera verlo en medio de aquella penumbra.

—Me asombra su fe en mi persona.

Sintió como ella encogía los hombros.

—Va a ser bastante irónico que Jane consiga llegar ilesa a su casa y yo sea la que sufra las consecuencias.

—Voy a sacarla de aquí y llevarla con Trent.

—Bien.

¿De verdad le creía? ¿Acaso importaba? Colin buscó con la mirada a través de la oscuridad. La oyó respirar, de forma rápida y poco profunda. Demasiado rápido.

—Todo va a salir bien. Lo único que tenemos que conseguir es salir. Después, todo irá viento en popa.

—Teniendo en cuenta que estamos a más de tres metros de altura, en una habitación sin salida al exterior, permítame que no me parezca muy reconfortante lo que acaba de decir. —Entonces soltó de forma atropellada—: No se lo puede decir a nadie.

Colin frunció el ceño.

—Por supuesto que no. Lo que tenemos que hacer es borrar de nuestra memoria todo lo que ha sucedido esta noche.

La oyó tragar saliva.

—No... Me refiero a que no le puede contar a nadie lo mío. Lo de... Lo de la lectura.

Un grito desde la otra habitación les obligó a agazaparse detrás del diván antes de que le diera tiempo a responder. Lord Howard estaba como loco. Se inclinó sobre Georgina para protegerla. Si alguien o algo tiraba abajo esa puerta, no la golpearía a ella.

Su cabello le hacía cosquillas sobre la barbilla y sus manos empujaron levemente su pecho. Sintió perfectamente la presión a pesar del abrigo, chaleco y camisa.

Le dio un brinco el corazón.

Para después dejar de latir.

No, aquello solo se debía a las circunstancias del momento. No se sentía atraído por Georgina. Esa mujer era intrigante, calculadora, codiciosa y otras muchas cosas que no le gustaban. El hecho de que también fuera inteligente, solícita y valiente no disminuía lo anterior. Solo hacía el cuadro más complejo.

—¿Por qué esa «caza del marido» tan desesperada? —susurró en su oído.

—¿Qué? ¿Quiere hablar de eso ahora?

—Como no podemos hacer otra cosa que esperar, así no nos aburriremos. Si habla en voz baja no nos oirá.

—Es lo que hacen las mujeres. —Ella volvió la cabeza para poder susurrarle también al oído. De pronto aquel plan de ponerse a hablar no le pareció tan buena idea.

—¿El qué? —Se aclaró la garganta y cambió de postura para que sus cuerpos no se rozaran en tantos lugares.

—Casarse. ¿Qué otra cosa puede hacer una mujer de mi posición social?

Tenía su parte de razón, pero ella parecía ir mucho más allá que el resto de las jóvenes que querían contraer matrimonio.

—Sí, pero ¿a qué viene tanto empeño? Primero Raebourne, después Ryland, ahora Ashcombe. Está claro que va detrás de un título.

Lord Howard chilló en la otra habitación, llamando a un tal Jasper. Sus fuertes pisadas resonaron a través de la puerta del vestidor, yendo y viniendo a lo largo del dormitorio.

Iban a estar encerrados allí dentro un buen rato.

Georgina soltó otro suspiro y, al igual que él, cambió de postura, acercándose al pecho de Colin antes de hundirse un poco más en el suelo. Después se movió hasta que apoyó la espalda contra la pared y el hombro contra la parte trasera del respaldo del diván y metió las piernas debajo de los faldones del mueble. Si alguien entraba por esa puerta estaría completamente oculta.

Colin se sentó sobre sus talones, permitiendo que la luz de la luna se interpusiera entre ellos para poder tener una mejor visión de su rostro. ¿Le vería ella igual de bien? ¿O el ángulo en el que estaba respecto a la ventana le mantenía entre las sombras?

Esbozó una tenue sonrisa al verla mirarle directamente a los ojos. Georgina bajó el tono de voz aún más, aunque era imposible que lord Howard los oyese sobre el ruido que provocaba su intenso deambular de un lado a otro.

—Primero cuénteme algo sobre usted.

Una parte de él rezó para que una intensa nube cayera sobre ellos. Cualquier milagro que los sacara de allí.

—¿Qué quiere saber? —preguntó, a pesar de que acababa de decirse a sí mismo que tenía que cambiar de tema.

Ella se quedó pensativa durante un instante.

—¿Por qué vino a Londres?

Colin la miró con sorpresa.

—Si le digo por qué vivo en Londres, ¿me contará por qué ansía con tanta desesperación un marido?

La vio ladear la cabeza, como si estuviera planteándose la respuesta.

—Sí. Una pregunta por otra pregunta.

Era lo justo, pero ¿era también una buena idea? Georgina no podía hacerle muchas preguntas que no quisiera contestar de buena gana. Su padre era una de ellas, por supuesto, pero ella no le conocía lo suficiente como para saber que era un tema peliagudo. Incluso podía hablar sin entrar en muchos detalles de su relación con el Ministerio de la Guerra, ya que ahora ella estaba al tanto.

Lord Howard empezó a gritar y los golpes que siguieron a continuación indicaron que tenía un elemento físico donde descargar su temperamento. Por lo visto el tal Jasper había llegado, aunque el sirviente no parecía muy preocupado por la mujer desaparecida. De hecho, tuvo las agallas de preguntarle si había mirado debajo de la cama.

Al parecer no lo había hecho. ¿Y ahora también miraría dentro del vestidor? Colin agachó la cabeza. ¿Por qué no podía ese hombre limitarse a salir corriendo detrás de *lady* Jane para que él pudiera sacar a Georgina de aquel vestidor?

Para su sorpresa, a su compañera de encierro no le afectó el alboroto que había al otro lado del vestidor.

Mientras esperaban, no podían hacer otra cosa que hablar, o susurrar en su caso. Se sentó al lado de ella, apoyó también la espalda contra la pared y empezó a responder.

—De acuerdo. Fui a Londres porque es donde se realizan casi todos los negocios. El mercado de valores está allí, la gente con dinero vive allí. Hay un montón de navíos y de información. Es el lugar perfecto para un hombre como yo.

—Quiero protección.

Aquella confesión susurrada caló hondo en su corazón, haciendo que quisiera abrazarla aunque no terminara de entender del todo sus palabras. Ahora su conversación no parecía tan trivial.

—¿Protección para qué? Es la hija de un duque.

—Que no puede leer ni escribir. ¿Qué cree que me pasaría si la sociedad se entera de que no puedo extender mis propias invitaciones?

¿Que no puedo leer un menú? ¿Que las cuentas del hogar o la correspondencia del hombre con el que me case tendría que llevarlas alguien que no sería la señora de la casa?

—Tranquila. —Colin la abrazó, intentando calmarla con sonidos reconfortantes hasta que su voz se convirtió en un susurro quedo. La atrajo hacia sí y le frotó la espalda. Nunca se había parado a pensar en lo que significaba para una mujer hacer cosas como esas, pero la mayoría de las tareas que un marido de la aristocracia esperaría de su esposa requerían saber leer.

—Y necesito que no se lo cuente a nadie. —El murmullo sonó como si estuviera conteniendo un sollozo.

—No lo haré. No lo haré. —Tenía pensando hablar con Riverton tan pronto como regresaran, pero ahora ya no le parecía tan importante. Georgina se las había apañado bien hasta ahora. ¿De verdad era tan trascendental que su hermano lo supiera?

Ella se apoyó en él durante unos segundos antes de separarse un poco.

—Tengo que casarme antes de que alguien lo descubra. Y tiene que ser con un hombre lo suficientemente poderoso para que me proteja cuando mi secreto salga a la luz.

Que desde luego no era él.

Aquel pensamiento lo impactó de tal modo que dejó caer los brazos a un lado. ¿Por qué había pensado tal cosa? Era cierto que últimamente la idea del matrimonio le había rondado por la cabeza con más frecuencia de lo habitual, pero jamás se le había ocurrido casarse con *lady* Georgina Hawthorne. Al menos no en serio.

—¿Por qué no puede leer?

—No, no, señor McCrae. Una pregunta a cambio de otra pregunta.

Colin no quería jugar más. Los hombres del dormitorio se habían calmado y sus voces habían descendido a un tono normal, lo que significaba que no podía oírlos.

—Voy a ver qué hace lord Howard.

Alejarse de Georgina le resultó más difícil de lo que se había imaginado. Sintió escalofríos donde la había tenido apoyada sobre su costado.

Pegó la oreja a la puerta, esperando no haberse perdido una parte vital de su plan.

—... que encontrarla. —La rotunda orden de lord Howard le estremeció por dentro—. Mirad por todas las habitaciones de esta planta. No puede haber ido muy lejos.

—Por supuesto, señor. —El sirviente parecía aburrido. No daba la sensación de estar poniendo mucho empeño en la búsqueda. No podía culparle. Dudaba que el personal sintiera mucho respeto por lord Howard, sobre todo porque en realidad no trabajaban para él.

Oyó más pisadas y luego una puerta abriéndose y cerrándose. Solo se había marchado un hombre. Aunque el sirviente no fuera a esforzarse mucho, no pasaría por alto que dos desconocidos salieran como si nada del vestidor.

A través de la puerta le llegó el ruido suficiente como para saber que el otro hombre no había salido inmediatamente de la habitación, pero no tanto como para saber qué estaba haciendo. Presionó con más fuerza la oreja entre la rendija que había entra la puerta y la pared, esperando oír algo definitivo. La oreja se le puso roja, incluso se arañó un poco con la madera, aunque no se enteró de nada. Ahora no se oía nada en la otra habitación. ¿Se habría ido ya el sirviente? Los preparaban para ser lo más sigilosos posible. Tal vez no se había dado cuenta del momento exacto en que se marchó.

Se atrevió a abrir una mísera rendija. Al oír el ligero clic hizo una mueca, pero se las apañó para asomar un ojo por ella y echar un vistazo al dormitorio.

Desde luego Jasper estaba haciendo un trabajo concienzudo al buscar en las habitaciones de esa planta. Si *lady* Jane había decidido esconderse entre las páginas de un libro el sirviente daría con ella en cuestión

de una hora. Había muchas posibilidades de que no se preocupara porque Colin o Georgina abandonaran a hurtadillas la estancia, o incluso que salieran caminando tranquilamente, pero puede que Howard hubiera enviado más sirvientes para comprobar el resto de la casa. Hora de poner en marcha un nuevo plan.

Cerró la puerta con cuidado y miró a su alrededor. Tenían un diván. Y ropa.

—Traiga los pantalones. Tantos como pueda. —Se acercó a la ventana. Estaba a punto destrozar unas cuantas prendas, pero la reputación de Georgina era mucho más importante que los pantalones de lord Howard (suponiendo que fueran suyos y no de los otros nietos del legítimo propietario de la casa).

Aquella ventana llevaba sin abrirse mucho tiempo, si es que la habían abierto alguna vez, así que le costó un poco conseguirlo. Se fijó en que había al menos cuatro metros y medio de distancia entre el marco de la ventana y el suelo. Aunque la pared que tenían debajo estaba rodeada de arbustos, estaba demasiado alto para saltar.

—Aquí tiene. —Georgina dejó caer una pila de pantalones a sus pies.

Ató un par al diván y luego siguió uniendo unas perneras a las otras hasta que tuvo una fila decente de ellos colgando por la ventana. Tiró de ellos y le dio el extremo de la cuerda improvisada a Georgina.

—Agárrese fuerte y la iré bajando poco a poco.

Ella miró los pantalones.

—¿Aguantará?

—Si empieza a romperse la bajaré todo lo que pueda antes de que se caiga.

—Qué reconfortante. —A pesar de la ironía de su susurro, se acercó a la ventana.

Colin se situó entre los pantalones para evitar que se cayera y envolvió las manos alrededor de su cintura. Su rápida respiración le dijo que aquella situación la estaba afectando tanto como a él.

Aunque preferiría no haberse dado cuenta de ese detalle.

La alzó contra su pecho y ella pasó un pie por la ventana abierta. La falda se abrió revelando su pierna desnuda.

Casi la deja caer por el impacto.

—¡Colin!

—Lo siento. —Intentó no reírse mientras la veía tal y como estaba, aferrándose a la pierna de un pantalón y mirándole por encima del hombro con las piernas colgando por la ventana. Georgina no iba a perdonarle por ponerla en esa tesitura tan humillante. Si encima se reía, le odiaría de por vida.

Y él no quería que le odiara nunca más.

Empezó a bajarla por la ventana. La oyó a gemir a media que iba liberando cuerda, sabiendo sin duda que el control que él ejercía sobre los pantalones era lo único que impedía que se estrellase contra los arbustos.

La estaba bajando lo más rápido que podía mientras estaba atento a cualquier ruido que indicara que Jasper había entrado al vestíbulo a curiosear. Al menos lord Howard creería que la culpable de que sus pantalones estuvieran colgando de la ventana del vestidor era *lady* Jane.

Vio cómo Georgina intentaba impulsarse para intentar caer lo más lejos de la pared cuando se acercó a la vegetación, pero terminó con los hombros enterrados al lado de un seto. Aun así, se la veía contenta por haber escapado, mirándole con una deslumbrante sonrisa de alivio, incluso cuando se esforzó por rodar fuera de la maleza.

Colin sacó una pierna por la ventana y trató de bajar con la cuerda de pantalones. Descender por nudos de tela no era tan fácil como parecía. Cuando sus rodillas tocaron la parte superior de la ventana de la planta baja oyó el material rasgándose.

Los pantalones cedieron y cayó. El impulso le envió a través de la maleza y fue rodando por el suelo hasta que aterrizó a los pies

de Georgina. Si alguien estuviera buscándoles activamente, seguro que habrían oído el golpe. Solo esperaba que el resto de sirvientes fueran tan apáticos al sufrimiento de lord Howard como Jasper.

Alzó la vista y se encontró con Georgina sonriéndole abiertamente, de forma natural y sin segundas intenciones. Seguramente era la primera expresión genuina que había visto nunca en su rostro.

Ella le dio un empujón en el hombro con el pie.

—Y usted que creía que no sería uno de esos hombres que caerían a mis pies.

Capítulo 20

Colin esbozó una deslumbrante sonrisa a modo de respuesta. Era increíble lo fácil que le resultaba ahora pensar en él como «Colin».

Georgina dejó de sonreír al instante. «Demasiado fácil.» Se aclaró la garganta.

—Me temo que vuelvo a verme en la necesidad de que acuda en mi rescate, señor McCrae.

Él se levantó del suelo.

—¿No habíamos quedado en que me llamaría Colin?

—Oh, muy bien. ¿Le importaría quitarme todos estos hierbajos del pelo, Colin?

En vez de hacer lo que le decía, se quedó donde estaba, mirándola fijamente con una sonrisa cada vez más amplia.

—El verde le sienta muy bien.

Ella puso los ojos en blanco. Era la única parte de su anatomía que podía mover, ya que las zarzas que tenía enmarañadas en el cabello la mantenían en una posición que hacía imposible que moviera las manos, a menos que quisiera enredarse más con el follaje.

Él se rio por lo bajo, pero se acercó a inspeccionar la situación. Tras unos cuantos tirones, le oyó soltar un silbido. Georgina intentó darse la vuelta, como si pudiera ver lo que él estaba contemplando.

—Estese quieta. Tiene varias ramas con espinas en el... recogido, o como se llame.

Mientras contemplaba cómo iba liberándola no sin esfuerzo, intentó respirar hondo para tranquilizarse. Pero entonces le vio con el cuchillo que había visto antes en el zurrón y por un instante se le detuvo el corazón.

—No, por favor, no me corte el pelo. Si no tendré que esconderme en casa el resto de la temporada.

Sus fuertes manos la agarraron por los hombros para que se quedara quieta. ¿Dónde había dejado el cuchillo?

—Tranquilícese. Voy a cortar la maleza. Supongo que no pondrá ninguna objeción a viajar hasta su casa con un par de ramitas en el pelo, ¿verdad?

—Por supuesto que no. —Ahora se sentía un poco estúpida.

Colin recuperó el cuchillo del suelo y se inclinó sobre las ramas que había detrás de ella. Aquello dejaría un buen hueco en el arbusto, por no hablar de los jirones de ropa. Desde luego, esa mañana iban a dar algo de qué hablar a la servidumbre. Tras unos pocos y rápidos tirones, sintió cómo se liberaba la presión que sentía en la cabeza. Se alejó unos pocos metros, sacudiéndose la falda y desenredándose el pelo lo mejor que pudo; lo que no fue mucho teniendo en cuenta sus «nuevos accesorios».

—¿Por dónde cree que deberíamos ir? —preguntó en cuanto estuvo lista.

Colin miró las dos posibles vías de escape que tenían frente a sí y señaló una de ellas.

—Intentémoslo por aquí. Estoy seguro de que estamos en el lado contrario a donde entramos.

Se pusieron a caminar. Notó cómo él ralentizaba su paso para ir a la par que ella. Todo un detalle por su parte. Estaba muy agradecida porque les hubiera acompañado en aquella aventura. A pesar

de sus intentos de discutir con él, Colin podía haber declinado y haberse bajado del carruaje cuando se desviaron del camino antes de salir de Londres.

Le vio meter el cuchillo en el zurrón. Aquel sería un buen tema de conversación. Se aclaró la garganta.

—¿De dónde ha sacado ese zurrón?

Él enarcó una ceja.

—¿Volvemos a jugar? Muy bien. Me detuve en casa de Ryland y se lo pedí prestado a su doncella.

No le había preguntado aquello con la intención de reanudar el juego, pero si él quería... Un momento, ¿qué era lo que acababa de decir?

—¿Su...? ¿La doncella de Marshington sabe cómo forzar cerraduras? ¿Y él está al tanto?

—De hecho, estoy convencido de que fue el propio Ryland quien le enseñó.

Qué interesante. Aunque no tanto como que Colin poseyera esa habilidad.

—¿Y quién le enseñó a usted?

—Esa es otra pregunta.

Bajo sus pies, sintió la suavidad de la hierba, como la de las alfombras más lujosas. Además, se dio cuenta de que con la cálida brisa nocturna y la luz de la luna iluminando el camino lo suficiente como para no estar sumidos en una opresiva oscuridad, se sentía bastante cómoda. En ese momento no corría ningún peligro de que nadie fuera a descubrir su secreto, incluso aunque se pusiera a hablar de él. Nunca se había sentido tan libre. Ni siquiera en su dormitorio, cuando estaba con Harriette, donde cabía la posibilidad de que entrara otra sirvienta o su madre. Jamás había estado realmente sola. Ahí, sin embargo, estaba a salvo.

—Pregúnteme lo que quiera.

Colin pareció meditar sus palabras durante unos cuantos pasos. Pero cuando por fin habló, lo hizo de forma lenta.

—¿Cómo es que su familia no sabe nada de su... ya sabe?

—¿De mi malformación?

Él le agarró de brazo para que se detuviera y le mirara a la cara. Tenía el ceño fruncido.

—No lo llame así.

—¿Mi deficiencia? ¿Mi tara?

Colin apretó los labios. Reanudaron el paso.

—Su inconveniente.

Interesante elección de palabra. Que fuera en zapatillas de baile en vez de con botas de viaje era un inconveniente. Al igual que si terminaban encontrándose con lord Howard en los jardines, su vestido blanco les delataría al instante. Su incapacidad para leer, sin embargo, siempre le había parecido más un obstáculo que un simple inconveniente.

—Harriette.

Colin arrugó aún más la frente.

—¿Harriette?

—Mi doncella. —Tocó con un dedo una floreciente rosa que se encontró por el camino—. Tenía seis años cuando me di cuenta de que a todo el mundo no le costaba leer lo mismo que a mí. Pensaba que conseguir que las letras permanecieran en el mismo sitio formaba parte de aprender a leer. La institutriz creyó que era perezosa y consentida. Así que me aproveché de aquello e insistí en tener mi propia doncella. Mi madre pensó que era adorable, sobre todo cuando escogí a Harriette.

—Pero Harriette es bastante joven.

Hizo un gesto de asentimiento, preguntándose una vez más en qué se habría convertido su amiga si no se hubiera visto atada a ella.

—Dos años mayor que yo. Vivía en el pueblo. Un día me llevé un libro al lago para ver si me resultaba más fácil leer sin tener a nadie a mi

alrededor. Ella me encontró y esperó a que lo intentara. Al ver que no funcionaba, me lo leyó.

—Y usted le pidió que fuera su doncella.

—Era una alumna brillante. Estudió conmigo y todo. Cuando la institutriz no nos veía, intercambiábamos las pizarras. Le dijo a Harriette cosas horribles. Ella intentó explicarme que la señorita Wilson no pensaba de verdad esas cosas, que solo lo decía porque era una simple muchacha de pueblo, pero yo lo sabía. Sabía que todas y cada una de esas palabras en realidad iban dirigidas a mí.

¿De dónde salía todo aquello? Nunca se lo había dicho a Harriette en voz alta, ni siquiera lo había admitido para sí misma. Pero era verdad. Había sentido el peso de cada comentario despectivo dirigido a su amiga. Ni su madre entendió por qué seguía insistiendo en que Harriette era la compañía perfecta; le llegó a sugerir de manera muy diplomática que tal vez aquella muchacha no estuviera a la altura de acompañar a la aristocracia, ni siquiera como simple doncella.

—¿Y ahora? —La suave voz de Colin la sacó de su ensimismamiento.

Le miró. Por fin había alguien que comprendería exactamente lo inteligente y leal que era Harriette.

—Se encarga de todos mis escritos. Me lee los periódicos cada mañana y escribe toda mi correspondencia. No sé qué haría sin ella.

—¿Dónde estaba cuando llegó la carta de *lady* Jane?

—Sumida en el sopor de láudano por un tobillo hinchado. —Ahora que Jane estaba a salvo podía reírse de las excentricidades de Harriette. La medicina y ella no se llevaban bien.

Continuaron caminando en silencio. Si el sol estuviera brillando en lo alto y no corrieran el peligro inminente de verse atrapados en una situación comprometida de dudosa legalidad, parecería que estaban andando por algún jardín de Londres. ¿Cómo sería salir a pasear con Colin? Desde luego se sentía mucho más cómoda hablando con él que...

—Vaya, esto sí que es un problema.

Alzó la vista y se encontró con una pared que no parecía tener ninguna entrada o salida a simple vista.

—Puede que esta vez se trate del muro de un jardín, ¿no?

Colin asintió.

—Con un poco de suerte, podremos saltarlo y salir de la propiedad.

Georgina tragó saliva. El muro estaba hecho de ladrillos que con el paso de tiempo habían ido formando una superficie completamente lisa. Ni siquiera una enredadera se había atrevido a trepar por él.

—¿Saltarlo?

Colin dobló las rodillas y juntó las dos manos. El abrigo se tensó sobre sus hombros.

—Deme el pie y la impulsaré hacia arriba. Después subiré y la ayudaré a bajar por el otro lado.

Georgina miró alternativamente a Colin y al muro.

—¿Se ha vuelto loco?

—A menos que quiera regresar a la casa este es el único modo. A mí personalmente me gustaría volver al carruaje antes de que amanezca. —Señaló con la cabeza sus manos ahuecadas—. ¿Me da el pie?

No podía hacerlo. No podía poner un pie entre sus manos y... bueno... saltar sobre su cabeza. Los últimos doce años se había dedicado a crear una fachada de dignidad y sofisticación; la dama perfecta. Aquello sería todo un escándalo.

«No es un escándalo si nadie se entera.»

¿Por qué tenía que pasar la noche lidiando con dos Colin McCrae? Era insoportable. Necesitaba volver a Londres. Ya.

Antes de que le diera tiempo a arrepentirse, se levantó la falda... e hizo una mueca al ver el dobladillo lleno de barro y briznas de hierba. Las zapatillas también estaban hechas un desastre. Colocó el pie entre sus manos unidas. Hasta ese momento no se había dado cuenta de que tenía frío, de hecho, había creído que la noche era

bastante cálida, pero el calor que envolvió su pie izquierdo le dejó el resto del cuerpo temblando. Bajó la mirada hacia la cabeza de él mientras colocaba las manos sobre sus hombros, aferrándose a su abrigo para no sucumbir a la tentación de acariciar esa maraña de rizos color caoba.

Él alzó la vista, seguramente para comprobar si estaba lista. Entonces sus ojos se encontraron. Estaban lo suficientemente cerca como para ver cada una de sus pestañas y percibir la mezcla de sus respiraciones. ¿Qué sentiría si se atreviera a rozar los labios de Colin con los suyos? ¿Podría ese increíble calor que le rodeaba el pie y que se filtraba a través de sus manos abrirse paso hasta llegar también a sus labios?

—Vamos —le urgió, antes de dejarse llevar por el instinto.

En cuanto Colin la alzó tuvo la sensación de que se iba a caer. Se mordió el labio para no gritar, pero no pudo evitar rodearle la cabeza con los brazos por pura cuestión de supervivencia.

Cuando Colin estuvo en posición vertical esperó en silencio a que ella encontrara las fuerzas suficientes para tranquilizarse y alcanzar la parte superior del muro, solo a poco más de medio metro de la cabeza de él. Era de fácil acceso, si es que en algún momento se atrevía a soltarse de él.

—Lo único que tiene que hacer es sentarse allí arriba. Yo haré el resto —la ánimo él, deslizando una mano sobre su rodilla para levantarla un poco más y que se sentara en el muro... o para que se cayera de bruces sobre su hombro.

En cuanto tuvo el trasero apoyado sobre el muro se sintió a salvo. O al menos lo suficiente como para sonreír a Colin, que se estaba frotando la cara con la mano y murmurando algo entre dientes. Un momento, ¿estaba rezando? Como si Dios fuera a ayudarles a salir de ese lío. Si hubiera querido echarles una mano habría intervenido para que la puerta por donde escaparon hubiera dado a un pasillo y no a un vestidor.

Después de unos segundos Colin la miró, aunque notó cómo sus ojos se desviaban de inmediato hacia los tobillos que le asomaban bajo la falda. Bueno, en la posición en la que se encontraba, poco podía hacer para evitarlo. Además, teniendo en cuenta que había metido la mano entre su falda —algo en lo que de verdad estaba intentando no pensar— no creía que le fuera a dar un ataque de pánico por ver unos centímetros de sus tobillos.

—¿Vamos a quedarnos aquí toda la noche?

Colin masculló algo antes de saltar y aferrarse con las manos a la parte superior del muro. Después, trepó con los pies por él, soltando unos cuantos gruñidos, hasta que pudo pasar una pierna por encima de él. Entonces se sentó e intentó recuperar la respiración.

—Impresionante —le felicitó ella con una sonrisa de oreja a oreja.

—Mmm. —Colin la agarró por debajo de los brazos. ¿En serio? ¿Había algún lugar a salvo de las manos de ese hombre esa noche?

En esta ocasión no se molestó en intentar infundirle ánimos. Simplemente tiró de ella, le colocó las piernas al otro lado del muro como si fuera una muñeca de trapo y, mientras seguía sentado a horcajadas en la parte superior del muro, se inclinó y la dejó colgada al otro lado de la pared. Y después, sin más miramientos, la soltó.

Georgina tomó aire para gritar a todo pulmón, pero entonces se dio cuenta de que tenía los pies en el suelo. Apenas había sido un salto de unos centímetros.

Colin pasó la otra pierna por encima del muro y saltó, cayendo a su lado.

—Sigamos —ordenó, antes de ponerse en marcha.

Georgina fue tras él.

—¿Usted también era un espía?

—¿Qué? —La miró confundido.

Aquello por lo menos sirvió para que aminorara el paso y ella pudiera seguirle el ritmo sin perder el aliento.

—Me tocaba preguntar a mí. Ryland y usted son lo bastante amigos como para que le acompañara en el altar el día de su boda. ¿También se dedicaba al espionaje?

—No.

Esperó a que se explicara. Aunque en sentido estricto, había respondido a su pregunta, quería que se explayara un poco más, como había hecho con las otras.

Al ver que transcurría un rato sin que dijera nada, decidió presionarle un poco.

—Entonces, ¿cómo conoció a Ryland?

Él la miró un instante, pero volvió a mirar al frente rápidamente.

—Esa es otra pregunta.

—Pues pregúnteme otra cosa. —Ella le daría una respuesta igual de escueta que la suya y así podría volver a saciar su curiosidad.

—¿En qué estaba pensando antes de que la alzara sobre el muro?

Georgina dio un traspié. ¿Se había dado cuenta de su intención de besarle? ¿Cómo había podido saberlo? ¿Sería por algo que había hecho? ¿A las personas les cambiaba la cara cuando pensaban en besar a otras? Nunca antes se había preocupado por esos menesteres. Y eso que un par de jóvenes caballeros habían querido llevarla a algún lugar más aislado para robarle un beso, pero siempre había conseguido salir airosa de esas situaciones. No tenía ni idea de si se le daba bien besar o no, ni tampoco iba a arriesgar su reputación para saberlo. Ahora le hubiera gustado meditar un poco más sobre esa cuestión. Siempre se había imaginado que cuando llegara el momento estaría casada, o por lo menos comprometida.

Miró a Colin. En algún momento del camino ambos se habían parado y estaban el uno frente al otro en silencio, esperando su respuesta. Abrió la boca para decirle la verdad. Era lo que llevaba haciendo toda la noche y una parte de ella quería aferrarse a la novedad, a permitir que fuera la única persona a la que nunca le mentía. Pero su lengua fue incapaz de articular las palabras.

—Pues... que no tenía ni idea de que me daban tanto miedo las alturas.

—Le conocí en España. —Colin empezó a caminar de nuevo.

Él sabía que le había mentido. No sabía cómo, pero estaba segura. De no ser así, le habría ofrecido una respuesta más completa.

Tomó una profunda bocanada de aire. Por extraño que pareciera, tenía la imperiosa necesidad de saber cómo había conocido al duque y esa sería la única oportunidad que tendría para obtener una respuesta. Obligó a su lengua a decir una verdad a medias en vez de una flagrante mentira.

—Me preguntaba cómo sería tocar su pelo.

Ahora el que tropezó fue él.

—¿Mi pelo?

Asintió, aunque siguió caminando. Moverse era la única excusa que tenía para que no le viera la cara.

—¿Es suave? Se riza de una forma peculiar. A Griffith y a Trent también les salen una especie de ondas. Pero las suyas parecen tener vida propia.

En ese momento llegaron a una esquina de la propiedad. Colin asomó la cabeza y miró a ambos lados antes de continuar.

—¿Por qué no lo comprueba usted misma?

—No, prefiero no hacerlo.

Él la sonrió y después se enderezó. Sus hombros ya no se veían tensos y ahora caminaba a su lado en vez de atropelladamente.

—Mi padre es dueño de una naviera. Iba de camino a España cuando me topé con un grupo de tratantes de esclavos con armas. No sabía qué hacer, aunque no podía abandonar a esas personas a su suerte. Intenté liberarlos, pero los tratantes me capturaron y me incluyeron en el lote.

Georgina se quedó sin aliento. No se parecía en nada a la alegre anécdota que esperaba oír.

—¿Y Ryland estaba allí?

Colin asintió.

—Era... uno de los tratantes. No de verdad. En realidad, estaba intentando recabar información. Algunos de los esclavos provenían de uno de los palacios de Napoleón. Ellos ya tenían un plan en marcha para liberar a los esclavos, pero no era infalible, y yo me las apañé para enfurecer a los tratantes.

—¿Y Ryland le salvó la vida?

—Posiblemente a expensas de la suya propia, sí. Estuvo cerca. Dispararon a Ryland y a otro espía, pero los esclavos pudieron dispersarse por todo el puerto. Espero que se las arreglaran para encontrar trabajo o volver a su hogar. Como España ya no era un lugar seguro para Ryland y su cuadrilla, les metí de polizones en mi barco en cajas de embalaje. Me pasé todo el viaje de regreso a Inglaterra pasándoles comida y medicamentos a escondidas. Nunca he estado más asustado en mi vida. El capitán apenas toleraba mi presencia a bordo. No quería ni imaginarme lo que haría si encontraba polizones.

La forma como estaba hablando de aquel incidente le dijo que se trataba de algo más que haber conocido a Ryland. Había cambiado algo en su interior. No podía tratarse de una coincidencia que a partir de ese momento se hubiera ido a vivir a Londres.

Bajó la voz hasta que casi se convirtió en un susurro.

—¿Ha vuelto a su casa desde entonces?

Sus ojos se encontraron con los de ella. Su respuesta fue inmediata.

—¿Se ha planteado contárselo a su familia?

—¡Aquí estáis! —Trent salió de repente de entre los árboles y abrazó a Georgina con fuerza—. Estaba tan preocupado. He intentado volver a la casa en tres ocasiones, pero yo no tengo un zurrón lleno de trucos como Colin y no había puertas o ventanas abiertas. Ese lugar está cerrado a cal y canto.

Colin dio una palmada a Trent en el hombro.

—Hemos tenido que dar un rodeo. Lord Howard salió a buscar a *lady* Jane. Estaba un poco preocupado por si os encontraba.

Trent negó con la cabeza.

—Le vi pasar a caballo por el camino de entrada hace un rato y tomar la carretera que lleva al pueblo. Ha debido de pensar que *lady* Jane ha ido allí en busca de ayuda.

Georgina miró a su alrededor, pero no vio a nadie más aparte de ellos tres.

—¿Dónde está Jane?

Trent señaló los árboles que había detrás de ellos.

—Durmiendo en el carruaje.

Colin puso al tanto a Trent de las partes más importantes de su aventura, omitiendo algunos detalles, como lo del muro. Y Georgina no hizo nada por corregirlo.

Después fueron hacia el carruaje y ella se subió para acomodarse en el asiento al lado de su amiga, mientras Trent y Colin despertaban al cochero y le ayudaban con los arneses de los caballos.

En cuestión de minutos regresaban a toda velocidad a Londres. Cada kilómetro que recorrían, se esforzaba al máximo por apartar de su mente al hombre que tenía sentado enfrente. Su paseo por el jardín había sido el momento más relajado y agradable que había tenido en años. Aunque era un lujo que no podía permitirse, pues también había sido el más aterrador de todos. Colin no podía mantenerla a salvo. Colin no conseguiría que la sociedad pasara por alto sus excentricidades. Colin no era el hombre que necesitaba.

Evitó mirarle cuando la conversación con su hermano empezó a flaquear. Antes de darse cuenta, los ronquidos de Trent se mezclaron con la respiración acompasada de Jane, dejándola sola con Colin, pero no tan sola como habían estado momentos antes. Le asustó las ganas que tenía de continuar con el juego de las preguntas, pero estas habían tocado temas muy personales de los que ni siquiera había hablado con Harriette. Aun así...

No, aquello era peligroso. No podía seguir jugando. Había llegado el momento de que Colin dejara de ser Colin.

Se detuvieron en una casa modesta unas pocas calles más allá de St. James Square. ¿Qué estaban haciendo allí? La portezuela se abrió y Colin se levantó de su asiento. ¿Vivía allí? ¿No en ninguna habitación alquilada o en un hotel, sino en una vivienda adosada?

Sus miradas volvieron a encontrarse antes de que se bajara del carruaje. Los primeros rayos de sol golpearon su rostro a través de la puerta abierta.

—Buenos días, Georgina.

Tragó saliva y sintió cómo el alma se le caía a los pies.

—Adiós, señor McCrae.

Capítulo 21

Era una lástima, de verdad, que uno no pudiera ir a una tienda y comprar una obra de teatro para ver en casa del mismo modo que adquirías un libro. Así tal vez no existirían tantas conversaciones sobre libros populares en las veladas de la sociedad. Georgina desde luego habría estado encantada si se redujeran al máximo.

—Fue una auténtica mentecata al rechazar al señor Collins —sentenció *lady* Theodora Clayton alzando la nariz. Su voz destilaba desdén, como si estuviera hablando de una persona real.

—Qué tontería. ¿Qué hubiera ganado ella de sus supuestas conexiones con las altas esferas? —Georgina abrió el abanico mientras expresaba su opinión. Se había pasado la mayor parte del día durmiendo, recuperando fuerzas tras su aventura nocturna, pero se había despertado a tiempo para prepararse para la reunión de esa noche. Dormir durante el día había evitado que echara mucho de menos a Harriette, aunque Margery le había dicho que Harriette había insistido en que estaría de vuelta a la mañana siguiente.

Lo cierto era que no le apetecía mucho acudir a una velada como aquella, pero cuando habían dejado a Jane en su casa, esta le había suplicado que la acompañara esa noche. A Jane no le quedaba más remedio que acudir si quería acallar los posibles rumores que podían haber empezado a surgir por su viaje, e insistió en que no podría conseguirlo sin Georgina a su lado.

Así que allí estaba, en medio de una conversación sobre un libro popular. Sintió cómo el sudor comenzaba a caerle por la espalda.

Lady Theodora frunció el ceño mientras tomaba en consideración su opinión.

—A *lady* Catherine de Bourgh no parecía inquietarle mucho, ¿verdad?

—No. Yo creo que Lizzie cometió la tontería cuando rechazó al señor Darcy por primera vez. —Al ver entrar a Trent y a Colin al salón, conversando entre ellos, agitó el abanico con más fuerza. ¿Siempre tenía que parecer tan pulcro y descansado después de pasarse la noche entera recorriendo el país dentro de un carruaje?

Decidió hacer como si no estuvieran. Tal vez no se acercara a saludarla. Colin... el señor McCrae y ella tenían que volver a actuar como si fueran meros conocidos. Prosiguió con la conversación como si le fuera la vida en ello.

—El señor Darcy tenía una posición social mucho mejor que la de ella. Declinar su oferta fue una locura.

Jane soltó un suspiro. Georgina se fijó en la expresión soñadora de su rostro mientras miraba al infinito.

—¿Y qué hay del amor?

Se rio para ocultar la vergüenza ajena que le causó aquel comentario. Solo las personas sin defectos y secretos podían permitirse el lujo de buscar el amor. Y que Jane hablara de ese sentimiento con una sonrisa tonta en los labios menos de un día después de estar a punto de arruinar su reputación, le bastó para declarar que esa emoción era de lo más absurdo.

—¿Qué pasa con eso? Ten en cuenta la cantidad de tiempo que pasarás con tu marido, frente al tiempo que pasarás haciendo otras cosas relacionadas con tu posición social.

Jane dejó caer el abanico y abrió los ojos.

—Nunca me lo había planteado de esa forma.

Sí, la ridícula idea que había tenido al huir con lord Howard decía mucho de su poca capacidad para plantearse nada. Se mordió la lengua para evitar expresarlo en voz alta. *Lady* Jane era una joven afable y hermosa capaz de presentar la competencia suficiente si se lo proponía, Su simpleza no disuadiría a nadie.

Muchos incluso lo verían como una virtud. Podía tener hijos, llevar una casa y asistir a reuniones sociales sin exigir mucho a su marido.

Incluso podía responder a su propia correspondencia.

La injusticia de todo aquello hizo que el sudor le corriera por el cuello y entre los pechos. Se abanicó con más energía. ¿Por qué hacía tantísimo calor en aquella estancia?

Lady Theodora miró a los distintos grupos de la elite social que conversaban.

—Puede que tenga que replantearme algunas ideas. —Sus ojos se iluminaron al ver a los dos hombres que hablaban en voz baja a la derecha del trío de damas. Alzó la voz un poco más—. Buenas noches, lord Trent y mmm... Buenas noches.

Trent y el señor McCrae se volvieron hacia ellas, esbozando sendas sonrisas. Trent hizo una reverencia y las saludó.

A Georgina le hubiera gustado borrar de un plumazo las coquetas sonrisas con que respondieron sus compañeras de charla. Se suponía que Trent era un buen partido, aun sin ser primogénito. Pero también era su hermano y estaba pasando demasiado tiempo con el hombre que podía destrozarle la vida. Así que se negaba a tener pensamientos amables sobre él en ese momento.

Trent le lanzó una dura mirada, sin duda para reprocharle su falta de modales. Un pecado más que cargar a los hombros del señor McCrae. Georgina no se había olvidado de cumplir con ninguna etiqueta social desde que tenía siete años.

—¿Me permiten presentarles al señor McCrae? Señor McCrae, estas son *lady* Jane y *lady* Theodora.

El rubor de Jane fue creciendo mientras se intercambiaban las correspondientes reverencias y saludos. Intentaba fingir que no había conocido al señor McCrae en ningún viaje furtivo de vuelta a Londres, pero no estaba haciendo un buen trabajo.

El señor McCrae, sin embargo, era un actor admirable. Por mucho que le hubiera gustado creer que era tan egocéntrico como para olvidarse de *lady* Jane, tenía que reconocer que simplemente estaba siendo amable.

—Estábamos hablando de la historia de amor de Elizabeth Bennet y el señor Darcy. —*Lady* Theodora ladeó la cabeza para mirar a Trent batiendo las pestañas—. ¿Ha tenido oportunidad de leer el libro, milord?

—Me temo que no he tenido el placer, pero sí me he percatado de que mis hermanas suelen llevarlo consigo a menudo. —Las miró a las tres—. ¿Me lo recomiendan?

Jane y *lady* Theodora se colocaron a ambos lados de Trent, obligando al señor McCrae a retroceder un paso o sufrir un par de pisotones. Al final rodeó al trío y se colocó a su lado.

No soportaba contemplar a sus amigas sonriendo de forma afectada y tonta a su hermano, sobre todo si esas sonrisas se debían a un libro. Y no porque creyera que Trent no se lo mereciera, sino porque le privaba de cualquier posibilidad de manejar la situación. Se sentía ajena a la conversación.

Como si lo hubiera anticipado.

El abanico revolvió el aire a su alrededor, moviendo sus rizos. Se obligó a reducir a la velocidad a un ritmo más pausado. No podía permitir que todo el mundo se percatara de que estaba nerviosa.

—Esta noche hay muy poca gente en la terraza —dijo el señor McCrae, inclinándose de tal forma que solo pudiera oírlo ella—. ¿Quiere que la acompañe fuera?

—No. —Se mordió el labio por la flagrante mentira.

Lady Jane se acercó aún más a Trent, como si su hermano no supiera que la noche anterior había intentado fugarse con lord Howard. Casi le produjo náuseas.

Georgina volvió a abanicarse con brío.

—Sí —dijo ahora, cambiando de opinión.

Colin se inclinó y le ofreció el brazo.

Por deferencia a la buena noche que hacía, la anfitriona había iluminado la terraza casi tan bien como el salón. Varias parejas departían entre sí al otro lado de las puertas dobles abiertas de par en par. Era el lugar perfecto para mantener una conversación relativamente privada.

Miró de reojo a Col... al señor McCrae. Si tuviera una mejor posición social...

—¿Suele llevar un libro consigo? —preguntó él antes de apoyarse en la balaustrada de piedra, bajo un haz de luz.

Las sombras cambiantes que proyectaba el farol apagaron los reflejos rojizos de su cabello. No debería darse cuenta de aquellos detalles. Se lo repitió una y otra vez. Que se sintiera más cautivada por el pelo de ese hombre que por el cabello castaño de lord Ashcombe no le ayudaría a lograr su objetivo.

—Toda joven dama debe llevar un libro encima. Una nunca sabe cuándo va a necesitar entretenerse.

El señor McCrae enarcó ambas cejas mientras las comisuras de sus labios dibujaban una sonrisa.

—Cierto. La mayoría de las damas jóvenes pueden encontrar un solaz momentáneo entre las páginas de una novela. —Se inclinó ligeramente, bajando el tono de su voz hasta transformarlo en un susurro cómplice—. Pero no usted.

Georgina volvió la cabeza para mirar a su alrededor y asegurarse de que nadie estuviera lo suficientemente cerca para oírles.

—Si no le importa, tenga cuidado con sus palabras.

—No me importa.

Se quedaron en silencio durante un momento. ¿Por qué no se alejaba de él? No era como si quisiera compartir su tiempo con ese hombre. Podía alegar que necesitaba un refresco o que debía retirarse al excusado. Cualquier cosa con tal de apartarse de él y aproximarse a otra compañía mucho más adecuada. A ser posible Ashcombe.

—¿Por qué no se lo ha contado? —Su susurro se enredó en su oído, tan suave como el intenso aroma de las rosas que llegaba hasta la terraza.

¿Seguían hablando de lo mismo? Fingió tener que colocarse el guante para evitar mirarlo a la cara. Si veía compasión en sus ojos, se moriría por dentro.

—Ya hemos abordado ese tema. Sería el hazmerreír de Londres. Tendría suerte si recibiera una oferta para escaparme con Wickham.

Él se rio por lo bajo. Una risa que le acarició la piel y se coló por debajo del guante que acababa de ajustarse.

—No hablo de Londres. Me refiero a su familia. Trent está convencido de que se ha leído el libro.

—Y lo he leído. —Por fin decidió mirarle para asegurarse de que la creía, pero su ceja enarcada le confirmó que no.

—Está bien —continuó ella—. Harriette me lo leyó, que es como si lo hubiera hecho yo.

—¿Por qué no se lo ha contado?

Aquel hombre era como una solterona tratando de mantener la atención de un soltero de tercera categoría. ¿Por qué no la dejaba en paz?

—Dígame, señor McCrae, ¿de qué me serviría eso?

Él parpadeó estupefacto. Por lo visto, era la primera vez que le pillaba por sorpresa.

—Podrían ayudarla.

Ahora fue ella la que se inclinó hacia delante, con la esperanza de que, si alguien los veía, creyera que estaban charlando alegremente, no manteniendo una conversación tan seria y personal.

—¿Ayudarme a qué?

Si decía que a aprender a leer se arriesgaría a montar un escándalo y le metería el abanico en el ojo allí mismo. Había intentado de todo a lo largo de los años, desde las cartillas con el abecedario hasta Harriette escribiendo palabras con letras enormes. Nada le había facilitado la lectura. Al final, había logrado descifrar un par de líneas en un libro impreso, pero después de horas de esfuerzo.

Aunque lo único mejor que aquello sería que le dijera que podían ayudarla a que consiguiera un matrimonio más ventajoso. ¿No se daba cuenta de que si su familia hacía cualquier movimiento fuera de lo habitual la haría parecer desesperada y todo el mundo empezaría a preguntarse qué le pasaba?

Le vio cambiar de postura, cumpliendo con su parte de parecer un hombre obligado a acompañarla fuera. Quizá no estuviera fingiendo nada. ¿Y si solo la había llevado fuera porque sentía que era su deber como caballero?

—Podrían ayudarla a ser usted misma.

Ahora fue su turno de parpadear, de mostrar la consternación que no pudo contener. De todas las cosas que podía haberle contestado, ser ella misma era lo último que se había imaginado. Nadie esperaba que una joven fuera ella misma en Londres. Querían la perfección, el epítome de una dama.

—Colin, yo...

—Ah, *lady* Georgina, me estaba preguntando si tenía la intención de honrarnos con su presencia esta noche.

Colin le sostuvo la mirada durante unos segundos, pero solo antes de darse cuenta de quién era el hombre que había detrás de ella.

—Lord Ashcombe, buenas noches —le saludó él.

—Señor McCrae. —En el rostro del conde podía leerse perfectamente la pregunta que no había formulado en voz alta. Quería saber qué estaba haciendo ella en la terraza con alguien de tan escasa importancia.

—El señor McCrae ha sido tan amable de acompañarme fuera cuando Trent se ha convertido en el centro de atención. —Le dedicó al conde su sonrisa más coqueta. Si la manera en que se relajó su semblante era indicio de algo, había mordido el anzuelo como las truchas de río que solía pescar su hermano—. Tener un hermano que es tan buen partido puede resultar bastante agotador.

—Tal vez podamos encontrar alguna compañía más agradable. He oído que va a dar comienzo el baile. —Le ofreció su brazo.

Georgina colocó una mano sobre él.

—Me parece una idea excelente, lord Ashcombe. —Una parte de ella quería quedarse en aquella terraza con Colin. ¿Por qué? ¿No era Ashcombe su objetivo? Se le estaban acabando las oportunidades. No podía permitirse el lujo de perder aquella.

Mientras volvía dentro, echó un vistazo por encima del hombro en dirección a Colin. ¿Por qué entonces tenía la sensación de que ese hombre era precisamente la oportunidad que estaba perdiendo?

Se dijo a sí mismo que debía mirar al jardín, a las otras parejas de la terraza, a su calzado, a cualquier cosa además de al blanco bamboleo de la falda de Georgina mientras entraba en la casa. Pero no funcionó. Sus ojos no se despegaron de ella hasta que no desapareció. Solo entonces se volvió para clavar la vista en la vegetación que tenía enfrente, con los labios apretados en una línea sombría. ¿De verdad había pensado que las cosas serían diferentes a partir de ahora? Había acudido a esa fiesta en particular para verla, manipulando a Trent para que le llevara como acompañante, ya que a él no le habían invitado. ¿Y para qué? ¿Para recibir otro desdén más de la Reina de Hielo?

Después de lo que había pasado durante las últimas veinticuatro horas, había creído que todo sería distinto. Que ella sería distinta. Le gustaba la muchacha que había salido a salvar a su amiga sin pensárselo dos veces, manejando a su antojo a sus hermanos, o incluso a él mismo, para evitar la ruina de otra joven. Se había quedado impresionado con la Georgina que se escondió detrás de un diván, que bajó por una cuerda hecha de pantalones o que le confió sus secretos para saber un poco más de él.

Si no hubiera sabido que era imposible, habría creído que existían dos mujeres con el mismo nombre y apariencia, que se iban intercambiando con el expreso propósito de volverle loco.

Siguió los pasos de Georgina hasta el salón. Debería marcharse. Una de las reglas cruciales de todo hombre que orbitara alrededor de la alta sociedad era que tenía que saber cómo mantener su lugar. Si uno acaparaba demasiada atención sobre sí mismo corría el riesgo de que terminaran repudiándole. Y acudir a fiestas a las que no le habían invitado era una buena forma de llamar la atención.

La vio bailando con Ashcombe, esbozando esa perfecta sonrisa que él tanto odiaba, la que usaba para evitar que alguien se acercara lo suficiente a ella como para descubrir su secreto. La pareja estaba danzando en círculo, así que también pudo percibir lo mucho que a Ashcombe le gustaba aquella sonrisa. Lo mucho que estaba disfrutando de ser el centro de la joven más bonita de la estancia, de saber que todo el mundo decía que serían la pareja del año. Por lo menos antes de que el matrimonio de Miranda y Ryland hubiera salido en los periódicos.

—Sálvame.

Se volvió para encontrarse con Trent, que lo miraba con los ojos llenos de terror.

—¿De qué?

Trent echó un vistazo alrededor de la habitación.

—De quién.

Colin puso los ojos de blanco.

—Muy bien. ¿Entonces de quién?

—De *lady* Jane.

—De la mujer que resca... —Apretó los dientes y tragó saliva. No habían pasado por la molestia de salvar a la muchacha para luego ser ellos los que iniciaran los rumores sobre el incidente—. ¿De la joven que lord Howard ha estado visitando últimamente?

—De esa misma. Tras los recientes acontecimientos, digamos que ha decidido dirigir sus atenciones hacia otro lugar.

Colin se echó a reír. La mirada de disgusto de Trent era demasiado divertida como para no hacerlo. Además, su corazón no estaba por la labor de compadecerse de aquel hombre perseguido.

Trent le dio un empujón en el hombro.

—Lo digo en serio.

—¿Qué quieres que haga? Que la hayas rescatado puede resultar bastante romántico.

—Tú también estabas allí. —Trent frunció el ceño.

—Me temo que no soy noble, ni soy un hombre solitario, ni vivo en la miseria. Y todos sabemos que un héroe romántico debe poseer alguna de esas tres cualidades.

Trent lo miró desesperado.

—Invéntate algo que consiga distraer su atención sobre mí. Cualquier cosa me vale, de verdad.

Colin miró a su alrededor, pensando en qué podía hacer que una mujer dejara de prestar atención a un hombre al que ahora veía como el salvador de su reputación. Sus ojos brillaron al ver la figura ligeramente redondeada de lord Howard al otro lado del salón.

—Creo que acaba de llegar tu distracción.

—Venga, ayúdame, pero como se le ocurra volver a escaparse con ese patán, no moveré un solo dedo.

Colin estaba de acuerdo. Pero le preocupaba más que lord Howard arrinconara a *lady* Jane y esta le diera los nombres de los que la habían ayudado a escapar. ¿Qué haría lord Howard con esa información? No quería fomentar ningún tipo de relación con ese hombre, pero tenía un título nobiliario y, si se lo proponía, podía complicarle la vida. Lo único que tenía que conseguir era que un par de comentarios llegaran a los oídos adecuados.

—Deberías sacarla a bailar.

Trent le miró.

—¿Me has escuchado? Estoy intentando evitarla, no animarla.

—Antes de que termine la semana ya se habrá fijado en otro hombre. Ahora lo importante es que lord Howard crea que está fuera de su alcance y en compañía de personas que hagan que merezca la pena que ceje en el empeño.

Por su costado izquierdo oyó una risa que le crispó los nervios, a pesar de que apreció la cadencia perfecta y melodía del sonido. ¿También la traía aprendida desde casa? Ashcombe no era una persona divertida, así que no podía haber dicho nada que mereciera aquella risa.

—Supongo que tienes razón. —Trent se frotó la cara con una mano y a Colin no le quedó más remedio que volver a centrarse en el tema de conversación del que habían estado hablando hacía unos instantes.

Tenía que salir de allí antes de cometer alguna estupidez.

Dio una palmada a Trent en el hombro.

—Manos a la obra, compañero. Me voy a casa —dijo.

Trent alzó ambas cejas.

—Pero si solo llevamos aquí veinte minutos.

—Me he acordado de que tengo unos asuntos de negocios importantes que necesito atender con urgencia y que tuve que dejar a un lado anoche. —No era mentira del todo. Había dejado algunas cosas sin terminar sobre el escritorio, pero ya se había ocupado de ellas esa misma tarde.

Sin esperar a que Trent asimilara sus palabras, se fue hacia la puerta, sin pararse a despedirse de los anfitriones que tampoco le habían querido allí en un primer momento.

Cuando llegó a casa, se fue a su estudio a pesar de que no tenía nada más que hacer allí esa noche. La carta de Alastair Finley todavía yacía en una esquina del escritorio, al lado de la que le había escrito su padre. Las había dejado allí, sintiéndose demasiado sentimental como para tirarlas a la chimenea, pero incapaz de responder a cualquiera de los dos.

Tamborileó los dedos sobre la solicitud de Alastair. Con todos sus instintos gritándole a pleno pulmón que pusiera el papel bocabajo y no se dejara embaucar de nuevo, desdobló la carta y volvió a leer la oferta. Todo seguía estando allí: la solicitud de un nuevo gerente, sus preocupaciones sobre no tener un heredero adecuado y sus nada sutiles intentos de hablarle de la disponibilidad de Erika. El viejo marinero le estaba ofreciendo la vuelta a su hogar, una nueva vida e incluso una pequeña venganza sobre su padre. Por primera vez, encontró cierto atractivo en las tres.

Capítulo 22

Esto es diferente. —Harriette se acercó un poco más a Georgina. Todavía se la veía un poco dolorida, pero la cojera apenas era perceptible. Georgina había intentado convencerla para que se quedara en casa otro día más y descansara, pero Harriette hizo oídos sordos. Por lo visto se sentía bastante mal por no haber podido ayudarle en el incidente de Jane.

—Todavía estamos en Mayfair. —Más bien no. Pero esperaba que esas palabras le infundieran un poco más de confianza de la que ella sentía. El café, que tenía clientes dentro, pero no tantos como para estar lleno, estaba situado en una parte respetable de la ciudad, aunque no en una que frecuentaran demasiado.

Llevó a Harriette hacia una mesa que había en la parte trasera. Había elegido ese establecimiento porque no estaba cerca ni de St. James ni de la calle Bond, donde solían reunirse sus amistades o conocidos. Un rápido vistazo a su alrededor mostró unas pocas miradas curiosas, pero ningún rostro conocido. Se había puesto el vestido más sencillo que tenía, pero incluso así llamó la atención de los allí presentes.

—¿Por qué no hemos podido ir a nuestro café de costumbre? —Harriette se sentó a su lado, mirando a su alrededor como si esperara que los clientes pertenecientes a la pequeña nobleza, abogados o el dueño del local fueran a transformarse de un momento a otro en toscos marineros, rufianes o personas con alguna que otra cicatriz de aspecto peligroso.

—Porque vamos a encontrarnos con Lavinia. —No había hecho caso de la presencia de Lavinia en la capital todo el tiempo que había podido. Se sentía mal por no reconocer públicamente su amistad, pero no podía arriesgarse a menoscabar su reputación si la veían con ella.

La voz de Colin la había reprendido durante horas después de enviar a Lavinia una invitación para que se encontraran en ese recóndito café, pero no podía hacer otra cosa. Lavinia era una compañía adecuada en el campo, donde todo el mundo la conocía y estaba acostumbrado a su forma de hablar poco natural. Allí no era la muchacha más popular del pueblo. Nadie la menospreciaba, como demostraba la proposición de matrimonio que había recibido del señor Dixon, pero al mismo tiempo, tampoco era recibida con la más calurosa de las bienvenidas.

Cuando la vio entrar, parecía como si perteneciera a la multitud, con aquellos rizos marrones enmarcando su cálida sonrisa. Cruzó la sala y las esquinas de sus ojos se arrugaron en cuanto vio a Georgina.

—¡Qué alegría verte! —exclamó Lavinia extendiendo la mano sobre la mesa para estrechar la suya.

Georgina miró a su alrededor. Había venido sola.

—¿Dónde está tu acompañante?

—Mi madre está de compras. Luego vendrá conm...migo andando a casa.

Pidieron un café. Al principio, la conversación fue un tanto formal, pero no pasó mucho tiempo antes de que regresaran a la normalidad, compartiendo historias y bromeando entre ellas. Al final ni se dio cuenta del tartamudeo de Lavinia.

Sintió una punzada de celos en el corazón. Jamás había estado celosa de Lavinia. Sí que le había dado pena, pues su amiga no podía o no quería ocultar su defecto, pero nunca celos. Y, sin embargo, aquí

estaba Lavinia, hablando de sus planes y las oportunidades que se le presentaban en Londres, sin inquietarse, al menos aparentemente, por lo que sucedería cuando la gente la oyera hablar.

—¿No estás preocupada? ¿Ni siquiera un poco? —preguntó, después de que Lavinia hubiera puesto sus esperanzas en encontrar a alguien más adecuado que el señor Dixon durante las seis semanas que pasaría en Londres. Por mucho que lo intentara, no podía evitar pensar en que tal vez Miranda había tenido razón cuando le comentó las pobres perspectivas que tenía su amiga.

Lavinia miró por encima de las cabezas de los otros clientes hacia la ventana.

—¿Sabías que M...Moisés no hablaba bien?

¿Moisés? ¿Se suponía que conocía a alguien llamado Moisés?

—¿Ah, no?

Lavinia se sentó hacia delante, inclinándose sobre la mesa, como si estuviera a punto de compartir el cotilleo más interesante del año.

Georgina no pudo evitar inclinarse también. Igual que Harriette, que se había sentado un poco más alejada de ellas y estaba ocupada tejiendo, ladeó la cabeza para oír mejor.

—M...Moisés no podía hablar bien, p...pero Dios le utilizó de todos modos y gracias a él existen los cinco p...primeros libros de la Biblia.

Georgina ya le odiaba solo por eso. Ese Moisés había empezado ese libro que tanto parecía obsesionar a su familia.

—¿Y eso qué tiene que ver con esto?

—Bueno, tal y como yo lo veo, si un hombre de D...Dios tenía el mismo defecto que yo, entonces no creo que D...Dios quiera que me preocupe.

Georgina no lo tenía muy claro del todo, pero si eso proporcionaba a su amiga la confianza necesaria para desenvolverse por Londres, no sería ella quien se lo discutiera. No era justo que Dios concediera a algunas personas lo que necesitaban para sentirse bien consigo mismos.

Por supuesto que con frecuencia solía dar esos dones por medio de ese libro suyo, lo que significaba que no tenía nada para ella, o si no le habría permitido leerlo.

Daba igual lo que dijeran en la iglesia los domingos, estaba claro que ella no era uno de sus hijos predilectos. Qué habría hecho de pequeña, tan malo como para que Dios la aislara de su familia de esa manera, cuando ni siquiera había aprendido a andar.

—Te deseo la mejor de las suertes. —Apretó la mano de Lavinia. Lo decía de verdad—. No sé cuándo podremos volver a vernos. Mi madre me ha organizado una agenda muy apretada para las próximas semanas. —Mentira.

—Me alegra mucho que hayamos p...podido vernos hoy. Mi tía se ha asegurado de recibir unas p...pocas invitaciones «interesantes», así que p...puede que volvamos a encontrarnos mientras estoy aquí —dijo Lavinia, abriendo los ojos para dar énfasis al eufemismo que había usado. Lo que venía a decir que su tía había sido invitada a uno o dos eventos por encima de los círculos sociales a los que estaba acostumbrada.

Aquello la puso un poco nerviosa. No obstante, ese tipo de eventos eran fiestas grandes, o incluso bailes, por lo que no le resultaría demasiado difícil evitarla.

—Te voy a vigilar muy de cerca.

La culpa convirtió el café que estaba tomando en una especie de lodo tóxico en su diafragma. Vigilaría a Lavinia, sí, pero no por las razones que ella seguramente creería. Estaría pendiente de ella porque Miranda tenía razón. Incluso el camarero que había pasado junto a su mesa la había mirado con recelo al ver a Lavinia trabarse con algunas sílabas. No podía ni imaginarse lo que haría la alta sociedad.

Cuando la madre de Lavinia se unió a ellas, Georgina procuró que la conversación fuera lo más breve posible antes de despedirse.

Pensando en el tobillo de Harriette, alquiló un coche de caballos para que las llevara a la zona de Mayfair por la que solían salir a pasear.

Una vez dentro del carruaje, el silencio se hizo cada vez más opresivo mientras contemplaban por la ventana cómo las casas de las calles eran cada vez más grandes y elegantes.

—No tengo que sentirme culpable por nada.

Harriette ladeó la cabeza, confusa.

—¿*Milady*?

Georgina se retorció en su asiento. Ya podría ese coche tener unos cojines más cómodos.

—Está la vida en el campo y la vida de la ciudad. Una joven no debería tener que vivir las dos en las mismas calles.

Harriette no dijo nada y ella evitó mirar en su dirección. La voz de Colin ya la estaba reprendiendo en su interior. No necesitaba que la mirada triste de Harriette se uniera a la fiesta.

—¿Puede ser que ayer la viera hablando con la señorita Clemens en un café?

A Georgina le sorprendió la pregunta de lord Ashcombe. Eran las primeras palabras que le había dirigido desde que la recogió para dar un paseo hacía diez minutos. Estaba sentada a su lado, divagando como llevaba haciendo los dos últimos días. Dos días en los que no había sabido nada de Colin McCrae, a pesar de que había irrumpido en su mente en los momentos más inoportunos.

—¿*Lady* Georgina? —insistió Ashcombe.

¿Qué le había preguntado? Ah, sí. El café con Lavinia. ¿Cómo se había enterado?

—Sí, ayer tomé un café con la señorita Clemens. Nos conocemos del campo.

Ashcombe asintió, apretando los labios en una delgada línea.

—Que no vuelva a verla nadie en su compañía.

Georgina abrió los ojos perpleja. Ni siquiera Griffith había sido tan exigente como para negarle que pudiera ver a una persona. Daba igual que ella misma hubiera llegado a la misma conclusión. Ashcombe mostraba una arrogancia excesiva ordenándole tal cosa cuando ni siquiera habían hablado de matrimonio.

—¿Disculpe?

La sonrisa que torció sus labios no pareció nada natural; todo lo contrario, provocaba una sensación siniestra. Debería practicar más tiempo frente al espejo.

—Ambos sabemos que no invito a muchas damas a dar un paseo. Si van a relacionarme con usted, quiero que se preocupe por mantener una cierta imagen. ¿Sabe? La imagen es la clave para el éxito de un hombre y el comportamiento de su esposa puede llegar a dañarle mucho más a él que a ella.

Se debatió entre el vértigo que le produjo que la viera como su potencial esposa y la ira por la presunción de que su reputación importaba más que la de ella.

«¿No es eso lo que buscas en un hombre de tal abolengo? ¿Qué su reputación pueda salvarte de una futura ruina?»

Georgina se imaginó a un diminuto Colin McCrae cayendo por un acantilado. ¿Cómo sabía lord Ashcombe siquiera quién era Lavinia? Había confiado en que nadie reconocería a su amiga si alguien las veía juntas.

—¿Qué pasa con Lavinia Clemens? Su padre es propietario de unos cuantos aserraderos de mucho éxito.

Ashcombe asintió.

—Sí, lo sé. Clemens es un buen hombre. Lástima que tenga una hija estúpida. No sé qué se le ha podido pasar por la cabeza para permitir que venga a Londres.

Abrió la boca durante unos segundos antes de recordar lo poco elegante que era que a una la vieran con cara de sorpresa. ¿Acababa de llamar estúpida a Lavinia?

—Lavinia es una joven brillante.

—Entiendo por qué piensa eso. Viste con bastante elegancia y pinta unos cuadros muy bonitos, pero en cuanto pronuncia una frase de más de cuatro palabras demuestra su verdadera inteligencia. Tiene que haberlo notado. Aunque me parece muy amable por su parte que lo pase por alto, debo pedirle que limite sus obras de caridad a causas más obvias y beneficiosas para usted.

¿Sus obras de caridad? Georgina se echó hacia atrás en el asiento del vehículo. ¿Pensaba que Lavinia era una obra de caridad? Podía ser. En el campo la tenía por una amiga, pero se había recorrido media ciudad para encontrarse con ella en algún lugar donde no pudieran verla ninguna de sus amistades. Aunque por lo visto había fallado en el caso de lord Ashcombe.

Eso parecía bastante más egoísta que cualquier obra de caridad.

—¿Le ha comentado su hermano si tiene intención de visitar Gloucester pronto?

El cambio de tema la sorprendió.

—¿Mi hermano?

—Riverton. ¿Tiene pensado viajar a Gloucester?

¿Cuándo habían dejado de hablar de Lavinia? ¿Ashcombe había dado su opinión y ese era el fin de la discusión? ¿Acaso la de ella no contaba? ¿Por qué asumía que acataría sus órdenes sin cuestionarlas cuando no había ningún acuerdo formal, o informal, entre ellos? ¿Qué diría de su defecto si se había mostrado tan tajante con respecto a que se alejara de Lavinia? La cabeza le estaba dando vueltas con tanta pregunta.

—N...No. No he oído nada al respecto.

—Mmm. Manténgame informado si se entera de algo. Tengo asuntos propios que atender en Gloucester y me gustaría hablar con él si decide ir allí. —Ashcombe hizo girar los caballos.

Georgina se sintió aliviada al comprobar que estaban finalizando el paseo. Acaba de darle otra orden. ¿Cuánto peor sería si se casaban?

¿Y desde cuándo pensaba con el «si» condicional?

—Buenas noches, Colin.

Al aludido casi se le cayó la copa al suelo. Cuando Trent le había invitado a una cena informal, nunca se imaginó que Georgina asistiría. Al fin y al cabo, Trent vivía en unos aposentos de soltero; un lugar donde uno no esperaba encontrarse precisamente a jóvenes casaderas, aunque fueran familia.

Además, durante los últimos días, había hecho todo lo posible por evitar a esa joven en particular, con bastante éxito, por cierto, a pesar de que tuviera que esforzase mucho más en el club para mantenerse al día con todos los chismes y eventos de la sociedad.

Le hubiera gustado verla antes que ella a él, pero no había tenido tanta suerte. La miró... e inmediatamente tuvo la sensación de no haber bebido en una semana. El vestido que se había puesto para la cena era el más sencillo que le había visto jamás. Era de una seda blanca impoluta, sin más adornos que unas flores también blancas bordadas en el corpiño y el dobladillo. Las mangas cortas y abombadas eran casi transparentes y llevaba un recogido del que solo caía un único rizo. Estaba claro que su belleza no provenía de los ornamentos.

Dio un sorbo a su bebida antes de responder...

—Buenas noches, *lady* Georgina.

Ella arqueó una ceja.

—Creía que habíamos dejado atrás esa tontería del «*lady*».

Colin enarcó ambas cejas mientras bebía otro sorbo. ¿Qué se traía entre manos?

—No creo que a lord Ashcombe le guste tanta familiaridad.

Georgina miró alrededor de la estancia de forma significativa.

—Ashcombe no está aquí, ¿verdad?

¿Qué tramaba? A pesar de las veces que habían terminado coincidiendo, ella nunca le había buscado. Y aunque se trataba de una reunión pequeña, había suficientes personas con las que podían mantenerse ocupados conversando la mayor parte de la velada. Era evidente que Georgina quería algo y él no estaba de humor para andarse con ningún juego. Ya le había desconcertado bastante, gracias.

—¿Qué quiere, Georgina?

Ella bajó la vista hacia la copa que tenía en la mano y la movió un poco antes de volver a mirarle.

—Tenía la esperanza de que usted conociera a algún hombre de negocios que estuviera buscando esposa.

En una ocasión se cayó de una embarcación. La corriente lo hundió y lo arrastró contra el casco de madera dejándolo completamente desorientado. Lo que Georgina acababa de decirle le había producido la misma sensación de desconcierto. Las emociones se mezclaban con preguntas, dándose de bruces con el lógico escepticismo. El nudo que sintió en las entrañas hizo que se preguntara si ella había empezado a mirarlo con otros ojos. El pragmático hombre de negocios que llevaba dentro analizó la frase, en busca de sus intenciones, tratando de averiguar qué esperaba obtener ella con una petición como esa. La mayor parte de él, sin embargo, se había sumido en un estado de confusión total en el que no dejaba de plantearse la misma cuestión.

—¿Qué?

—Le he preguntado si conoce a algún hombre de negocios que esté buscando esposa.

Sí, eso era lo que había oído la primera vez. Aunque siguió sin encontrarle sentido en esa segunda ocasión.

Antes de que se le cayera la copa al suelo, decidió dejarla en una mesa cercana.

—¿Por qué?

—Porqué pensé que sería un tema de conversación muy interesante. —Georgina puso los ojos en blanco y se volvió para mirar a su alrededor—. ¿Por qué cree que se lo estoy preguntando? Porque conozco a una mujer que sería una esposa excelente para un hombre con una visión empresarial.

Colin parpadeó. ¿Haría esa mujer alguna vez algo que él esperaba que hiciera? ¿Ahora quería ejercer de casamentera?

—¿Qué tipo de hombre de negocios?

—¿Y cómo voy a saberlo yo? Ni siquiera sabía que hubiera varias clases de hombres de negocios.

Él también se volvió para echar un vistazo a la habitación de forma que sus hombros casi se rozaron. El resto de asistentes estaban hablando y riéndose entre sí. Definitivamente estaba en medio de un asunto familiar. En ese momento se dio cuenta de lo mucho que hubieran disfrutado su madre y su hermana de una reunión como aquella y sintió una punzada de añoranza en el pecho. Su padre, sin embargo, habría zarpado con tal de perdérsela.

—Tal vez me gustaría conocerla.

Ella frunció el ceño.

—¿Usted?

La idea se había instalado en su mente, alimentada sin duda por el tiempo que había pasado meditando sobre la proposición de Alastair. Incluso aunque decidiera no regresar a Escocia y cortejar a Erika, no había razón alguna que le impidiera encontrar a alguien con quien casarse. Poseía un capital más que suficiente para mantener a una familia.

—¿Por qué no yo?

—Porque no encajaría con ella en absoluto.

Colin la miró sorprendido.

—¿Por qué no?

—Oh mire, mi madre acaba de llegar.

Estaba convencido de que lord y *lady* Blackstone llevaban en ese salón al menos diez minutos, pero no impidió que Georgina corriera al lado de su progenitora. Para ser sinceros, en realidad no quería que ella le respondiera a esa pregunta. No existía una respuesta que no pudiera hacer su vida infinitamente más difícil. O había visto algún problema en él y pensaba que sería un marido horrible, o sentía la misma atracción que él sentía por ella y no quería verlo con ninguna otra mujer, a pesar de que tampoco deseaba que Colin centrara sus atenciones en su persona.

Tampoco él se había ofrecido a ello.

Pero estaba empezando a descubrir que Georgina era una joya con facetas ocultas que salían a la luz en los momentos más extraños. Esa mujer lo intrigaba sobremanera. Sí, «intriga» era una buena palabra para describirla. Y también la más segura. Él solo quería comprenderla, entender cómo su incapacidad para la lectura encajaba con su astucia en el plano social y los ocasionales estallidos de bondad que tenía hacia otras personas. Era un rompecabezas que deseaba resolver, no una mujer con la que quería pasar el tiempo.

En ese momento llegaron Ryland y la reciente duquesa de Marshington. Solo habían ido a pasar un par de días a la capital mientras Ryland se encargaba de algunos asuntos que no había podido concluir antes de la boda. Sospechaba que su visita a Londres era el motivo de aquella reunión familiar, pero no tenía ni idea de por qué le habían invitado.

Todos rodearon de inmediato a la feliz pareja. Colin, sin embargo, se quedó en el rincón, sabiendo que al final Ryland se liberaría de las asfixiantes muestras de afecto.

Pero antes de que pudiera hacerlo, el mayordomo apareció en el umbral de la puerta y anunció que la cena estaba lista.

Todo el mundo accedió al salón, aunque nadie tomó asiento. Trent no había considerado oportuno señalar dónde iba cada invitado y *lady* Blackstone comenzó a lanzarle frases acusatorias por organizar una cena sin contar con su ayuda y por obligar a los asistentes a hacer conjeturas sobre dónde debían sentarse. Con dos duques, un marqués y un conde en la estancia, Colin sabía perfectamente cuál era su ubicación apropiada. Así que se dirigió a los pies de la mesa y se colocó detrás de su silla a la espera de lo que hiciera el resto. Como era una reunión familiar y además informal, al final decidieron que cada uno se sentara donde quisiera, aunque la señora Blackstone mostró su desacuerdo, señalando que era sumamente improcedente. Miranda sonrió con petulancia cuando se dejó caer en una silla que había a mitad de la mesa.

Lady Raebourne, que había estado bajo la tutela del duque de Riverton antes de casarse, se sentó al lado de ella, dejando que su marido se colocara justo enfrente de él.

Sin saber muy bien cómo Georgina terminó a su izquierda.

Intentó recordar si últimamente había rezado al Señor para que le ayudara a ser paciente, porque no encontraba otra razón por la que Dios estuviera poniéndole a *lady* Georgina constantemente en su camino.

Trent se sentó a la cabecera de la mesa y esperó a que todo el mundo tomara asiento antes de ejercer como anfitrión.

—Gracias a todos por venir esta noche. Quería que nos reuniéramos y pudiéramos celebrar el reciente matrimonio de Miranda y Ryland con tranquilidad y sin tener que sufrir ningún peligro. Me pareció lo más lógico invitar a aquellos que fueron a rescatar a mi hermana, a pesar de que estuviera a salvo antes de que pusiéramos un pie en Marshington Abbey.

Todo el mundo miró con una sonrisa a la feliz pareja.

Trent alzó su copa.

—¡Por Ryland y Miranda!

Todos se hicieron eco del brindis y el tintineo de las copas chocando inundó el ambiente.

Después de aquello, Colin regresó a su comportamiento habitual y se mantuvo en silencio, pero sin dejar de prestar atención a todo cuan-

to le rodeada. No tardó mucho tiempo en darse cuenta de que Georgina tenía engañados y bien engañados a todos los presentes.

—¿Has sometido ya a las masas, Georgina? ¿Conseguiste que todos los solteros de la temporada hicieran fila a las puertas de tu casa? —preguntó lord Blackstone con una sonrisa a su hijastra.

Georgina le devolvió la sonrisa antes de lanzar una mirada significativa a Ryland.

—Está claro que no a todos. Pero no me han faltado flores para decorar la casa.

Lady Raebourne se inclinó hacia delante.

—¿Has tenido oportunidad de pasar un rato con el vizconde de Cottingsworth? Tiene una extensa colección de libros sobre pintura clásica.

Miranda resopló.

—A Georgina le interesa más la grandeza del título de un hombre que lo que puedan tener en común.

—Al contrario de lo que le sucede a las personas extraordinariamente felices de este comedor, la mayoría de los matrimonios se sienten plenamente realizados llevando vidas separadas —repuso Georgina, fulminando con la mirada a su hermana mayor.

—Pues qué lástima por ellos. —Miranda cubrió la mano de Ryland con la suya.

Lady Blackstone bebió un sorbo de su vino.

—No tienes que apresurarte, querida. Miranda ha tardado cuatro años, pero al final ha encontrado al caballero perfecto para ella.

Riverton palideció un poco al pensar que Georgina se quedaría en su casa otros cuatro años más. No le culpaba. Según Trent, Hawthorne House había recibido más visitas en las cuatro semanas que llevaba Georgina de temporada, que en todas las temporadas de Miranda juntas.

En la cabecera de la mesa, Trent sonrió de oreja a oreja.

—Deberías tener en cuenta al señor Glover. Se pasa la mayor parte del tiempo en su biblioteca, así que seguro que no os veríais mucho.

Colin se recostó en su silla, mirando a todos y cada uno de los presentes y tratando de colocarlos en sus respectivos roles familiares. Estaba claro que todos formaban parte muy importante de la vida y afectos de los demás. Hasta las burlas eran cariñosas y bienintencionadas. ¿Cómo podía Georgina haber mantenido su secreto durante tanto tiempo, incluso con la ayuda de Harriette?

Volvió a mirar a Georgina y se dio cuenta de la tensión que ahora reflejaba su sonrisa y que antes no había estado allí. La posición en la que estaba sentado le permitió verla curvando y estirando los dedos debajo de la mesa en repetidas ocasiones. ¿Se sentiría molesta con aquella conversación? No se estaba diciendo nada que no hubiera oído antes. Su familia creía exactamente lo que ella quería que creyeran.

La vio cerrar el puño con tanta fuerza que sus nudillos palidecieron. Después, estiró los dedos poco a poco y alzó la mano para asir un tenedor.

—Hermano, ¿estás dando a entender que lo más a lo que puedo aspirar es al heredero de un simple barón? Te aseguro que no necesito rebajar tanto mis expectativas. Cuando decida a qué hombre quiero, nada me impedirá conseguirlo.

Un incómodo silencio se instaló entre todos ellos. Lo que era comprensible teniendo en cuenta que en un momento o en otro había declarado sus intenciones de contraer matrimonio con dos de los hombres sentados a esa mesa. ¿Estaba diciendo ahora que a pesar de los problemas que había ocasionado, no había puesto todo su empeño en ganarse sus afectos?

A partir de ese momento la conversación fue a trompicones hasta que terminaron de cenar. En cuanto las mujeres se retiraron al otro salón, los hombres se sirvieron el oporto. Ryland se acercó a él y se sentó en la silla que había dejado Georgina.

Colin dio un sorbo a su bebida.

—¿Cómo va todo por Marshington Abbey?

Ryland llevaba años evitando vivir en el campo debido a los desagradables recuerdos de la infancia que tenía allí. Ahora, Miranda y él estaban esforzándose por crear unos nuevos y mucho más placenteros.

El duque sonrió; una rareza cuando le conoció, pero un gesto que repetía con más frecuencia desde que Miranda entró en su vida.

—Miranda tiene mano de santo con los arrendatarios. No sería capaz de administrar la propiedad sin ella.

—Voy a tener que hacerte una visita para comprobarlo con mis propios ojos.

—Puedes venir cuando quieras.

Desde el momento en que lo había expresado en voz alta ya no pudo quitárselo de la cabeza. Una visita a Marshington Abbey le alejaría de la capital, de Georgina y de todos los problemas que sabía le traería la joven. También estaba en la dirección opuesta a Glasgow, lo que seguro le ayudaría a refrenar la persistente idea de que había llegado el momento de regresar a su hogar. Sí, cinco años era mucho tiempo, pero tal vez nunca pasaría el tiempo suficiente para que su padre le perdonara, o él a su padre. Que un hombre se jugara el sustento de su familia, no era algo que un hijo se tomara a la ligera.

Ryland dejó su vaso sobre la mesa y lo hizo girar de forma que el cristal captó el reflejo de la luz de las velas.

—He oído que Georgina está contemplando a Ashcombe como posible pretendiente.

Colin se echó a reír.

—Apenas llevas unas horas en la ciudad. ¿Cómo te has enterado de eso?

—¿Entonces es cierto? —Ryland apretó los labios en una línea sombría.

Colin se encogió de hombros.

—A pesar de que es el tipo de asuntos de los que nunca me ocupo, parece ser que sí.

Ryland negó con la cabeza.

—Sí, tampoco es algo que suela preocuparme, pero Miranda se ha pasado toda la tarde paseando de un lado a otro en casa, murmurando cosas por lo bajo sobre él. Estaba tan preocupada que hoy se ha olvidado de despedir a Jess.

Casi se atraganta con el oporto. Jess era la doncella que le había prestado los útiles necesarios para forzar cerraduras. Ella y Miranda nunca se habían llevado bien y, cuando coincidían en la misma casa, la hermana de Georgina solía despedirla, por lo menos, una vez al día. Como era una antigua espía amiga de Ryland, todo el mundo sabía, incluida Miranda, que no se iría a ningún lado hasta que no estuviera preparada.

Con la excusa de preocuparse por su salud, Ryland le golpeó en la espalda mientras esbozaba una sonrisa de suficiencia.

—Nunca escogería a Ashcombe como futuro pariente, pero Miranda todavía lo tiene en peor estima. La idea le molesta tanto que hasta me he llegado a plantear deshacerme de él.

Colin volvió a atragantarse. Iba a tener que dejar de beber cuando estuviera con Ryland.

Ryland medio sonrió antes de beber un sorbo de su copa.

—No en ese sentido. Estoy seguro de que si consiguiera que se alejara de Londres Georgina no tardaría en centrar su atención en otro hombre. El roce hace el cariño, ya sabes.

—Sí, Ashcombe está pasando mucho tiempo con G... —Se aclaró la garganta—. *Lady* Georgina.

Ryland frunció el ceño de nuevo.

—No estoy seguro de que a Georgina le preocupe mucho, incluso sabiendo lo mucho que le disgusta ese hombre a su hermana.

Colin también puso mala cara porque, si era sincero consigo mismo, tampoco lo tenía muy claro. Por primera vez era consciente de todo lo que estaba dispuesta a sacrificar Georgina para proteger su secreto.

Incluso renunciar a su familia.

Capítulo 23

Resultaba bastante triste cuando a alguien se le notaba tanto su deseo de ser popular.

Georgina se fue abriendo paso hacia el salón, luchando contra la necesidad de poner los ojos en blanco al ver la cantidad de asistentes. Habían invitado a todo el mundo con una mínima reputación; lo que explicaba por qué el lugar estaba tan concurrido y por qué la tía de Lavinia había conseguido lo que ella consideraba una valiosísima invitación.

En todo caso, esa aglomeración también significaba que Lavinia estaría presente. Y aquella podía ser la última oportunidad que tuviera para ayudarla. No sabía por qué tenía tantas ganas de que su amiga consiguiera un pretendiente apropiado. Harriette sugirió que tal vez era su forma de no perder la esperanza de que su plan también saldría bien, pero ella se rio de la doncella y le dijo que seguro que todavía estaba bajo los efectos del láudano.

«¿Estás intentando impresionarme con esto?»

El Colin de su cabeza era mucho más molesto que Harriette. Estaba empezando a acostumbrarse a su presencia, incluso le respondía de vez en cuando. A veces le daba algún buen consejo. Un consejo que solía seguir; al fin y al cabo, provenía de su propia cabeza a pesar de la segunda personalidad que parecía haber desarrollado.

—Oh, Georgina, aquí estás. —Jane se interpuso en su camino, bloqueando su desplazamiento hacia la zona sur del salón, donde los caballeros de menor importancia se mezclaban con las nuevas caras de la multitud. Incluir a alguno de esos hombres en su carné de baile le daría la oportunidad de presentárselos a Lavinia.

Pero primero tenía que deshacerse de Jane.

—Buenas noches, Jane. ¿Ya has bailado alguna pieza?

La risita de Jane le provocó un gemido de descontento.

—Lord Howard está aquí.

—¡Jane!

—¿Qué? —Jane hizo un mohín—. Le dije que no podía casarme de una forma que decepcionara a mi familia y al día siguiente vino a visitarme. Incluso estuvo hablando con mi padre durante un cuarto de hora.

—Pero... —No se le ocurrió nada que decir para que cambiara de opinión. Como no parecía que durante el baile fuera a producirse ninguna hecatombe, decidió que podría pensar en algo más adelante. Ahora necesitaba conseguirle un partido adecuado a Lavinia—. ¿No has visto todavía a Trent? También ha venido esta noche.

Al ver cómo se iluminaban los ojos de Jane, rezó en silencio porque su hermano la perdonara. Las atenciones de su amiga podían ser un poco apabullantes.

—¿Está cerca del ponche? ¿Siempre suelo encontrarle por esa zona?

Normal; tener las manos ocupadas proporcionaba a su hermano la excusa perfecta para no tener que bailar. Claro que también funcionaba como pretexto para las jóvenes damas para estar cerca de él mientras se bebían sus propios vasos de ponche.

Jane desapareció en un remolino de capas de falda de color verde claro.

¿Por qué sus amigas estaban dispuestas a conformarse con hombres que no las merecían? Jane tenía un corazón bondadoso y Lavinia una mente brillante. ¿No deberían buscar pretendientes que valoraran esas cualidades?

«¿No deberías aplicarte tú también el cuento?»

Se detuvo al otro lado del salón de baile, con cuidado de hacerlo de forma grácil y elegante. Con cada paso se imaginó a sí misma aplastando lentamente los dedos de los pies del Colin que tenía en su cabeza.

—¿Qué está haciendo?

Hizo caso omiso de aquella voz, hasta que se dio cuenta de que provenía de detrás de ella en vez de de su cabeza. Iba a tener que ponerle un cascabel o algo parecido al Colin real.

—Oh, buenas noches, Colin. Usted es precisamente lo que necesito.

Colin la miró con los ojos abiertos. Parecía que había perdido el habla. Le hubiera gustado pararse a disfrutar del momento, pero necesitaba cumplir su propósito y regresar a la zona del salón más adecuada a su posición social.

—¿Cuál de estos caballeros cree que valoraría una esposa inteligente?

—¿Volvemos a hablar de su amiga? ¿Esa con la que yo no encajaría?

—Sí. —Se sintió muy avergonzada. Seguramente, Colin sería perfecto para Lavinia pero no quería presentarlos por nada del mundo y no iba a malgastar ni un solo minuto de su tiempo intentando averiguar a qué venía esa oposición. Daba igual lo que Harriette o el diminuto hombre que residía en su cabeza dijeran, sabía que su duda estaba causada única y exclusivamente porque Colin estaba al tanto de su secreto y no quería que lo compartiera con nadie que ella conociera.

Colin soltó un suspiro y miró a su alrededor, poniéndose de puntillas para ver por encima de la aglomeración.

—El hombre de allí con el abrigo verde. El señor Coles. Solo ha venido a pasar unas pocas semanas, pero es mi mejor sugerencia.

Ella frunció el ceño.

—No conozco al señor Coles.

Él la miró confundido.

—¿Por qué iba a hacerlo?

Aquel era un problema que no había previsto. No conocía al hombre que Lavinia necesitaba.

—Preséntenos.

—¿Disculpe? —Colin parecía haberse tragado su propia lengua.

—Preséntenos. —Era algo muy sencillo. Se hacía constantemente en los bailes.

—Quiere que le presente al señor Coles. Yo, un hombre al que rara vez quiere admitir que conoce, presentándola a usted, una mujer de la que está pendiente toda la sociedad, a él, un hombre que prefiere estar conduciendo un rebaño de ovejas que en un salón de baile.

Georgina esbozó la sonrisa que solía usar cuando fingía no tener ni idea de lo que estaba sucediendo. Iba a hacer frente a aquello e iba a ver si Colin la seguía.

—Muy bien. Hagámoslo entonces. Parece el hombre perfecto para la señorita Clemens.

Atravesaron la multitud hasta llegar a un lugar cercano, a poco menos de medio metro detrás de su objetivo. Cuando Colin pasó delante de otro hombre y se dispuso a dar una palmada en el hombro del señor Coles, Georgina le detuvo.

—¿Está loco? Tenemos que hacer que parezca que sucede de forma casual o se preguntará si me pasa algo.

Colin la miró de arriba abajo.

—¿Qué le pasa?

Si él lo supiera.

—Hay que hacer que parezca como que pasamos por aquí.

—La única forma de «pasar por aquí» como usted dice es unirse al baile. Y, por si no lo ha notado, esta zona está un poco atestada.

Georgina le sonrió. Estaba usando todo su arsenal y lo único que estaba consiguiendo era molestarle.

—Qué amable por su parte pedírmelo.

Se miraron el uno al otro durante un instante. Ella preguntándose si al final cedería y él... Bueno, no sabía lo que podía estar pensando él. Cualquier otro hombre de los que conocía hubiera sido mucho más fácil de manipular. En ese momento se le ocurrió un horrible pensamiento. ¿Y si todos los hombres de negocios eran menos susceptibles de caer bajo el influjo de sus tácticas? ¿Cómo convencería a uno de ellos para que bailara con Lavinia?

Colin le ofreció el brazo y se unieron a la danza que estaban bailando en la pista. Tras terminar la tercera figura del baile (lapso de tiempo en el que Colin no le dijo ni una sola palabra), se encontraron al lado del señor Coles.

—Vaya, señor Coles, ¿qué tal le va?

Georgina se quedó con la boca abierta. ¿De verdad iba a hacer tal cosa? No creía que fuera capaz. ¿Quién se ponía a hacer presentaciones en mitad de un baile?

Los dos hombres hablaron un momento en voz baja antes de que Colin se hiciera a un lado.

—Discúlpeme, *lady* Georgina, pero acabo de ver a alguien con el que sencillamente tengo que hablar. Este es el señor Coles. Estará encantado de terminar el baile con usted.

Georgina hizo un caluroso gesto de asentimiento a los dos hombres. En el fondo estaba maravillada por el ingenio de Colin. Lo que al principio la había parecido una idea absurda, había resultado ser brillante. ¿Podría usar el mismo truco para conseguir que algún caballero bailara con Lavinia? Merecía la pena intentarlo. Un par de figuras más y estarían muy cerca del lugar en el que se encontraba su amiga, sonriendo y balanceándose al ritmo de la música.

Georgina fingió tropezar.

El señor Coles la agarró del brazo para que no perdiera el equilibrio, pero ella soltó un pequeño chillido de dolor e hizo una mueca.

Y entonces Lavinia se acercó corriendo, preocupada por su bienestar. No hubiera podido planearlo mejor.

Suspiró y miró apesadumbrada su pie.

—Señor Coles, me temo que no voy a poder terminar el baile.

El hombre casi parecía aliviado.

—¿Quiere que la acompañe a algún sitio?

—No me gustaría privarle de disfrutar lo que queda de esta pieza. —Enganchó el brazo de Lavinia—. Esta es mi amiga, la señorita Clemens. Estará encantada de concluir este baile con usted.

Sin esperar una respuesta, se marchó cojeando, con la esperanza de que Lavinia aprovechara la oportunidad y de que el señor Coles de verdad fuera un buen candidato para ella.

En cuanto desapareció entre la multitud que bordeaba la pista de baile, recuperó su elegante caminar.

La experiencia había sido mucho más agotadora y le había llevado más tiempo de lo previsto. Por mucho que quisiera ayudar a Lavinia, no podía permitirse el lujo de que volvieran a verla en ese lado del salón esa noche.

En ese momento se le acercó un sirviente.

—Le ruego me disculpe, *lady* Georgina, pero un caballero me ha pedido que le entregue este mensaje.

Georgina se hizo con el papel doblado y frunció el ceño. ¿Quién le enviaría un mensaje en mitad de un baile? ¿Quién se tomaría la molestia de perder el tiempo buscando un papel y una pluma en vez de limitarse a cruzar el salón?

Tenía que tratarse de algún mensaje muy pormenorizado o algo urgente. ¿Y si le había pasado algo a Trent? Desdobló el papel con dedos temblorosos, pero todo el ruido y movimiento del salón no la dejaron concentrarse. No podía centrarse en ninguna palabra. Todo parecía cambiar de lugar en el momento en que miraba fijamente. Aunque había conseguido con los años leer un párrafo o dos en un libro, la letra caligrafiada era una tarea imposible.

Volvió a doblar la nota y se la metió en el guante.

Por lo visto iba a tener que arreglárselas para conseguir otro baile con el señor McCrae.

—Necesito su ayuda.

Colin se volvió para encontrarse de nuevo con los deslumbrantes ojos verdes de *lady* Georgina Hawthorne.

—Parece que cada vez con más frecuencia.

Georgina soltó un suspiro.

—¿Le importaría volver a bailar conmigo?

—Pero ya hemos bailado una vez. —No era reacio a dar vueltas en una pista de baile, pero siempre tenía cuidado de no bailar más de una vez con la misma dama para no atraer ningún chisme que, ni deseaba, ni necesitaba. Que nadie hubiera mencionado que antes había dejado a *lady* Georgina en medio de una danza, le parecía un auténtico milagro.

—Llamaríamos más la atención si nos pusiéramos a hablar en un rincón.

—Entonces váyase. —Se había terminado actuar como si fuera su sirviente. No había rompecabezas en el mundo que mereciera la pena tantos problemas.

Georgina sonrió cuando pasó a su lado una matrona. La mujer mayor los miró a ambos con un brillo en los ojos. Que Georgina estuviera fuera de la pista de baile en un evento como aquel ya era raro de por sí, pero que la vieran conversado con Colin podía echar por tierra todo lo que había conseguido con tanto esfuerzo. No importaba que él pensara que el objetivo que se había marcado era una ridiculez, la admiraba por el empeño que ponía para conseguirlo.

Lo que significaba que fuera lo que fuese para lo que le necesitaba estaba relacionado con su objetivo. Nunca la había visto mostrar interés por nada más.

—Por favor.

¿Por qué le costaba tanto pronunciar esas dos palabras? La expresión de su rostro, la primera real que le había visto en toda la noche, le golpeó en las entrañas por la desesperación que vio en sus ojos. Se volvió a ver abrumado por esa sensación de escepticismo, esperanza y odio a sí mismo. Aunque su buen juicio le pedía a gritos que saliera corriendo de allí cuanto antes, le ofreció su brazo.

—¿Bailamos?

La escoltó hasta la pista de baile, donde empezaban a sonar los primeros acordes de un vals. La tomó entre sus brazos y se cuadró. Sí, era un vals. Siempre intentaba eludir esa danza en particular. ¿Cuántas de sus propias reglas había infringido por esa mujer?

—Hay una nota en mi guante.

La sorpresa hizo que estuviera a punto de perder el equilibrio. Tuvo que aferrarse con fuerza a ella para no caerse.

—¿Qué?

Georgina se enderezó y soltó un suspiro de exasperación.

—Que tengo una nota en el guante. Me la han dado hace unos minutos.

La ligera melodía pareció perder naturalidad, como el soniquete que salía de la caja de música de su hermana. Georgina estaba usándole de nuevo. Se lo había esperado desde un primer momento, pero de alguna manera la flagrante evidencia lo molestaba aún más. Aunque tampoco entendía por qué, ya que la mayoría de la gente que conocía solo lo buscaba cuando quería algo de él. De hecho, se ganaba la vida estando disponible para cuando le necesitaban. ¿Por qué entonces se tomaba sus peticiones de una forma más personal que con el resto?

Apretó los labios para no soltar ningún improperio.

—¿Quiere que le lea una nota?

Ella le miró con los ojos entrecerrados, como si estuviera poniendo en duda su inteligencia.

—Sí. Creo que eso es lo que le he dicho.

—Solo me ha dicho que tenía una nota en su guante. Y si se detiene a pensarlo un instante, me va a resultar terriblemente incómodo sacársela de ahí. —La hizo girar al ritmo de la música—. ¿Qué haría si yo no estuviera aquí para salvarla? ¿Si no estuviera al tanto de su más preciado secreto?

Le miró confundida.

—No lo sé. Es la primera vez que me sucede,

—Pues piense en las opciones que tiene y escoja una. —Se planteó seriamente volver a dejarla a mitad del baile. Pero era muy poco probable que el gesto pasara desapercibido de nuevo—. No volveré a ser parte activa de su engaño, aunque estaré encantado de acompañarla con su hermano Trent, en caso de que desee pedir su ayuda.

Vio cómo ladeaba la cabeza y le miraba con los ojos muy abiertos. Se preparó para la explosión de lágrimas. Sabía que era capaz de usarlas a su antojo para conseguir sus propósitos.

—¿Y si la nota es de Trent? Pueden haberlo herido. O quizá ha tenido que ausentarse o le han llegado noticias terribles sobre mi familia.

—Entonces le urge todavía más encontrarlo.

Georgina le dio un pisotón.

—¿Por qué está siendo tan desagradable? ¿No se supone que un caballero tiene que ayudar a una dama cuando esta lo necesita?

No había una salida digna a esa pregunta. Soltó un suspiro.

—Si puede sacarse usted misma la nota del guante, se la leeré.

A Georgina le llevó unos cuantos pasos de baile, pero al final consiguió hacerse con la nota sin mucho esfuerzo. Aunque no le hubiera extrañado que alguien se hubiera percatado del movimiento. Al menos una tercera parte de los allí presentes estaban mirándoles directamente en ese mismo instante. Eran la pareja más potencialmente escandalosa de la pista.

Colin desdobló la nota y la ocultó entre las manos unidas de ambos para poder leerla. Era breve, pero volvió a sentirse tremendamente

molesto. ¿Y ese era el tipo de hombre con el que ella quería casarse? ¿Su precioso orgullo era más importante que evitar esa prepotencia?

—Es de Ashcombe —masculló entre dientes.

Ella se mordió el labio.

—¿Y qué dice?

—Que se busque a cualquier otro para casarse.

Georgina parpadeo perpleja.

—¿En serio?

Colin suspiró.

—No. Ha sido una interpretación personal. Le dice que tenga más cuidado con sus compañías. Que llegaron a un acuerdo al respecto.

—Yo no llegué a ningún acuerdo. —Georgina se quedó mirando cómo la punta de su zapatilla aparecía y desaparecía bajo el dobladillo de su vestido mientras bailaban. La pieza estaba llegando a su fin, y él luchó contra el irrefrenable impulso que sintió de llevarla bailando hasta la puerta y sacarla de allí.

No le hacía ninguna gracia que sus instintos bulleran en sus entrañas.

—¿Y eso fue antes o después de que me pidiera ayuda con la señorita Clemens?

La vio tragar saliva con la suficiente fuerza como para que se le notara.

—Antes.

El ardor ascendió hasta su pecho.

—¿Le pidió que se mantuviera alejada de la señorita Clemens?

Georgina alzó la cabeza al instante y le lanzó una mirada desafiante.

—¿Y qué si lo hizo? Está velando por mi reputación, que es precisamente lo que necesito en un marido. Le preocupa que... la enfermedad de Lavinia perjudique a cualquiera que pase tiempo en su compañía.

—¿Porque tartamudea? ¿Y usted quiere casarse con ese hombre?

—El vals terminó. Colin se inclinó y le siseó al oído—: Es imposible que le oculte un secreto como ese a su marido toda la vida.

—Cuento con que su propio orgullo le motive para ayudarme a que nadie lo descubra. —Se enderezó y subió el volumen de su voz—. Gracias por el baile, señor McCrae. Creo que iré a beber algo.

Contempló cómo se alejaba con creciente desesperación. Su falda blanca se balanceó entre la multitud, conduciéndola directamente al lado de Ashcombe. Al hombre no se le veía nada contento, pero Georgina le dijo algo que pareció apaciguarlo. Ella tenía razón. Seguro que el orgullo de Ashcombe le impediría revelar su secreto en público, pero ¿qué pasaría en la intimidad de su casa? ¿Sobreviviría ella a la burla y desprecio que él sentiría cuando se diera cuenta de que le había engañado? ¿Se convertiría en un bonito adorno que exhibir en los eventos sociales para luego arrinconarlo en una esquina de su hogar?

¿Y por qué demonios le importaban a él esas preguntas? No podía hacer nada. Todo dependía de las decisiones que Georgina tomara. Lo que no quería era ser testigo de ello.

Pensó en su propia hermana. En ese momento debía de estar en el ecuador de su primera temporada. ¿Estaría pensando con claridad? ¿Actuando con buen criterio? ¿Estaría su padre velando por el interés de su hija o por el suyo propio?

Quizá debería regresar a Escocia después de todo.

Georgina le había dicho a lord Ashcombe que no estaría disponible para salir a pasear al día siguiente. Pero nada más llegar a casa después del baile le entró un ataque de pánico. Había perdido una oportunidad de convencer al conde para que se casara con ella. ¿Y todo por qué? ¿Por sus arrogantes suposiciones? Más le valía acostumbrarse a ellas.

Gracias a Dios que Harriette se encargó personalmente de salvarla de pasar toda la tarde meditando sobre su falacia. Invitó a Lavinia a que fuera a pintar con ella. Mejor dicho, envió una nota a Lavinia firmada con el nombre de Georgina, invitando a Lavinia a pintar.

Miró por encima de la pantalla de chimenea que estaba decorando para ver cómo le estaba yendo a Lavinia. Habían decidido instalarse en el invernadero, en busca de inspiración, pero la mancha color rosa y rojo de la pantalla de su amiga no se parecía a ninguna planta o flor que hubiera a la vista.

—¿Cómo llevas la... mmm... rosa?

Lavinia ladeó la cabeza y estudió detenidamente su pantalla.

—Me temo que no se parece en nada a una flor.

Georgina se rio. Si lo que Lavinia estaba pintando se suponía que tenía que ser una rosa, era una que se había caído al suelo y la habían pisoteado docenas de cascos de caballos.

—No es tu mejor trabajo, eso seguro.

—Pues tu pantalla está quedando espectacular. —Lavinia se levantó de su taburete y lo colocó para sentarse detrás de ella.

—Gracias. Cuando la termine, será toda tuya.

Lavinia jadeó.

—Oh, no. No p...puedo aceptarlo.

—Claro que sí. Si te soy sincera he pintado más de las que usaré jamás. Incluso las chimeneas de los sirvientes tienen pantallas.

Georgina deslizó el pincel por la pantalla, añadiendo una hoja verde a sus vides trepadoras. La idea de Harriette le había proporcionado la distracción perfecta. Sobre todo, desde que Ashcombe había enviado una nota diciendo que cancelaba el paseo a caballo que tenían planeado para el día siguiente.

«¿De verdad quieres un marido como ese? ¿Un hombre que te castigará por preocuparte por otras personas?»

No, él no la estaba castigando. Le estaba recordando que sus acciones podían traer consecuencias. No le había dicho que no pudiera ver a Lavinia, sino que no podían verla con ella. Y Harriette había solucionado el problema de forma más que eficiente.

«¿Crees que hay una diferencia sustancial?»

Tal vez no sustancial, pero sí una diferencia.

Pintó el centro de una última rosa. Se había hecho a la idea de que, al menos por ahora, iba a tener que quedarse con esa extraña voz interior que había tomado la forma de una miniatura de Colin McCrae. Ya no se sorprendía cuando aparecía cuando menos se lo esperaba y tampoco se enfadaba consigo misma por responderle.

«Te mereces más que eso.»

Aunque algunas veces no le hacía ni caso.

—¡Ya está! —Georgina se hizo a un lado para que Lavinia pudiera ver cómo había quedado la pintura—. Quedará muy bien en tu casa.

Su amiga asintió y sonrió.

—M...mucho mejor que la mía.

—Puedes decir que la has hecho tú.

—Entonces tendría que explicar al señor D...Dixon por qué no puedo volver a p...pintar nada igual. —Lavinia rio con dulzura mientras acariciaba el borde de la pantalla, admirando las rosas y las sinuosas vides.

Georgina enarcó ambas cejas antes de empezar a recoger sus utensilios de pintura.

—¿El señor Dixon? ¿Y por qué te importa lo que piense él?

—Porque voy a volver a casa para casarme con él.

—Pero... ¿No has venido a Londres para encontrar a alguien más, porque no querías casarte con el señor Dixon? —Se sentó en el taburete vacío de Lavinia.

—Llevo aquí dos sem...manas., Georgina. Nadie quiere b...bailar conmigo dos veces seguidas y las únicas visitas que recibo son de las amigas de mis tías. Son mujeres muy agradab...bles, pero no traen a ningún caballero con ellas. —Su amiga se encogió de hombros—. El señor D...Dixon m...me conoce. Nos irá bien. Me limitaré a disfrutar de Londres las próximas cuatro semanas, volveré a casa y dejaré de ser una carga para mi p...padre.

La ira fluyó en su interior. Durante años, había apartado a la mayoría de sus amigos, pero Lavinia había permanecido con ella, aferrándose a su vida como la espina de una zarza. Nunca se había sentido tan cercana a ella como para contarle su defecto, por supuesto, pero sí que se encontraba cómoda cuando tomaban el té o salían de compras.

«Tal vez porque pensaste que su lucha la haría más proclive a aceptar la tuya propia si algún día se enteraba.»

Georgina puso los ojos en blanco. Su Colin interno era tan molesto como el real. La cuestión era que Lavinia era su amiga, y ninguna de sus amigas iba a conformarse con un marido que no incrementase su suerte en la vida. Georgina ya había salvado a Jane, al menos por el momento, y también haría lo mismo con Lavinia.

—Te refieres a que sabe lo de tu forma de hablar. —Tan pronto como pronunció aquellas palabras en alto deseó retirarlas. Nunca antes habían hablado del problema de Lavinia.

Sus ojos marrones la miraron muy abiertos.

—Sí. Sup...pongo que eso es un factor imp...portante.

—Pero no puedes casarte con alguien solamente por eso.

«¿Y en qué se diferencia de lo que estás haciendo tú?»

Se imaginó metiendo al hombrecillo en su estuche de pinturas, cerrando la tapa de golpe y echando el cierre para que no pudiera salir de allí en la vida. Su situación y la de Lavinia no se parecían en nada.

Su amiga se acercó y la abrazó, haciendo que se olvidara de cualquier hombre imaginario. ¿Cuándo había sido la última vez que le habían dado un abrazo de verdad aparte de Harriette?

—Eres muy amable, Georgina, pero también lo es el señor D... Dixon.

—Pero ¿te has oído? Nunca podrás pronunciar su nombre de forma correcta —susurró, sorprendida por las lágrimas que amenazaban con nublarle la visión.

Lavinia esbozó una risa temblorosa y se limpió su propia lágrima.

—No, pero dice que p...puedo ayudarle con la finca. Sabe que no soy estúp...pida. Puede que no sea una unión por amor, pero sí que será un buen m...matrimonio.

Georgina parpadeó. ¿Por qué le preocupaba con quién se casara Lavinia? Su amiga tenía razón. El señor Dixon no era un mal hombre para alguien en la situación de Lavinia. Su amiga no estaba haciendo nada que no hicieran cientos de mujeres en toda Inglaterra cada año.

«Quizá porque quieres algo más que un matrimonio respetable para ti misma.»

Se suponía que se tenía que estar ahogando en medio de las acuarelas. ¿Cómo se las había apañado para salir de su estuche de pinturas? Le metió en un armario mental y añadió una cancela de hierro por si acaso. Él tenía razón. Por supuesto que la tenía. Su situación la tenía desesperada. Pero Lavinia era más fuerte que ella. A su amiga no le había quedado otra que contarle al mundo su problema. Había tenido que enfrentarse directamente a la burla de la sociedad.

Georgina no. Ella había manipulado y rodeado de glamur su vida para fingir que no era defectuosa.

¿Qué decía eso de ella?

Antes de que Colin añadiera sus propios comentarios, construyó un muro mental delante de la cancela, para mantenerlo fuera de su vista. Fuera lo fuese lo que tenía que decirle sobre aquella revelación, no quería oírlo.

El primer encargo que le hicieron a Colin vino de la mano del señor Dunbar, el propietario de una tienda de Glasgow. Colin le había señalado que sus hijos, famosos por sus ingeniosas discusiones a gritos y sus esporádicas peleas, eran uno de los mayores atractivos de su negocio.

La gente compraba en su establecimiento solo por ver a los muchachos enfrentándose el uno al otro.

El señor Dunbar les dijo a sus hijos que uno de ellos iba a tener que limpiar el estiércol de los establos durante todo el verano y que todavía no había decidido quién. La pelea se prolongó dos semanas y el señor Dunbar ganó más dinero en esos quince días que en los dos meses anteriores juntos. Le dio a Colin una buena comisión.

En ese momento se selló su destino. A partir de entonces se perdió en los números, en pautas, fluctuaciones y en cómo los acontecimientos influían en las ventas y transportes. Encontró lo que el Señor tenía preparado para él y se apasionó con las predicciones y cálculos de todo tipo.

Hasta ahora. Su vía de escape le estaba fallando.

En vez de estar estudiando patrones climáticos y rendimientos del grano, no podía dejar de pensar en valses y unos ojos verdes. En lugar de calcular el impacto de varios registros navieros, estaba contemplando cómo los secretos de las personas podían llevarlas a tomar medidas desesperadas. ¿No había terminado en Londres precisamente por eso?

Dejó la pluma a un lado con un suspiro. *Lady* Georgina se las había arreglado para conseguir lo que nadie jamás había logrado antes: distraerle.

Por enésima vez en esa mañana, leyó la primera línea del informe que tenía frente a sí. Había transcurrido una hora desde que empezó con aquellos números. Daba igual cómo los mirara o lo mucho que se estuviera reprendiendo por su falta de concentración, seguían siendo solo eso. Números. No cobraron vida propia, como siempre le había sucedido. Simplemente permanecieron sobre la página como una fría y calculada información.

Suspiró aliviado cuando oyó que llamaban a la puerta de su estudio. Cualquier cosa era mejor que esa lucha por lograr entender algo que siempre le había parecido sumamente fácil.

¿Se sentiría así Georgina con la lectura? ¿Como si estuviera batallando de forma encarnizada con algo que debería de resultarle sencillo?

Dijo al mayordomo que entrara con un deje de esperanza en la voz. Tal vez le trajera algo más apetecible que los números para alejar a Georgina de su mente.

—Señor, hay un señor McCrae que quiere verle.

Colin le miró asombrado.

—Un señor... Pero yo soy el señor McCrae. ¿Te encuentras bien, Taggert?

—Perfectamente, señor. El hombre dice ser su padre.

Se quedó mirando al mayordomo hasta que el reloj de la chimenea marcó la hora, sacándole de su ensimismamiento. La noticia que acaba de darle era una de esas que le dejaban a uno estupefacto. Parpadeó para aliviar la sequedad de sus ojos y se levantó de su asiento de detrás del escritorio.

—Mmm... Salón. Lo recibiré en el salón.

Su padre estaba en su casa. Tampoco era tan sorprendente que estuviera en Londres. A Colin le constaba que había estado por lo menos en tres ocasiones durante los últimos cinco años. Pero nunca había ido a verle.

La irritación se fraguó en su interior, formando una ardorosa sensación en el centro de su pecho. Cinco años de silencio. Cinco años pretendiendo que no había pasado nada, que nunca había tenido un hijo que había nacido para presenciar sus defectos. Pero ahora que existía la posibilidad de que regresara y trabajara para Alastair, ahora tenía tiempo para hacerle una visita.

Se alisó las mangas y recogió la levita de una silla cercana. Gracias a Dios que tenía la costumbre de estar presentable, incluso cuando no tenía intención de recibir a nadie. Después acarició la Biblia que tenía sobre el escritorio como si fuera una de esas piedras que se usaban para conocer la autenticidad de los materiales y cerró los ojos, sin saber qué esperaba Dios que hiciera, pero necesitando la certeza de que tenía algún plan.

Cuando salió del estudio, ya se habían calmado los latidos de su corazón, pero su mente no dejaba de proyectar posibles escenarios de lo que podría pasar en el salón. El sinfín de opciones hizo imposible que pudiera hacerse ninguna idea. Todo aquello era suficiente como para que se sintiera mareado, aunque al menos podía agradecer una cosa. Durante la hora siguiente no pensaría en nada relacionado con *lady* Georgina.

Capítulo 24

Durante el cuarto de hora siguiente a la llegada de su padre, Colin se dio cuenta de dos cosas. La primera, que no había heredado su habilidad para ir varios pasos por delante de su progenitor, que parecía haberse presentado en el umbral de su puerta obedeciendo a un simple impulso. Y la segunda, que no solo iba a aceptar buscarle una nueva mano derecha a Alastair, sino que él mismo ocuparía ese puesto.

En algún momento entre el tenso saludo de Jaime McCrae y el consumo compartido de una taza de té, Colin había tomado la decisión de que había llegado la hora de volver a casa. De ver a su familia. De empezar a hacer algo para formar la suya propia. De comprobar si podía hacer algo más sólido que un puñado de inversiones y operaciones en bolsa que poder vender cuando las cosas se pusieran difíciles.

Vio cómo el hombre mayor que tenía enfrente dejaba de mirarle y clavaba la vista en su té. ¿Aquella visita tenía un propósito concreto? ¿Estaba listo para arreglar las cosas? Con la esperanza de entablar una conversación en ese sentido comenzó a hablar:

—Sigue en marcha el plan de que el *Cuervo* venga a Londres en unas semanas.

Las espesas cejas de su padre descendieron hasta formar un profundo ceño.

—¿Qué sabes tú del *Cuervo*?

Colin bebió un profundo y lento sorbo de té mientras reflexionaba sobre la reacción de su padre. El *Cuervo* no transportaba nada delicado o ni siquiera inusual. Transportaba té y especias. Precisamente había recibido el informe la semana pasada.

—Leo los informes que me mandan.

—Esos informes son solo para los propietarios.

El brusco murmullo le sorprendió. ¿Seguía su padre negándose a reconocer que Colin poseía una cuarta parte de la empresa?

—Soy plenamente consciente de ello. —Se arrepintió al instante del hielo que desprendieron sus palabras, pero Jaime (por ahora no sabía si estaba dispuesto a volver a llamarle padre) se merecía un poco de frialdad por la forma en la que se estaba comportando en su casa. ¿Ni siquiera iba a reconocer que su hijo poseía un parte de la compañía por su propia necedad? ¿Sentía algún remordimiento, aun sabiendo las consecuencias que todo aquello había tenido después de cinco años? ¿Sobre todo la pérdida de su hijo?

La esperanza que siempre había tenido de poder regresar a la naviera de la familia empezó a desvanecerse. En realidad, hasta ese momento no se había dado cuenta de que hubiera albergado tal expectativa, pero la dejó ir con más tristeza de lo que se hubiera imaginado.

—Esté té está muy bueno. —Jaime se sirvió otra taza. Era la tercera vez que alguno de ellos comentaba las alabanzas del té. También habían hablado del tiempo y de lo molesto que era el tráfico. Temas insulsos que se trataban en los salones de todo Londres. Normalmente entre conocidos, no con familiares.

—¿Cómo está madre? —se decidió a preguntar finalmente. Si tenía que soportar aquella incómoda visita, por lo menos que obtuviera algún beneficio. Y tener noticias de su familia desde luego lo era. El tema incluso podía abrir la puerta para que hablaran de lo que realmente había llevado a su padre allí.

—¿Estás intentando llevarme a la quiebra?

Bueno, la puerta se había abierto mucho más rápido de lo que anticipó.

—¿Disculpa?

—Si te unes a Alastair, no va a permitirte que sigas trabajando para Celestial. ¿Vas a intentar expulsarme del mercado, llevándote tu parte de mi compañía para unirla a la de él? —Su padre dejó la taza sobre el plato y los depositó en la mesa auxiliar.

Colin tragó saliva. Jaime estaba tan equivocado que no sabía por dónde empezar.

—¿Por qué piensas que haría tal cosa?

—Porque es lo que has estado esperando, ¿verdad? —El marcado acento de su padre estaba cargado de ira y, tal vez, de un poco de desesperación—. Durante los últimos cinco años, has estado buscando una forma de vengarte de mí.

—Yo no he hecho nada por el estilo. —Aunque se le había pasado por la cabeza en una o dos ocasiones, saber que si arruinaba a su padre también sufrirían las consecuencias su madre y su hermana siempre lo había detenido.

Jaime se puso de pie y empezó a pasearse por la habitación.

—¿Cómo llamas si no a ese movimiento que hiciste hace tres años, mandando un mensaje a mi gerente para que enviara dos barcos a la ruta comercial de Jamaica?

—Lo llamo sentido comercial perspicaz. Ambos nos beneficiamos de esa decisión. —Colin bebió otro sorbo de té, aunque ya solo quedaban posos.

—Pero la orden no partió de mí.

—Y nadie lo sabe. —Colin se había asegurado de que todas sus ideas pasaran por la oficina central de la naviera. Si el gerente estaba de acuerdo con la idea, la llevaban a cabo. Si no, alegaba que la mayoría de las acciones de Jaime anulaban a las de Colin. Solo el gerente sabía qué instrucciones provenían de Colin y cuáles de Jaime.

—Pero yo sí lo sé. —Jaime se volvió a sentar—. Dime qué es lo que vas a hacer.

Colin enarcó una ceja. ¿Había sido su padre siempre tan paranoico? ¿Tan inestable? Cuando su madre le escribía le decía que todo iba bien, ¿no le había contado la verdad?

—Voy a hacer lo mismo que llevo haciendo los últimos cinco años.

La forma como torció su padre el labio le dejó muy claro lo que pensaba de sus actividades empresariales.

—¿Juguetear con tus pequeñas inversiones?

—Apartar el suficiente dinero para cuidar de madre y Bronwyn por si vuelves a apostarte la naviera en otra partida de cartas. —Dejó a un lado la taza y se levantó, tomándose unos segundos para ajustarse la levita y el chaleco.

Jaime también se incorporó. Se le veía furioso y clavó los pies en el suelo como si el salón fuera la cubierta de uno de sus barcos.

—Eso te encantaría, ¿verdad?

Enarcó una ceja esperando que tuviera el mismo efecto que cuando lo hacía Ryland. El duque era un experto en situaciones como aquella, derribando cualquier fachada emocional para ir a por la persona que se escondía tras ellas.

—Te gustaría que se demostrara que soy el derrochador irresponsable que tú crees. Solo pasó una vez. Solo me aposté parte de la naviera en una ocasión. —El hombre bajó la mirada con una medio sonrisa nostálgica en los labios—. Nunca había tenido una mano tan buena.

—La de Alastair era mucho más buena.

Su padre lo miró.

—Pero no tanto como la tuya.

—Y por ello doy a gracias a Dios todos los días. —Colin miró a su padre directamente a los ojos, intentando buscar en su interior el perdón que sabía que Dios quería que concediera. Pero no pudo encontrarlo—. ¿Por qué lo hiciste?

Los arrugados párpados, castigados por tantos años en el mar, cayeron sobre los tristes ojos azules de su padre. Jaime envejeció de pronto ante los ojos de Colin, la ira se fue desvaneciendo junto con la poca fuerza que parecía quedarle.

—Da igual. —Jaime se hundió en su silla. Cuando volvió a abrir los ojos lucía un semblante resignado—. Te las has apañado muy bien por ti solo. Llevas una vida de lujo en Londres, como un auténtico caballero.

Durante un instante consideró la idea de tirar por los aires la taza de té. ¿Es que después de todos esos años no se merecía una respuesta? Quería atacar, demandar que el viejo marinero le explicara en qué había estado pensando, por qué había estado dispuesto a correr ese riesgo, aunque tuviera una mano perfecta.

Pero antes de que pudiera encontrar una forma de pronunciar lo que tan desesperadamente quería decir, su padre volvió a levantarse, lentamente, como si estuviera dolorido.

—Por si sirve de algo, hijo, me alegro de que estuvieras allí ese día.

Colin dijo lo único que pudo, lo único que seguía rondándole la cabeza.

—¿Por qué lo hiciste? —Esta vez salió como un susurro y, siendo completamente sincero, no se esperaba más respuesta que la que había recibido con anterioridad.

Jaime se quedó callado durante un instante, antes de que el atisbo de una sonrisa curvara la comisura de sus labios.

—¿Sabías que Alastair envió a su futuro yerno a la Universidad de Cambridge? No es que obtuviera mucho beneficio de ello, la verdad. La pareja se mudó al interior después de casarse. El hombre ahora es un abogado más de Edimburgo. —Miró alrededor del salón y se echó a reír—. Desde luego no le ha ido ni la mitad de bien que a ti. Dudo que esto signifique mucho para ti, pero estoy orgulloso de ti.

Colin no quería que significara nada. Anhelaba aferrarse a la persistente idea de que Jaime se había jugado parte de la naviera con la esperanza de aumentar su efectivo para parecer mejor que Alastair. Pero por mucho que deseara pensar en ese hombre como Jaime, seguía siendo su padre. Los matices rojizos y castaños de sus rizos canosos eran del mismo tono que los que veía al mirarse en el espejo. Los ojos azules, apagados por la cantidad de veces que los había entrecerrado en el mar, eran muy similares a los suyos. Ese hombre era su padre y todavía le importaba lo que pensara de él.

Un error. Su padre solo había cometido un error y le había costado una cuarta parte de su compañía y una tercera de su familia. ¿Podía condenarle por un único error cuando él había cometido tantos?

Jaime se dirigió hacia la puerta con pasos vigorosos, a pesar de que se le veía viejo y cansado. ¿Tal vez más por el peso del remordimiento que por la edad?

¿De verdad existía alguna posibilidad de que se pudiera arreglar todo aquel embrollo? Colin tragó saliva para deshacerse del nudo de emoción que asolaba su garganta, tan espeso que no podía ponerle nombre (o no quería hacerlo, porque estaba convencido de que él también tenía parte de culpa por aquella separación).

—Papá —dijo en voz baja.

Jaime se detuvo, pero no se dio la vuelta.

—Tu madre sigue preparándote un lugar en la mesa todas las noches.

No lloraría. Que hubiera un lugar vacío en la mesa de su familia con platos y cubiertos era una tradición con la que había crecido. Siempre que Jaime estaba en el mar, su madre disponía de un servicio para su padre en la mesa, alegando que, aunque no estuviera allí, seguía siendo de la familia.

Aquello sería lo más cerca que estaría Jaime de decirle que volviera a casa. Pero Colin no podía olvidar lo que había pasado. Quizá si llegara a entender qué había llevado a su padre a hacer aquello podría encontrar los primeros pasos para el camino del perdón.

—¿Si vuelvo a Escocia, crees que...? Me gustaría que hablásemos sobre lo que pasó ese día. Me lo merezco. Todos nos lo merecemos.
—¿Se lo había contado Jaime a su esposa? ¿Qué pensó cuando lo único que regresó de su hijo después de aquel último viaje fue una única carta?

Su padre se volvió lo suficiente para mirarle a los ojos, un brillo de esperanza hizo que su rostro arrugado pareciera menos triste.

—Sí, supongo que te lo mereces.

Ambos se quedaron allí, inmóviles como estatuas, cada uno perdido en sus propios pensamientos. ¿Estaría pensando su padre en las implicaciones que conllevaría su regreso a Escocia? ¿Que reunir a su familia podría costarle su posición como cabeza de la naviera más grande de Escocia? Porque aunque Colin estuviera listo para volver a casa, puede que todavía no lo estuviera para perdonar a su padre y no iba a permitir que las cosas volvieran a ser como antes de que se marchara.

Cuando Jaime se marchó de su casa, le quedó dolorosamente claro que volver a las viejas costumbres era lo que su padre quería, porque, de todas las cosas que no había dicho, la más importante de todas fue que no le ofreciera un puesto en Celestial Shipping.

—¿A que es muy guapo? Tiene un nuevo piano que le han enviado desde Italia.

Georgina se mordió el interior del labio para no abrir la boca ante la absurda declaración de Jane. Aunque estaba agradecida de que la fascinación de su amiga por lord Howard pareciera estar desapareciendo, ahora se había enamorado de otro caballero igual de inútil: el señor Givendale.

—Está hasta el cuello de deudas de juego —murmuró Georgina.

Jane abrió los ojos como platos.

—¿Cómo lo sabes?

—Porque está bailando. La semana pasada, cuando regresaba de la sala del excusado de las damas, oí que decían que le han prohibido participar en cualquier partida de naipes hasta que satisfaga todos sus pagarés. Como esta noche sigue bailando, supongo que tiene que volver a congraciarse con el resto de caballeros. —Movió el abanico, disfrutando de un breve descanso del baile. ¿Desde cuándo le resultaban los bailes tan tediosos? ¿Sería por la preocupación que se apoderaba de ella cada vez que acudía a uno de ellos? Cada evento acercaba más el final de la temporada y su oportunidad para asegurarse el futuro.

—Entonces, ¿crees que no debería…?

—Exacto. —Interrumpió a Jane sin ningún miramiento. Se negaba a volver a correr detrás de su amiga—. O al menos esta vez pon como requisito que os caséis en una iglesia.

Jane tuvo la decencia de sonrojarse.

—Disculpe, *lady* Georgina, pero aquel caballero me ha pedido que le entregue esto.

Georgina se volvió hacia el lacayo que tenía al lado, que extendía una bandeja de plata en su dirección con un papel doblado dentro. ¿Le había vuelto a enviar Ashcombe una nota? ¿Es que era incapaz de atravesar una estancia? Esa noche no había hecho nada para que pudiera censurarla. Agarró el papel y se lo metió en el guante.

—Gracias.

Jane alzó la mirada del guante a su cara (que esperaba exudara tranquilidad, no pánico).

—¿No la vas a leer?

Miró a su amiga con ojos entrecerrados.

—Sinceramente, Jane, cualquiera que no tenga tiempo para cruzar una habitación y decirme lo que tenga que decir en persona, no se merece mi atención inmediata.

—Pero ¿no sientes curiosidad?

Agradeciendo que su amiga fuera tan predecible como siempre fingió suspirar y meditar lo que le había dicho la otra muchacha.

—No. —Sacó la nota del guante—. Pero si tanto te interesa, léelo tú misma.

Unos ojos azules todavía abiertos de asombro se encontraron con los de ella mientras unos dedos le quitaron delicadamente la nota doblada.

Esperó hasta que Jane abrió el papel. Instantes después su amiga soltó un gritito antes de llevarse la mano a la boca para contenerse.

—Es de Ashcombe.

Se lo imaginaba. Si ese hombre insistía en que toda la comunicación entre ellos fuera a base de correspondencia, iba a tener que reconsiderar que fuera el candidato más adecuado. La frustración por ver que tal vez estuviera en el mismo punto que al principio de la temporada (pero ahora sin una lista de posibles pretendientes) hizo que le entraran unas ganas enormes de arrancar aquel papel de los dedos a Jane, pero logró mantener una apariencia de indiferencia hasta que esta terminó de leer la maldita nota.

Jane volvió a gemir antes de apretar los dientes para refrenar otro gritito.

—Quiere que te reúnas con él. —Le dio un codazo en el brazo—. Las cosas deben de irte bien con el conde.

Georgina puso los ojos en blanco y recuperó el papel. Sí, las cosas iban bien con el conde, pero no lo suficiente como para arriesgar su reputación en un encuentro clandestino en la terraza o, aún peor, en el jardín. Ashcombe debería limitarse a hacerle la corte delante de todo el mundo, como cualquier caballero normal.

Volvió a meterse la nota en el guante y sonrió a Jane.

—Si quiere hablar conmigo, que venga a pedírmelo. No soy una sirvienta que tenga que acudir en cuanto la llame. Y ahora, si me perdonas, he prometido el próximo baile a lord Eversly.

Jane casi se desvanece ante la mención del apuesto vizconde. Georgina dejó esperando unos segundos a su compañero, intentando olvidarse por completo de la nota.

Lord Ashcombe hizo girar a Georgina a lo largo de la pista durante el primer vals de la noche. Ella se entregó a la música y a la danza, disfrutando del hecho de que el conde no le hubiera hablado durante la primera vuelta. Sin embargo, cuando doblaron la esquina, él decidió romper el silencio.

—¿Recibió mi nota?

Georgina le miró con sorpresa. ¿Así es como elegía empezar la conversación? ¿Ninguna palabra sobre cómo se alegraba de verla o lo guapa que estaba? Llevaba su traje de noche más favorecedor. Lo había estado reservando para cuando llegara el momento oportuno de animar al hombre escogido a dar el siguiente paso. Ashcombe estaba yendo mucho más despacio de lo que esperaba.

—Sí —dijo con cuidado—. Me entregaron su nota.

Él frunció el ceño.

—¿E hizo caso omiso de ella?

Georgina sonrió. Era consciente de lo que podían decir si alguien se daba cuenta de que ambos se miraban con gesto molesto.

—No soy ninguna sirvienta para que me den órdenes, milord. —La frase había impresionado a Jane. Quizá tuviera el mismo efecto en lord Ashcombe.

—Ni yo un hombre al que se pueda ignorar.

Pues no, no había surtido mucho efecto.

La música fluyó por su cuerpo mientras esperaba a que lord Ashcombe siguiera con su diatriba. Sí, lo mejor era aguardar a que él redirigiera la conversación. Pero no parecía tener mucha prisa por hacerlo;

de hecho, prefirió mirar por encima de su cabeza mientras seguían girando por la pista.

—No dispongo de mucho tiempo para quedarme esta noche. Mi petición era de lo más razonable.

¿Qué podía decir a aquello? Lo único que sabía era que le había pedido que se encontraran. ¿Había algo más importante en la nota? Supuso que se trataba de un encuentro privado, ¿y si se equivocaba? Si la irritación que mostraba su semblante era señal de algo, tenía que responder de inmediato. Decidió ir por el camino de la ambigüedad.

—Tengo una reputación que salvaguardar, milord.

Él alzó ambas cejas mientras le hacía dar una vuelta con demasiado ímpetu.

—¿Su reputación?

Tragó saliva e intentó dar la sensación de que todo aquello la estaba aburriendo sobremanera. Su reacción indicaba que probablemente la ubicación del encuentro había sido un lugar apropiado, aunque las formas no hubieran sido las correctas. El desdén le había ayudado en más de una situación comprometida, pero no tanta como esta. Un paso en falso por su parte y sabría que no había leído su nota.

Además, mostrarse desconsiderada podía provocar que él decidiera terminar el cortejo de inmediato. Sintió un ligero temblor en el entrecejo y los ojos le picaron por las lágrimas que amenazaban con asomar. Tragó saliva. Ese no era el momento de desmoronarse. Había conseguido salir airosa de unas cuantas institutrices, de recitales de poesía y de alguna que otra petición para que cantara algo al pianoforte. Seguro que podía enfrentarse a un conde interesado en ella.

—Milord, esto es mucho más adecuado que una reunión en un lugar más apartado, ¿no cree? Es bastante mejor que nos vean en medio de toda esta multitud, para que todo el mundo sepa el caballero por el que siento especial preferencia.

Un poco de adulación al ego de un hombre nunca venía mal.

Él la miró con ojos entrecerrados.

—Estoy de acuerdo. Mucho mejor esto que un encuentro clandestino en la terraza.

Así que le había pedido que se encontraran en la terraza.

—Como le he dicho, milord, tengo una reputación que salvaguardar.

Después de eso, continuaron bailando en silencio durante un rato, pero la diversión ya se había esfumado. De cara al público, parecían tan elegantes como siempre, pero ella fue perfectamente consciente de la rigidez con la que la sostenían sus brazos.

—¿Todavía tiene la nota?

—Por supuesto. —¿Iban a seguir hablado de la maldita nota? Lord Ashcombe se estaba transformando rápidamente en alguien con quien no le interesaba tratar. ¿Había alguien más (cualquiera) que pudiera salvarla de sí misma?

—Entonces quizá debería haberse molestado en leerla. —Su mandíbula apretada hizo que sus palabras sonaran un tanto estranguladas, pero las entendió perfectamente.

—¿Milord? —El sudor le caía por la espalda. El ruido del baile la envolvió, apabullando sus oídos y mareándola. ¿O se debía a que el corazón ahora le latía mucho más deprisa?

—¿Puedo ver la nota?

En cuanto llegaron a un extremo del salón de baile se sacó el papel del guante. Lord Ashcombe se lo quitó, lo desdobló y se lo puso delante de los ojos.

Sus cejas se enarcaron hasta lo indecible y la miró con dureza.

Georgina tragó saliva y miró la nota. No supo si fue porque el papel temblaba ligeramente sobre su mano extendida, o porque el pánico se apoderó de ella, o porque la luz era lo suficientemente tenue como para proyectar siniestras sombras sobre el conde. Podía ser por un sinfín de detalles, pero lo cierto fue que no pudo enfocar ninguna letra. Ni siquiera las que sabía formaban su nombre.

¿Qué iba a hacer? Volvió a tragar saliva.

—Ya veo.

Pero no veía nada. No veía absolutamente nada y, si esa conversación continuaba, lord Ashcombe se daría cuenta de que algo iba mal, muy mal. Le arrancó la nota de los dedos, la dobló y se la metió de nuevo en el guante.

El ceño de él se hizo aún más pronunciado.

—No hizo caso a mi petición de reunirnos en el jardín.

«¿En el jardín?» ¿No había dicho hacía un momento en la terraza? ¿La estaba poniendo a prueba? Tragó saliva por enésima vez y miró a su alrededor, desesperada por encontrar una salida. Tenía que reafirmar su posición de poder en aquella relación.

—El caso, milord, es que no me importa que me pida que me reúna con usted, pero la próxima vez le ruego que, si quiere hablar conmigo, se tome la molestia de cruzar la habitación y venir a decírmelo en persona.

En ese momento vio al señor Sherbourne por el rabillo del ojo. Sintió una punzada de culpa nada más abrir la boca.

—Y aquí está el señor Sherbourne.

El hombre se volvió hacia ella con cara de asombro.

—Así es. —Los ojos de lord Ashcombe se entornaron aún más, hasta transformarse en dos rendijas amenazantes.

—Le he prometido el próximo baile.

—¿Sí? —preguntaron ambos hombres al mismo tiempo.

Georgina miró al señor Sherbourne con la mejor de sus sonrisas.

—Por supuesto.

—Por supuesto. Sí. —El señor Sherbourne se tropezó mientras le ofrecía el brazo.

Georgina soltó un suspiro mientras se dirigía a la pista de baile. Cuando hizo la reverencia a su pareja, miró a un lado de la pista al lugar donde lord Ashcombe todavía permanecía de pie, mirándola con semblante pensativo.

La pieza se le hizo eterna. Tan pronto como el señor Sherbourne la acompañó fuera de la pista, alegó estar sufriendo dolor de cabeza y buscó a Trent para que la llevara a casa. No era una mentira del todo. El fuerte latido de su corazón envió pequeños pinchazos a su cuello y cabeza que pronto la dejaron fuera de combate.

Cuando llegó a su dormitorio, antes de que le diera tiempo a encontrarse con la mirada preocupada de Harriette, se quitó los guantes y se le cayó al suelo la nota.

Harriette la recogió y la desdobló.

—¿Qué es esto?

Soltó un gemido y se dejó caer en la cama, deseando aliviar la presión que sentía en la cabeza.

—Una nota de lord Ashcombe pidiendo que me encuentre con él en la terraza.

—¿En la terraza? —La voz de Harriette fue lo suficiente inestable para convencerla de que abriera los párpados y mirara a la doncella.

—¿No?

Las dos lentas negaciones de la cabeza de Harriette enviaron un ramalazo de terror a través de todo su cuerpo que recorrió su columna vertebral hasta instalarse en su garganta. Casi no podía respirar.

Harriette levantó la nota.

—Quería que se reuniera con él en la mesa de los refrescos.

Capítulo 25

¿Cómo podía una idea que hacía dos simples horas le parecía perfectamente adecuada transformarse en un error colosal?

Colin se frotó la cara con la mano mientras miraba la taza de café sin tocar que tenía enfrente. Alastair le había pedido que encontrara un gerente para su naviera. Esa misma mañana, le había enviado una carta confirmándole que a finales de semana tendría a alguien de camino a su oficina.

Como no conocía a ningún candidato más adecuado que él mismo, no le quedaba otra que comprometerse a regresar a Escocia. Sin embargo, no había sido capaz de plasmarlo en el papel. Escribirlo sería como firmar un contrato; un acuerdo del que no podría desvincularse así como así.

Pero ya tenía tomada esa decisión, ¿verdad? No quería echarse para atrás, ¿no?

Sofocó un gemido. Aunque estaba sentado en la mesa de un rincón trasero de un café, no significaba que no pudiera llamar la atención sobre sí mismo si soltaba cualquier sonido gutural, como quería hacer. En ese momento, por sus venas corrían todas las emociones que pudiera sentir un hombre. Emoción, alivio, preocupación, miedo... Y todas ellas provocadas ante la mera idea de volver a pisar su hogar.

¿Cómo reaccionaría su padre? ¿Su familia? ¿La gente? ¿Aceptarían su regreso o lo verían como un traidor por haber abandonado a su familia? Muy poca gente sabía lo de la partida de cartas. Para muchos, simplemente se marchó.

—¿Me permite que despierte su interés en una propuesta de negocios, señor McCrae?

Perfecto. Sí, los negocios siempre eran una buena distracción. En cuanto alzó la mirada tuvo que refrenar de nuevo el impulso de soltar un suspiro. Podía haber prescindido de aquella interrupción. Aun así, los negocios eran los negocios. Y aunque tenía intención de regresar a Glasgow, no iba a renunciar a sus inversiones.

—Siempre estoy interesado en eso, lord Ashcombe.

El conde se sentó en la silla que tenía enfrente.

—Creo que será bastante lucrativo, pero hay que actuar con prudencia.

Colin enarcó una ceja intentando mostrar interés, pero no entusiasmo. A pesar de los problemas personales que pudiera tener con el conde, no podía negar que durante los seis años que llevaba gestionando el patrimonio familiar de los Ashcombe, el hombre había tomado algunas decisiones bastante sagaces. En el pasado, Colin había trabajado con él en más de una ocasión, sobre todo porque no había tenido que tratar directamente con su persona.

Lord Ashcombe tenía un administrador increíblemente eficaz, que era el principal responsable del éxito del conde. Colin incluso lo consideraba un amigo. Aunque solo se habían visto dos veces en persona, la correspondencia que mantenían por asuntos de negocios solía contener detalles personales entre tantas cifras y noticias.

—Estoy intentando expandir mi negocio en Cheshire. Tengo motivos suficientes para creer que los pastos de ovejas de Crestwood no se están aprovechando como debieran.

—Sin lugar a dudas. —Los pelos de los brazos se le pusieron de punta, rozando de forma incómoda la manga de la camisa. Crestwood era una de las fincas de Riverton. Y precisamente había sido idea de Colin que se desaprovecharan sus recursos. El potencial de aquellas tierras iba mucho allá de lo que la mayoría de la gente pensaba. Por supuesto que no iba a compartir aquella información con el conde, así que se limitó a asentir con la cabeza, animando a Ashcombe a que continuara.

—Me temo que ahora mismo carezco de los fondos suficientes para gestionar esas tierras de la manera adecuada. —El conde le lanzó una mirada de soslayo carente de toda emoción—. Por lo que un inversor o dos serían muy bienvenidos. Personas discretas, evidentemente.

Colin se mordió el interior de la mejilla para no soltar ningún comentario despectivo sobre la fachada de familia de abolengo adinerada que intentaba mantener el conde, a pesar de que apenas había heredado un título endeudado y una finca en ruinas en Cheshire. Puede que le hubiera ido bien en los últimos años, pero se había gastado casi todo lo que había ganado. No obstante, todo el mundo creía que era un hombre de éxito. Incluso Georgina.

—La discreción es el emblema de toda buena decisión empresarial.

Ashcombe sonrió con petulancia, pensando sin duda que le había convencido para formar parte de su plan.

El lento sorbo de café le ayudó a combatir la quemazón por la bilis que tenía en la garganta. ¿Qué le gustaría de verdad a Dios que hiciera al respecto? Cada vez le costaba más mantenerse al margen de todas las intrigas, susurros y apariencias endebles. Se había abierto paso entre la aristocracia con la esperanza de ser un sólido ejemplo cristiano de un buen hombre de negocios, pero nadie parecía tener en cuenta sus esfuerzos. Tal vez esa fuera la forma que Dios tenía de decirle que había llegado la hora de dejar Londres.

Pero todavía necesitaba saber qué se traía Ashcombe entre manos. Apreciaba demasiado a los Hawthorne como para hacer caso omiso de cualquier amenaza que pudiera afectarles.

El conde se recostó en su silla.

—He pensado en abrir una fábrica. Por esa propiedad pasan carreteras bastante buenas.

Colin torció los labios y fingió mirarle confundido.

—Pero ¿esas tierras no pertenecen a Riverton?

La sonrisa del conde dejó de ser petulante y adquirió un toque pérfido.

—Por ahora.

Menos mal que la estupefacción era una respuesta adecuada, porque Colin no pudo evitar reflejar la sorpresa en su rostro.

—El duque ha indicado en repetidas ocasiones que no tiene intención de desprenderse de ellas.

Y con razón. Si las nuevas máquinas de vapor se convertían en algo más que una diversión para el público, esas tierras serían un punto estratégico para el transporte de mercancías. Las mentes despiertas que estaban obsesionadas con la energía que producía el vapor lograrían encontrar la forma de transportar mucho más que a un par de personas, y el día que eso sucediera, la propiedad de Griffith en Cheshire sería un lugar de tránsito perfecto. Merecía la pena quedarse con ella.

Ashcombe dejó su vaso vacío sobre la mesa.

—Nunca subestime el poder que tiene la reputación para hacer que un hombre cambie de opinión.

Colin soltó un resoplido. ¿Acaso el conde estaba intentando chantajear al duque? Era más descarado de lo que se había imaginado.

—No tiene nada contra Riverton.

—Lo sé. Pero uno corre muchos riesgos cuando es un hombre de familia, ¿no cree? —Lord Ashcombe se enderezó y se alisó las mangas del abrigo—. Y el trato además me proporcionará una esposa bonita. Inútil, pero bonita.

Colin se esforzó por respirar de forma pausada, aunque tenía la sensación de que le estaba llegando muy poco oxígeno a los pulmones. ¿El conde iba detrás de la familia de Griffith? En cuanto a la esposa... ¿se refería a Georgina? Era evidente que Ashcombe se presentaba como la primera opción de la dama, pero aquella preferencia no sería suficiente para propiciar que Griffith se desprendiera de la propiedad.

A menos que... Casi se atragantó. «Inútil, pero bonita.» Ashcombe lo sabía, no había ninguna otra explicación posible.

—He oído que *lady* Georgina ha mostrado predilección por usted a la hora de bailar el vals. —Colin se esforzó en seguir bebiendo el café con total calma.

—Sí. La sociedad la considera un buen partido. Es increíble lo estúpidos que podemos llegar a ser. —Ashcombe se puso de pie—. Piense en mi oferta, señor McCrae. Sé que ha estado trabajando en esa zona con anterioridad y me gustaría tratar con un hombre que conoce esas tierras.

—Por supuesto. —Colin asintió con la cabeza a pesar de que sus pensamientos iban por otros derroteros bien distintos.

Ashcombe se tocó el sombrero a modo de despedida y se marchó.

Él se bebió lo que le quedaba del café y salió a dar un paseo. No sabía adónde ir o qué esperaba encontrar. Lo único que tenía claro es que no quería quedarse en un solo lugar. Su interior era un hervidero de emociones, igual de erráticas que sus pensamientos.

«Dios mío, ¿qué se supone que debo hacer con esto?»

Al cabo de un rato se encontró a sí mismo junto a la capilla de Grosvenor. Un oasis de paz y tranquilidad a pocos metros de Hawthorne House, el centro de la agonía a la que se había visto arrastrado durante el último mes. Ya no sabía qué más pensar.

Se sentó en un banco, mirando un lateral de la capilla, admirando las ventanas enmarcadas por frondosas enredaderas. Desde fuera parecía diferente. Igual de hermosa y con el mismo aspecto religioso, pero diferente. Tal vez eso fuera lo que necesitara en ese momento. Una nueva perspectiva y que, sobre todo, viniera de Dios.

Sí, estar a solas con Dios era exactamente lo que requería aquella situación.

※ ※ ※

Georgina cerró la puerta de su alcoba con tanta fuerza que el pestillo rebotó y se volvió a abrir.

Así que le dio una patada.

Harriette, que en ese momento estaba de pie en medio del dormitorio, la miró con los ojos muy abiertos.

—¿*Milady*?

—Se ha ido. —Tiró el bolso de mano sobre el tocador—. Estamos a mitad de temporada, Harriette. ¿Qué voy a hacer?

La doncella extendió una mano para intentar agarrarla del hombro mientras ella se dedicaba a ir de un lado a otro por la habitación. Apenas logró rozarle una manga.

—¿Quién se ha ido, *milady*?

—Anoche lord Ashcombe me dijo que me asegurara de que Griffith estuviera libre por la mañana. Esta semana ha venido a verle dos veces, pero por lo visto mi hermano ha estado demasiado ocupado. —Se detuvo y agitó una mano en dirección a la puerta—. ¿Qué puede estar haciendo que sea más importante que resolver mi futuro?

Harriette cruzó las manos delante de ella.

—Tal vez el duque no supiera para qué se le requería.

—Por supuesto que lo sabía. —Se detuvo—. ¿Por qué si no iba a solicitar lord Ashcombe una audiencia con él?

El silenció se unió a la pregunta de Georgina mientras la doncella esperaba pacientemente en el tocador. Por supuesto que un hombre podía pedir reunirse con Griffith por más razones. En el estudio de su hermano entraban y salían hombres todo el día, pero por alguna razón siempre había estado muy ocupado para ver a lord Ashcombe.

Georgina había tenido que suplicarle que reservara un momento a lo largo de la mañana para recibir al conde. Jamás había tenido que rogarle nada a Griffith.

Pero el conde no se había presentado.

Esa noche había acudido a la cena a la que la habían invitado dispuesta a echarle en cara su comportamiento, pero tampoco había ido.

¿Qué pasaba que parecía que todos los hombres estaban desapareciendo de la faz de la tierra? Llevaba una semana sin ver a Colin. Incluso el pequeño Colin de su cabeza había disminuido sus apariciones. Esa noche había sucumbido a la curiosidad y le había preguntado de forma indirecta a Trent. Su hermano tampoco lo había visto en toda la semana, y eso que solían reunirse en el club casi a diario.

—Se ha ido, Harriette. —Se hundió en el taburete frente al tocador. No tenía fuerzas suficientes para disimular la decepción en su voz.

—¿Quién? —La doncella se acercó a ella con cuidado, como si fuera un caballo impredecible.

—Lord Ashcombe. —Sí, seguro que era su ausencia la que la ponía tan melancólica. La de Colin solo le provocaba una simple y natural curiosidad. Soltó un suspiro—. Y según lord Eversly, puede que pase mucho tiempo antes de que regrese.

Se negaba a admitir en voz alta que, en parte, se sentía aliviada. No le había enviado ninguna nota más a lo largo de la semana, pero la había estado mirando de forma extraña, observándola más de cerca que antes. Por eso había tenido que ser más cuidadosa que nunca, lo que la había dejado exhausta.

Harriette empezó a quitarle las horquillas del peinado.

—¿Y adónde ha ido?

—A su casa, en Cheshire. Parece que el administrador que supervisaba la propiedad e intereses que tenía allí ha conseguido un empleo mejor y se ha marchado. Jane dice que el hombre informó

de que estaba haciendo las maletas y mudándose con su familia con la intención de haberse marchado cuando la carta llegara a Londres.

—El nuevo empleo tiene que ser espectacular. —Harriette le desabrochó los cordones del vestido y la instó a que se pusiera de pie para quitárselo.

Georgina lanzó un gruñido.

—Lord Eversly dice que se ha marchado para administrar un astillero en Glasgow. Sé que Cheshire no es el lugar más civilizado del país, pero ¿irse a Escocia? ¿Quién querría mudarse a Glasgow?

«Yo soy de Glasgow.»

Frunció el ceño al oír al pequeño hombre de su cabeza. ¿Ahora regresaba? Se deshizo de él con una enorme escoba mental. No le interesaba en la versión de su conciencia.

—Parece que ha pasado un montón de tiempo con lord Eversly esta noche. Es muy popular. Le mencionan en los periódicos todos los días. —Harriette terminó de quitarle el vestido y se fue hacia el vestidor.

—Es un vizconde, Harriette. No me sirve.

—Tampoco el conde.

Las tranquilas palabras de la doncella la sacaron de su ensoñación.

—¿Qué?

Harriette se adelantó y tomó su mano entre la suya.

—Usted no quiere casarse con el conde, ¿verdad? No parece que le guste mucho.

Se fue a la cama en silencio, eludiendo la mirada de Harriette hasta que estuvo tumbada, tapada hasta la barbilla y con los ojos llenos de lágrimas que amenazaban con desbordarse de un momento a otro.

—¿Qué voy a hacer, Harriette?

Su doncella le retiró un mechón de pelo de la cara.

—Lo que hacemos siempre. Encontrar una forma.

Era lo que Harriette le había dicho siempre, desde que eran pequeñas, sentadas al lado del lago mientras leían cuentos. Aquel día se habían convertido en un equipo. Georgina y Harriette contra el mundo. Esa noche, sin embargo, la confianza de su amiga no hizo que se sintiera mejor. Tenía la sensación de estar de pie, al borde de un acantilado, viendo cómo su última oportunidad se esfumaba. ¿Y si el único camino posible estaba abajo?

Colin emitió un quejido ante los golpes que interrumpieron su sueño. Por primera vez en toda la semana, estaba disfrutando de dormir en su cama y no quería que nadie le molestara (aunque ya fuera de día).

—¡Vete!

En lugar de eso, el mayordomo abrió la puerta.

—Le ruego me disculpe, señor.

—¿Está la casa en llamas? —masculló Colin sobre la almohada.

—No, señor.

—¿Alguien se ha caído por las escaleras?

—Mmm... No, señor.

Colin estaba agotando rápidamente todas las opciones por las que el mayordomo podía interrumpirle.

—¿Ha venido a verme el príncipe regente?

—Casi, señor.

Levantó la cara de la almohada y volvió la cabeza para mirar directamente al mayordomo.

—¿Perdón?

—El duque de Riverton quiere que se reúna con él.

Un gemido escapó de su pecho mientras volvía a recostar la cabeza sobre la almohada. Se había aprovechado de la confianza y amistad de Riverton cuando le había enviado un mensaje, pidiéndole que evitara a toda costa al conde de Ashcombe durante unos días. Lo que no había podido hacer fue darle un buen motivo de por qué aquella solicitud. Había tenido varios días para pensarlo; sabía que el duque exigiría una respuesta tarde o temprano, pero no se le había ocurrido nada salvo la verdad.

Y la verdad era precisamente lo que no podía contar, porque si no tendría que revelar el secreto de Georgina.

—El lacayo está abajo, esperando su respuesta, señor.

Soltó otro gemido, rodó sobre la cama y tomó la nota que le entregó el mayordomo mientras se dirigía hacia el escritorio, en el otro extremo de la habitación. El mensaje constaba de una sola línea.

Por favor, ven a verme tan pronto como te sea posible. R.

La orden subyacente saltaba a la vista a pesar de las educadas palabras.

Escribió la respuesta en la parte inferior del papel y se lo devolvió al mayordomo.

—Haz que me suban el desayuno arriba para que pueda tomarlo mientras me visto. Y café. Quiero un montón de café.

—Muy bien, señor. ¿Quiere que también me encargue de que le preparen un baño?

Los pantalones y la camisa con los que había caído rendido en la cama estaban cubiertos de polvo y más arrugas de las que creía posibles y le estaba empezando a picar todo el cuerpo.

—Sí, un baño estará bien

El mayordomo asintió y salió de la habitación. Lo dejó solo y sumido en unos pensamientos que prefería evitar.

Se frotó la cara con las manos. ¿Qué le diría a Riverton? Tenía que ser algo convincente, porque también tendría que contarle algo a Ryland, aunque lo más seguro era que dispusiera de unos cuantos días antes de que aquello sucediera.

Tampoco es que los últimos ocho días le hubieran servido de mucha ayuda.

Tras pasarse su buena hora rezando en la capilla, se dio cuenta de que tenía que salvar a Georgina. Contaba con los medios para hacerlo y tenía la abrumadora sensación de que Dios quería que los usara.

Incluso si aquello cambiaba el curso de su propia vida.

Una parte de él quería dejarla a su suerte. Una suerte que la dama se había ganado a pulso. No era problema suyo que las cosas no le salieran como ella había planeado.

¿Por qué terminaba siempre metido de lleno en los desastres de otras personas, o al menos en los de Georgina? ¿Es que Dios creía que tenía todas las respuestas o simplemente le gustaba que se sintiera un poco incómodo?

A Riverton le hubiera resultado muy duro que le dieran a elegir entre mantener su honor o proteger a su familia. Aunque no era la primera vez que alguien intentaba forzar al duque para que hiciera algo, jamás, que a él le constara, habían amenazado a su familia.

No estaba bien.

Y a Colin le gustaban las cosas que estaban bien.

Así que envió ese mensaje sobre Ashcombe a Riverton y después pidió prestado el mejor caballo que Ryland tenía en Londres. El hombre de Ryland no había cuestionado que pudiera llevarse al animal, pero sabía perfectamente que habría informado a su amigo de inmediato. Puede que en ese mismo momento incluso tuviera una carta de él sobre el escritorio.

Había ido lo más rápido que pudo hasta Cheshire.

Durante la hora que se había pasado rezando, recordó algunos trozos de las cartas que había estado intercambiando con el administrador de Ashcombe.

El hombre se había criado junto al mar, en la costa de Northumberland, muy cerca de la frontera con Escocia. Había empezado su carrera en el transporte de mercancías antes de dedicarse a la administración de fincas para poder mantener mejor a su familia.

En alguna ocasión le había mencionado que esperaba hacer algo más que supervisar las propiedades de Ashcombe, pero que no lograba que produjeran lo que le hubiera gustado porque el conde no paraba de malgastar las ganancias.

Puede que Alastair le quisiera con fines familiares, pero cuando se trataba de dirigir Glasgow Atlantic, Hugh Carson era tan buena elección como él.

A Hugh le había encantado que le ofrecieran la oportunidad de usar su experiencia y habilidades en la naviera. Y la cantidad que Colin le había pagado para renunciar a su actual puesto y mudarse cuanto antes había ayudado bastante.

El plan había sido arriesgado, pero había merecido la pena. Colin se había cruzado con Ashcombe cuando regresaba a Londres, aunque procuró que no le viera. Al conde le iba a costar reemplazar a un hombre del calibre de Carson. Mientras tanto, más le valía aprender a gestionar sus posesiones.

Con un poco de suerte le concedería a Georgina el tiempo suficiente para casarse con alguien más adecuado. Aquello no garantizaba que Ashcombe no usara su secreto para obligar a Riverton a que le vendiera la propiedad, pero su capacidad de hacer daño disminuiría si Georgina ya estaba casada.

Al menos la joven se habría librado de un hombre que estaba dispuesto a usarla como moneda de cambio en un acuerdo de negocios.

Como había usado el mismo caballo que llevó a Cheshire y este ya estaba cansado, había tardado tres veces más en regresar a casa. Cuando entró por la puerta de su hogar sintió un gozo inexplicable.

Pero aquel trayecto más tranquilo tampoco le había proporcionado el tiempo suficiente para pensar en qué podía contarle a Riverton. Ni siquiera se le había ocurrido una mentira viable. No le gustaba mentir sobre aquella situación, pero tampoco podía decir la verdad.

Mientras estaba en la bañera, pensó en qué iba a hacer ahora que había renunciado al trabajo en Escocia. ¿Cómo afectaría esa decisión a la convicción que tenía de que ya iba siendo hora de volver a casa? ¿Debería limitarse a mudarse y llevar sus inversiones desde allí? ¿No le resultaría más difícil gestionar las cosas que no solían salir en los informes?

Desde luego las respuestas a esas preguntas no estaban dentro de esa bañera.

Ni tampoco en las nubes que encontró mientras se acercaba a la plaza donde estaba ubicada Hawthorne House.

En cuanto vio las columnas de la mansión, inclinó la cabeza un momento para rezar, pidiendo a Dios que pusiera las palabras correctas en su boca, pero mientras subía las escaleras y llamaba a la puerta, su mente seguía en blanco.

Capítulo 26

Harriette sostuvo la puerta abierta con la cadera mientras entraba con la bandeja que contenía el chocolate matutino de Georgina y una colección de revistas de sociedad encima de un libro enorme.

Georgina ya se había levantado, vestido y peinado con un sencillo moño.

—¿Puedes atarme el vestido, por favor?

Después de dejar la bandeja, Harriette la ayudó rápidamente antes de cruzar los brazos.

—¿Qué hace despierta tan temprano?

—No podía dormir. —Georgina se volvió sobre su taburete—. ¿Queda alguien en nuestra lista? ¿Alguien que no esté casado, no haya dejado la ciudad o no se haya convertido en un auténtico desgraciado?

Harriette la miró pensativa.

—¿Entonces quitamos a los desgraciados? No recuerdo que antes fuera ningún requisito.

Georgina se centró en la taza de chocolate caliente y en las ondas que se formaban por sus soplidos cortos.

—No es mucho pedir que se me permita encontrar un poquito de felicidad en el matrimonio, ¿verdad?

—Por supuesto que no. Siempre he dicho precisamente eso. Lo que no sabía es que usted estuviera a favor.

Picada por la curiosidad, dejó la taza sobre el tocador y se acercó al escritorio para abrir el volumen que había traído Harriette en la bandeja, que resultó ser un libro de contabilidad.

—¿Qué es esto?

—Oh. —Harriette levantó la cabeza y dejó de clasificar los papeles—. Las cuentas de la casa.

Enarcó ambas cejas en una tácita pregunta.

—Pronto estará casada —continuó la doncella—, y las lecciones que su madre le dio sobre cómo llevar un hogar son una de las pocas cosas que no he tenido tiempo de estudiar a fondo. —Se encogió de hombros—. He estado ayudando a la señora Brantley con ellas para poder aprender antes de que se case, por si tenemos que encargarnos de su casa.

Las lágrimas amenazaron con fluir libremente por sus mejillas. Se acercó hasta la doncella y le dio un fuerte abrazo.

—Has hecho mucho más que eso, Harriette.

—¿Algo más que engañar a todo el mundo civilizado? —se burló la doncella—. Cualquier otra cosa sería un aburrimiento.

Esbozó una sonrisa antes de ir a por su chocolate y disfrutar de un prolongado sorbo. Entonces frunció el ceño. ¿Por qué le había llevado Harriette chocolate?

—¿Harriette? ¿Ha pasado algo esta mañana?

La doncella agarraba el borde una página de una de las revistas de sociedad, pero no la pasó. Sus miradas se encontraron en el espejo.

—El señor McCrae está abajo.

Georgina abrió los ojos como platos.

—¿Ah sí? —Dejó la taza y se dio la vuelta sobre al taburete. Pero entonces recordó que no tenía por qué importarle si Colin estaba o no abajo. Así que volvió a tomar la taza entre sus manos y dio otro sorbo—. ¿Y por qué tendría que preocuparme eso?

Le daba igual. Y tampoco se preguntaba dónde se había metido la última semana. Seguro que si lo repetía constantemente alguien se lo terminaría creyendo. Además, el hecho de haber podido dedicarse a lo suyo sin toparse cada dos por tres con aquel hombre había sido una bendición.

Harriette volvió a ordenar los papeles.

—Está en el estudio de su gracia.

Pues claro que estaba allí. ¿Qué diría Colin si se enteraba de que lord Ashcombe ya no se encontraba entre sus opciones?

«En primer lugar, Ashcombe no debería haberse encontrado nunca entre tus opciones.»

¿De verdad había creído que se había deshecho de su maldito amigo imaginario?

—Harriette, creo que necesito un cambio de aires.

—¿Un cambio de aires, *milady*? —La sombra de una sonrisa cruzó el rostro de Harriette mientras dejaba los papeles en una esquina del escritorio—. Tal vez le apetezca tomar el desayuno abajo.

—Sí. Un desayuno abajo estaría fenomenal. —Pero no porque Colin estuviera allí—. Estoy segura de que un cambio en mis rutinas es lo único que necesito para solucionar mi último problema.

Harriette renunció al intento de ocultar la sonrisa.

—Seguro que sí, *milady*.

Georgina frunció el ceño y salió del dormitorio. ¿De verdad los sirvientes agradables podrían ser tan frustrantes?

Los lacayos se miraron el uno al otro cuando la vieron entrar en el salón del desayuno. En cuanto tomó asiento, empezaron a susurrar.

Que murmuraran todo lo que quisieran. Desde esa posición podía ver el umbral del estudio de Griffith. Empezó a desayunar con calma;

no sabía cuánto tiempo tardaría el señor McCrae en aparecer. Se dijo a sí misma que solo tenía ganas de verlo por simple curiosidad.

El hombre en su cabeza se echó a reír.

Ella se imaginó clavándole el tenedor.

Tenía la boca llena de pan tostado cuando la puerta al otro lado del pasillo se abrió. Vio cómo Colin y Griffith salían riéndose. El corazón le latió un poco más deprisa y el pan pareció hincharse hasta ocupar toda su boca. ¿Por qué no se detuvo a pensar un momento en qué haría cuando lo viera? ¿Y si él no quería saber nada de ella? Apenas podía hablar para invitarle a que entrara en el salón. Las migas llenaban su boca mientras intentaba masticar, tragar y beber un sorbo rápido, todo al mismo tiempo.

Sufrió un ataque de tos áspera mientras la bola pastosa se abría paso por su garganta. No era la forma como pretendía llamar la atención de los hombres, pero funcionó, ya que ambos se asomaron a la puerta de la sala de desayuno.

—Georgina, ¿te encuentras bien? —Griffith rodeó la mesa y empezó a darle golpes en la espalda. Como si una contusión en la columna vertebral fuera a ayudarle a respirar.

Hizo un gesto de asentimiento y agitó una mano delante de la cara como si estuviera dándole permiso al aire para que entrara en sus pulmones.

Colin apareció a su otro lado y dejó un vaso de agua cerca de su taza de chocolate.

—Tal vez esto le ayude.

Tras unos cuantos sorbos, Georgina volvió a recuperar el control de su cuerpo. Entonces decidió que lo mejor que podía hacer era fingir que aquel incidente no había pasado y se volvió hacia su hermano con una deslumbrante sonrisa en los labios.

—¿Por qué no te quedas a desayunar conmigo?

Su hermano enarcó las cejas rubio oscuro y la miró con sus ojos verdes llenos de sospecha. No podía culparle. No había bajado a desayunar con él desde que llegaron a la capital.

—Me encantaría. —Se irguió todo lo alto que era—. ¿Te unes a nosotros, Colin?

Colin miró a ambos hermanos como si estuviera deseando declinar la oferta, pero sabía lo difícil que era decirle no a un duque, incluso a uno con el que se llevaba tan bien.

—Eso, únase a nosotros, Colin —agregó ella. Al ver cómo su hermano abría los ojos, supo al instante que había cometido un error. Griffith no tenía ni idea de que Colin le había dado permiso para usar su nombre de pila. O que ella sabía que eran lo bastante amigos como para aceptar la invitación.

Colin inclinó la cabeza.

—Será un honor.

Mientras decidían dónde sentarse, se produjo un momento incómodo. Que ella estuviera en medio de la mesa hacía imposible seguir las normas de etiqueta.

—Por el amor de Dios —murmuró mientras se levantaba y llevaba su plato al asiento que había a la derecha de la cabecera de la mesa.

Griffith se sentó en la cabecera con aspecto preocupado. Colin, que se colocó en la silla frente a ella, parecía estar a punto de echarse a reír.

«Reconoce que es divertido.»

Georgina casi soltó una carcajada.

—Y dígame, señor McCrae, ¿qué le trae por aquí tan temprano? —Con un poco de suerte su hermano olvidaría que antes le había llamado Colin.

Pero entonces ambos hombres la miraron de una forma que le dijo a las claras que se acordaban perfectamente. Desayunar abajo había sido una idea pésima.

Colin intercambió una mirada con Riverton.

—Tenía unos asuntos que resolver con su gracia.

Georgina asintió con la cabeza como si la respuesta le hubiera proporcionado una gran cantidad de información en vez de resaltar lo obvio. No podía decirle que el duque le había llamado para que le explicara por qué le había dicho que evitara a su pretendiente mientras se encargaba de organizar un entramado para alejar de Londres a dicho pretendiente durante una buena temporada.

Ni siquiera había podido contarle a Riverton toda la verdad. Aquella situación le resultaba muy incómoda, pero por alguna razón sentía una especie de lealtad hacia Georgina que le compelía a guardar su secreto el mayor tiempo posible, incluso aunque era partidario de que lo compartiera con las personas más cercanas de su entorno. Si hubiera confiado en más gente, Ashcombe no habría sospechado.

Y en ese instante Colin hubiera estado en Escocia, en vez de compartiendo un embarazoso desayuno con la familia de ella en lugar de con la suya.

Riverton se volvió hacia su hermana.

—¿Cómo es que estás despierta tan pronto? Rara vez sales de la cama tan temprano y mucho menos nos honras con tu presencia.

La joven encogió su delicado hombro. Tenía el presentimiento de que Georgina en realidad se levantaba muy temprano. Si ella y su doncella hacían la mitad de las cosas que decía, tales como leer novelas, memorizar poesías y examinar su correspondencia, necesitaban tiempo. ¿Qué mejor hora que por la mañana, cuando nadie la molestaría, pensando que todavía estaba en la cama?

Esa mujer era endiabladamente inteligente.

—Sea cual sea la razón —continuó Riverton—. Me alegro de verte en pie. Te has mostrado muy abatida desde que Ashcombe se fue de la ciudad. ¿Sabes? No es una gran pérdida.

Georgina le miró sorprendida.

—¿Crees que he estado triste por lord Ashcombe?

El duque le miró en busca de ayuda. Colin se metió un bocado inusualmente grande de jamón en la boca. Riverton soltó un suspiro.

—¿Y no ha sido así?

—No.

El hombre se recostó en su silla.

—Entonces, ¿a qué han venido las caras largas y los gritos a la servidumbre?

Georgina levantó una ceja y le miró con el desdén que solo una hermana podía dirigir a un duque.

—Siempre grito a la servidumbre.

Colin casi se atragantó con el jamón. Aquella familia le iba a traer la muerte.

En ese momento, Gibson, el mayordomo, entró en la habitación y se dirigió hacia Riverton para un intercambio silencioso. Entonces el duque se levantó e informó:

—Disculpadme. Vuelvo enseguida.

Georgina observó cómo su hermano abandonaba la sala y él se dedicó a contemplarla. Esa mañana se la veía más apagada de lo normal, aunque también podía deberse a la hora tan temprana.

A pesar de que había dicho lo contrario, se notaba que estaba molesta por la pérdida de Ashcombe, ¿o era la falta de éxito de su plan lo que le daba ese aire de melancolía?

—Ashcombe se ha ido de la ciudad.

Aquellas palabras le sorprendieron.

—Eso he oído.

No sospecharía que había tenido nada que ver con aquello, ¿verdad? Había esperado que su ausencia varios días antes y después de la partida del conde evitara que nadie lo relacionara con el asunto.

Georgina se inclinó hacia delante.

—¿Y ha oído también por qué?

Él imitó su postura, echándose hacia delante como si ambos estuvieran conspirando sobre los huevos escalfados.

—¿Y usted?

La vio entrecerrar los ojos. No debería haberla provocado. Ahora sospechaba de él.

—He oído que ha tenido algo que ver con un asunto de negocios urgente.

—Lo mismo que yo. —Colin se tomó su tiempo mientras cortaba otro trozo de jamón.

—¿Sabe? Era mi última esperanza. —Cortó los huevos con saña, enviando un río de yema líquida a través del plato.

Colin también se puso a comer sus huevos. Cuanto más conocía a Georgina, más convencido estaba de que no necesitaba de ningún hombre para convertirse en una auténtica figura pública de la alta sociedad. Podía conseguir sus propósitos aunque se casara con un simple baronet.

—No tenía ni idea.

Ella le miró frunciendo el ceño.

—¿Cree que no tiene sentido lo que estoy haciendo?

—¿A qué hora se levanta todas las mañanas? —Colin colocó el tenedor en el plato. Tenía que abordar el asunto de una vez por todas. ¿De verdad no se daba cuenta de todo lo que había sido capaz de lograr? ¿De lo que podía hacer?

—¿Disculpe?

—¿A-qué-hora-se-levanta? —repitió lentamente—. Una hora aproximada, por supuesto.

Georgina se puso a juguetear con el tenedor.

—Harriette me trae el té y una tostada sobre las siete y media. A veces lo cambia por una taza de chocolate.

—Pero su familia tiene la impresión de que se pasa holgazaneando cuatro o cinco horas más en la cama. Así que, sí, *milady*, creo que no tiene ningún sentido lo que está haciendo.

—¿Cree que debería decírselo?

—Sí. —En las últimas semanas la había visto enfadada, cansada, preocupada y mostrando una multitud de emociones para las que su fachada cuidadosamente ensayada no estaba preparada. Esos momentos de autenticidad eran lo único que no le impedía desentenderse por completo de ella. A veces tenía la sensación de que Georgina le veía en esos momentos, la auténtica Georgina, que le pedía que la ayudara a liberarse. A escaparse de la jaula que había creado para sí misma.

Esa mujer lo había transformado en un fantasioso.

—Está usted loco. Punto. —El instante de vulnerabilidad había pasado, dando paso una vez más a su helada fachada.

Colin soltó un suspiro por aquella pérdida, aunque sabía que debía alegrarse. Cuando ella se mostraba tan altiva le resultaba más fácil mantener las distancias.

—¿Qué se supone que ha sido eso? —quiso saber ella.

Ya no tenía apetito, así que apartó el plato.

—¿Puedo hablarle con franqueza?

Georgina soltó un resoplido.

—Como si pudiera impedírselo.

Tenía que reconocer que en eso llevaba razón. Durante todo el tiempo que habían pasado juntos se habían dejado de ceremonias, al menos en lo que a él respectaba.

—Creo que se hace un flaco favor. Creo que tiene miedo a que la gente vea la persona que es realmente, la muchacha a la que le encanta el arte, que adora el color. La fiel amiga con las mismas vulnerabilidades que todo el mundo. A veces pienso que tiene miedo incluso a enfrentarse a sí misma.

—Se pone muy filosófico por las mañanas, señor McCrae. —Tomó un sorbo de chocolate—. ¿Entonces, somos amigos, Colin?

—Se nos podría llamar así, sí. —En realidad no creía que lo fueran. Tenía una creciente sospecha de lo que le gustaría que fueran, pero las probabilidades de que aquello ocurriera eran las mismas que sufrir una tormenta de nieve en julio. Y no porque no estuviera ni lo más remotamente cerca a lo que ella consideraba un pretendiente adecuado. Sino porque estaba interesado en la joven que había debajo de toda esa fachada, la que creía vislumbrar cada vez que estaba a punto de convencerse a sí mismo de que era mejor olvidarse de ella.

Georgina esbozó una enorme sonrisa.

—Excelente. Porque creo que ahora mismo necesito un amigo precisamente como usted.

El corazón le dio un vuelco mientras sopesaba a toda prisa cada posible conclusión errónea.

—¿Para qué?

—Para escoger un nuevo objetivo, ¿para qué si no? Sé que, al igual que yo, está al tanto de todos los chismes habidos y por haber. Si unimos nuestros conocimientos, encontraremos al candidato perfecto. Me imagino que se habrá dado cuenta de que me estoy quedando sin tiempo.

¿No sabía qué decir? ¿Qué podía decir? Se acercó el plato de nuevo para dar un mordisco a una tostada y mantener la boca ocupada. Le supo a lija.

—¿Y bien? —Georgina bebió otro sorbo.

—Eversly —masculló él.

—¿EL vizconde? —preguntó ella perpleja.

—Ambos se llevan bastante bien, él es apuesto y no creo que usted consiga arruinarlo, aunque se lo proponga. —Aunque también sería extremadamente difícil llevarlo al altar. El hombre no había mostrado ningún interés en sentar la cabeza a corto plazo.

Pero si había alguien capaz de lograrlo, esa era Georgina.

De pronto, no se sintió con las fuerzas necesarias para estar cerca cuando aquello sucediera. Se levantó de la mesa.

—Discúlpeme, pero acabo de recordar que tenía otro compromiso esta mañana. Por favor, despídase de su hermano por mí.

La vio parpadear lentamente, obviamente sorprendida.

—Por supuesto.

Colin hizo una reverencia y salió de aquella casa.

Y después también se marchó de la ciudad.

Ryland aceptó la presencia de Colin sin hacerle ni una sola pregunta, incluso cuando se pasó los dos primeros días en Marshington Abbey sentado en la biblioteca o mirando a través de la ventana del dormitorio para invitados. Ryland y Miranda habían decidido dejarle solo, aunque de vez en cuando le enviaban alguna bandeja con comida.

Agradeció aquel silencio, a pesar de que estaba convencido de que la duquesa estaría volviendo loco a su amigo sobre las posibles razones de la visita no anunciada de Colin.

¿Qué iba a hacer ahora? Se suponía que tenía que volver a Londres y seguir con su vida, pero no se sentía con ganas. Durante años había amasado una enorme cantidad de dinero. Le bastaba con supervisar sus actuales inversiones para permitir que su familia llevara una vida más que acomodada si sobrevenía algún desastre o su padre se dejaba llevar por algún otro impulso estúpido y codicioso.

¿Había perdido la motivación que le había impulsado a trabajar tan duro los últimos cinco años? ¿O solo había empezado a plantearse su vida desde otra perspectiva en el momento en que decidió aceptar aquel puesto en Glasgow? Se había imaginado formando una familia, fijándose un propósito, aumentando algo más que su cuenta bancaria.

Si la idea de hacer todo eso con Erika Finley a su lado solo le resultaba medianamente interesante, lo achacó a no estar cerca de la joven. Si era tan maravillosa como le contaba su madre en las cartas, su estima por ella crecería con la proximidad.

Tal vez.

Aunque ahora tampoco importaba mucho ya que le había ofrecido el puesto a Hugh.

Había algunas cosas que tenía claras. No podía regresar a Londres y ver a Georgina desplegando todos sus encantos con el escurridizo lord Eversly. Pero tampoco podía volver a Escocia sin una razón. ¿Y si su familia le rechazaba? ¿Y si le dejaban de pie en el umbral de la puerta de la misma manera en que su padre le había dejado en los muelles de Londres cuando se negó a entregarle la parte de la empresa que había ganado en aquella partida de cartas?

Todavía tenía contactos en el Ministerio de la Guerra. Quizá debería considerar la oferta que le habían hecho de trabajar para ellos en lugar de ayudarles de vez en cuando. Aunque en ese caso tendría que ocultárselo a Ryland. El duque había amenazado con dispararle él mismo si aceptaba el empleo.

Un movimiento fuera captó su atención. Se acercó más a la ventana. Vio un carruaje enorme acercarse por el camino de entrada. No sabía que Ryland esperara compañía, aunque seguro que se debía más a su aislamiento a que su anfitrión no hubiera querido decírselo.

En el momento en que el vehículo se detuvo en la casa vio el blasón que llevaba. Soltó un gemido antes de que se abriera la portezuela y por ella bajaran los hermanos Hawthorne. Cuando Georgina volvió la cara hacia el sol su cabello emitió un sinfín de reflejos. Vio cómo se reía mientras decía algo a sus hermanos.

Instantes después, Miranda bajaba corriendo las escaleras para abrazar a uno de sus hermanos. Ryland la seguía a un paso mucho más calmado. Tras estrechar las manos de sus cuñados, alzó la vista en dirección a la ventana de Colin y esbozó una sonrisa.

Estaba claro que su amigo acaba de cortar por lo sano con su silencio autoimpuesto.

Capítulo 27

Se había mostrado escéptica cuando Griffith le sugirió que todos ellos fueran a pasar unos días a Marshington Abbey, pero al final le sorprendió lo aliviada que se había sentido. La última semana se había cansado de los bailes, las cenas, las partidas de naipes y las salidas al teatro. Llevaba sin disfrutar de esas actividades antes incluso de que lord Ashcombe abandonara Londres.

Quizá porque nunca se había molestado en disfrutar de ellas. Le gustaban los éxitos que había obtenido, la evidencia de que estaba logrando su objetivo, pero nunca se había permitido acudir a un evento y simplemente dejarse llevar. Aquella idea vino acompañada de una intensa sensación de culpa y fracaso.

No obstante, en cuanto Miranda la rodeó con sus brazos, sintió como si aquel abrazo alejara todos sus problemas, quitándole un gran peso de encima.

Había echado de menos a su hermana. Más de lo que se imaginaba.

—Vamos, entrad. Puede que vuestra presencia convenza a nuestro otro invitado para que se deje ver en la cena de esta noche. —Miranda se enganchó al brazo de Griffith mientras todos accedían al interior.

Trent, que se estaba quitando el polvo del camino del abrigo, se detuvo.

—¿Otro invitado? Pues sí que estáis entretenidos.

Miranda soltó un resoplido.

—No te creas. Colin no hace otra cosa que...

—Price se encargará de vuestro equipaje. Creo que ya han servido el té en el salón —dijo Ryland, interrumpiendo a Miranda y haciendo que todo el mundo lo mirara con diversos grados de sorpresa en el rostro. Sin embargo, él continuó como si tal cosa—: Al menos la mitad de las habitaciones siguen enterradas en una década de polvo, aunque hemos dispuesto los mejores dormitorios para vuestro uso y disfrute.

—Es una casa enorme. —Miranda observó a su marido de reojo, pero no retomó la conversación anterior.

Algo que a Georgina le hubiera gustado que hiciera. Aunque se había dicho a sí misma que no debía preocuparle, se había preguntado dónde podía haberse metido Colin. Se había ausentado más de una semana, luego regresó a Londres un solo día y volvió a desaparecer. La mayoría de la gente ni siquiera sabría que había vuelto ese único día, si era la primera vez que notaban su ausencia.

Muchas de las damas con las que habló ni siquiera sabían quién era. Había mencionado su nombre hacía un par de días y todas la miraron de forma extraña antes de volver a hablar del vestido que *lady* Yensworth había escogido para esa noche.

Y ahora se enteraba de que estaba allí.

No sabía muy bien cómo sentirse al respecto.

El salón tenía mucho mejor aspecto que cuando irrumpieron en él para salvar a Miranda hacía varias semanas. El mobiliario todavía parecía un poco viejo, pero al menos estaba limpio y era acogedor. El té olía de maravilla, pero la idea de sentarse la estremeció por dentro.

—Por favor, caballeros dejémonos de ceremonias. Estoy deseando caminar por la estancia para estirar un poco las piernas.

Se dirigió hacia la chimenea, admirando la repisa exquisitamente tallada. Los surcos y muescas no formaban un patrón reconocible, pero eran más bellos en su aparente caos.

Ryland se puso a su lado y dejó una taza de té en sus manos antes de preguntar en voz baja.

—¿Cómo va la temporada?

Aceptó la taza con cautela. ¿Qué tramaba aquel hombre? Desde que se había enterado de sus actividades encubiertas había intentado evitarlo. Si lord Ashcombe sospechaba de ella, un espía experimentado descubriría su secreto en un abrir y cerrar de ojos.

—Podría ir mejor, excelencia.

—Somos familia. Siéntase con total libertad de llamarme Ryland. O Marsh, como hace su hermano. —El duque bebió un sorbo de su taza—. Hemos leído el anuncio de varios compromisos en los periódicos.

—Sí. —¿Qué más podía decir? El duque sabía que no estaba prometida. Incluso aunque hubiera ocultado esa información a su familia.

¿Cómo que «incluso aunque»? ¿Qué quería decir con eso?

«¿Tal vez que has perdido un poco el rumbo en esa búsqueda obcecada del marido perfecto?»

Se volvió hacia Ryland.

—Dudo mucho que vea mi nombre en breve en ninguno de ellos.

Su cuñado enarcó ambas cejas.

—¿En serio? Tenía entendido que se estaba viendo mucho con lord Ashcombe. ¿No tiene intención de hacer ninguna proposición?

—Eso sería un poco difícil, excelencia, ya que no está en la ciudad. —Hizo una pausa—. Algo que estoy convencida que ya sabe. —Miró por encima del hombro para ver si alguien estaba al tanto de su conversación. Todos sus hermanos estaban manteniendo sus propias conversaciones, sin prestarles la más mínima atención.

Ryland sonrió.

—Oh, estoy al tanto. Tuvo que irse corriendo a Cheshire para encargarse de sus propiedades cuando su administrador encontró un empleo mejor. Intenté contratar a ese mismo hombre en una ocasión, pero no aceptó el trabajo.

¿Rechazar trabajar para un duque?

—¿Por qué no?

—Se crio en la costa. Decía que la única razón por la que haría que su familia se mudara sería para volver a vivir cerca del agua. Seguro que es muy feliz en Glasgow. —Ryland alzó la taza en su dirección a modo de brindis y se fue a hablar con Griffith.

Teniendo en cuenta quién era Ryland, estaba convencida de que aquella conversación no había sido fruto de la casualidad. El duque no hacía nada sin una razón, lo que significaba que había sacado el tema del administrador de Ashcombe para algo más que como mera información.

Ahora se suponía que tenía que averiguarlo.

Pero ¿de qué podía tratarse? Ryland le había revelado pocos datos que ya no conociera, así que había pasado por alto algo que debía de haber sabido; algo que el duque esperaba que ella fuera capaz de encajar.

Oyó las voces del resto de su familia conversando, pero no les hizo ni caso. Estaba centrada en analizar lo que le había dicho Ryland. Palabra por palabra.

La puerta se abrió, pero tampoco hizo caso... hasta que la voz de Colin penetró en su mente, dispersando sus pensamientos.

Se dio la vuelta, intentando no parecer demasiado desesperada por verlo. El ángulo en el que se encontraba el sol con respecto a la ventana hizo que su pelo pareciera más cobrizo de lo normal. Llevaba el cabello revuelto, como si acabara de pasarse las manos por la cabeza o se hubiera enfrentado al viento, de pie en una de las cubiertas de sus barcos.

Sus barcos.

Glasgow.

Colin era de Glasgow.

Su familia tenía una naviera. Y lo más importante, él nunca había creído que terminara casándose con lord Ashcombe. La consternación por aquella revelación añadió una nota de frialdad a su voz que nunca antes había oído.

—Buenas noches, señor McCrae.

Sus miradas se encontraron a través de la habitación.

—*Lady* Georgina.

Su familia parecía mirarlos a ambos con incipiente curiosidad, pero no le importó lo más mínimo. Si Colin había arruinado a propósito la última oportunidad que tenía de mantenerse a salvo no se lo perdonaría jamás.

—Parece que últimamente está viajando mucho. ¿Dónde ha estado?

Vio cómo entrecerraba los ojos antes de mirar en dirección a su hermano Griffith.

—He estado comprobando algunas cosas en una de las propiedades de Riverton.

Se le helaron los dedos, transportando témpanos de hielo desde sus venas hasta el corazón.

—¿Ah, sí? ¿En cuál?

Cuando volvió a mirarla parecía cansado.

—En Crestwood.

Crestwood. En Cheshire. Demasiadas coincidencias como para pasarlas por alto. Colin McCrae había sobrepasado los límites de cualquier amistad que creyeran podían tener. Él sabía por qué necesitaba casarse, sabía que estaba esperando una proposición del conde, conocía el aprieto en el que se encontraba, y aun así, no había dudado en arrebatarle cualquier perspectiva de matrimonio provechoso que pudiera tener.

Nunca le perdonaría.

Su familia seguía pendiente de ellos, alternando sus miradas de uno a otro, con las bocas abiertas, como si les costara mucho esfuerzo volver a cerrarlas.

Colin enderezó los hombros y se enfrentó a su escrutinio. Parecía preocupado, pero no apesadumbrado. Se moría de ganas de tirarle a la cara lo que le quedaba del té. Pero no daría a su familia la satisfacción de montar una escena.

—El viaje me ha dejado muy cansada. —Se volvió hacia su hermana—. ¿Puedes mostrarme dónde está mi habitación, por favor?

Miranda se puso de pie, todavía mirándolos a ambos con gesto inquisitivo.

—Por supuesto.

Se negó a mirar a Colin mientras salía del salón, pero no pudo evitar fijarse en Ryland antes de marcharse. Se le veía impasible. ¿Cómo lo había sabido y por qué se lo había dicho? ¿O solo le había dado un ligero empujón para que lo averiguara por sí misma?

Todas aquellas preguntas se arremolinaron en su cabeza, provocándole tal dolor, que al final el deseo de salir de allí fue real.

No podía dormir.

Se tumbó en la cama hasta que el cuerpo empezó a dolerle por la tensión acumulada. Una bandeja con la cena fría descansaba sobre el escritorio. Miranda se la había enviado hacía casi una hora y Georgina había permitido que la doncella la dejara aun sabiendo que no le apetecía comer. Y aún tenía menos ganas de compañía. Incluso le había perdido a Harriette que la dejara sola, a pesar de que estaba a escasos metros de ella, en la cama del vestidor.

En ese momento le daba igual donde durmiera su amiga, mientras que no estuviera con ella en la habitación haciéndole preguntas.

Incapaz de seguir tumbada por más tiempo, tomó un trozo de queso de la bandeja y empezó a pasear por el dormitorio.

¿En qué había estado pensando Colin?

«Quería salvarte.»

Soltó un bufido. El Colin de su cabeza también era impertinente y autoritario. ¿Y qué si creía que la estaba salvando? ¿Por qué lo había hecho? Si tenía los medios para alejar a lord Ashcombe de ella, ¿por qué esperar? ¿Por qué no lo hizo la primera vez que reconoció estar interesada en el conde? Colin sabía perfectamente que había puesto sus miras en lord Ashcombe, a pesar de las objeciones de su familia.

Aquella idea hizo que se tambaleara de la cabeza a los pies y que perdiera el equilibrio. Se aferró a uno de los postes de la cama.

Su familia se había mostrado contraria a esa unión. Todos ellos. Ni siquiera a su madre le había gustado que el conde fuera a visitarla. ¿Cómo no se había dado cuenta de aquello? ¿Por qué no le había importado? ¿Estaba tan concentrada en su temor a ser descubierta que había obviado por completo la opinión de sus seres queridos?

No había sido su intención. Una lágrima rodó por su mejilla. ¿Cuándo les había excluido de ese modo? ¿Había sucedido poco a poco, a medida que le resultaba cada vez más difícil ocultar su secreto? ¿O pasó la noche en que Harriette se presentó en su habitación, contándole que había urdido un plan para asegurarle un puesto en la sociedad, por encima de cualquier reproche o sospecha? Tal vez fue cuando ese plan empezó a fallar. ¿Había tenido entonces un ataque de pánico y empezó a alejarse de ellos?

El cuándo ya daba igual. Lo importante era, ¿era demasiado tarde para cambiar?

Y, sobre todo, ¿quería hacerlo?

Si les permitía entrar en su vida, si dejaba de apartarles, le sería prácticamente imposible protegerse.

«No tienes que protegerte. Estás a salvo.»

No. No lo estaba. Colin se equivocaba. No sabía qué tenía ese hombre para haber reconocido delante de él que la palabra escrita era su mayor enemigo, pero no creía que todo el mundo lo entendiera. Quizá fuera porque él había trabajado muy duro para ganarse lo que tenía. Porque sabía lo mucho que se había esforzado para engañar a todo el mundo. Casi nadie pensaba igual. Había sido testigo de

lo que todos, incluida su propia hermana, pensaban de Lavinia. Y no había nada que Lavinia pudiera hacer para evitarlo.

En el mejor de los casos, sentirían lástima por su amiga. La mayoría, sin embargo, la verían como a una joven defectuosa. ¿Cómo no iban a hacerlo?

Pero tal vez no tenían por qué saberlo. Quizá solo podía retomar su relación con ellos. Puede que allí, en la intimidad de Marshington Abbey, pudiera bajar la guardia un poco. Olvidarse de las apariencias y simplemente ser ella misma, conocer a sus hermanos de nuevo. Y dejar que ellos la conocieran.

¿Y si cometía un error y la descubrían? Bueno, tampoco sería el fin del mundo. Además, llevaba mucho tiempo sin meter la pata y....

En ese momento le vino a la memoria una imagen de lord Ashcombe sosteniendo una nota frente a ella mientras le preguntaba si la había leído. Engañándola sobre lo que había escrito, poniéndola a prueba.

Dejó caer los dos últimos bocados que le quedaban de queso sobre la bandeja, por miedo a que lo poco que hubiera comido le trajera otra revelación.

Él lo sabía. O al menos lo sospechaba. No... Claro que lo sabía.

Por eso Colin había hecho lo que hizo. No podía haber otro motivo.

Abrió la puerta y salió disparada por el pasillo, haciendo caso omiso del hecho de que solo iba vestida con una bata y un camisón de cuello alto. Tenía que verle. Necesitaba saber si tenía razón.

Necesitaba saber si Colin había sido mucho más amigo de lo que jamás se hubiera imaginado. Se detuvo en seco al darse cuenta de lo tranquila y oscura que estaba la casa. Debía de haber estado en la cama más tiempo del que creía.

No le quedaba más remedio que esperar al día siguiente para saciar su curiosidad.

Regresó a su habitación, preguntándose si la conclusión a la que había llegado sería cierta o simplemente estaba buscando un motivo

porque quería que Colin fuera alguien sincero y digno de confianza. Alguien amable.

«Piensa en lo que sabes de mí, Georgina. Sabes que lo de lord Ashcombe no es lo único que hay.»

El sueño se apoderó de ella mientras se metía de nuevo en la cama. Durmió a ratos, intercalados con recuerdos de Colin McCrae. Sí, había ayudado a salvar a Jane, pero también se burlaba despiadadamente de ella delante de su hermano. Había descubierto su secreto, pero no se lo había contado a nadie. A veces la había empujado a revelarlo, pero nunca en público. Nunca en ningún lugar en que pudieran avergonzarla o destruir su reputación.

¿Le convertía todo aquello en una especie de buen amigo o no?

Para cuando contempló el sol ascendiendo por el alféizar de la ventana, estaba más que preparada para dar la bienvenida a un nuevo día. En medio de los intervalos de sueño, había discutido consigo misma y con el Colin de su cabeza si ese hombre le gustaba o no.

«Te guste o no, sabes que soy honorable.»

Cierto. Si Colin había echado a perder cualquier posibilidad que tuviera de casarse con lord Ashcombe en un futuro cercano, lo había hecho con la mejor de sus intenciones.

Pero a la luz del día también supo que aquello no importaba. Sus actos, por muy honorables que fueran, la habían dejado sin opción alguna. Nada podía salvarla. Había fallado. Todo el trabajo, memorizar pasajes de libros, conocerlo todo sobre todas las personas para no encontrarse nunca en desventaja con ellos, no había servido para nada.

El sacrificio of Harriette había sido en vano.

El sol asomó por el borde de la cortina, invadiendo la estancia para iluminar el reloj de la chimenea. Harriette llegaría pronto. Y traería chocolate caliente.

Pero no sería suficiente.

No estaba segura de tener la fuerza necesaria para comenzar de cero.

Capítulo 28

Colin detuvo el caballo delante del establo y se quedó pensando si sería conveniente volver a galopar con el animal por el campo. Su paseo matutino le había despejado la cabeza, o eso pensaba antes de volver a encontrarse con una visión rubia caminando por los jardines traseros de Marshington Abbey.

—¿Me permite el caballo, señor?

Miró al mozo, esperando mientras sostenía la brida en la mano. Fin de la discusión. No sería justo para el caballo volver a salir con él.

Hizo un gesto de asentimiento al mozo, le dio una última palmada a la testuz del animal, desmontó y se alejó de allí. Rodeó un montón de madera que estaban usando para remodelar la zona de los establos. Ryland y Miranda estaban haciendo un magnífico trabajo para terminar con años de negligencia. En todas partes se veían aires de renovación.

Cruzó la amplia extensión de hierba sin apartar la vista de la figura de blanco. ¿Debería darle alguna explicación? Georgina tenía que saber que su secreto era vulnerable, que solo le había proporcionado un poco más de tiempo, pero no sabía cómo decírselo o cómo hacerle entender por qué lo había hecho.

Cuando accedió al sendero del jardín, la grava crujió bajo sus botas. A menos que la joven sufriera de una importante sordera, a esas alturas ya sabría que estaba allí.

Pero no se volvió. Se sentó en un banco y el lápiz que tenía en su mano comenzó a volar por encima del cuaderno de dibujo, transfiriendo la planta púrpura y rosada que tenía enfrente a tonos de blanco, negro y gris sobre el papel.

Colin empezó a caminar delante de ella como si solo fueran un par de bailarines cruzándose en la pista. Pero en cuanto percibió el aroma a limones mezclado con las fragancias florales del jardín, se dio cuenta de que sus pies se negaban a moverse.

La curiosidad, ese ardiente deseo de saberlo todo y entender a todo el mundo, clavó las garras en su mente y se negó a dejarle marchar. ¿Dónde se había quedado su eterna paciencia? ¿La habilidad que había usado para salir de más de una situación segura?

—¿Qué está haciendo aquí? —quiso saber él.

Ella lo miró por encima del hombro, enarcando una delicada ceja mientras sus ojos verdes se abrían y esbozaba una sonrisa. La mezcla perfecta de timidez e inocencia. ¿Es que no había ninguna situación para la que no hubiera preparado algún personaje?

—Estoy dibujando.

Él soltó un gruñido.

—¿Por qué esa?

—¿Disculpe? —Alzó la vista. Parecía realmente confundida.

Ese fue todo el aliciente que Colin necesitó. A pesar de que se había dicho a sí mismo que no le importaba, se aferró a la idea de que podía atravesar su fachada, aunque solo de forma temporal.

—¿Por qué esa planta? —Señaló un rosal de flores blancas y relucientes. Puras, elegantes... Como ella—. ¿Por qué no esta otra?

Georgina miró ambas plantas con el ceño fruncido.

—Esta tiene unas líneas más interesantes.

Contempló el dibujo. Quizá le resultaría más fácil hablarle a su nuca.

—Lo sabe.

Vio cómo su mano se detenía.

—Me lo imaginaba.

—Iba a amenazar a Riverton con revelar su secreto a menos que Crestwood formara parte de su dote.

El lápiz volvió a moverse, añadiendo una sombra debajo de una flor. Aquello hizo que pareciera que cobraba vida en la página hasta que Colin estuvo seguro de que podía sacarla del cuaderno y entremetérsela en el pelo a Georgina.

—Es usted muy bueno.

Se quedó callada tanto tiempo que pensó que había dado por terminada la conversación. ¿Qué le había pasado por la cabeza para pensar que podría mantener una charla con ella? Cualquier tipo de amistad que hubieran forjado se había roto en el mismo instante en que alejó a su pretendiente de ella, el hombre en el que había depositado toda su confianza para que la salvara.

—Gracias.

El comentario susurrado le detuvo a medio camino de darse la vuelta. Se había quedado de espaldas a ella, pero sabía que seguía dibujando por el sonido del lápiz al moverse mezclado con el gorjeo de los pájaros.

—De nada.

—Por todo.

Colin contuvo el aliento. ¿Qué estaba diciendo? Empezó a volverse de nuevo.

—No, por favor no se vuelva —se apresuró a decir ella.

Se quedó petrificado de nuevo. ¿Alguna vez haría el movimiento correcto en lo que a esta mujer respectaba?

—¿Costó mucho?

Se pasó las manos por el pelo, en un intento por disipar la frustración que sentía. ¿De qué estaba hablando?

—¿Qué?

—Conseguir que ese hombre se mudara a Glasgow. ¿Costó mucho?

¿Que si costó mucho? Tragó saliva. Recordó a Erika, de pie en los muelles, con el viento azotando su trenza pelirroja y enredando los mechones que sobresalían de ella como si fuera un niño con un puñado de lazos. Era una imagen que a muchos pintores les hubiera gustado capturar. Erika, la mujer que podía haber sido su esposa.

Pensó en su madre y en su hermana, esperando para ver si ese trabajo por fin lo llevaba de vuelta a casa. ¿Se habrían enfadado por su rechazo?

Sí, le había costado mucho. Pero era el sacrificio que él había hecho y ella no tenía por qué cargar con la culpa.

—El incentivo de volver a vivir en la costa fue suficiente para que aceptara el empleo. Y puede que también le diera un bono extra para que acelerara su partida.

De nuevo el silencio.

¿Debería volverse hacia ella? ¿Seguir hasta llegar a la casa?

—Quería estar enfadada con usted. De hecho, anoche estuve furiosa con usted durante mucho tiempo.

Colin volvió a tragar saliva.

—¿Qué cambió?

—Recordé que, aunque sé que no le gusto mucho, nunca ha demostrado ser un hombre carente de honor. Al menos siempre intenta hacer lo correcto.

No pudo aguantar más. Se dio la vuelta y volvió a encontrarla mirándole por encima del hombro. Sus ojos verdes eran cálidos y sus labios esbozaron una tenue sonrisa, como si estuviera recordando algo que le pareciera divertido.

No pudo evitar sonreír también.

—¿Quién le ha dicho tal cosa?

Ella lo miró sorprendida.

—Usted mismo.

—Pero... pero si llevamos días sin hablar.

Su risa, teñida de un ligero nerviosismo, se apoderó de él. La adoraba cuando era de verdad, y no esas risas que practicaba frente al espejo. Cuando actuaba tal y como era ella, dejaba sus emociones al descubierto.

—Está en mi cabeza. ¿No lo sabía?

—¿En su cabeza? —Su voz sonó neutra, incluso para sus propios oídos. ¿De qué demonios estaba hablando?

—Oh, sí. Y no se imagina lo tenaz que puede llegar a ser. He intentado echarle en numerosas ocasiones. —Alzó una mano para enumerar las distintas formas en que había tratado de deshacerse de él—. Tirándole por la ventana, encerrándole en un armario. Incluso le he llegado a clavar un tenedor un par de veces, pero sigue volviendo. Ya me he acostumbrado.

—¿A mí?

—Sí.

—¿Se imagina que está hablando conmigo?

Le miró con exasperación antes de continuar con el dibujo.

—Sí. Aunque tengo que reconocer que su yo de mi cabeza nunca es tan lento.

Necesitaba una silla. O una cama. O quizá solo tumbarse sobre la hierba.

—Me está diciendo que finge hablar conmigo en su cabeza.

Soltó un suspiro.

—Sí.

Tardó un momento en sobreponerse al impacto.

—¿Es muy exacto?

El sonido del lápiz moviéndose se detuvo.

—¿Disculpe?

—¿Habla como yo? —Se sentó junto a ella en el banco. La curiosidad había ganado la batalla a la sorpresa inicial. Nunca había sido la voz de la conciencia de nadie. Al menos no la conciencia de otra persona.

—Hagamos una prueba, ¿le parece? —Georgina se retorció en el banco de forma que sus rodillas casi se rozaron—. Me he dado cuenta de que estos últimos años me he alejado bastante de mi familia. —Le miró con las cejas enarcadas.

¿Qué se suponía que tenía que responder? ¿Solo decirle lo que él creía que debía hacer?

—Bueno... Creo que este lugar le está ofreciendo una excelente oportunidad para fortalecer sus lazos familiares. En Marshington Abbey está a salvo, con sus seres más queridos. No tiene que intentar protegerse a sí misma. Sabe que opino que debería decirles la verdad.

Se preparó para el enfado que Georgina siempre solía mostrar cuando la instaba a revelar su secreto, pero en vez de eso, le sonrió y se inclinó hacia delante para arrancar una flor.

—Muy bien.

Georgina se detuvo unos momentos a girar el tallo de la flor y acarició con el pulgar los bordes de los pétalos.

—Si mi secreto sale a la luz, arruinaré mi reputación, me darán de lado como a Lavinia.

Colin negó con la cabeza.

—Puede que algunos lo hagan, pero Lavinia no posee ni su rango ni su posición social. Usted tiene el suficiente aplomo y el apoyo de su familia para salir airosa de las posibles repercusiones.

Aquello era verdad hasta cierto punto. La relegarían a los márgenes de la sociedad y cada recital de poemas o lectura improvisada renovaría los comentarios maliciosos de aquellos que deseaban hacerle daño o disfrutaban con las desgracias de los demás.

—Mmm. Hasta que a alguien se le ocurra organizar un recital de poemas o alguna otra lectura y empiecen de nuevo los comentarios destructivos.

Era aterrador lo cerca que habían estado aquellas palabras de sus propios pensamientos.

Georgina jugueteó con los pétalos, haciendo que la flor se abriera aún más.

—¿Qué opina de Harriette?

—Que debe de ser una mujer brillante. —Tenía que serlo si ayudaba a Georgina en tantas cosas como le había contado—. Debería nombrarla su ama de llaves o algo parecido. Es necesario que use sus talentos como algo más que como una simple doncella.

—¿Las columnas de los periódicos?

¿De verdad se había imaginado hablando de eso con él?

—Una buena fuente de información sobre una gran variedad de asuntos, pero no hay nada mejor que descubrir las cosas por uno mismo. Sobre todo, las relativas a la sociedad.

—La guerra.

—Espero que ganemos.

—¿Mi taza de chocolate de la mañana?

¿Qué pasaba por aquella cabecita?

—No termino de entenderlo del todo. El café es más estimulante y el té menos pesado.

—¿El temor que siento todos los domingos a entrar en la iglesia porque creo que Dios me va a hacer algo malo por atreverme a mostrar la cara cuando está claro que me marcó como alguien que no es digno de su presencia?

Colin soltó un prolongado siseo. Seguro que Georgina no creía eso. No podía creerlo.

—No puede estar hablando en serio.

Ella le entregó la flor y él la aceptó sin pensárselo dos veces.

—Sí, creo que el pequeño hombre de mi cabeza opina igual que usted. Aunque esperaba alguna burla sobre mi chocolate matutino.

Georgina esbozó una sonrisa educada e inmediatamente después vio cómo la máscara que tanto odiaba caía de nuevo sobre su cara.

—¿Ha disfrutado de su paseo a caballo esta mañana? —preguntó ella.

¿Lo había disfrutado? ¿Aquella mujer acababa de asestarle una tremenda coz, cual caballo enfurecido, al decir que creía que Dios la odiaba y quería hablar de su paseo? Se esforzó por encontrar las palabras en medio de su confundido cerebro.

—Sí, ha sido bastante agradable.

—Estupendo. He estado pensando antes sobre lo que me sugirió de Eversly y creo que voy a tener en cuenta eso de aceptar a un vizconde como posible candidato. Aunque creo que Cottingsworth es mucho mejor. Había empezado a preguntarme si lord Ashcombe mantendría la misma popularidad cuando dejara de ser uno de los solteros de oro de la alta sociedad. Y tengo el mismo presentimiento con Eversly.

A Colin estuvo a punto de salirle humo por el cerebro ante aquel repentino cambio de comportamiento y el giro tan drástico que tomó la conversación, que pasó de ser extremadamente personal a una que bordeaba el absurdo. Georgina volvía a ser el personaje que había creado. ¿Dónde estaba la muchacha que hacía unos instantes se había lamentado por haberse alejado de su familia? ¿Que quería tomarse su tiempo en aquella casa para bajar la guardia? ¿Que le había revelado la idea tan equivocada que tenía de Dios?

Incluso teniendo en cuenta el hecho de que el tema de conversación era muy íntimo, había muy poco de ella más allá de lo superficial. Colin sabía que podía mencionar a cualquiera de esos hombres y que ella solo haría comentarios sobre su valía como posibles pretendientes. No había nada que rascar bajo aquella superficie de joven obsesionada con lograr un buen matrimonio.

No le importaba que un enlace basado en algo tan endeble, aplastara lo poco que permanecía intacto de su alma.

Tanta confusión no le merecía la pena. Cuando veía a Georgina, la verdadera Georgina, tenía mucho miedo de que le gustara. Probablemente más de lo debido. Pero que ella le abriera su corazón para luego encerrarse de nuevo en esa jaula de perfección absoluta lo estaba matando.

Miró la flor que tenía en la mano antes de fijarse en el dibujo. Eran la misma flor, pero solo una era real. La falsa parecía real, tanto que seguramente se imaginaría la suavidad de sus pétalos si extendía la mano y tocaba el papel. Pero no tenía color. Era un simple dibujo. No podía girarla en la mano, apreciando las perspectivas que ofrecía cada ángulo. Ni tampoco desprendía ningún aroma o se podía apreciar su textura.

Pero tampoco se rompería. Arrancó un brillante pétalo y lo aplastó entre sus dedos. Un intenso aroma agrio le golpeó la nariz. Si hacía lo mismo con el dibujo, lo único que conseguiría sería estropear el papel.

El dibujo era hermoso, requería una habilidad que pocos poseían. Pero él prefería la flor de su mano, incluso sin el pétalo que había arrancado.

Extendió la mano y entremetió la flor en el cabello de la joven.

—Creo que su hermana está en el salón de arriba. Tal vez este sea un buen momento para que demuestre sus nuevos hábitos.

Georgina aferró el cuaderno de dibujo contra su pecho.

—Sí, supongo que sí.

Continuó en aquel banco durante unos segundos hasta que no pudo soportarlo más. No podía lidiar con la Georgina plana y sin color, no cuando sabía que existía una viva y real.

Se puso de pie y empezó a caminar por el sendero que llevaba hacia la casa.

—La veré en la cena.

Ryland no le permitiría saltarse otra comida ahora que tenía más invitados. De modo que sí, la vería en la cena, pero el resto del tiempo la evitaría lo máximo posible. Y en cuanto pensara en algún lugar a donde pudiera ir, se marcharía de allí sin dudarlo.

Miró hacia atrás una última vez antes de entrar a la casa. Sus hombros caídos le urgieron a volver sobre sus propios pasos.

¿A quién pretendía engañar? No dejaría aquella casa hasta que ella se fuera. Georgina se estaba convirtiendo en su debilidad. Solo había que ver lo que había sacrificado con tal de salvarla. Todavía no sabía (y tal vez nunca llegara a saberlo) por qué había intentado proteger a su padre cuando se apostó la cuarta parte de la compañía aquella fatídica noche. Pero si sus motivos eran algo parecido a lo que Colin sentía cuando miraba a Georgina, fue un milagro que no se jugara la naviera entera.

—Me gustaría quedarme.

Cinco cabezas se volvieron en su dirección, cada una luciendo su propio gesto de sorpresa en el rostro. Llevaban allí cuatro días. Un viaje ridículamente corto para la media, pero el tiempo suficiente para proporcionar la evasión necesaria al ajetreo de Londres. Griffith y Trent habían estado hablando de volver a la ciudad por la mañana. Y se suponía que Georgina se iría con ellos.

Pero ella no quería.

—¿Quedarte? —Griffith se echó hacia delante, mirándola de arriba abajo para asegurarse de que no le había pasado nada.

—Sí. Me gustaría quedarme. —Se volvió hacia Miranda—. Con tu permiso, por supuesto.

Su hermana tenía la boca ligeramente abierta, que cerró cuando intercambió una mirada con Marshington.

—Por supuesto. Estamos pensando ir a Londres dentro de un par de semanas. No nos supondría ninguna molestia llevarte de vuelta en ese viaje. —Jugueteó con su falda—. Si es que quieres quedarte tanto tiempo.

Dos semanas más lejos de Londres. Lejos de los bailes y de las fiestas. Lejos de los posibles maridos.

Lejos del fracaso.

—Dos semanas me parece perfecto.

De pronto, le pareció que la estancia no tenía suficiente aire. El corazón le dio un vuelco antes de acelerarse en exceso. Encogió los dedos en un intento de ocultar su súbito temblor.

Iba a estar dos semanas lejos del objetivo que había controlado su vida por completo durante los últimos tres años.

Y solo porque una voz en su cabeza le había dicho que era algo que necesitaba.

Estaba claro que se estaba volviendo loca.

Sus hermanos no dejaban de mirarla y luego el uno al otro. Sus cabezas se movían con tal rapidez que seguro terminarían haciéndose daño. Georgina se removió en su asiento y miró hacia la derecha, donde Colin y Marshington estaban sentados en un par de sillones orejeros. Marshington contemplaba a Colin con las cejas enarcadas. Pero Colin tenía la vista clavada en ella.

¿En qué estaría pensando?

El hombrecito de su cabeza se encogió de hombros.

—Pues entonces está decidido. —Griffith se frotó las manos—. Trent y yo saldremos a primera hora de la mañana.

Después de aquello, todos siguieron conversando, excepto ella, que se quedó sentada en silencio, feliz porque las palabras pasaran de largo sin tocarla. Los últimos cuatro días habían sido duros. Había intentado hablar con Colin en más de una ocasión, pero él estaba ocupado con los planes de reconstrucción de Marshington y, salvo a la hora de comer, no había forma de encontrarle.

Le sorprendió bastante que esa noche no hubiera puesto ninguna excusa para perderse aquella reunión en el salón. Tal vez solo había asistido porque pensaba que ella no estaría.

Las cosas tampoco habían ido mucho mejor con sus hermanos. Tras años de perfeccionar el arte de guardar las distancias, sus intentos de bajar la guardia fueron aplastados por su instinto. Antes de poder pensarlo si quiera, había cortado de raíz cualquier propuesta amistosa que le hubieran hecho. La frustración le había provocado más de un llanto en los últimos días. A Harriette no le había quedado más remedio que hacer una visita diaria a la lavandería para proveerla de pañuelos limpios.

Quizá, si era ella la que iniciaba la conversación, no apartaría a su familia por inercia.

—¿Tienes algún plan para esta semana, Miranda? —Hizo una mueca en cuanto las palabras salieron de su boca. No tenía ni idea de lo que estaban conversando mientras estaba sumida en sus pensamientos, pero fue consciente de que los había interrumpido—. Cuando termines de hablar, por supuesto.

Nadie en todo Londres dudaría de sus habilidades sociales.

Su hermana esbozó una sonrisa vacilante y la miró con cautela.

—Tenía pensado hacer una visita a todos los arrendatarios antes de volver a Londres.

Aquello sonaba como una forma tremendamente aburrida de pasar la jornada, pero algún día también tendría que hacer eso por sí misma. Además, siempre se le habían dado bien las primeras tomas de contacto. Lo que se le daba peor era lo que venía después.

—Excelente. ¿Dejarás que te acompañe? —Otra tanda de rostros estupefactos en su dirección—. Debo aprender a manejar ese tipo de asuntos. El hombre con el que me case seguro que también tiene propiedades con arrendatarios a su cargo.

«Salvo que te cases conmigo.»

Prácticamente se cayó de la silla. El Colin imaginario casi no le había dirigido la palabra desde que estuvo hablando en el jardín con el Colin real. ¿Y ahora decidía hacer notar su presencia con una frase

como aquella? ¿Casarse con Colin? ¿En qué estaba pensando? Pero si a veces ni siquiera le gustaba ese hombre.

«Claro que te gusto. La adrenalina que corre por tus venas cuando tenemos nuestras batallas de ingenio no es ira... sino emoción.»

Si no supiera que era imposible, creería que el hombre de su cabeza tenía vida propia. Era imposible que esos pensamientos salieran de su propia cabeza.

—Por supuesto. —La voz de su hermana le recordó que estaba manteniendo una conversación real—. Normalmente suelo llevarles una selección de alimentos o productos de otra índole.

—¿Hay que comprarlos? Se me dan muy bien las compras. —Aunque a menos que los arrendatarios quisieran envolver sus jamones con encajes o llevar preciosos bonetes, sus habilidades en ese campo no iban a ser particularmente útiles.

—Entonces mañana iremos de compras. —Su hermana la miró con una cara que no recordaba haber visto antes. Aturdida, feliz y... ¿tal vez un poco aliviada? Cualquiera que fuera la combinación de emociones y pensamientos que cruzaron por el rostro de Miranda, tuvo una cosa clara: su hermana la estaba mirando como si no la conociera.

Y puede que no lo hiciera.

Porque Georgina estaba empezando a preguntarse si, al interpretar un papel durante tiempo, no se había olvidado de quién era realmente. O quizá nunca lo hubiera sabido.

Capítulo 29

Una semana después, Georgina no se sentía más cerca de su objetivo que antes. Había visitado a los arrendatarios y avergonzado a su hermana porque no tenía ni idea de cómo interactuar con ellos. Se había pasado toda la vida estudiando a los aristócratas y a la gente de buena posición social. Solo necesitaba observar una fiesta durante cinco minutos para moverse por ella con suma elegancia, usando todo lo aprendido para su provecho.

Pero no sabía cómo desenvolverse con un granjero y su esposa. Después de la tercera vivienda, Miranda le preguntó si no estaría más cómoda esperando en el carro.

Al volver a casa no le fue mucho mejor. Harriette no había metido en su equipaje sus utensilios de pintura, pensando que un cuaderno de bocetos y unos lápices serían suficiente para un viaje tan corto. Y lo hubieran sido si hubiera regresado a su hogar como tenía previsto en un primer momento. Ahora, sin sus utensilios, estaba un poco aburrida en aquella enorme casa de campo. Sobre todo, porque a Miranda le encantaba pasar las últimas horas de la tarde en la biblioteca.

Después de cenar, solían reunirse para leer en grupo, lo que de hecho le gustaba, hasta que le ofrecían leer a ella. Siempre rechazaba la propuesta de una forma que daba por finalizada la velada. Y cada vez que lo hacía veía tristeza en los ojos de Colin. ¿Qué pretendía ese hombre? ¿Que diera la noticia en un lugar público? Ese tipo de confesiones se hacían en reuniones muy íntimas, en alcobas o salones privados. No en una sala de estar.

Salvo que en esa sala de estar solo estaban su hermana, su cuñado y un hombre molesto al que no tenía claro cómo llamar, pero que ya conocía su secreto. No había nada más íntimo que eso.

Y aun así, no podía. La noche anterior había mirado con desdén el libro escogido y abandonó decidida la sala de estar, aunque estaba deseando saber cómo seguía la historia. Tendría que pedirle a Harriette que lo buscara y lo llevara a su dormitorio.

Se suponía que ese tiempo en Marshington Abbey iba a servir para sanar sus heridas, pero cada vez estaba más irascible. Nunca veía a Colin, excepto en las comidas y en alguna que otra reunión de después de cenar. No había parado de encontrarse con él en una ciudad tan grande como Londres, pero ahora que estaban en la misma casa no se topaba con él ni intentándolo.

Y anda que no lo había intentado. No se daba cuenta de lo mucho que echaba de menos su voz hasta que le oía leer por las noches.

Las cosas con Miranda en teoría no iban mal de todo. Habían pasado mucho tiempo juntas, eligiendo muestras de tapicería, pero solo habían compartido alguna que otra charla superficial sobre brocados o lana.

Georgina era un desastre total.

«No lo eres.»

«Sí, lo soy.» Y sabía qué hacer a continuación. Tenía muchísimo miedo a terminar sola en ese mundo, con la única amistad de una doncella a la que tendría que pagar una cantidad exorbitante de dinero para que se quedara a su lado.

¿Quién quería vivir así?

Ella no, desde luego. Y aquello la asustaba. Porque si no quería la vida que estaba viviendo, ¿qué otra alternativa tenía? ¿No vivirla?

Empezó a evitar los balcones. Y a su familia. Incluso a Harriette. Comenzó a caminar por el bosque, en lugar de junto al lago, porque los pensamientos que cruzaban por su cabeza la aterrorizaban.

Por primera vez en tres años se detuvo a pensar qué pasaría después de la boda. ¿Qué sucedería cuando encontrara al hombre prefecto y se casara con él a pesar de su problema? ¿Cómo viviría? ¿Qué vida llevarían ambos? No había hombre sobre la faz de la tierra que no se mostrara resentido porque su esposa fuera una completa inútil y esta no se lo hubiera dicho antes de contraer matrimonio.

No podía salvarse a sí misma haciendo lo que siempre había pensado. Tenía que tomar un nuevo camino, algo tan fuera de lugar que ni siquiera a ella se le ocurriera.

Así que preguntó al hombre de su cabeza.

Y sin saber muy bien cómo, terminó en la biblioteca. Una estancia en la que había pasado más tiempo la última semana que en toda su vida, pero nunca sola.

La sala debía de haber sido una pequeña capilla cuando la mansión era un convento. Ahora entendía por qué Miranda había procurado que estuviera tan bien iluminada y decorada con colores tan tenues.

Porque se transformaba con el sol del atardecer.

Las altas vidrieras enviaban halos de luz de diferentes colores en todas las direcciones. Los verdes, rojos y púrpuras invadían las estanterías, mientras que los azules y naranjas se arremolinaban en torno a un mullido sofá.

En medio de la habitación había una Biblia abierta sobre un atrio ornamentado, bañado por un círculo dorado de luz. Detrás del atrio había otra ventana, cuyos fragmentos de vidrios de colores mostraban la imagen fracturada de un hermoso amanecer.

Cruzó la estancia lentamente, admirando los vivos colores que se deslizaban por su falda blanca. El verde oscuro daba lugar a una mezcla

de púrpura y rojo. La veía tan rara como las paredes repletas de libros que la circundaban.

Había sido una idea increíblemente estúpida. Era solo un libro, como cualquier otro de los muchos que había en esa biblioteca, y lo único que iba a conseguir era volver a sentirse sola y derrotada. ¿Qué más daba si el resto de su familia creía que escondía un excepcional poder y la capacidad de producirte una enorme paz interior? Estaba escrito en un libro, así que no iba dirigido a ella.

Dios no quería que ella le conociera.

Pero estaba tan desesperada como para rogarle que le diera una oportunidad.

Se detuvo en el borde del círculo de luz. La sombra que proyectaba la ventana emplomada formaba un muro que no podía romper. ¿Qué haría si aquello no funcionaba?

Miranda tenía muchísima fe en la Biblia. Se negaba a empezar el día sin leer algún párrafo. Griffith se había pasado toda su vida reconociendo que no tomaba ninguna decisión sin consultarla primero. Sin embargo, lo único que ella sabía de ese libro era lo que el obispo leía cada semana antes de que se pusiera a sermonear sobre lo malas que podían ser las personas. Georgina sabía perfectamente lo que Dios pensaba de ella, no necesitaba ir a una iglesia a que se lo recordaran.

Ahora podía ver el libro, con las páginas abiertas, lo suficientemente alejada del mar de tinta negra que a esa distancia nadie podría leer. Se sintió un poco más osada sabiendo que, desde donde estaba, nadie entendería las palabras de aquel libro.

Aunque parecía que para Colin esas palabras eran la respuesta a todo. El día anterior, Ryland y él habían estado inclinados sobre el ejemplar, discutiendo sobre alguna decisión que tenían que tomar y después se habían alejado, confiando en haber llegado a la solución correcta.

Si aquel libro podía hacer eso, tenía que intentarlo.

Por primera vez desde que tenía memoria, rezó para que se produjera un milagro.

Los dedos de sus pies asomaron por debajo de la falda, en un tono azul por la luz que se filtraba de la vidriera. Extendió el pie para dar un paso. El blanco que siempre creía tan deslumbrante y especial parecía anodino al pasar de la zona iluminada a las sombras.

Cinco pasos más la llevaron a la base. La luz amarilla hacía que el libro resplandeciera. Una cinta ancha sobresalía entre las secciones de páginas. Un río de tinta negra cruzaba la página; las letras eran más borrosas e imperceptibles de lo normal.

Ahí estaba la prueba. Dios la consideraba dañada. Indigna. Ni siquiera le permitía leer el libro que había regalado a los demás.

Una lágrima se deslizó por su mejilla y fue a parar al borde del atrio. Lágrimas. Se secó los ojos con un halo de esperanza en el pecho. Puede que precisamente viera aquellas letras más indefinidas que las de otros libros porque estaba llorando.

Miró al techo y parpadeó hasta que alejó la humedad de sus ojos. Después, respiró hondo un par de veces. Volvía a estar lista para intentarlo.

Una E mayúscula llamó su atención, pero la palabra era larga y no supo decir si era complicada o no podía ver bien las letras. Decidió mirar en la página siguiente. Las letras cambiaban y saltaban, desdibujándose todas juntas. Entrecerró los ojos y decidió fijarse en una zona más pequeña. Le pareció que tardaba horas, pero al final consiguió discernir unas pocas palabras.

Todo es vanidad.

Sin duda ese era el rumbo que estaba tomando su vida. Todo lo que había hecho, todos los planes que había trazado no le habían aportado nada. Todo había fallado. ¿Podía aquel libro explicarle por qué?

Liberó la cinta de la parte posterior del libro con un ligero tirón. La giró a un lado y a otro, colocando el suave borde a lo largo de las palabras. Su respiración se tornó más profunda cuando algunas letras más parecieron colocarse en orden.

Otra cinta. Necesitaba otra cinta.

Se llevó la mano a la espalda y tiró del nudo del fajín hasta que por fin se deshizo. Lo colocó sobre la página que tenía ante sí y luego fue deslizándolo hacia abajo, hasta que solo se veía una única hilera de letras.

El recuerdo de los suspiros cansados de su institutriz y las explicaciones condescendientes volvieron a llenarle los ojos de lágrimas. Pero también se acordó de los suaves estímulos de Harriette cada vez que intentaba fijar las letras. Su amiga la había felicitado con cada palabra que había podido leer, aunque hubiera tardado media hora y la hubiera dejado con un dolor de cabeza que la mandaba directamente a la cama el resto del día.

Tragó saliva y echó hacia atrás los hombros. No tenía cinco años. Podía hacerlo.

Quien ama el dinero, nunca se saciará con dinero; quien ama la abundancia...

Le dolía la espalda por el tiempo que llevaba inclinada sobre el atril. Había batallado lo indecible con aquella frase, yendo y viniendo sobre las palabras hasta que su mente fue capaz de encontrarle sentido. Bueno, ella no iba detrás del dinero. No directamente.

«¿Estás segura?»

Un suspiro se le escapó de los labios mientras alzaba la mano para frotar el punto de detrás de la oreja izquierda en el que había sentido una punzada de dolor. Sí, quería dinero y prestigio y todo lo que venía con ellos. Pero el trozo que había leído centraba la cuestión en si era

suficiente o no. ¿Estaría satisfecha si no fuera la matrona que llevara la voz cantante en Almack's? ¿Cuánta popularidad necesitaba para sentirse segura?

Pasó la página y colocó los lazos sobre otra sección, intrigada por si todo el libro era como aquella línea. No recordaba que las palabras exhortaran de esa forma cuando las leían los domingos.

Pues tu corazón sabe que muchas veces has hablado mal de otros.

Tragó saliva. El dolor sordo se extendió por la parte posterior de su cabeza hasta llegar al cuello. Eso era cierto. Había menospreciado y usado a otros para su propio beneficio. Pero si este libro no hacía nada más que señalar todo lo que había hecho mal, ¿dónde estaba la esperanza? Leerlo le estaba costando horrores, aunque mucho menos que el último libro con el que lo había intentado. El tic tac del reloj de pie del rincón marcaba el lento paso de los minutos.

Como no tenía otro lugar adónde ir, continuó leyendo.

Y descubrí que la mujer cuyo corazón es redes y lazos es más amarga que la muerte...

No, no. Tenía que haber algo bueno ahí dentro, algo que hiciera que el esfuerzo mereciera la pena. Con el corazón latiendo desaforado, volvió a pasar de página, esta vez hacia atrás, haciendo una mueca por el ataque de pánico que estaba teniendo y la forma como le temblaban las manos.

Y era incontable la multitud que lo seguía, pero ni aun los que vendrán después estarán contentos con él; pues también esto es vanidad y correr tras el viento.

Sintió un intenso dolor que no tenía nada que ver con la lectura y mucho con lo que aquellas palabras le estaban haciendo a su cuerpo. ¿Ese era su destino? ¿La aprobación que buscaba podría protegerla de su debilidad y flaqueza? Si ese libro tenía razón, si todo el mundo se creía lo que ponía en él...

—¿Georgina?

Se aferró al borde del atril y se volvió para encontrarse con Colin.

—¿Eso es lo que piensa?

Él entró en la estancia despacio.

—¿Qué?

—¿Cree que es verdad?

Quería que le dijera que no. Porque si le decía que no era verdad, le creería. Colin nunca le mentía. No existía nadie más de quien pudiera decir lo mismo, ni siquiera su familia.

Vio cómo se movía su garganta cuando tragó saliva y cómo se frotaba el cuello, aunque no apartó en ningún momento la mirada de ella.

—Sí.

La risa escapó de su pecho mientras rompía la conexión entre ambos y volvía a mirar el libro.

—Ni siquiera lo ha leído.

—Si viene en ese libro, lo creo.

Colin terminó de atravesar la habitación y se colocó detrás de ella. Al instante sintió su calor rodeándola, pero no caló más allá de su piel. Georgina había fallado. Sin saber muy bien cómo, ese hombre había acabado significándolo todo para ella. Anhelaba su estima más que cualquier otra cosa en el mundo.

Tal vez porque veía la verdad y creía que ella merecía la pena.

Pero por lo visto no lo suficiente.

—¿Entonces eso es lo que piensa de mí?

La mano de él cubrió la suya izquierda que tenía sobre el atril. Después la rodeó con el brazo derecho. El negro de su manga rasgó la luz

amarilla cuando quitó las cintas. Notó su aliento en el pelo mientras leía el pasaje por encima del hombro de ella.

—Nunca he aprobado sus ambiciones, Georgina. Y nunca le he ocultado mi opinión al respecto, aunque seguramente debería de haberlo hecho.

La ira rugió en sus entrañas. Se aferró a ella con todas sus fuerzas. Cualquier cosa era mejor que aquella impotencia.

—Oh, no, no lo ha hecho.

Se volvió hacia él con tal ímpetu que su cabeza chocó contra la barbilla de él. El impacto hizo que ambos se tambalearan, pero enseguida él la sujetó del brazo con su fuerte mano, manteniéndola erguida aun cuando él tardó un poco más en reponerse.

—Pero ¿qué diantres? —masculló él.

Se lamió los labios y notó el sabor salado en la lengua. ¿Cuándo se había puesto a llorar otra vez?

—En este momento no hace falta que se vanaglorie de su preciosa honestidad. ¿Cómo puede decir que ha sido sincero conmigo? —Señaló la Biblia—. Dios cree que no merezco la pena. Que soy una inútil a la que solo le importa la vanidad y correr tras el viento. Y usted me ha presionado. Hablando todo el rato de la verdad.

—Georgina, yo....

—Y yo le he creído. —Se secó las lágrimas con la mano—-. Pero usted siempre se ha sentido igual que Él. —Un intenso hipo rasgó su pecho—. ¿Ama a Dios? Griffith dice que ama a Dios sobre todas las cosas. Dice lo mismo que usted sobre la honestidad, la justicia y la bondad. Tengo que saberlo, Colin, ¿ama usted también a Dios de ese modo?

Él volvió a tragar saliva. Georgina contempló el movimiento de su garganta como si pudiese ver las palabras antes de que saliesen de él y se estuviera preparando para las consecuencias.

—Sí. Más que a nada. A veces no...

Una risa sollozante, nacida de la más pura desesperación, lo detuvo.

—No puedo competir con eso. Creía que podía ser diferente, que podía cambiar y así terminaría gustándole. Pero no puedo competir con Dios por sus afectos.

Colin abrió los ojos sorprendido y aflojó el agarre de su brazo.

—Usted... —Su voz era áspera y ronca. Tosió y se aclaró la garganta—. ¿Quiere mis afectos?

Años y años de ocultar su frustración le sirvieron para no dejar escapar el gemido que le constreñía la garganta. Al cabo de unos segundos, consiguió controlar también las lágrimas. ¿Eso era lo único que tenía que decir al discurso que acababa de soltarle? ¿Que si sentía algo por él?

—¿Es lo único que ha oído?

Colin negó con la cabeza. Parecía como si acabara de golpearle con el caballete en pleno estómago.

—Le aseguro que abordaré el resto en un instante. Pero primero quiero dejar claro esto.

Georgina apretó los labios. Consideró seriamente la idea de darle un empujón y salir de allí. Tenía la sensación de que todos esos libros se cernían sobre ella, burlándose de su propia existencia. Pero él ya había recobrado la compostura y ahora la sujetaba con ambos brazos.

Bueno, podía retenerla allí y que ambos siguieran de pie, a escasos centímetros de distancia de un modo que le permitía oler su excitante aroma a cuero y jabón, pero no conseguiría que hablara.

—Georgina, ¿quiere mis afectos? —Vio cómo tomaba una profunda bocanada de aire, hinchando su pecho hasta que los botones del chaleco se estiraron—. Porque, con toda sinceridad, me encantaría ganarme los suyos.

Le miró a la cara, buscando cualquier indicio que demostrara la veracidad de aquella declaración.

Sintió el aliento de él sobre su cara antes de que presionara sus labios sobre los de ella. Nunca antes la habían besado, siempre había estado demasiado ocupada pensando y planeando como para disfrutar del momento.

Pero ahora no estaba pensando.

Unas cálidas manos ascendieron por sus brazos hasta su cuello, antes de volver a besarla con un poco más de ímpetu esta vez. Alzó los brazos, aferrándose a su abrigo y con un miedo atroz a que se marchara antes de que estuviera lista.

Entonces sus labios se separaron de los de ella como una sombra, dejando el fantasma de su sabor y el hormigueante recuerdo del placer que había sentido. Colin pegó la frente a la suya.

Alzó la mirada para encontrarse con sus ojos, pero vio que los tenía cerrados. Así, sus pestañas parecían más pelirrojas que castañas. Era una tontería en la que fijarse, sí, pero ahora sabía que era una de las pocas, si no la única, que sabía esos detalles sobre él.

Al final Colin abrió los ojos y la descubrió mirándole.

—El verde te sienta muy bien.

Bajó la vista hacia su falda, bañada por un parche de luz verde. Se le escapó una sonrisilla antes de volver a mirarle a los ojos.

—A ti te sienta bien todo —susurró ella.

No supo cuánto tiempo estuvieron exactamente así, embebiéndose el uno del otro, compartiendo el mismo aliento. Le pareció una eternidad, así que estuvo a punto de protestar cuando notó que se separaba de ella.

Entonces Colin le enmarcó el rostro con las manos y le secó con los pulgares lo que le quedaba de lágrimas.

—Ven aquí —susurró.

Aunque se dijo a sí misma que no debería hacerlo, dejó que él la llevara de vuelta al lado del libro. Cuando la tuvo donde quería, apoyó el brazo sobre la parte posterior de sus omoplatos mientras su mano

le acariciaba el hombro de abajo a arriba. Cada roce de su piel enviada oleadas de calor por todo su cuerpo.

Segundos después Colin se deshizo de las cintas que tapaban la página y empezó a leer.

Capítulo 30

Dios debería ser lo único que en ese momento tuviera en mente. Al fin y al cabo, un alma pendía de un hilo. Y algo le decía que si Georgina salía de allí, alejándose del Señor, nunca regresaría a Él.

¿Y entonces qué sería de él?

No debería haberla besado. Se había dicho una y mil veces que no debería, que *lady* Georgina Hawthorne no era para él. Pero perdió la batalla en el mismo instante en que la vio esforzarse lo indecible para entender ese pasaje de la Biblia. Una determinación así solo podía ganarse su respeto y admiración.

Por su mente cruzó todo lo que sabía de ella. Georgina era tan astuta, ingeniosa y diligente como el mejor hombre de negocios con el que jamás hubiera trabajado. En ese aspecto, no podía alegar nada en contra. Así que, o la ayudaba a que se acercara a Dios o tendría que alejarse de ella, porque Colin sabía lo que pasaba cuando un marido y una mujer querían cosas distintas en la vida. Y él no podía imaginarse pasar su vida con alguien que no compartiera su fe, sus puntos de vista y sus principios morales.

Daba igual lo mucho que se preocupara por ella.

—No hay nada nuevo bajo el sol —leyó en voz alta. Eclesiastés. ¿De todos los libros, tenía que haber escogido precisamente ese? Difícil hasta para los más devotos.

Los hombros de Georgina temblaron bajo su brazo. En realidad, todo su cuerpo temblaba. ¿Cuánto tiempo llevaba allí? ¿Frente a la Biblia, enfrentándose a su peor temor?

Recuperó una de las cintas para usarla de marca páginas y retiró el libro del atril. Con el brazo todavía rodeándole los hombros con firmeza, la llevó al sofá.

En cuanto estuvieron sentados, abrió el libro en su regazo. Las palabras de Juan lo recibieron al instante. Le hubiera encantado poder leérselas, darle algo más fácil de entender, algo donde la esperanza era mucho más obvia. Pero no podía permitir que Georgina creyera que había una parte de la Biblia que decía que ella era una inútil que no merecía la pena. Porque de lo contrario se quedaría con la duda para siempre.

Georgina estaba acurrucada bajo su brazo, pegada a su costado. La vio levantar los pies y meterlos debajo de la falda.

Sin poder dejar de pensar en esa imagen y las sensaciones que recorrían todo su cuerpo, pasó las páginas hasta llegar al lugar donde había estado leyendo. Y leyó. Leyó hasta que se le secó la garganta. Y entonces rogó a Dios para que le diera más fuerzas para seguir. Y el Señor proveyó, aunque casi se ahogó por el torrente de saliva que llenó su boca para humedecer su lengua.

—En conclusión, y después de oírlo todo —continuó leyendo, dando gracias porque estuvieran al final del Eclesiastés, pero preguntándose si Georgina sería capaz de encontrarle sentido, aunque rezando lo entendería—, teme a Dios y guarda sus mandamientos, porque eso es ser hombre. Que Dios juzgará todas las acciones, aun las ocultas, sean buenas o malas.

Georgina se sentó, poniendo al menos quince centímetros de distancia entre ellos.

El alivio y el pesar lucharon una dura batalla en su corazón.

—Eso es, ¿verdad? —Tenía los ojos muy abiertos y su voz sonaba asombrada.

Colin enarcó una ceja a modo inquisitivo, pero no dijo nada. Tenía miedo de hablar.

—Por eso haces las cosas de la forma en que las haces. Por eso Griffith insiste tanto en actuar siempre de una determinada manera, incluso cuando se trata de la familia. Incluso aunque sea un duque. Porque no importa lo que hagamos, sea malo o bueno, nuestros actos pasarán, pero solo Dios permanece. Y temer a Dios, seguir a Dios, es el deber de todo hombre. Lo único que persiste.

Se le escapó un sollozo ahogado, enfriando la llama de la esperanza que parpadeaba en su interior a medida que lo iba comprendiendo.

Georgina tomó una temblorosa bocanada de aire y continuó:

—Lo que significa que todo lo que he hecho ha sido una necedad, como Él dice. Todo.

Estaba buscando a Dios. Aquello era suficiente, ¿verdad? Tenía que serlo porque Colin no creía que fuera capaz de mantenerse alejado de ella por más tiempo. Se estaba asfixiando por las ganas que tenía de reconfortarla, de decirle lo maravillosa que era sin todas esas máscaras y manipulaciones.

—Tengo que irme —informó ella mientras se ponía de pie—. Necesito pensar.

Salió corriendo de la biblioteca, como una ráfaga blanca que cortaba el patrón de color que se proyectaba en el suelo.

Colin se quedó mirando la puerta durante un buen rato, sin saber qué estaba buscando o esperando. Georgina se había pasado los últimos trece años maquinando y forjando un plan para alcanzar un único objetivo. Que ese objetivo de pronto se pusiera en duda era motivo suficiente para que se tomara un tiempo para meditar.

Si es que alguna vez lo había hecho.

No debería haberla besado. No era su primer beso. Cinco años atrás, se dejó llevar por la espiral de emociones y besó a Erika en el muelle de Glasgow. Ella le devolvió el beso e intentó convencerle de

que se quedara, rogándole que no embarcara en ese navío. Besar a Georgina había sido completamente diferente. En realidad, ambos hechos ni siquiera deberían compartir el mismo nombre.

¿Qué haría si al día siguiente ella bajaba las escaleras y seguía obcecada en conseguir el mejor partido para protegerse a sí misma y a su reputación? Porque él no era ese hombre en absoluto. Él apenas formaba parte de la escala social. Casarse con él estaría un peldaño por debajo de la soltería.

El peso de la Biblia en su regazo le llamó la atención.

Pasó las páginas hasta llegar a Romanos y se preparó para la noche.

A la mañana siguiente, Georgina no bajó a desayunar. Aunque no lo había hecho ningún día desde que llegó al campo. Sin embargo, a una parte de Colin le hubiera gustado verla como señal de que las cosas habían cambiado durante la noche.

Permaneció en la sala del desayuno más tiempo de lo normal, sabiendo que se estaba comportando como un imbécil. Al final, se levantó de la mesa y fue en busca de Ryland. No supo si lo hizo para ayudarle con la reforma o como una forma de distracción, pero no podía soportar estar ni un segundo más a solas con sus pensamientos, y si no hacía algo pronto, se pondría a buscar como un loco a la joven hasta dar con el lugar donde quiera que estuviera escondida.

El duque estaba apilando tablas cerca de una valla a medio terminar detrás de los establos. Con esas botas desgastadas, los pantalones de lana remendados y la camisa de lino blanca abierta en el cuello era lo menos parecido a un aristócrata que uno se podía encontrar.

Colin enarcó ambas cejas mientras Ryland dejaba caer tres tablas pintadas de blanco más sobre la pila.

—¿Nostalgia por los viejos tiempos?

En sus años como espía, Ryland había tenido que aceptar más de un empleo como sirviente o de inferior categoría. Seguro que le estaba resultando muy duro llevar una vida ociosa después de haber vivido al filo del peligro durante tanto tiempo.

—El trabajo físico ayuda a aclarar la mente —explicó su amigo, dándose varios golpecitos en la cabeza con un dedo.

—¿Necesitas reflexionar sobre algún asunto importante? —Colin se apoyó sobre una de las secciones terminadas de la valla.

—Yo no. —Ryland agarró un martillo que había en el suelo, al lado de la pila de madera y se lo lanzó con cuidado. Colin lo atrapó al vuelo antes de que le diera en el abdomen—. Tú.

No tenía sentido negar que no dejaba de darle vueltas al asunto y que aquello no iba a llevarle a ninguna parte. Era como remar a contracorriente. Si balancear un martillo le ayudaba a aclarar las cosas, golpearía con gusto los clavos que hiciera falta.

Dejó el abrigo sobre la valla, se aflojó el pañuelo que llevaba atado al cuello, agarró un tablón de la pila y se dirigió al último trozo de valla terminada.

—Nunca he levantado una valla.

—Vi el barco que ayudaste a construir. Creo que puedo confiar en ti para que me ayudes con el cercado. —Ryland se hizo con otra tabla y un cubo de clavos.

Por suerte los postes de soporte ya estaban colocados, de modo que Ryland y él solo tenían que encargarse de la sencilla tarea de ir disponiendo las tablas y clavando clavos.

Colocaron tres secciones de valla en silencio, hasta que Ryland decidió romperlo.

—Hace poco uno de mis caballos ha hecho un viaje muy interesante.

Colin colocó otra tabla en la muesca del poste. Vaya paciencia que debía de tener su amigo para haber esperado dos semanas antes de sacar a colación la visita de Colin a Cheshire. Estaba empezando a preguntarse si Ryland había llegado a enterarse de que había tomado prestado al animal.

—Gracias por dejármelo. Tenía un asunto urgente que atender que no admitía dilación alguna.

Ryland le pasó otro clavo.

—Sí, lo sé. En Cheshire.

Colin colocó el clavo sobre la madera y dio los golpecitos necesarios para fijarlo en el lugar donde quería clavarlo.

—Qué coincidencia que Ashcombe también tuviera que viajar a Cheshire, ¿verdad?

Colin perdió de vista el clavo y, cuando fue a golpear con el martillo, este salió volando por los aires.

Apoyó la mano sobre el poste y se volvió para mirar a Ryland.

—¿Qué estás insinuando?

—Que Hugh Carson es un buen administrador. —Ryland le apuntó con el martillo—. Yo mismo intenté contratarle cuando trabajaba para Ashcombe.

Colin recogió el martillo del suelo y hundió el clavo de un solo golpe. Su amigo era demasiado intuitivo. ¿Cómo se había enterado de lo de Glasgow?

—Tu red de espías está llegando muy lejos últimamente.

El duque se encogió de hombros.

—Me gusta saber lo que está pasando en el país. —Pronunció la frase dando la sensación de que dejaba algo en el aire, así que Colin volvió a mirarle para ver si así podía discernir lo que había querido decir. Pero Ryland no le dejó esperando mucho tiempo—. Y en mi propia casa.

Soltó un suspiro.

—Déjame adivinar. ¿Quién te ha dado el chivatazo? ¿La vidriera del Buen Pastor? ¿O esa estatua horrible que tienes de Sócrates?

Ryland esbozó una sonrisa que le hizo parecer un niño saboreando la victoria.

Colin soltó un gruñido y agachó la cabeza, avergonzado. Había caído en la trampa que él mismo solía usar. Ryland no sabía nada. Solo había salido a pescar, a ver qué encontraba, y él había mordido el anzuelo.

Ryland colocó otra tabla.

—Tengo una servidumbre compuesta por antiguos espías, Colin. ¿De verdad creíste que no me dirían que habíais pasado más de una hora solos en la biblioteca? Debo reconocer que me sorprendió que pusiera un pie en esa estancia por propia voluntad. Nunca la he visto demasiado interesada por la palabra escrita.

Colin se centró en el clavo. De ningún modo iba a revelar su secreto. Aunque puede que Ryland ya lo supiera, puesto que el año anterior había estado trabajando como ayuda de cámara de los Hawthorne en una de sus misiones. Pero mientras no dijera nada, daría por hecho que el duque no sabía nada. Por muchas ganas que tuviera de que Georgina le contara la verdad a su familia, seguía siendo un secreto.

—¿Me consideras su pariente varón más cercano o debemos escribir a Griffith?

Colin golpeó el clavo con tanta fuerza que se dobló, astillando la madera.

Ryland miró al clavo y a él con gesto inquisitivo.

¿Cómo iba a ponerse a hablar ahora de matrimonio si ni quiera sabía si Georgina querría volver a hablar con él?

Soltó otro gruñido.

—Incluso el más conversador de los ingleses lee.

—Lee.

—Es lo que suele hacer la gente normal en una biblioteca, ¿no?

—No tengo ni idea de lo que hace la gente normal. —Su amigo fijó otro clavo en su tabla—. Pero nunca me convencerás de que Georgina fue a esa habitación para leer un libro.

Normalmente disfrutaba de las raras ocasiones en que Ryland se equivocaba en algo. En ese caso, sin embargo, era demasiado peligroso jactarse de su error. Georgina había ido a la biblioteca con el propósito de encontrar un libro. Un libro específico. Pero no podía contárselo a su amigo.

—Vamos a seguir construyendo la valla, ¿de acuerdo?

Clavó un clavo con eficiencia y luego otro. Por lo menos alguien se beneficiaria de toda la frustración que sentía en ese momento.

Harriette se cruzó de brazos y dio unos cuantos golpecitos con el pie en el suelo.

—¿Le preparo un vestido para la cena o mis esfuerzos caerán en saco roto como esta mañana y esta tarde?

Georgina hizo una mueca al percibir el sarcasmo en la voz de Harriette. Su amiga había sido muy paciente mientras ella se paseaba en bata por la habitación durante todo el día. Además, había tenido el detalle de no decir nada cuando pidió que le sirvieran allí el desayuno y después la comida.

Pero estaba claro que no iba a seguir callada mucho más tiempo. Si Georgina no le contaba pronto lo de la biblioteca, Harriette iba a empezar a entrometerse.

—Podemos limitarnos a pedir otra bandeja para la cena. ¿Qué sentido tiene cambiarse de ropa a estas alturas del día? —Había permanecido a propósito con el camisón y la bata durante toda la jornada, para así no ceder a la tentación de salir de allí e ir a buscar a Colin.

—Solo si quiere que la bandeja se la traiga su propia hermana para ver qué le está pasando.

Frunció el ceño. Harriette tenía razón. Como siempre.

—Bajaré a cenar.

Que aceptara no significaba que le hiciera especial ilusión. Así que se tomó su tiempo para vestirse y entró en el salón lo más tarde posible, haciendo uso de todas las dotes de interpretación que había ido adquiriendo con los años.

—Veo que has decidido honrarnos con tu presencia. —Miranda cruzó la habitación para darle un beso en la mejilla; algo bastante mejor que los besos que solía darle en la cabeza. ¿Había algo que demostrara más condescendencia que el hecho de que te besaran en la cabeza?

Marshington le dio unas palmaditas en la cabeza.

—¿Has dormido bien?

Georgina se planteó seriamente soltar un gruñido.

En el otro extremo del salón, Colin dio un sorbo a su bebida y la miró con un millón de preguntas en los ojos. Preguntas que no estaba preparada para responder, a pesar de todo el tiempo que se había pasado pensando en su habitación.

Ese día, su mente no había dejado de bullir; hasta el punto de que hubo un momento en que no sabía ni siquiera dónde estaba. En tres ocasiones había creído estar segura de lo que quería hacer, pero cambió de opinión antes de quitarse la bata para ponerse el vestido.

—La cena está servida, excelencia.

Dio gracias a Dios por lo oportuno del momento. Mientras se dirigía a la puerta del comedor, pensó en la facilidad con la que acababa de agradecer a Dios. Se había pasado toda la vida no reconociendo la influencia que el Señor había tenido en todo lo que le había pasado en la vida, temiendo que las bendiciones se verían ensombrecidas por los juicios abrumadores, por los castigos que de alguna manera creía haberse ganado cuando era una niña.

Todavía no estaba convencida de que Él quisiera tener algo que ver con ella. Solo había impedido que mantuviera una conversación incómoda con Colin con el acertado anuncio de la cena.

—Buenas noches. —Colin le ofreció el brazo para escoltarla a la mesa. Sus ojos seguían buscándola, más transparentes y esperanzados que nunca.

La sangre se precipitó a través de sus oídos. Se le helaron los dedos. ¿Y si le fallaba?

Le regaló su sonrisa más ensayada y perfecta, dispuesta a salir del paso de esa cena.

El cambio en el semblante de él la hirió en lo más profundo de su ser. Había olvidado que Colin conocía todo su repertorio de gestos y movimientos actuados. Y que los desaprobaba.

Por suerte, la cena los mantendría a todos ocupados. Los otros tres comensales podían hablar de lo que les diera la gana. Ella comería lo justo para que nadie le preguntara por su salud y se excusaría en cuanto tuviera oportunidad.

—Georgina, ¿has podido ver la biblioteca por la tarde? La forma en que los rayos de sol iluminan la estancia a través de las vidrieras es espectacular. —Marshington no la estaba mirando mientras se llevaba la cuchara de sopa a la boca, pero sintió su vista clavada en ella de todos modos.

Un vistazo alrededor de la mesa le reveló que solo Colin se estaba fijando en ella.

—Sí —espetó ella—. Tuve la oportunidad de verla ayer. Lo que el sol hace en esa habitación es una auténtica maravilla.

Miranda la miró estupefacta.

—¿Estuviste en la biblioteca?

—Pues... sí. —Se metió una cantidad indecente de sopa en la boca. El problema con ese plato era que solo requería que el comensal se limitara a tragar. Dejaba mucho que desear como táctica dilatoria.

—Si quieres, puedo sugerirte algunos libros. Algunos de mis favoritos están aquí. —Miranda parecía entusiasmada con la idea de hacer con ella una visita literaria.

A ella, sin embargo, se le contrajo el estómago. Dejó la cuchara a un lado.

—No hace falta. Encontré lo que estaba buscando.

Colin alzó la mirada.

—¿Ah, sí?

Debería haber escogido sus palabras con más cuidado. Ahora él pensaría que... ¿Qué pensaría? ¿Que se estaba refiriendo al beso? ¿A la Biblia? ¿A la intimidad que compartieron en el sofá mientras él leía?

Pero, sobre todo, ¿a qué se estaba refiriendo ella misma cuando dijo que había conseguido lo que necesitaba? Resultaba difícil decir que Colin estaba pensando mal cuando, de alguna manera, ella había estado buscando todas esas cosas.

Lo único era que no lo había sabido. Mientras se terminaba la sopa, miró a Colin a los ojos. De pronto, todo le pareció muy sencillo. Estaba muy claro que Colin no creía que tuviera ninguna deficiencia. Y seguro que tenía razón cuando le dijo que su familia la seguiría queriendo cuando se lo contara. Además, Dios la había creado de esa forma. Le había otorgado esa imperfección, ese problema.

¿No significaba eso que la aceptaba tal y como era? Si lo único que quedaba al final era Dios y su voluntad, ¿no implicaba eso que su deficiencia no era ninguna locura? ¿Que era igual de amada que el resto?

Volvió a mirar alrededor de la mesa, hacia los rostros que la miraban con curiosidad. ¿Cuánto tiempo llevarían en silencio? ¿Cuánto tiempo había estado ensimismada en sus pensamientos?

—Sí —respondió. Miró a su hermana, después a Marshington, y finalmente a Colin—. Sí, encontré exactamente lo que estaba buscando.

Capítulo 31

A Georgina le pareció muy acertada la sugerencia de Colin de jugar una partida de cartas después de la cena. A fin de cuentas, se suponía que uno no hablaba mucho mientras jugaba a los naipes. Pero con su mente en otro lado, no pasó mucho tiempo antes de que los hombres ganaran con tantos puntos de diferencia que no mereciera la pena seguir con la partida.

—Vamos a leer un rato. —Miranda golpeó repetidamente el borde de la mesa con las manos, claramente emocionada—. Hoy estoy leyendo el libro más maravilloso del mundo y hay un pasaje que me encantaría recrear.

Salió disparada por la habitación para recoger un fino volumen que había en la silla junto a la ventana.

—Tiene el número perfecto de escenas, pero tendremos que pasárnoslo los unos a los otros porque solo tengo un ejemplar.

Georgina se volvió para encontrarse a Colin mirándola fijamente. Se notaba que estaba esperando a ver su reacción. No encontraría un mejor momento que ese. Podía confesar la verdad a Miranda y terminar con aquella farsa.

A su derecha, un movimiento captó su atención. Vio a Marshington sentarse en una silla y mirar alternativamente a Colin y a ella. Su cuñado sabía que estaban manteniendo una conversación sin palabras.

«Puedes decírselo.»

Intentó encerrar al pequeño Colin en el armario mental. Era algo que tenía que decidir ella, no él.

«Ya lo sé. Solo quiero que hagas lo correcto.»

Miró al Colin real a los ojos.

«No pasa nada. Estoy aquí.»

Sabía que quien le estaba diciendo aquello no era el Colin de su cabeza, sino el real. Le estaba pidiendo que confiara. Que les diera a todos ellos una oportunidad. Que creyera que la vida consistía en algo más que en buscar riquezas y popularidad.

Miranda acercó el libro a la mesa y lo abrió.

—Mira, Georgina, tú puedes hacer de Isabel.

Y en ese momento supo que no podía hacerlo.

—¿Qué sentido tiene leer en público cuando no hay público? —Casi se estremeció al notar el sarcasmo que destilaba su voz. No pudo mirar a Colin, no se atrevió.

Miranda la miró confusa.

—Bueno, nosotros somos nuestro propio público. Es una escena fantástica, incluso aunque no te hayas leído el resto del libro.

Era tan tentador. Romper la cadena y contárselo todo.

Marshington se inclinó para echar un vistazo al libro.

—Parece divertido.

Georgina también miró al libro y se dio de bruces con la realidad. A ella no le parecía divertido. No le parecía nada. Se suponía que las mujeres de alta alcurnia sabían leer perfectamente e interpretar obras de teatro y que se pasaban las veladas organizando recitales de literatura, pero ella ni siquiera podía distinguir la parte que tenía que interpretar.

—No parece que Isabel tenga muchas líneas —indicó Colin,

«Yo te ayudaré. Lo haremos juntos.» El pequeño Colin le ofreció una mano mental, descifrando el significado subyacente de las palabras del Colin real.

Podía hacerlo ahora, podía crear un círculo de personas con las que no tendría que estar alerta a todas horas. El día anterior, por la tarde, mientras estuvo en la biblioteca se había sentido completamente libre. Que estaba con alguien a quien no tenía que ocultarle nada, que podía ser ella misma, aunque lo único que hiciera fuera estar sentada y escuchando.

Bueno. Eso no fue lo único que hizo.

«Todos los días podrían ser así. No hace falta que se lo digas a todo el mundo, solo a tu familia. Yo te protegeré.»

—Parece una tontería. —Se le atragantaron las palabras antes incluso de que salieran de su boca. No podía hacerlo. No podía decírselo. Tenía demasiado miedo. Los «y si» eran demasiado abrumadores.

¿Y si la llamaban simple?

¿Y si no la entendían?

¿Y si le decían que no se había esforzado lo suficiente?

¿Y si se equivocaba? ¿Y si Dios no la aceptaba con la deficiencia que Él mismo le había otorgado? ¿Y si se la había dado precisamente por eso? Y aunque la riqueza y la posición social fueran una necedad, al menos eran mejor que no tener nada.

¿Y si dejaba escapar esa riqueza y posición y luego Dios no las reemplazaba con otra cosa?

No tendría nada. Si Colin no estaba en lo cierto y lo único que le ofrecía su familia era lástima... lo habría perdido todo.

Esperó a que el pequeño Colin dijera algo. Que le asegurara que estaba equivocada. Que la reconfortara con palabras de ánimo y coraje.

Pero se mantuvo en silencio. Se había ido.

Miró hacia su izquierda, al verdadero Colin. Estaba callado, con la vista clavada en sus uñas.

Le había perdido. Su secreto permanecía intacto, pero a expensas de su amistad. Ya no habría más besos apasionados, ni lecturas acurrucada contra él. No era justo que su relación dependiera solo de eso. ¿No era suficiente que él lo supiera?

De pronto, Colin se levantó de la mesa antes de anunciar:

—Ya que no vamos a leer, creo que me retiraré temprano. Que paséis buena noche.

Mientras sus pasos resonaban en el pasillo, sintió un dolor punzante en la boca del estómago. Si había conseguido proteger lo más importante de su vida, ¿por qué de repente tenía la sensación de haberlo perdido todo?

Esa noche Colin no durmió. Hizo el equipaje y se tumbó en la cama, mirando el techo hasta que el amanecer asomó por la ventana sin cortinas del dormitorio en el que se alojaba.

Estaba esperando en la estancia donde se servía el desayuno, vestido con su traje de viaje, cuando Ryland entró con sus sencillos pantalones y camisa de lino blanco.

El duque puso tal cara de asombro que supo al instante lo mucho que le había sorprendido verle levantado.

—¿Vas a alguna parte?

Colin tamborileó con los dedos sobre la mesa, rogando en silencio no estar tomando una decisión precipitada por razones puramente emocionales. También había rezado mientras contemplaba el techo de su habitación. Y tomar esa decisión le había provocado la sensación más parecida a la paz interior que había experimentado en mucho tiempo.

Ryland se sentó a la mesa, aguardando en silencio a que Colin tuviera a bien responder.

Respiró hondo y tomó su decisión final.

—Me voy a casa.

Si hubiera esperado que el antiguo espía mostrara consternación o sorpresa por su declaración se habría llevado una gran decepción.

—Ya era hora. —Ryland empezó a servirse una taza de té.

Ahora fue él el que se quedó perplejo.

—¿Como que ya era hora?

—¿Cuánto tiempo ha pasado? ¿Cinco? ¿Seis años?

—Cinco —espetó él. Cinco largos años. Miró al duque con ojos entrecerrados—. Eres el menos indicado para hablar. Estuviste casi una década evitando a tu familia.

—Y resultó que tenía razón. Cuando regresé, mi tía intentó matarme. —Ryland hizo un gesto de asentimiento al lacayo que le entregó un plato repleto de huevos, tostadas y un guiso que Colin sabía de primera mano que estaba delicioso, puesto que ya se había servido dos platos él mismo. Ryland le apuntó con el tenedor—. No creo que tu padre intente acabar con tu vida.

No, solo había intentado arruinarle.

Ahora ya no podía hacerlo. Ni al resto de la familia. Colin había puesto todos los medios para que aquello no volviera a suceder.

Se echó hacia delante, volviéndose un poco para apoyar un brazo sobre la mesa y así poder mirar al duque directamente a los ojos.

—¿Crees que es una buena idea que vuelva a casa? ¿Que las cosas habrán cambiado?

—Tengo mis dudas. —Su amigo se llevó una cucharada del guiso a la boca y lo masticó lentamente.

Colin se hundió en su silla. Sí, no era muy probable que algo hubiera cambiado. Aunque poseía una parte de Celestial Shipping, había limitado su participación en la compañía. La vida de su padre seguiría el mismo curso de siempre, pero sin la complicación de un hijo sugiriéndole nuevas empresas, prácticas y clientes.

Ryland terminó de tragar y le dio un sorbo a su té.

—Pero tienes que hacerlo.

—¿Ah, sí? —Colin frunció el ceño.

—No necesitas a Celestial Shipping.

Colin se recostó en su asiento, confuso.

—¿Qué quieres decir con eso?

—Si ahora mismo dejaras de trabajar, no volvieras a leer ningún informe sobre cultivos, retiraras tus inversiones, lo ingresaras todo en una cuenta y te fueras a vivir a cualquier lugar... ¿Te quedarías sin dinero pronto?

—Solo si me dedicara a derrocharlo a diestro y siniestro. —Colin asió el tenedor y se puso a juguetear con los restos de su desayuno.

—Exacto. Cuando nos conocimos, eras un crío intentando salvar el negocio familiar. —Se encogió de hombros—. Ahora eres un hombre. —Bebió otro sorbo de té.

Colin sonrió. La tendencia del Ryland al dramatismo aumentaba cada día que pasaba.

—Solo un año más joven que tú. ¿Me estás diciendo que también eras un crío cuando nos conocimos?

El duque enarcó una ceja y le miró de forma arrogante.

—Para entonces ya llevaba espiando cuatro años a Napoleón. Uno madura más rápido de lo normal cuando lleva esa clase de vida. El caso es que no necesitas a Celestial Shipping.

Ryland esperó en silencio a que la verdad que escondía esa frase calara en su corazón. Era cierto, no le hacía falta Celestial Shipping, al menos no de la forma que le hacía falta a su padre, o a su madre y a su hermana.

Lo que de verdad necesitaba era a su familia.

Georgina contempló desde la ventana cómo Colin se metía en uno de los carruajes de viaje de Ryland. Entonces, eso era todo. Sí, lo sabía. En algún momento, alrededor de las dos de la madrugada había llegado a la conclusión de que él tenía razón. Colin no podía estar con ella mientras su secreto tuviera tanto poder sobre su persona. Siempre estaría allí y al final terminaría resentido con ella, si es que no lo estaba ya.

Harriette entró en el dormitorio, trayendo la bandeja con el desayuno, pero se detuvo en cuanto la vio de pie al lado de la ventana.

—¿*Milady*?

—Buenos días, Harriette.

La doncella dejó la bandeja sobre la mesa.

—Las cartas que han llegado de Londres.

Un montón de papeles ocupaba la mitad de la bandeja. Durante años, Harriette y ella habían leído cada palabra de esos papeles, analizando a todo el mundo que mencionaban para encontrar las conexiones más provechosas. ¿Y dónde le había llevado aquello?

—Tengo otro plan para esta mañana.

Harriette la miró con los ojos como platos, con la mano a medio camino del primer papel que había sobre la bandeja.

—¿Otro plan?

Georgina metió la mano bajo la almohada y sacó la enorme Biblia que había sacado a hurtadillas de la biblioteca para atravesar las horas oscuras antes del amanecer.

—Sí. Otro plan.

—¿Quiere que le lea la Biblia?

No le extrañaba que la doncella tuviera tal cara de estupefacción. La iglesia y todo lo relacionado con ella nunca habían sido santo de su devoción.

—No. —Georgina dejó caer el libro sobre el escritorio, donde ya había dispuesto dos sillas con respaldo—. Quiero que me ayudes a leerla.

La cinta estaba colocada en el lugar en que había decidido empezar a leer. Esa mañana había estado pasando páginas; sin intentar leer nada, solo tomando un primer contacto con el libro, sopesándolo y haciéndose a la idea de leerlo.

Los delgados brazos de la doncella la rodearon mientras abría el libro por el lugar que marcaba la cinta.

—¿Santiago? —preguntó Harriette, mirando por encima del hombro de Georgina.

De pronto, sintió cómo le sudaban las palmas. Se las limpió en la falda.

—Sí, parece un libro corto.

—Pues Santiago entonces.

Ambas se sentaron, cerniéndose sobre el libro como hacía mucho tiempo que no hacían. Desde que conoció a Harriette, había pasado años intentando aprender a leer. Aunque en cuanto empezaron a planear su matrimonio, todas sus buenas intenciones se quedaron en el camino.

Harriette la ayudó a colocar las cintas, ocultando tantas palabras como pudo.

Tomó una profunda bocanada de aire y... Y Harriette la detuvo tocándole el brazo.

—¿No deberíamos... no sé, rezar primero? —La doncella nunca había dado muestras de pensar en Dios a menudo. Sin embargo, verla tan titubeante como ella misma sobre su nuevo plan le infundió un poco más de confianza.

—¿Por qué no? —El «por qué no» demostró que ninguna de las dos supo qué decir. Las oraciones del obispo siempre parecían largas y complejas y Georgina no podía pensar en otra cosa que no fuera empezar con la tarea—: Por favor, ayúdame a leer esto. Y por favor, no me odies.

Y con eso, se inclinó sobre el libro.

Treinta minutos más tarde, Georgina hizo el libro a un lado. La cabeza le estaba empezando a palpitar de dolor y no quería llegar a un punto en que no le quedara más remedio que meterse en la cama. Aunque tampoco iba a abandonar la lectura.

—Tendrás que leer tú un rato, Harriette.

Y eso fue lo que hizo. Más de una vez se detuvieron a discutir sobre el posible significado de algún pasaje. En varias ocasiones, Harriette incluso se ofreció a encontrar a alguien que pudiera ayudarlas, pero Georgina se negó.

—Me he pasado toda la vida escuchando lo que la gente dice que quiere Dios, lo que dice la Biblia. Creo que siempre he pensado en Él como el Dios de esa gente, porque nunca se correspondía con la experiencia que yo tenía. —Pasó una mano por la página que tenía frente a sí. Habían terminado con la epístola de Santiago e iban a empezar con la primera de Juan—. Creo que, si esto va a tener algún sentido, tiene que empezar a convertirse en mi Dios. Si Él quiere que... cambie, entonces va a tener que hablar Él mismo conmigo.

Harriette miró el libro. Luego extendió una mano y le rodeó la suya con los dedos antes de continuar leyendo.

Siempre había encontrado fascinante el ritmo que conllevaba la escritura, al menos cuando era otro el que lo estaba haciendo. Sumergir la pluma en el tintero, escribir una línea, sumergir la pluma, escribir una línea. El sonido de la pluma rasgando el papel rompió el silencio de la mañana, únicamente acompañado por la acompasada respiración de Georgina. La envidia que sintió al ver la facilidad con la que su hermana plasmaba sus pensamientos en el papel estuvo a punto de hacer que se diera la vuelta y regresara a su dormitorio. Miranda era una asidua escritora de cartas, mantenía correspondencia con numerosos amigos y familiares. Nunca entendió por qué ella no hacía lo mismo.

Tal vez había llegado la hora de explicárselo. ¿Qué tenía que perder? Colin se había ido. Había esperado que volviera, que solo se hubiera ido al pueblo para conseguir algo para Ryland o Miranda, pero después de dos días no le quedó más remedio que reconocer la verdad.

Le había perdido. A pesar de aquel apasionado beso de la biblioteca, había renunciado a estar con Georgina porque seguía negándose a ser ella misma.

No le culpaba. Cuanto más pensaba en lo que se había convertido, en lo que había intentado convertirse, menos se gustaba a sí misma. Y cuanto más leían Harriette y ella (y habían leído un montón los dos últimos días) más cuenta se daba de lo equivocada que había estado.

Incluso aunque regresara a Londres, no volvería a ver la temporada con los mismos ojos. Su insaciable búsqueda de marido había llegado a su fin. La mera idea la extenuaba y la dejaba con una sensación de vacío.

Se aclaró la garganta.

Miranda levantó la cabeza y la miró sorprendida.

—Oh, bien. Veo que te encuentras mejor.

Harriette y ella se habían pasado tantas horas leyendo en su habitación que en la casa habían llegado a la conclusión de que estaba enferma. Y ella no había hecho nada por corregirles.

—¿Puedo hablar contigo? —Georgina cambió el peso de su cuerpo de un pie a otro. No había nada que hiciera aquello más fácil.

Tras unos segundos de atónito silencio, Miranda le hizo un gesto para que entrara en la habitación y se dirigiera al conjunto de sillas que había cerca de la ventana.

Georgina se detuvo cuando estaba a dos pasos de las sillas. Quería tener una vía de escape rápida en caso de que la conversación fuera mal.

—No puedo leer.

—¿Que no puedes qué?

—Leer. Ni escribir. Nunca he podido hacer ninguna de las dos cosas.

—Nunca has... No tenía...

No tenía ni idea de cuánto tiempo podían permanecer así: Miranda abriendo y cerrando la boca como un pez y ella mordiéndose el labio, cambiando de peso y rezando (sí, rezando) para que el sudor que le caía por la espalda no se notara a través del vestido. Aquel compás de espera se vio interrumpido por la súbita entrada de Ryland.

—Cariño. Yo... Oh. —Las miró a ambas—. ¿Qué sucede?

—Que no puedo leer. —Parpadeó sorprendida por lo fácil que le resultó decirlo esa segunda vez.

—Mmm. —Ryland apoyó un hombro contra la pared—. Bueno, eso explica muchas cosas.

Miranda miró a su marido.

—¿Qué?

—Harriette. Supongo que ella es la que se encarga de tu correspondencia, ¿verdad? —Ryland la acompañó a tomar asiento antes de sentarse él mismo. Miranda seguía estupefacta, con los ojos saltando de uno a otro.

—Sí. —Georgina se miró las manos y las entrelazó sobre su regazo, deseando que la silla se la tragara y así poder alejarse del constante escrutinio de Ryland. ¿De verdad se le había pasado por la cabeza casarse con ese hombre? La hubiera puesto de los nervios en cuestión de días ¿Cómo lo soportaba Miranda?

—Si alguna vez quieres un empleo, te recomendaré sin dudarlo al Ministerio de la Guerra. No sabía absolutamente nada.

Miranda volvió a la vida.

—Por supuesto que no va a hacer tal cosa. Mi hermana no va a revolcarse por los campos embarrados de Francia, obteniendo secretos del aire. —Alzó la nariz—. El blanco es un color demasiado visible.

A Georgina se le escapó una risilla.

—¡Qué tontería! —se mofó Ryland—. No malgastaría su talento en un campo embarrado. Y es demasiado hábil para meterla en un

salón de baile. Yo la infiltraría directamente en la corte de Napoleón. Nunca sabría de dónde le vendría el golpe.

Georgina dejó que la risa fluyera libremente. Miró a Ryland y a Miranda y no vio la más mínima censura en sus ojos. Mucha curiosidad, desde luego, pero ni un ápice de desdén.

Era verdad lo que Harriette y ella habían leído esa misma mañana en los Filipenses: que podría ganar mucho cuando se dejara llevar por completo y confiara en el Señor.

Se podía ganar una familia.

Capítulo 32

La primera parada de Colin fue el único lugar donde estaba seguro sería bienvenido. Hugh Carson estuvo encantado de verlo de nuevo y sus muestras de agradecimiento solo se vieron superadas por las de Alastair. O bien el hombre nunca había querido que Colin aceptara el trabajo o Hugh trabajaba tan bien que olvidó cualquier decepción que se hubiera llevado.

A él no le importó mucho cuál era la verdadera. Simplemente se alegraba de no haber aceptado el puesto. Ahora que estaba allí, sabía que no habría estado bien.

Aunque sus pulmones dieron la bienvenida al intenso aroma del río Clyde y la idea de invertir su tiempo y energía en una sola cosa todavía le resultaba atractiva, muy pronto descubrió que Ryland tenía razón. Ya no quería esa vida.

Tomó una profunda bocanada de aire, e inmediatamente notó cómo disminuía la presión que sentía en el pecho. Puede que no quisiera una vida dedicada a los barcos y viajes constantes, pero sin duda iba a tener que pasar más tiempo en la costa. El aire fresco era una maravilla.

—¿Sabes? —dijo Alastair desde la puerta abierta del despacho de la naviera—. Erika todavía vive en casa. Nos encantaría que vinieras a cenar mientras estés en la ciudad.

Intentó recordar una imagen nítida de los ojos azules y el cabello pelirrojo de Erika, pero le fue imposible. Lo único que ocupaba su mente eran visiones de una mujer de pelo rubio y ojos verdes capaz de romper su corazón en mil pedazos.

—Es muy amable por su parte, señor. Aunque aún no tengo muy claro lo que voy a hacer.

Su padre todavía podía hacer que abandonara la ciudad antes del atardecer.

Alastair le dio una palmada en el hombro.

—Mantenme informado. La invitación sigue en pie.

—Gracias, señor. —Colin asintió y se despidió con un gesto de la mano antes de alquilar un coche que le llevara al otro lado de la ciudad.

No le llevó tanto tiempo como le hubiera gustado, así que dijo al cochero que le dejara unas cuantas calles más allá. Todavía no estaba preparado para enfrentarse a su familia, para ver qué le aguardaba.

Tampoco es que nadie le estuviera esperando. No había enviado ningún mensaje, por si cambiaba de opinión a última hora.

Glasgow era puro bullicio, lleno de personas que entraban y salían de los mismos establecimientos que existían cuando se marchó, y de otros tantos nuevos. No obstante, en general la ciudad tenía el mismo aspecto que recordaba.

Al igual que la enorme casa situada justo en el centro.

Y lo mismo podía decirse de la mujer que salió corriendo de ella, pegando un grito. Colin se preparó a sí mismo, sin estar muy seguro de qué esperar. ¿Estaba ella en peligro? ¿La perseguía alguien?

Antes de darse cuenta la tenía encima, abalanzándose sobre su pecho y envolviéndole con los brazos alrededor del cuello. Los rizos cobrizos no le dejaron respirar bien, pero no le importó. Había pasado mucho tiempo. Demasiado.

Sintió una gota cayendo por su mejilla y resbalando hacia el pañuelo de cuello. Sin duda se trataba de una lágrima, pero no sabía muy

bien de quién era, ya que tenía los ojos húmedos, pero también los sollozos de su hermana le humedecían la oreja. La abrazó con más fuerza y cambió de posición hasta que pudo ver por encima de su hermana una versión mayor de esta, parada en la puerta.

Su madre no se molestó en ocultar las lágrimas que corrían por sus mejillas, pero no fue más allá del umbral.

Los años no se habían olvidado de su madre, como tampoco de la ciudad ni de él mismo, aunque seguía reconociendo en ella a la mujer que lo había criado y amado. Pero ahora, mirándola desde los ojos de un hombre adulto, se dio cuenta de la carga que ella había soportado. En parte por su culpa.

Los años perdidos cayeron sobre él como una ola en plena tormenta. Su hermana por fin le soltó el cuello, pero solo para agarrarle de la mano y guiarle por el camino de entrada a su casa.

Colin se dejó llevar de buena gana; aunque hubiera querido resistirse, estaba demasiado aturdido. Se había perdido tantas cosas. Las cartas no habían sido suficientes.

Cuando por fin llegó a la altura de su madre, esta le acunó la cara entre las manos y le sonrió entre lágrimas.

—Mi pequeño. Sabía que volverías a casa. Solo hacía falta sembrar la idea en tu cabeza.

¿Qué estaba diciendo? La miró con ojos entrecerrados a medida que su cerebro abandonaba el estupor emocional en el que se había sumido.

—Tú le dijiste a Alastair que me escribiera.

Su madre se encogió de hombros. En ese momento se vio reflejado en ella. Recordó todas las veces que la había visto empujar a su padre en una dirección, usando tácticas que ahora empleaba él mismo. No le hubiera sorprendido enterarse de que su familia no había estado en tanto peligro como se había imaginado todos esos años. Seguro que su madre tenía escondida una pequeña fortuna en alguna vieja tetera.

—¿Dónde está Jaim...? —Se aclaró la garganta—. ¿Dónde está padre? —No podía esperar más. Quería tener a su familia al completo, dejar el pasado donde correspondía. Se percató de lo inflexible que había sido con Georgina por no abrirse a los suyos, cuando él había estado haciendo lo mismo, fingiendo que no necesitaba a esas personas, que bastaba con la endeble relación que mantenían.

—Estoy aquí.

Aquella voz ronca le llamó la atención. Su padre tenía prácticamente el mismo aspecto que cuando fue a verle a su casa, pero ahora le envolvía cierto aire de cautela. ¿Habría pasado tanto tiempo reflexionando sobre esa visita como él?

Su familia nunca había sido como los Hawthorne (unida, afectuosa...) pero se querían a su manera más sosegada y se respetaban. También tenían sus cosas buenas. Si Georgina se hubiera criado en una familia más práctica, ¿les habría confiado sus miedos? Si él hubiera tenido una familia más cercana, ¿habrían solucionado las cosas sin permitir que pasara tanto tiempo? Especular no cambiaría nada, así que dejó a un lado sus pensamientos. Lo único que importaba era que aquella era su familia y no iba a permitir que sufrieran más.

Su padre enderezó los hombros.

—No aceptaste el trabajo.

—No. —Colin negó con la cabeza.

Jaime McCrae se dispuso a entrar en el vestíbulo, pero se detuvo. Se notaba que no sabía qué hacer. Cuando se había marchado de Londres, él y Colin habían abierto la puerta para una reconciliación futura, pero seguro que ahora pensaba que su hijo estaba allí para volver a cerrarla.

Colin se acercó y sacó un fajo de papeles del bolsillo de su abrigo. Había tenido que hacer una parada en Londres para recogerlos, y casi decidió seguir allí, pero Dios no le dio tregua. Aquellos documentos habían abierto mucho más que una brecha entre su padre y él. Cuando salió de Londres y emprendió el viaje a Escocia, ni siquiera sabía lo que

iba a hacer con ellos cuando llegara allí, pero ahora lo tenía claro. Y sabía que estaba haciendo lo correcto.

—Toma. —Empujó los papeles en dirección a su padre.

El aire de desconfianza creció a media que el viejo marinero daba un paso al frente. Llevaba demasiado tiempo en el negocio como para necesitar poco más de un vistazo para darse cuenta de lo que eran esos papeles. Colin esperaba que Jaime los aceptara como la ofrenda de paz que se suponía eran. Había tenido una semana de viaje para pensar las cosas. Se había pasado kilómetros y kilómetros rezando y había llegado a una conclusión.

Ryland tenía razón.

No necesitaba Celestial Shipping. Durante toda su vida adulta la naviera había sido lo único que se había interpuesto entre su padre y él. Colin siempre estaría agradecido por haber estado presente aquel día y haber salvado el negocio, pero ahora sabía que la relación con su progenitor era mucho más importante.

—Me has transferido tu parte. —Su padre tenía los ojos muy abiertos mientras leía perplejo los documentos.

—Sí. —A una parte de él le hubiera gustado advertir a su padre que no volviera a jugarse la empresa en ninguna apuesta, pero si cinco años separados no le habían enseñado la lección, tampoco lo haría una amonestación de su hijo.

Además, en un punto entre Kent y Glasgow, Colin también se dio cuenta de algo. Había perdonado a su padre.

—Lo siento —dijeron ambos al mismo tiempo.

La risa de su madre resonó en sus oídos mientras colocaba un brazo alrededor de cada uno.

—Sí, sí, todos somos taciturnos y nos equivocamos, pero también somos una familia, ¿verdad?

Colin miró a su madre con una enorme sonrisa y luego hizo otro tanto con su padre.

—Por supuesto.

—¡Entonces organizaremos una fiesta! Ya sabes que tu hermana se ha presentado en sociedad este año. Ya va siendo hora de que su hermano mayor venga a ahuyentar a los rufianes de dudosa reputación.

—Id dentro, Teagan. —Su padre volvió a contemplar los papeles y luego lo miró a los ojos—. Enseguida os acompañamos.

Su madre pareció querer protestar, pero ella y Bronwyn se metieron en la casa con una sonrisa en los labios.

Ya en el vestíbulo, Colin miró a su padre, esperando que hablara. Él tenía que dar el siguiente paso.

—Estoy orgulloso de ti —susurró su voz ronca—. Te has convertido en un hombre mejor de lo que nunca seré yo, y así es como debe ser. Cada generación debe aspirar a tener más valía que la anterior. Mi único pesar es que he tenido que ver poco en eso.

Colin rodeó el hombro de su padre con el brazo. ¿Cuándo había alcanzado su altura? En sus recuerdos siempre le había parecido mucho más alto. No podía soportar la idea de aquel hombre fuerte derrumbándose por el bien de su hijo, así que le llevó por la misma dirección por la que su madre se había marchado.

—No me arrepiento de mis años en Londres, papá. Y nada puede cambiar lo que pasó. Creo que entiendo lo que te llevó a hacer aquello, aunque no conozca todos los detalles. Un buen amigo me recordó hace poco que todas las respuestas están en la Biblia, y creo que este es uno de esos casos en que Dios usa el mal para crear algo bueno.

—Entonces, ¿lo retomamos donde lo dejamos?

Colin asintió.

—Sí. Y ahora, ¿cuéntame qué has decidido hacer con las rutas del Caribe?

Georgina parpadeó, intentando enfocar todo lo que había a su alrededor. Como era habitual en él, Griffith había intentado solucionar su problema en cuanto se había enterado. Y el remedio fueron un par de gafas que lo hacían todo más borroso.

Las llevaba puestas para hacerle feliz. Al final tendría que decirle que no servían para nada, pero por ahora se las pondría como señal de que su familia la amaba a pesar de lo rara que era.

—Creo que los tulip...panes han sido una elección muy acertada. Algo muy exclusivo. —Lavinia recorrió con un dedo los suaves pétalos de uno de los arreglos florales.

—Gracias por venir a echarme una mano con los detalles de última hora. —Georgina se agarró al brazo de su amiga.

Una de las primeras cosas que había hecho cuando regresó a Londres fue añadir algunos nombres a la lista de invitados de su baile. Lavinia y su tía ocupaban los primeros puestos de esa nueva lista y además, su amiga había aceptado llegar temprano para ayudarla a calmar los nervios.

También le había enviado una invitación a Colin. Una segunda invitación para ser más exactos, ya que su nombre había formado parte de la lista original. Pero nadie de la familia sabía nada de él, y eso que ella había preguntado por su persona. En numerosas ocasiones. Una de las cosas que se había propuesto con esa nueva vida que quería llevar era no eliminar cualquier barrera que tuviera con ellos. Y la mayoría de las veces funcionaba, aunque de vez en cuando seguía sorprendiéndoles cuando no se transformaba en una niña malcriada cuando alguien sugería alguna actividad.

—Ha sido una b...buena forma de terminar m...mi estancia en la ciudad. —Lavinia se enganchó a su brazo.

Georgina se bajó un poco las gafas por el puente de la nariz para poder ver mejor a su amiga.

—Lavinia, ¿por qué te vas a casar con el señor Dixon?

Su amiga ladeó la cabeza, pensando seriamente en la pregunta. A Georgina le gustaba que Lavinia no se dejara llevar por su primer instinto y meditara si este le iba a llevar por buen camino. Ella estaba haciendo todo lo posible por cultivar un hábito similar.

—Creo que me gustará estar casada con él. No m...me di cuenta de cuánto hasta que llegué a Londres.

—¿En serio?

Lavinia asintió.

—Se pasa la mayor parte del tiempo en el camp...po. Y dejará que le ayude con el negocio. Seré feliz y m...me sentiré útil.

Que era más de lo que ella proporcionaría al matrimonio.

—No puedo leer.

Por Dios Santo. ¿De dónde había salido aquello? Al paso que iba terminaría contándoselo a todo Londres antes de la medianoche. Su familia había estado de acuerdo en que no hacía falta hablarle a todo el mundo del asunto; al fin y al cabo, nadie se ponía a conversar sobre sus problemas en público. Pero quería que Lavinia lo supiera. Tal vez fuera una señal de que realmente valoraba mucho su amistad.

—¿No p...p...puedes? —La sorpresa hizo que se trabara un poco más de lo normal.

Georgina negó con la cabeza.

—Las letras no tienen ningún sentido para mí.

Lavinia se encogió de hombros.

—Para mí tampoco.

Ambas se pusieron a reír ante la idea de que una no podía leer y la otra no podía hablar. Menudo par estaban hechas. Lavinia insistió en que dieran una vuelta más alrededor del salón.

—Vam...mos a echar un último vistazo a todo antes de que se llene de gente.

Y vaya si se llenó.

Las dos semanas que había pasado en el campo en casa de Miranda no parecieron mermar su popularidad ni un ápice. Y si alguien se sorprendió al verla con gafas o por la presencia de Lavinia, prefirió no decir nada. Al menos no de forma que llegara a sus oídos. Se había planteado quitárselas durante la velada. Casi todas las mujeres lo hacían. Pero las gafas le recordaban que las cosas ahora eran diferentes. Era el primer acontecimiento social importante que tenía desde que había reconectado con su familia, y si tenía que soportar unas cuantas miradas extrañas con tal de no caer en viejas costumbres, bienvenidas fueran.

La música era suave y acompasada y, según su opinión, la comida era un poco mejor que en la mayoría de los bailes. Todo estaba yendo a las mil maravillas.

Hasta que una conocida cabeza castaña se inclinó ante ella, solicitándole un baile.

Ashcombe había regresado.

Georgina se agarró a su mano, esperando no tropezar mientras bailaba. Era lo que tenía verlo todo borroso.

Miró por encima de las gafas para ver al conde lanzándole sus típicas miradas extrañas mientras bailaban al ritmo de una cuadrilla. ¿Qué iría a decirle? Hubiera preferido que se tratara de un vals para poder hablar con mayor libertad. ¿Hablaría a pleno pulmón de su secreto para que todo el mundo de alrededor se enterase?

—Gafas.

Georgina parpadeó sorprendida. ¿Se había pasado en silencio la mitad de una pieza para finalmente decir un simple «gafas»?

—Sí —repuso ella—. Son nuevas.

Ashcombe volvió a quedarse callado hasta que terminó la cuadrilla. A Georgina nunca en su vida le había producido tanto placer hacer una reverencia.

—Disculpe, *milady*, pero esto es para usted.

Georgina miró el papel doblado que le traía el sirviente en una bandeja de plata. Aquello no podía estar pasándole. No enfrente del conde, que de pronto la estaba mirando con ojos entrecerrados.

—Gracias. —Casi se atraganta con la palabra mientras se hacía con el papel. Al abrirla le temblaron los dedos.

Y entonces se echó a reír.

Porque el papel no tenía más letras que una enorme y curvada L en la esquina, que le dijo que la nota se la había enviado Lavinia. Todo lo demás eran dibujos. Muy malos, por cierto. Sí el palo con un triángulo en la parte inferior y un remolino de lazos se suponía que era Georgina, entonces Lavinia quería encontrarse con ella en la terraza.

Volvió a doblar la nota y esbozó una sonrisa al conde.

—Si me excusa, Lavinia desea verme en la terraza.

Lord Ashcombe la miró sorprendido.

—¿La ha invitado?

—Es mi amiga y es una joven perfectamente respetable.

—Pero se lo prohibí.

Georgina se enderezó, pensando que ese sería un momento perfecto para que el pequeño Colin se dignase a visitarla de nuevo y le infundiera un poco de aliento, aunque sabía que una oración mental sería mucho más productiva.

—Milord, usted no tiene derecho a prohibirme nada. Ni tampoco lo tendrá en un futuro.

No se le veía precisamente feliz. Todo lo contrario, y eso que seguía llevando las gafas.

—¿Ha dicho la terraza?

Georgina asintió y procedió a abrirse paso a través de la estancia.

«Dios mío, por favor, que Lavinia esté allí.»

Y allí estaba, aunque su amplia sonrisa se desvaneció un poco cuando vio que el conde la acompañaba.

—Milord —le saludó su amiga con una reverencia.

El conde parecía aturdido. Y segundos después, enfadado.

—Gafas —escupió, como si ella le hubiera engañado a propósito.

Se tocó la montura y esbozó su sonrisa más coqueta. Esos días, había estado intentando no usar mucho sus sonrisas ensayadas, pero había ocasiones que lo requerían. Y no se le ocurría una mejor que dejar que la persona más mezquina que había conocido nunca creyera que se había equivocado. No iba a ser ella la que le corrigiese si estaba convencido de que no había sido capaz de leer su nota porque no llevaba las gafas encima.

—Gracias por acompañarme, lord Ashcombe —dijo con una dulce sonrisa en los labios. Estuvo a punto de preguntarle si tenía la intención de visitarla pronto, pero al final pensó que era mejor dejar las cosas como estaban.

Mientras el conde abandonaba la terraza con paso airado, le dio un enorme abrazo a Lavinia y agradeció a Dios haber creado a los amigos que siempre estaban dispuestos a echar una mano.

El torbellino social de Glasgow no era nada comparado con el de Londres y Colin no sabía cuál prefería. Siempre había algo que decir para que te acogieran con los brazos abiertos. Y allí tampoco se quedaba al margen. En su lugar, bailó, jugó a las cartas y lanzó a los pretendientes de su hermana unas cuantas miradas heladas que había aprendido de Ryland.

Fue una de las cosas con las que más se divirtió en las tres semanas que llevaba con los suyos. A pesar de que tuvieron su buena cuota de momentos incómodos, enseguida aprendieron cómo volver a ser una familia, mejor incluso de lo que eran antes. Colin disfrutó de Glasgow, pasando tiempo con sus padres y hermana, retomando viejas amistades y familiarizándose de nuevo con la Escocia que tanto había amado mientras crecía.

Pero no creía que pudiera quedarse allí. Intentó ignorar el hecho de que añoraba el desafío que Londres le suponía, teniendo que ir siempre un paso por delante. No dejó de leer los periódicos, siguiendo con inusitado interés los anuncios de compromisos matrimoniales. Hasta ese momento no había visto el nombre de Georgina en ellos y no sabía si se sentía aliviado o no. ¿Podía regresar antes de que se casara? ¿Debería hacerlo? Tenía miedo de que, si volvía a verla, si volvía a tocarla, se olvidara de lo que más necesitaba ella. Había prometido guardarle el secreto para siempre y aquello iría erosionando poco a poco su felicidad.

Suponiendo que ella siguiera queriendo sus afectos.

Se sentó en la sala del desayuno, contemplando por la ventana cómo un pájaro revoloteaba de flor en flor. Aquellos eran los momentos que peor llevaba, cuando no había nada ni nadie que le mantuvieran ocupado. Echaba tanto de menos a Georgina que le dolía. Más de una dama le había dejado claro que podía plantearse formar su propia familia en Glasgow, pero era incapaz. Cualquier mujer a la que se animara a cortejar y que luego no poseyera la inteligencia necesaria, el ingenio y el nervio para manejar el mundo a su antojo, sería una decepción para él.

Quién hubiera pensando que terminaría queriendo a una dama tan manipuladora como su madre. O como él mismo.

—Señor, ha llegado una carta para usted.

Agradeció al mayordomo y dio la vuelta a la carta con interés para ver el remitente. Enseguida reconoció la intrincada letra de Miranda y el pánico se apoderó de él. ¿Estaba Georgina a salvo? ¿Le habría sucedido algo? ¿Se habría casado?

Arrancó el sello.

En cuanto desdobló la carta y leyó las primeras palabras se sintió mareado. Parpadeó dos veces y volvió a leerlas.

Mi querido Colin:
No sé cómo decirte esto. Miranda está escribiendo esta carta por mí. Espero que este detalle te diga algo. Mi hermana es un poco lenta y está todo el rato indicándome lo que tengo que decir.
(Yo no soy la que está yendo lenta. ¡Es ella! Y solo debería decirte lo que de verdad le salga del corazón. —M.)
Harriette podía haber hecho esto con mayor rapidez, pero creí que si era Miranda la que escribía significaría mucho más para ti. Y que hayamos rezado antes de ponernos manos a la obra, también.

Colin dejó caer el papel y se frotó la cara con las manos. Cuando las bajó de nuevo se dio cuenta de que las tenía mojadas.

Hay un momento para callar y un momento para hablar. Tal vez sea demasiado tarde para hablar, pero tengo que intentarlo. Tenías razón sobre Miranda. Sigue sin entenderlo, pero lo está intentando. (¡No me puedo creer que hayas guardado este secreto! —M.)

Aquí la letra cambiaba a una más precisa e inclinada.

Al final Harriette va a ser la que termine la carta, porque Miranda no deja de escribir lo que piensa ella.

Entonces la letra volvió a cambiar a la de Miranda y él no pudo evitar sonreír.

Miranda ha prometido portarse bien. A ver si lo cumple.
Te echo de menos, Colin. Te estoy llevando esta carta yo misma con la esperanza de que...

Se detuvo y leyó de nuevo la última frase. La carta se prolongaba durante otra media página más, pero en cuanto el verdadero significado de esas palabras alcanzó su cerebro, robándole el aire de los pulmones, fue incapaz de seguir.

Ella le estaba llevando la carta.

Lo que indicaba que...

Se puso de pie de un salto, tirando la silla al suelo, pero no le importó. Antes de darse cuenta de que había empezado a respirar de nuevo, salía disparado por la puerta y bajaba las escaleras a toda prisa. Cuando abrió la puerta del salón creyó que el corazón se le saldría del pecho.

Y allí estaba ella.

En medio del salón, mordiéndose el labio inferior con sus perfectos dientes blancos.

Enseguida se dio cuenta de que ya no tenía ese halo de seguridad en sí misma que siempre llevaba como armadura.

E iba vestida de verde.

Georgina se mordió el labio, con la esperanza de que el pellizco le proporcionara la paciencia suficiente, recordándole que debía darle tiempo. Colin no sabía todo lo que le había sucedido las últimas semanas. Tardaría un rato en ponerse al día.

El silencio que reinaba en la estancia se rompió en cuanto se abrió la puerta. Y detrás de ella apareció un hombre con el aspecto de haberse recorrido todo Londres a pie en vez de alguien que acababa de bajar unas simples escaleras.

Así que decidió esperar.

Vio cómo la respiración de Colin se normalizaba, pero este seguía sin decir nada.

De modo que siguió esperando.

Su propia respiración se aceleró a medida que el pánico se iba apoderando de ella. ¿Y si era demasiado tarde? ¿Por qué no le había enviado aquella carta de inmediato? Porque había necesitado esas semanas para reconstruir la relación con su familia, para que Harriette le leyera más sobre el sacrificio de Jesús y cómo dejar que Dios fuera «su» Dios, no solo del que hablaban en la iglesia.

Al no necesitar ocultarse constantemente, también había empezado a descubrir más cosas de sí misma. En su momento le pareció importante, pero ¿le habría costado su última oportunidad con Colin?

—El verde te sienta muy bien —susurró aquellas palabras con voz áspera, aunque para ella fue música celestial para sus oídos.

—Eso he oído. —Tiró de su falda—. Es de Miranda.

Colin enarcó las cejas y entró por completo en el salón.

Georgina sintió cómo el nudo que le atenazada el pecho se relajó y el aire fluyó libremente por sus pulmones.

—Se lo conté a Miranda.

—Eso he leído. —Colin atravesó la habitación hasta quedarse a la distancia suficiente como para que ella extendiera la mano y no pudiera tocarlo. Iba despeinado. Le resultó raro verle con aquella pequeña imperfección, tan alejado de la pulcra imagen que siempre ofrecía. De hecho, le gustó.

Deseó tener el coraje necesario para salvar la distancia que había entre ellos y acariciarle el cabello, retirando la onda que le caía por la frente, pero durante las dos últimas semanas su resolución había perdido un poco de fuerza y su valor estaba empezando a fallar.

—Lo siento, Colin. Tenías razón. Debería haberte hecho caso antes.

Él cerró los ojos unos segundos antes de volver a abrirlos y taladrarla con la mirada.

—¿Por eso has venido? No quiero tus disculpas y gratitud, Georgina.

Notó cómo le temblaban las rodillas debajo de la falda prestada. Aun así, logró enviar el suficiente aire a su garganta para susurrar.

—¿Y qué es lo que quieres?

—A ti.

—Temía que hubieras cambiado de opinión.

Colin tragó saliva y dio otro paso al frente.

—Nunca seré más que un mero caballero.

—Nunca podré leer.

Él sonrió.

—Nunca volveré a trabajar para mi padre.

—Nunca le contaré a toda Inglaterra mi secreto.

—Nunca volveré a protegerte sin que lo sepas.

Ahora fue ella la que sonrió por lo absurdo de la conversación. Puede que para cualquier otra persona fuera de todo menos romántica, pero ella reconoció la honestidad que encerraban cada uno de esos «nunca».

—Nunca me esconderé de ti.

—Nunca dejaré de amarte.

Georgina soltó un jadeo entrecortado.

—Ni yo.

Colin alzó las manos y le acunó las mejillas. Dio un último paso para salvar la escasa distancia que ahora los separaba hasta que sus respiraciones se entremezclaron y pudo ver unas motas de color marrón claro en sus ojos azules.

—Te quiero, *lady* Georgina Hawthorne. ¿Crees que serías feliz viviendo a caballo entre Londres y Glasgow? Me he dado cuenta de que tengo muchas ganas de pasar más tiempo aquí.

Ella ladeó la cabeza y fingió estar sopesándolo detenidamente.

—¿Hay alguna modista decente por aquí? Me he dado cuenta de que tengo muchas ganas de reemplazar todo mi guardarropa.

Colin se rio y la abrazó con fuerza.

—¿Me concederás el enorme honor de casarte conmigo?

—Sí. —Georgina se puso de puntillas y le besó. Después le rodeó la cintura con los brazos y disfrutó de la calidez que desprendía su cuerpo. Ese hombre no se parecía en nada a lo que había estado buscando, pero sabía perfectamente lo que ella necesitaba.

Luego la llevó a dar un paseo para enseñarle la ciudad de su infancia. Los desconocidos sonidos y olores la llenaron de emoción porque supo que allí, con Colin, comenzaría una nueva vida con gente que solo la conocería como la mujer que Dios había querido que fuera.

Epílogo

Colin no podía dejar de mirar a su mujer al otro lado de la estancia. Estaba sonriendo y riéndose con las damas de Glasgow y ninguno de sus gestos era forzado. Bueno, no más forzado que el de una dama casada de la época. Dos años de felicidad conyugal y ella todavía conseguía que el corazón le latiera desaforado.

Minutos más tarde se encontró deleitándose con el balanceo de su falda de seda rosa mientras se acercaba a él y se ponía de puntillas para susurrarle al oído.

—El conde de Kennelwhite no está contento con las condiciones de transporte que tiene ahora mismo.

Colin la miró sorprendido.

—¿Y tú cómo lo sabes?

Estuvo a punto de soltar una carcajada al ver la fingida inocencia que adoptó su semblante.

—Porque su esposa está cansada de tener que venir a Glasgow.

Enarcó una ceja. Teniendo en cuenta que el conde era de las Tierras Altas, la aversión de su mujer a aquel viaje no estaba del todo fuera de lugar.

—Y —Georgina arrastró la palabra—, está bastante aburrida de oír hablar de barcos y almacenes.

Colin sonrió de oreja a oreja.

—Le diremos a mi padre que mañana mismo se ponga en contacto con el conde.

—¿De verdad no vas a involucrarte en este asunto? ¿Aun cuando pasamos varios meses al año aquí?

Habían decidido repartir su tiempo entre Glasgow, Londres y Crestwood (Griffith les había sorprendido añadiendo aquella propiedad a la dote de Georgina). Colin se dio cuenta de que disfrutaba de la gestión de una finca casi tanto como lo había hecho con las inversiones. Había disminuido su actividad en esa área considerablemente y ahora solo se encargaba de las finanzas de la familia. Se había convertido en una especie de afición; una bastante lucrativa. De vez en cuando también aconsejaba a Lavinia y al señor Dixon, aunque tampoco necesitaban mucha ayuda. Con Lavinia a su lado, el señor Dixon estaba camino de convertirse en uno de los hombres más ricos de su distrito.

Harriette también estaba encantada siendo el ama de llaves de Crestwood. Seguía llevando la mayor parte de la correspondencia de su esposa, aunque ahora él se encargaba de las lecturas. Y tras unos pocos meses de adaptación, Margery también había resultado ser una excelente doncella.

Envolvió un brazo alrededor de los hombros de su mujer y fueron hacia la puerta.

—No, no voy a involucrarme. A mi padre y a mí nos está yendo bien tal y como están las cosas. Hablamos de negocios, pero solo de manera informal. Cuando me pide mi opinión se la suelo dar, aunque a veces me muerdo la lengua. Ya no tengo la sensación de tener la razón todo el tiempo.

—Qué maduro por tu parte. —Miró alrededor del vestíbulo—. ¿Nos vamos?

—Sí, por mucho que me guste verte recabando información para mí, prefiero que pasemos el resto de la tarde solos.

Ella lo miró con los ojos entrecerrados.

—Te has dado cuenta de que estaba cansada, ¿verdad?

—Sí.

Georgina se volvió para que pudiera ayudarla a ponerse la capa.

—Creí que no volverías a protegerme sin mi consentimiento.

—No te estoy protegiendo a ti. —Se inclinó sobre ella para susurrarle al oído—. Estoy protegiendo a nuestro hijo.

Por una vez, su jadeo no fue fingido o exagerado.

—¿Cómo lo has sabido?

Él se rio.

—Querida, no hace falta ser un genio para saber contar o darse cuenta de que te pasas casi todas las mañanas muy cerca del orinal.

—Qué poco delicado has sido al traerlo a colación.

La ayudó a entrar en el carruaje y subió detrás de ella. Después la acercó contra sí y se sentaron. Les gustaba acomodarse de ese modo, con la cabeza de Georgina apoyada bajo su barbilla mientras regresaban a la pequeña casa con balcón que tenían en la ciudad.

Mientras se preparaban para irse a dormir, echó un vistazo al montón de cartas que no había podido leer por la mañana.

—Cariño, has recibido una carta de Jane.

Georgina sonrió mientras se cepillaba el pelo.

—¿Y qué dice?

—Que ha conocido a un hombre.

Su mujer se quejó entre dientes.

—Creo que esa desgarradora historia puede esperar hasta mañana.

A medida que terminaban de prepararse, estuvieron hablando de todo y de nada. En cuanto estuvieron debajo de las mantas, Colin la atrajo hacia sí y agarró el voluminoso libro que tenía en la mesilla.

—¿Qué te apetece que leamos esta noche?

Georgina cerró los ojos y suspiró.

—La parte donde Jesús dice que dejen que los niños se acerquen a él. Ahora estoy bastante centrada en ese asunto.

Colin se rio, abrió la Biblia en el Evangelio según San Marcos y empezó a leer.

Agradecimientos

Sé que ya habéis terminado el libro, pero por favor, no dejéis de leer ahora porque esta es la parte en la que doy las gracias a todos los que han hecho posible esta historia, ya estén vivos, muertos, sean de ficción o algo distinto a una persona real.

El primer agradecimiento siempre va para Dios, por darme la oportunidad de hacer lo que me gusta y poder compartirlo con todos vosotros. También me ha bendecido con la familia más amable y comprensiva inimaginable. Tampoco hubiera podido hacerlo sin vosotros, aunque muchas veces tuviera que echaros a patadas de la habitación.

A continuación, debo dar las gracias a la herramienta online Scrivener, por permitirme escribir una novela desorganizada y ayudarme a mantener la cordura mientras trabaja en las escenas que se desarrollan a la vez que *Por fin en Marshington Abbey*. Si alguno sois escritores, no os recomiendo que lo hagáis. Nunca. A menos que os salga una historia tan increíble como esta. Entonces, por supuesto, hacedlo, porque de todos modos las posibilidades de mantenerse cuerdo durante el proceso de escritura siguen siendo escasas.

A mis maravillosos lectores beta: Alana, Amanda y Jacob. Gracias por vuestra sinceridad, vuestros comentarios y vuestra disposición para ofrecer tanto en un tiempo tan ridículamente corto. Me gustaría deciros que nunca volveré a andar tan cerca del abismo con mis siguientes novelas, pero todos sabemos que mentiría. Así que solo os diré gracias y que sois lo mejor.

Mi más sincero reconocimiento también al doctor Pringle Morgan, a James Hinshelwood y a los otros muchos científicos y oftalmólogos que se animaron a investigar la dislexia a finales del siglo XIX. Aunque el conocimiento de este trastorno del desarrollo de la lectura no se produjo hasta bastantes años después de que Georgina tuviera que enfrentarse a ella, su tratamiento ha recorrido un largo camino desde entonces. Aplaudo a los muchos de vosotros que os veis las caras con ella todos los días. Os deseo que contéis con todo el apoyo y estímulos necesarios para vivir vuestra vida plenamente a pesar de este obstáculo.

Mark Hall y Kristena Tunstall, mi más profundo agradecimiento por haberme dedicado vuestro tiempo y haber abierto vuestro corazón al contarme cómo la dislexia os ha afectado mucho más que a vuestra capacidad para leer. Vuestros comentarios sobre los impactos mentales, emocionales y espirituales de la dislexia me ayudaron a conseguir que Georgina fuera más real. Nunca podré agradecéroslo lo suficiente, porque sé que no tuvo que ser fácil ni cómodo para ninguno de los dos.

Unas gracias enormes a los muchos profesores, como Diana Shuford, que compartieron conmigo algunos de los métodos que han ido utilizando con sus estudiantes durante años, para que pudiera proporcionar a Georgina un auténtico zurrón lleno de trucos. Si hoy veis a un profesor, dadle un abrazo. Esos hombres y mujeres hacen un trabajo increíble y se preocupan muchísimo por sus alumnos. Gracias por dedicar parte de vuestro tiempo a contarme alguna de vuestras experiencias.

En lo que a esta novela en concreto respecta, tengo que dar las gracias a Laurie Alice Eakes por ayudarme a salir del ataque de pánico que me entró cuando me di cuenta de que Colin no podía ser estadounidense.

Ya sabéis, la guerra de 1812 y todo eso. Al final, resultó mejor que fuera escocés. (Insertad aquí un grito de todos los escoceses mostrando su conformidad.)

Karen, Raela y el resto del equipo de Bethany House se merecen un inmenso plato de galletas. Que por supuesto enviaré, aunque probablemente termine convirtiéndose en una enorme caja de migas que yo misma empaquetaré. Soy demasiado tacaña para comprar cualquier producto de una de esas empresas de galletitas *gourmet* que envían a domicilio. (Si algún lector dirige alguno de estos negocios y está dispuesto a llegar a un trato, ¡póngase en contacto conmigo!) Un abrazo también al equipo de ilustración por seguir haciéndome unas portadas tan maravillosas y llamativas. Me hacéis parecer buena y todo.

Y hablando de esto, echad un vistazo a la nueva y sensacional foto de mi cara obra de mi increíblemente talentosa prima. Gracias, Brett, por casarte con una mujer tan dulce. Si tenéis pensado contraer matrimonio en Alabama, tened en cuenta a Rebecca Long Photography porque es una fotógrafa espectacular y no estoy siendo en absoluto partidista.

Y, por supuesto, nada de esto hubiera sido posible sin vosotros, los lectores, porque una historia carece de sentido si nadie la lee. Gracias por acompañarme en esta aventura.

Por último, quiero dar las gracias a Georgina. Contar su historia ha sido como uno de esos viajes que te cambian la vida. Conocerla, ver las similitudes que compartíamos y crecer con ella me ha aportado mucho más de lo que esperaba cuando comencé esta serie. Espero que os hayáis enamorado de Colin tanto como yo lo hice. Aunque una parte de mí sabe que no son reales, otra parte está inmensamente agradecida porque hayan permitido que contara su historia.

También fue una fuente de inspiración de esta novela Rob Long.

Por fin en Marshington Abbey

Kristy Ann Hunter

Lady Miranda Hawthorne es una dama en todo lo que hace, aunque preferiría no tener que estar siempre pendiente de los convencionalismos. Se desahoga desde niña vertiendo sus sentimientos más profundos en una serie de cartas dirigidas a un viejo amigo de su hermano, el duque de Marshington, aunque nunca ha pensado enviarlas, ya que ni siquiera lo conoce personalmente.

Cuando Marlow —el extraño y nuevo ayuda de cámara de su hermano— descubre por casualidad una de las cartas y la envía a su destinatario, Miranda se siente morir. Y lo último que espera es que el duque conteste a su misiva con otra en la que inicia un cortejo por correspondencia, lo que la lleva a descubrir que siente algo por dos hombres: uno al que nunca ha visto pero cuyas palabras resuenan profundamente en su corazón y otro, Marlow, cuyo comportamiento se hace cada vez más y más sospechoso y parece estar involucrado en una trama de espionaje. ¿Acertará Miranda en su elección?

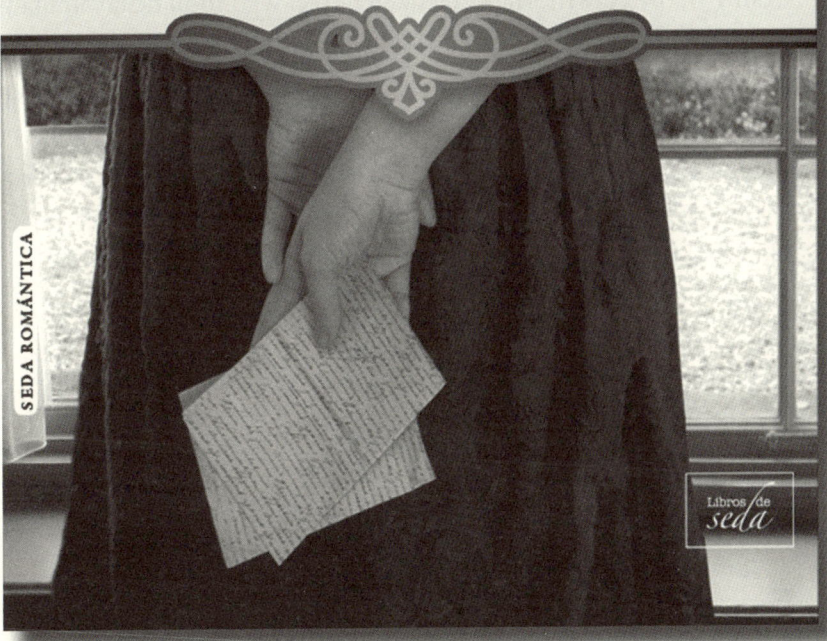

Compromiso en Mount Street

Kristy Ann Hunter

La vida para *lady* Adelaide Bell era más fácil cuando podía esconderse a la sombra de su hermana... Eso le funcionó hasta que esta se casó. A pesar de las presiones de su madre, una mujer socialmente ambiciosa, lo que menos espera ella es tener que acabar casándose por obligación para salvar su reputación, que hasta entonces había sido impecable.

Lord Trent Hawthorne era feliz siendo el segundón de la familia y no el duque, como su hermano. Eso le daba libertad para gestionar su hacienda, tomarse el tiempo que le hiciera falta para saber qué hacer con su vida, y también para coquetear y enamorarse de quien quisiera. Pero cuando se ve obligado a casarse con una desconocida por una cuestión de honor, sus sueños de tener un matrimonio como el de sus padres se desvanecen.

¿Podrán Adelaide y Trent construir una relación de verdad y resistirse a las presiones de la alta sociedad londinense?

Compromiso en Mount Street

KRISTI ANN HUNTER